KB261263

박태원 문학과 창작방법론

구보학회

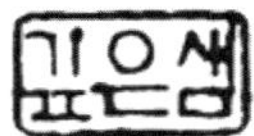

지금 한국의 남북 문학은 거의 단절되어 있는 상황이다. 같은 언어를 쓰면서 문학적 내왕이 없는 예는 세계 어느 곳에서도 있을 수 없는 현실이다. 나라가 다르고 민족이 다르더라도 같은 언어를 쓰고 같은 언어로 창작되고 있다면 같은 문학권으로 취급되는 것이 일반적인 예다. 뿐만 아니라 문학적 교류가 활발하게 진행되기 때문에 상호 도움을 받을 것은 당연하다.

현재 한국문학의 경우 남북 교류는커녕 남북 각기 어떤 문학이 진행되고 있으며 어떤 작가들이 창작활동을 하고 있는지조차 알기 어려운 상태에 있다. 특히 북의 경우는 거의 밀폐된 공간에서 문학이 정치의 시녀 노릇을 하고 있는 상황이라 국가 정책에 조금이라도 어긋날 경우 가차 없는 징벌을 받는다고 알려져 있다. 바로 그 때문에 남의 문학이 북에 알려질 수 없는 이유가 된다. 남에서는 북의 문학 작품을 구해 볼 수 있는 기회가 있다고 해도 경직된 이념편향적인 문학관 때문에 완전한 문학 작품으로 보기 어렵다는 데 문제가 있다. 사실 북의 문학이 궁금해서 학회 차원이나 문학 단체 차원에서 공동 발표회 같은 것을 시도했지만 성공한 경우가 거의 없다.

이런 시점에서 우리는 구보의 문학적 위상을 다시 점검해 볼 필요를 느낀다. 남북한 모두에게 높이 평가 받는 작가가 구보 박태원이기 때문이다. 그는 1930년대 모더니즘 문학을 실천해서 한국문학 흐름에 큰 전환점을 마련해 주었고, 북에 가서도 평가 받는 역사소설을 집필해서 문학적 거장으로 대우 받았기 때문이다. 이런 문학적 위상을 가진 작가는 남북을 통틀어 박태원이 거의 유일한 작가이지 않나 하는 생각을 한다.

남과 북이 분단된 지 어언 반세기를 훨씬 지났다. 민족의 숙원사업인 남북통일의 전망은 현재로서는 매우 불투명하다. 그렇지만 우리는 희망을 버릴 수 없다. 아무리 정치적으로 남과 북의 간극이 멀어지고 있다고 하더라도 같은 언어를 쓰고 있는 민족이라는 것은 변함없는 사실이다. 그 하나의 사실만으로도 언젠가는 통일된 조국이 도래할 것을 믿어 의심치 않는다.

문학은 언어의 정수이며, 문화의 꽃이다. 꽃이 피어야만 열매를 맺을 수 있다. 그 열매란 통일된 조국의 문화이며 축복된 향연이다. 또한 우리 민족의 앞날을 기약하는 희망이다. 구보학회는 재정적으로 열악하고 회원들도 많지 않다. 그러나 우리는 통일된 한국의 앞날을 위한 등불이 될 수 있다는 신념으로 구보학회의 활동에 적극적으로 참여하고 있다.

본 저서는 10회, 11회 구보학회 정기 학술발표대회에서 발표된 논문이 주축이 되어 있다. 그러나 발표자들이 보다 보강해서 더 좋은 논문으로 발표할 욕심으로 여기서는 수록되지 아니한 것이 많다. 보강되는 대로 다음 저서에 게재할 계획이다. 본 저서의 발간을 위해 참여해 준 여러 집필자들에게 심심한 감사를 드린다. 책의 출간에 협조해 준 깊은 샘 출판사에도 감사를 표한다.

2011년 4월
구보학회 회장 김상태

● 목 차 ●

책 머리에 ·· 3

박태원 문학과 창작 방법론

박태원의 일본 유학 배경 / 강소영 ·· 9

메타 서술 상황의 제시를 위한 장문(長文) 실험 / 서은혜 ·· 37

초기 박태원 소설과 이상 소설에 나타나는
공통 모티프에 관한 연구 / 이경림 ·· 71

구보와 카메라 눈(kinoglaz),
다큐멘터리 형식의 문학적 실험 / 전우형 ·· 101

자유 주제 논문

공간의 형성을 통해 본 식민지 지식인들의 몽상과 이상 / 김우영 ·· 127

점성(粘性) 자본주의의 확산과 식민지 조선인의 운명 / 강부원 ·· 159

근대 주체의 위치와 변용 양상 / 조영실 ·· 195

1960년대 인권 보장 기제로서의 반공주의 / 김경민 ·· 217

문학 창작 환경의 변화와 수용 장의 역학

장르 문학의 현실과 지평 / 최성민 ·· 251

최근 문학비평에 나타난 새로운 징후들 / 정여울 ·· 271

박태원 문학과 창작 방법론

박태원의 일본 유학 배경

메타 서술 상황의 제시를 위한 장문(長文) 실험

초기 박태원 소설과 이상 소설에 나타나는 공통 모티프에 관한 연구

구보와 카메라 눈(kinoglaz), 다큐멘터리 형식의 문학적 실험

박태원의 일본 유학 배경*

목 차

Ⅰ. 머리말

Ⅱ. 도일 전의 문학관

  Ⅱ-1 한국 문학 건설에의 사명

  Ⅱ-2 자연, 노동 예찬과 먼 곳에의 동경

Ⅲ. 법정 대학 선택의 배경

  Ⅲ-1 교토, 법정 대학

  Ⅲ-2 해외문학파와의 상관성

Ⅳ. 맺음말

강 소 영**

Ⅰ. 머리말

임화는 1938년에 나온 시집『현해탄』의 「해협의 로맨티시즘」 이라
는 시 안에서 "예술, 학문, 움직일 수 없는 진리../그의 꿈꾸는 사상이
높다랗게 굽이치는 동경(東京)/모든 것을 배워 모든 것을 익혀/다시 이
바다 물결 위에 올랐을 때/나의 슬픈 고향의 한밤/홰보다도 밝게 타는
별이 되리라"라고 노래하고 있다. 임화 뿐만이 아니라 식민지 한국의

---

* 이 논문은 2010년 7월 성균관대에서 있었던 구보학회 여름 학술대회에서 발표한
「박태원과 동경 유학」중의 일부 내용을 수정 보완한 것임.

** 한국외국어대학교.

10

일본유학생은 일본에 간 것이 아니라 요컨대 "근대"라고 하는 제도 속으로 걸어 들어갔다.[1] 그들은 일본에서 근대 지식을 배워 식민지 조국에 근대 문화를 건설하고 일본 제국주의로부터도 해방되는 미래를 꿈꾸었다. 그러나 한편으로 동경은 앞선 "근대화"도시로서 동경과 동시에 한국유학생에게 있어서는 언제나 민족적 자의식을 강요하는 곳이기도 했다. 그러면 임화가 도일한 해와 같은 1929년에 동경으로 갔던 박태원 유학의 경우에는 이러한 식민지 청년들이 가진 일반성 이외에 어떠한 개별성이 존재하고 있는 것일까?

박태원은 1929년 경성 제일 공립 고등보통학교[2] 졸업 후, 1년간의 공백을 거쳐 영문학 공부를 위해1930년 일본에 건너가, 4월부터 법정대학 예과에 적을 두고 동경생활을 시작한다. 법정 대학 재학기간은 학적부에 의하면, 1930년 4월 4일부터 수업료 미납으로 제적된 1931년 6월 18일까지이다.

----

[1] 1920년대의 식민지 한국은 근대학문이 개화하는 토양을 갖고 있지 않았다. 물론 구 학문인 한학의 전통은 이어지고 있었지만, 그것은 시대의 헤게모니를 잃어버린 것이었다. 근대학문의 제도적 기반이라 할 수 있는 대학은 경성제국대학이 1924년에 설립되었다. 그전에 본격적 근대지식을 흡수할 방법은 해외유학밖에 없었다. 1910년대의 일본유학생의 74.8%가 법정계열과 상학을 전공한 것은 그들의 지향이 관료 또는 실용적인 부분에 있었던 것을 나타내고 있다. 박태원이 유학한 1930년에는 그 수가 54%로 떨어지고, 문학이 20%에 이르게 된다. 그것은 실용적인 학문에서 인생의 다양한 면을 표현하는 방향으로 학문 추구의 목적이 변화한 것을 의미하고 있다. 한편, 구미 유학생의 경유에는 의학과 교육, 신학등이 다수를 차지하고 있다. 박창순, 「식민지기 도일 유학생과 근대지식의 수용」, 『지식변동의 사회사 』, 한국사회사학회편, 문학과지성사, 2003, 162-164 쪽.

[2] 한국에서 가장 머리 좋고 공부 잘하는 수재들이 모이는 학교로서, 중고교 전과정이 4년이었다. 박태원의 학적부에 의하면, 경성제일고보에는 수신(修身), 국어(日本語)및 한문, 조선어 및 한문, 영어, 역사, 지리, 수학, 박물(博物), 물리 및 화학, 법제(法制)및 경제, 실업, 도화(図画), 창가(唱歌 音楽), 체조등의 과목이 있었다. 학적부를 살펴보면 수신 다음은 일본어, 영어, 수학, 박물(博物)의 순서로 되어있어서 과목의 중요도순을 알 수 있다. "실업에 나아가려고 하는 사람에게 올바른 덕의 이용 및 후생의 길을 가르쳐, 중등교육을 보급 実業に進もうとする人に正"ヲ利用及び厚生の道を教え、中等教育を普及"한다는 것이 교육이념이었다.

　　지금까지 박태원 작품의 연구는 소설가 구보의 하루 동안의 서울 산책과 성찰을 그린 「소설가 구보씨의 일일」(『조선중앙일보』 1934.8.1－9.1)을 비롯하여, 청계천변에 살고 있는 서울 서민들의 일상을 그리고 있는『천변풍경』(『조광』1936.8-9), 실업자 지식인을 주인공으로 하고 있는 「적멸」(『동아 일보』1930.2.5－3.1), 「피로」(『여명』1933.7), 「거리」(『신인문학』11호, 1936.1)등의 작품들에 있어서의 서울에 관한 연구가 대부분을 차지하고 있다. 그 반면, 박태원의 동경 유학에 초점을 맞추어 조명하려고 하는 시도는 없었다. "일년간 창작에 몰두했으나 한계를 깨닫고 보다 넓은 문학의 바다를 위해서 도일, 동경으로 건너간다"3)를 비롯하여, 여러 논자들이 동경유학이 서양 모더니즘 신사조 흡수의 계기가 되었다고만 단정하고 있는데, 왜 동경행을 결심하고, 학교는 왜 법정대학을 선택했는지에 대해서는 연구되어있지 않은 것이다. 또한, "아무래도 박태원의 동경유학시절에 해외문학파 멤버들과 교류가 있었던 것 같다"라는 막연한 지적밖에 되어있지 않다. 본고에서는 유학전의 박태원은 무엇을 지향했으며, 그와 동경유학생이 중심이 된 해외문학파와는 어떤 관련이 있는지, 그와 더불어 해외문학파가 지향한 방향은 무엇이고 그 성격은 어땠는지 살펴보고자 한다. 또한 제일고보를 나온 우수한 그가 왜 법정대학으로 유학을 가게 되었는지에 대한 의문에도 답을 찾아가려고 한다.

---

3) 김상태, 『박태원 기교와 이데올로기』, 건국대학교 출판부, 1996, 18쪽.

II. 도일전의 문학관

II-1 한국 문학 건설에의 사명

다음의 인용을 살펴보면, 박태원의 문학형성은 최초에 한국 고전에서 시작되어, 그 후에 세계 문학과 일본문학과의 접촉이 있었음을 알 수 있다.

> 춘향전, 심청전류의 구소설을 탐독하기는 취학이전이거니와, 정말 문학서류와 친하기는 '부속보통학교' 3, 4학년 때었던가 싶다. 내가 산 최초의 문학 서적이 신조사판 新潮社版 『反逆者の母』 둘쨋것 역시 같은 사판의 『モオパッサン選集』(모파상선집)이었다고 기억한다 꿸나는 또 나대로 알거나 모르거나 톨스토이, 투르게네프, 세익스피어, 바이런, 괴테, 하이네, 위고꿸하고 소설이고, 시고, 함부루 구하여 함부루 읽었다.[4]

> 집에 다달이 『개벽開壁』지와 『청춘靑春』지가 왔다. 나는 이것들을 주워 읽었다. 그러자 『조선문단』이 발간되었다.(1924년, 인용자주)나는 내 자신 이것을 매월 구하여 가지고는, 춘원春園선생의 「혈서」, 「B군을 생각하고」 상섭想涉선생의 「전화」, 빙허憑虛선생의 「B사감과 러브레터」, 동인東仁 선생의 「감자」등을 흥분과 감격 속에 두 번씩, 세 번씩 거듭 읽었다[5].

위의 10대 후반의 문학 습작기에 대한 기록에서도 알 수 있듯이, 박태원의 흥미는 한국작가에 그치지 않고, 동시대 세계작가들의 최신작에까지 미치고 있었다. 박태원의 독서 기록에 의하면 17세 무렵 "구소설을 졸업하고 신소설로 입학하야"[6] 학교도 휴학하고, 서양의 새로운 문

---

4) 「춘향전 탐독은 이미 취학 이전」(초출『문장 』, 1940.2) ,『구보가 아즉 박태원일 때』, 깊은샘, 2005, 231쪽.
5) 위의 책, 231쪽.

학작품과 일본과 한국의 문예잡지를 탐독한다. 이즈음부터 20세에 일본에 건너가기 전까지 즉, 1927년부터 1929년까지 하루의 대부분을 독서로 보내고[7] 본격적으로 작가활동을 시작한 1930년[8] 부터 31년에는 영어 작품을 한국어로 번역하기도 한다.

한편, 경성 제일 고보 "2학년 때부터 문학병에 걸려서 신경쇠약이라고 학교를 쉬고" 있던 시기인 1927년 1월에 쓴 「시문잡감」에 당시의 문학에 대한 생각이 나타나있다.

> 내가 언제나 읽고 싶어하는 시문은 <u>진眞과 열熱</u>의 아모 허식도 없는 인생-생활-의 기록이라는 것이다. 우리는 진실이라는 놈 앞에 저도 모르게 옷깃을 바로 하며 열과 성 앞에 끝없는 그리움과 밋버움을 깨닫는다. 나는 나로 하여금 저도 모르게 옷깃을 고치게 하며 끝없는 그리움과 미뻐움을 깨닫게 하는 시문을 읽고싶다고 말하는 것이다. 나는 많은 바람을 가지고 이러한 시문을 대하랴 우리 문단에 임하였다. 그러나 그 결과는 오즉 나의 눈썹을 찡그리게 하고 부질없는 한숨을 내쉬게 하였을 뿐이다. 근래 수년간에 우리 문단에 발아한 소위 프로레타리아 문학에도 상당한 경의와 기대를 가지고 주목하여왔으나 이에서도 나는 만족한 무엇을 얻지 못하였다.쮈 -우리는 언제까지든 배부른 소리만 하고 있을 수는 없는 것이다.-우리는 언제까지든 사랑만 속살거리고 있을 수는 없는 것이다. '<u>그 시대와 그 나라의 의사醫師</u>'로서 자임하고 있는 우리 모든 문사와 시인들은 이렇게 부르짖어 우리들을 일깨워주었다. 그러나 "그러면쮈 "하고 이 문제를 해결하여 놓은 것을 본일이 없다.[9]

---

6) 「순정을 짓밟은 춘자」(초출 『조광』, 1937.10), 『구보가 아즉 박태원일 때』, 깊은샘, 2005, 228쪽.

7) 앞 책, 231쪽.

8) 「窓」, 「수수걱기」등의 여러 시가 신문에 실린 것은 1930년1월 『동아일보』이고, 「적멸(寂滅)」, 「수염」등의 소설을 쓴 것도 동경에 유학을 가기 직전인 1930년이다.

9) 초출 『조선문단』, 1927.1.인용은 『구보가 아즉 박태원일 때』, 깊은샘, 2005, 301-302쪽.

14

　이 글에는　프로레타리아 문학 관련 문사와 시인들뿐만 아니라, 박태원 자신도 한국문단에의 기대와, 문학의 사명에 고민하고 "그 시대와 그 나라의 의사"로서의 역할을 하려고 하는 마음가짐이 엿보인다. 진실을 추구하고 싶다는 열망을 안고 문학의 길에 매진하려고 하지만 그 구체적인 방향성은 아직 보이지 않았던 시기였다고 생각된다. 같은 「시문잡감」의 끝부분에는 다음과 같은 내용도 있다.

> 　우리에게는 옛날 문단이니 지금의 문단이니 하는 복잡한 역사를 가지고 있는 문단은 없지만서도 여하간 이 말은 우리에게도 적용된다. 즉 우리문단은 다사다망으로 문사, 시인이 우후죽순으로 배출하나 기실은 한 외로운 문단의 침체만을 이루고 있는 것이다. 이에 문단인의 노력과 신인의 출현은 기어코 필요하다. 나는 우리 문단에 <u>진과 열</u>의 시문을 얻기 위하여 <u>진과 열</u>의 사람을 구하길 마지 않는다. <u>진과 열</u>의 사람은 우리의 참된 벗이며 그의 작품은 쌀과 한가지로 우리에겐 없지 못할 양식인 까닭에. 우리는 우리가 가지고 있는 보배로운 노래-민화 民話를 잊은지가 오래였다. 그 가치에 대하여 근래에 이르러 새삼스러이 운운하는 것은 "인제야 겨오…"하고 웃으면서도 역시 충심으로 기뻐하지 않을 수 없다.

　이 후에 "요한, 안서, 소월등 제씨의 작에는 간주키 어려운 것들이 적지 않다"고 언급하고 있으며, 폭넓은 서양문학을 단순히 흡수하기만 하는 것이 아니라, 그것들로부터 진과 열을 추구하는 한국적 문학의 방법을 모색하고 있다. 그는 한국 민화의 중요성도 이야기하면서 "우리는 시를 논하기 전에 한시와 시조의 간결한 정취를 배워둘 필요가 있다"[10]고도 역설하고 있다. 민화라는 한국 고유의 이야기가 가진 내용성과 한시와 시조의 형식미를 같이 어우르는 것이 한국문단이 나아갈 방향이라고 생각했다는 것을 알 수 있다. 그것은 당시의 문학 청년들에게 상당한 영향을 끼치고 있던 김안서[11]의 한국 문학 지향점과도 일치한다.

---

10) 위의 책, 303쪽.

박태원은 다음에 인용한 평론, 1929년 12월 16일, 18일, 19일의 「初夏創作評」에서 김안서의 시를 높게 평가하고 있다.

> 「한식」-이것도 좋다. 이러한 종류의 시는 잘못 취급하면 안가 安価의 센티멘탈리즘으로 되어버리기 쉬운 것이다. 내가 이 시를 좋아하는 것은 결코 제 1연의, 보드러운 리듬이 아니라 제 2연의 「양복 호복에 왜복도 조타 네살 네뼈를 잇지만 마소」이다. 그러나 이것도 결코 "양복 호복에 왜복도 조타"의 구절이 아니라 만약 그 다음 구절의 "네살 네뼈를 잇지만 마소"라는 구절이 없었다 하면 평자는 결코 '한식'을 기꺼이 맞아 "들로 산으로 몰켜"갈 마음이 없었을 것이다.

외국의 문화를 받아들이면서도 한국의 정신은 잊어서는 안된다고 하는 의식의 소산에서 김안서의 시를 높게 평가하고 있는 것이다.

---

11) 김억(1895-? 한국전쟁시 납북, 인용자주)은 1920년대 초부터 30년대 말까지 활발한 작품활동. 게이오의숙 慶応義塾에서 공부하고 20세경에 귀국한 것만이 알려져 있다. 그는 300편이상의 시, 120편이상의 월평을 포함한 평론 이외에도 상당한 량의 번역시, 엣세이등을 발표, 약간의 소설, 희곡도 남기고 있다. 시집으로서는 창작시집 7권, 번역시집 10권을 출판하고, 한국 최초의 시집『해파리의 노래』와 번역시집『오뇌의 무도』가 있다. 시작의 목록을 일람해 보면 자유시를 비롯해서 민요시, 押韻詩, 노래시, 戱詩, 叙事詩, 散文詩(이상 안서 자신의 분류)등 여러가지 형식을 시도했다. 자료조사위원회 편,「새 資料로 본 두 詩人의 생애」,『문학사상』, 1973.5, 304쪽.
　홍기삼은「岸曙의 先駆的 位置와 文学」,『문학사상』(문학사상사, 1973. 5, 293쪽)에서 김안서의 문학세계에 대해서 다음과 같이 평가했다. 첫째, 적극적으로 신문학 초기에 최초로 한국의 현대시에 전면적인 영향력을 미쳤다. 둘째, 시에 국한되지 않고, 외국시의 번역, 에스페란토 문학의 소개, 시창작, 현대시론의 소개, 시비평, 시창작방법론등을 광범위하게 다뤘다. 셋째, 시집이 5권, 번역시집 10권, 장편서사시가 2편(단행본1권, 신문연재 1편), 신문에 발표한 평론이 120편이상, 잡지 평론이 수십편, 잡지와 신문에 발표한 시가 수백편 기타 에스페란토 관계 논문이 다수이며 수필도 상당수에 달한다. 넷째, 최초의 번역시집과 창작 시집을 출판한 사실은 참고할 만 하다. 다섯째, 5개국 이상의 외국시를 우리나라에 번역했다. 여섯째, 시의 정형성과 자수율에 관한 문제도 실로 중요하다. 안서가 고집 세게 물고늘어진 7.5조와 한국의 전통적 리듬의 비교 및 계승 문제를 다루거나 일본 와카와의 비교, 혹은 안서 당대에 미친 영향을 찾아내는 쪽이 매우 중요하다.

II-2 자연, 노동 예찬과 먼 곳에의 동경

박태원은 "일본시인이나 삼석승오랑(三石勝五郎 미쓰이시 가쓰고로)같은 사람은 내가 가장 사랑하는 시인으로 그의 작품은 확실히 내가 바라는 그것에 틀림없다"12)고 말하며 미쓰이시 가쓰고로의 작품도 탐독하고 있다. 지금부터는 박태원이 글에서 자주 언급한 미쓰이시 가쓰고로13)에 대해 알아보도록 하자. 우선 1927년 1월에 쓴 장문의『병상잡설』에서 "시 한편 외이지도 않고 어떻게 살어오긴 하였누?"하리만큼 놀라워, 황황히 이불을 차고 일어나 탁자에서 삼석승오랑의『화산회(火山灰)』를 들고 다시 누웠다. 「시문잡감」에서 잠시 말한 일도 있거니와 삼석 三石씨는 가장 나의 경모하는 시인의 한 사람으로 그의 시편은 확실히 '진眞'과 '열熱'을 아로 새긴 '성명性命의 시'에 틀림없는 것이다." 라며 다음의 시 두 편을 소개하고 있다.

꺼먼손

나는 가느다란 손의 소유자를 개의치 않는다.
나는 턱 괴이고 앉아 생활의 협위威脅에 떨고있는 젊은이에게
다시 한번 맘을 돌려서 가슴의 피를 파내라고 말한다.
행복이란 도망하지는 않는다.
운명은 네것이다.

---

12) 위의 책, 2005, 302쪽.

13) 三石勝五郎(1888－1976) 시인. 나가노현 출생. 중학교 5학년 때부터 시작에 흥미를 가지고 佐久의 풍물이나 역사를 신체시 형식으로 읊었다. 1912년 2년 와세다대 영문과 졸업 후 방랑하며 조선에서 지낸다.(어느 시기에 한국에서 지냈는지는 불분명하다, 인용자주)신문잡지의 기자를 하고 당시의 시를『火山灰』(新潮社, 1924.3)에 수록. 노동과 托鉢行脚을 실천, 나날의 생활에 있어서의 종교적 법열을 시집『散華楽』(新潮社,1923.4,)에 수록. 후에 향리에 귀농한다. 『日本近代文学大事典 第三巻』, 講談社, 1978, 295쪽.

나는 철로 선로에서
곡괭이질을 하고 있는 노동자의
저 꺼먼 손을 좋아한다.
오! 꺼먼 손이여
저 손을 좀 만져 보렴 열도 있다. 힘도 있다.
모-든 것이 네것이다.

몇푼의 돈이 있을 때

왼손이
나를 훔쳐갈겼다
"니놈아 너는 어디로 가는 모양이냐."
어느 공원 문턱을 돌쳐설 때
"왜 너는 오늘도 펀둥펀둥 놀고 있느냐
대체 어떻게 너는 살아갈 작정이냐."
"나는 이렇게 직업을 구하고 있다.
그러나 일자리가 없단다."
"학문을 내어버려라 허영을 내어버려라
너는 이제 아-모 이력도 경험도 없는
어리석은 사람으로서 직업을 구하여라"
내가 머뭇거리고 있을 때
주먹이 또 한번 머리 위를 스치려 하였다.
나는 주머니에 손을 느허 보았다.
나의 지갑에는 아직도 몇푼의 돈이 있었다.[14]

---

14) 위의 책, 107-108쪽. 꺼먼 손은 「黒い手」, 몇 푼의 돈이 있을 때는「幾らかの金があ
る時」가 원시의 제목이다. 여기에 일본어 시의 원문을 소개한다.「黒い手　私はかぼそ
い手の所有者を顧みない/私は-j杖ついて、生活の脅威に'ムびえてゐる若人に/今一度思
ひ直して胸の血を掘り出せと迫る/幸福は逃げはしないのだ/運命は君のものだ/私は鉄
道線路で/鶴嘴を振つてゐる労"ュ者の/あの黒い手が好きだ/おお黒い手よ/此の手にふれ
て見ろ、熱もある、力もある/みんな君のものだ」『火山灰』(新潮社、1924、p.79)「幾ら

어떻든 좋은 노래다. 이 시를 읽고 독자는 이 시인을 사랑하는 필자의 심정을 알았을 줄 믿는다. 이러한 노래야말로 참된 인간 생활의 꾸밈없는 단편이 아닌가.[15]

미쓰이시의 『화산회(火山灰)』는 신쵸사(新潮社)에서 1924년에 출간되었고, 그 1년 전인 1923년에는 같은 신쵸사에서 『산화락(散華楽)』이라는 시집이 출판되어 있었다. 일본의 출판물은 식민지의 도서관과 서점에도 거의 동시에 들어왔으므로, 이 시집들을 읽은 것으로 보인다. 위의 시 두 편은 모두 노동을 찬미하고, 힘차게 사는 인생을 노래한 것이다. 그럼 여기서 당시의 평을 살펴보자. 요시에 다카마쓰 吉江喬松는 1923 년 3월 30일에 쓴 『散華楽』의 해설에서 「자연, 노동, 표박(漂泊)의 시인 『散華楽』 저자 三石勝五郎君」(신쵸사, 1-17 쪽)이라는 제목으로 아래와 같이 헌사를 하고 있다.

이번 『散華楽』에 모은 수백의 시는 대자연과 법열과의 賜物을 유감없이 표현으로 가져온 것이었다… 실제 이 시인은 넓은 하늘 아래를 멀리 우러르면서 어디까지라도 어디까지라도 걸어간다. 하늘을 노래하는 기쁨이 이 자연시인의 하나의 특색이다… 자연과 함께 움직이고, 일하고 살아가지 않으면 안된다. 이런 의미에서 『散華楽』의 시인이 노래하는 것은 한자 한 구절, 지극히 이 사람자신의 오체가 경험한 것의 표현이다. 그에게 있어서는 자연은 인간생활의 배경도 무대도 또 관조의 대상도 아니다. 자연은 그 외에, 또 그 안에 살아 움직인다. 노동이라는 것은 즉 그에게 있어서는 사

か金がある時 手が- て/俺をブンなぐつた-/オイ、貴-lはどこへ行くのだ」/とある公園の入り口の角を曲がる時/「なぜ貴-lは今日もぶらぶらしてゐる/一体、どうして貴-lは暮らさうとするのだ」/「俺は、斯うして職を求めてゐる/が、勤め先がないのだ」/「学問を捨てろ、　栄を捨てろ/貴-lは、もう何の履-　も経験もない愚かな一人として/職を求めろ」/俺がぐづぐづしてゐる時/拳が、再び頭上を掠めようとした/俺は懐に手を入れて見た/俺の財布には未だ幾らかの金があつた　日比谷にて大正五年十月三十一日」『火山灰』(新潮社, 1924, 156-157쪽)

15) 『조선문단』(초출,1927. 1) 『구보가 아즉 박태원일 때 』, 깊은샘, 2005, 106-108쪽.

는 것이고, 자연 본래의 생활을 하는 것이고, 그리고, 그것은, 그게게 있어서는 괴롭기는 하지만, 그 이상의 희열이다. 즉 그에게는 삶은 노동이고, 노동은 삶이고, 자연이다… 이 자연 시인은 또한 당연히 노동의 시인이다… 집합생활의 원자로서 본 개인생활을, 최저한도로 환원하고, 그것을 체현하고, 그 생활을 단적으로, 솔직하게 노래하는 점에서 전혀 독자적인 것이다.

미쓰이시는 1888년에 일본 나가노현(長野県)에서 태어나, 1913년 와세다 대학(早稲田大学)졸업 후, 부산에서 부산일보 기자로 근무한 경력을 가지고 있다. 그의 시중에는 한국에서의 체험을 살린 「COSMOS－부산항의 추억 釜山港の思い出」16), 「백의의 무리 白衣の群れ」17), 「아라랑 アララング」)18) 등이 있는데, 3편의 시는, 미쓰이시가 부산에 살면서 목격한 식민지하의 한국풍경을 상징적으로 노래한 애수의 시이다. 세편에 통저하는 모티브는 나라를 빼앗긴 한국인에의 공감과 통석의 정이라고 볼 수 있다. 굳이 말한다면 「피를 흘린 저녁노을의 하늘 血を流した夕焼けの空－」 이라고 하는 한 줄을 한국민족의 고통과 슬

---

16) 조선은 돌의 나라 朝鮮は石の　/저 차가운 하늘을 찌르며 あの冷たい空を突いて/가느다랗게 포플러 나무는 자란다 ほそぼそとポプラの木は育つ/붉은 선의 언덕과 赤い線の丘と/민둥산, 내가 있던 항구에는 坊主山、私がいた港には/언제나 석양이 힘없이 떨어졌다 いつも夕陽がやせ落ちた/나라가 망해도 바다 푸르고　にほろびても海の碧/하얀 까치 가을을 노래하고 白いかささぎ秋を鳴き/반도의 모래땅을 찾아 코스모스 피네 半島の砂地求めてコスモス咲けり『火山灰』, 新潮社, 1924, 159쪽. 미쓰이시 시의 번역은 인용자에 의함. 이하 같음.

17) 피를 흘린 저녁노을의 하늘에서 血を流した夕焼けの空で/백의의 조선여인은 피리를 분다 白衣の鮮女は笛を吹く (原注　鮮女＝朝鮮人の女) /쓸쓸한 자의 발걸음 さびしきものの足どり『散華楽』, 新潮社, 1923, 188쪽.

18) 바위산의 岩山の/ 포플러그늘에서 뒹굴며 자니 ポプラかげにごろねして/여보가 부른 아라랑 ヨボが唄ったアララング/ 망국의 달빛에 亡びしの月かげに/족적 서늘하게 足跡さむく/ 바람이 분다 風が泣く(원작자주 「아라랑」은 조선인이 부르는 노래로 그것을 들으면 일종의 센티멘탈한 망국적 애조에 눈물이 난다) 『火山灰』, 新潮社, 1924, 160쪽.

20

품으로 해석하는 것도 가능할 것이다. 이 시인에게는 이 밖에도 강제 동원된 한국인의 아픔을 주제로 한「한잔의 주정뱅이 一杯の酔いどれ)」,「仏国寺」라고 하는 작품도 있다. 미쓰이시는 일본에서는 그다지 알려지지 않은 시인이다. 그런데도 박태원이 인생의 참된 생활을 노래하는 시인으로서 경모하게 된 이유는 무엇일까? 인생의 "진과 열"을 추구하고 싶었던 습작기의 그는, 요시에가 언급한 "자연의 힘을 인간을 통해서 발동하는 것, 그것이 노동이다." … 대자연의 평등성이 즉 그의 생명이다. 그의 본질은 자연 그 자체의 평등성을 가지고 살아가는 것이다."에서 알 수 있듯이 자연과 노동에의 예찬, 식민지 한국 관련 시등에 나타나는 삶의 자세에 공감했기 때문일 것이다.

다음으로, 박태원이 문학형성기에 읽은 일본 작가는 많지만, 그 중에서도 사이죠 야소 西条八十[19]라는 시인의 시에 주목하고 싶다.

> 하이네 서조팔십(西條八十사이조 야소)   야구우정(野口雨情노구치우조)펠 이러한 이들의 작품을 흉내내어 성盛히 「抒情小曲」이란 자를 남작濫作하든 구보는 드디어 이 해 가을(17세 , 인용자주)에 이르러 집안 어른의 뜻을 어기고 학교를 쉬어버렸다.[20]

박태원은 고교재학중의 습작기에 일본문학을 다수 읽고 있는데, 사

---

19) 西条八十(1892－1970) 시인, 불문학자. 와세다대 졸업, 1931년 동교 교수 .사이죠 가계는 에도 시대부터 메이지 초기까지 전당포를 했으나 1880년에 폐업하고 당시에는 드문 비누제조업을 시작했다. 동시에 외국에서 수입한 비누도 판매했기 때문에 어린 야소는 舶来비누의 레테르를 보며 이국적인 꿈을 꾸었다고 한다. 1898년에 고등소학교 입학 후 백부로부터 사서오경을 배우고, 야소의 집에 기숙하고 있던 신문기자였던 후쿠나가 福永文雄에게 영어를 배운다. 영어를 좋아했던 야소는 중학교3년쯤에는 롱펠로우를 번역할 정도가 되었다. 1923년에 도불하여 소르본느대 수학. 발레리등의 프랑스 시인 연구. 파리시대의 작품집으로 「파리소곡집」(交蘭社,1926)이 있다. 시집으로『砂金』, 童 카나리아 かなりあ』, 가요「東京音頭」, 동경행진곡등이 있다.『日本近代文学大事典第二巻』, 日本近代文学館編, 講談社, 1978, 68 -69 쪽.『広辞苑』참조
20)『구보가 아즉 박태원이었을 때』, 깊은샘, 2005, 228쪽.

이죠 야소의 시를 읽고 습작을 하면서는 급기야 학교까지 휴학을 하기에 이른다. 인용문 중에「抒情小曲」이라는 단어가 보이기 때문에 그가 읽은 시집은 1926년에 나온『巴里小曲集』일 것이다. 이 시집에 실려있는 「回想」은 나중에 언급하게 될 1927년 7월에 나온『해외문학』에도 愛誦九篇(英·仏·米·日)속의 유일한 일본 문학 관련 내용으로서, 이하윤의 번역으로 실려있다. 시의 내용은 다음과 같다. "남불의 南ァの/산 봉오리 작은 마을에 峰の小村に/나는 있었다 われありぬ、/그날 그の日、/그 여름. 나의 삼월 その夏。われ三月/일본인의 日本人の/그리운 말을 なつかしき言葉を/못듣네. 너무나도 聞かず。あまりにも/쓸쓸할 때는 寂しきときは/오직 혼자 ただひとり/숲과 이야기하고 森と語りて/、내 목소리의 わが声の/숨겨진 반향을 かくす反響を/그나마 들으며 いとせめて/즐거워했구나 愉しみたりき。/남불의 南ァの/산봉 오리 작은 마을에 峰の小村に/고독한 孤"二なりし/그 날, 그 여름 その日、その夏。"21)

이 시에서는 "일본인의 日本人の/그리운 말을 なつかしき言葉を/못 듣네 聞かず"의 부분을 제외하고 일본 시인으로서의 색채는 느껴지지 않는다. 오히려, 일본 색이 지워져 있고, "남불의 작은 마을 南ァの小村"이라는 "머나먼"곳에서의 생활이 나타나있다. 오영진은 "이 시의 원작자가 일본인이기는 하였지만 멀리 이국의 하늘 아래서 고향을 그리는 애절함이 어쩌면 나라를 잃고 일본의 하늘 아래서 방황하는 역자의 마음에 가장 잘 투영된 작품으로 여겨, 창작란이 없는 同誌에 차용된 것으로 믿어진다."22)라고 논하고 있다. 그렇지만, 해외문학파가 사이죠 야

---

21)『巴里小曲集』, 文蘭社, 1926, 20-23쪽. 번역은 인용자에 의함.『해외문학』에 실린 이하윤 번역문은 참고로 다음과 같다. 南쪽 仏蘭西/山속 적은 마을에/나는 있었다./그날 해 여름/나는 석달을/우리 故国 사람의/ 그립은 말소래를/듣지 못했다./너무도 孤寂해지며는 /다못 혼자서/숲울과 말하며/내 목소래가/울려오는 反響을/그나마 들음으로/깃버 했노라/仏蘭西 西南便/山속 적은 마을/ 외로웠었던/그날, 그해 녀름.

22) 오영진, 「우리나라 近代文芸誌에 나타난 日本文学의 忌避에 대한 考察」,『제주대학

소의 이 시를 골라 실은 이유도 그 제재가 일본이 아닌, 서양의 "남불의 작은 마을 南ﾌの小村"이라는 미지의 곳이라고 하는 데에 매력을 느꼈기 때문일 것으로 생각된다. 더불어, 박태원의 경우에도 서정적인 서양, 먼 미지의 곳에 대한 동경이 습작기에 있었던 것으로 보인다.

박태원은 일본 유학 전에 "양복 호복에 왜복도 조타. 네살 네뼈를 잇지만 마소"라는 김안서의 시 세계, 식민지 조선의 현실을 아파했던 미쓰이시 가쓰고로라는 시인의 자연의 평등성과 노동 예찬의 시, 사이죠 야소라는 세련된 서양풍의 서정 시인 사이에서 구체적인 문학의 방향성을 찾고 있었던 것이다.

Ⅲ. 법정 대학 선택의 배경

Ⅲ-1 교토, 법정 대학

박태원이 1930년 9월 16일에 쓴, 나중에 몽보[23]라는 아호까지 그에게 지어준 춘원 이광수에게 보낸 편지(「片信」『동아일보』1930.9.26)를 보자. 「편신」에는 동경으로 향하는 도중에 교토에 잠시 내렸는데, 비가 왔기 때문에 아무것도 구경할 수 없었고 다만 경극과 어떤 신사와 공원을 잠깐 봤을 뿐 이었다며 그 때 느낀 감상이 쓰여있다.

논문집 』11호, 1980.2, 222-223쪽.

23) 文学少年인 時節에 本名을 <음>대로 옮기어 스스로 「泊太苑」이라 称하여 当時의 쬡作은 擧皆 그 이름으로 発表하였던 것이나, 뒤에 春園先生에게 号를 求하여 아모래도 「-甫」라 붙이는 것이 좋다고 朴君은 무슨 빛을 좋아하시오 하고 先生이 물었던 것은 大概 나의 憂鬱한 性格으로 밀우어 黄色을 좋아할 것은 틀림없는 일이라 그래 先生은 은근히 [黄甫]라 命名하고 싶었던 까닭이나 나는 오히려 「꿈」과 같은 色彩를 좋아한다고 가장 神秘하고도 可憐한 对答을 하여 마츰내 先生은 나의 雅号를 <夢甫>라 하여 주었다. 『中央』 4권4호, 조선중앙일보사, 1936. 4., 169쪽.

분명히 경도는 귀貴여운 곳이라 생각합니다. 경도를 떠날 때 약간 섭섭한 생각이 들었사온데 그것을 형용하자면 마치 중년신사가 동기童妓로부터 철없는 - 천진스런 이야기며 작난을 하다가 떠나가는 (물론 소생은 중년도 아니오며 또한 여하한 경륜도 없사오나)어떻든 그러한 종류의 섭섭한 생각이었습니다.

교토에 대해서 "동기로부터 떠나가는 중년신사"와 같은 기분으로 "귀엽다"라고 표현하고 있는데, 천년 이상 수도였던 교토라고 하는 고도가 상징하고 있는 일본의 역사를 다만 외관의 귀여움과 아름다움만으로 파악하고 있고, 그 역사적 무게는 부여하고 있지 않다. 또한 그가 하루 동안의 빗속 교토 체재 중에 잠깐 본 곳은 일본 토속 종교 신도에 바탕한 신사와, 공원이었는데, 여기에서 마루야마 히로시 丸山宏의『근대 일본 공원사 연구 近代日本公園史の研究』(思文閣出版, 1994)중의 공원사에 관한 기술을 보도록 하자.

공원이라고 하는 것은 도식적으로 말하면, 구미선진국이 산업혁명"E부르주아혁명을 체험하고, 자본주의적 발전과는 반대로, 그 모순이 도시환경의 악화로 노정되어오는 19세기 전반에 부르주아 사회가 일찍이 특권 계급의 소유물이었던 정원을 개방하여, 혹은 도시의 오픈 스페이스를 법제적으로 확보하여, 도시기능을 <건전>하게 보이는 장치로서 인식하여 도입한 것이다. (1-2쪽)

막부말기·메이지기의 많은 구미견문체험자들은 대체로 여러 도시의 공원의 존재를 평가하고 공원을 문명국가에 있어서 불가결한 위생시설이라며 귀국 후에는 그 필요성을 호소했다. (2쪽)

도시에 공원이 도시계획에 의해 설치된다고 하는 것은 원칙적이기는 하지만, 현실에서는 예를들면 <대전기념> <행차기념>이라는 우발적인 기념성을 계기로 해서 공원이 설치된 예가 많이 보였던 것도 사실이다. 오해를 부를지도 모르겠지만, 지방에 공원을 설치하게 된 계기의 하나가 바로 이 <기념성>이라고 할 수 있을 것이다. 공원 그 자체가 청일, 러일전역기념으로서, 혹은 그 전사자의 초혼비, 충혼비의 건설지로서 또한 대전 기념을 계기로, 소위 공공적인 기념성을 표출하는 장으로서 설정되어있다. (6쪽)

마루야마가 지적하고 있듯이, 공원은 "문명국가에게 있어서 불가결한 위생시설"이고, 일본에 있어서는 청일·러일전쟁의 전역기념과도 관련이 있으며 "소위 공공적인 기념성을 표출하는 장으로서" 설정된 측면도 갖고 있다. 박태원이 일본 공원의 특수한 측면을 의식하고 있었는지 어떤지는 분명하지 않다. 그렇지만 그의 심리 기저에는 공원의 존재를 문명국의 상징으로서 선망한 측면은 있었다고 할 수 있지 않을까? 1910년대까지의 한국유학생이 동경에 대해 기술한 문장에는 공원이 자주 언급되고도 있는 것이다.

교토의 일본적인 것에 귀여움만을 느낀 중후한 "중년신사" 한국 유학생 박태원은 영문학이라고 하는 서양학문을 배워 "시대와 나라의 의사가 되겠다"고 하는 희망을 안고 동경으로 향한다. 박태원은 법정대학 예과에 적을 두고 다바타 田端에 집을 정하는데 다바타에 집을 정한 이유는 「片信」에 다음과 같이 나타나있다.

13일 조朝에 동경에 도착하야서는 선생님 일러주시든 대로 본향을 물색하여 보았사오나 두 가지 이유로 본행에 숙소를 정하는 것을 대략 반년간 연기하얐습니다. 첫째, 법정 法政통학에는 시전市電을 이용하게 되는 까닭, 둘째, 그리고 가장 중요한 것은 제대帝大, 一高生에게 위압당하는 감이 있는 것.-좀 우스운 말씀같사오나 실상 현재의 소생에게는 이것이 가장 큰 원인이요 또한 아오 진실한 말인 것입니다. 약 반년 있다가 중앙부中央部로 진출하려 합니다.

박태원은 동경제대와 일고가 위치한 동네인 혼고 本郷는 무엇보다도 동경제대생와 일고생에게 위압받는 느낌이 있어서 피하고 있는데, 그것으로 그에게 엘리트 의식이 있었던 것을 알 수 있다. 법정대학을 고른 데는 다른 이유가 있었으리라 짐작되기도 하는 부분이다.

그렇다면, 경성제일고보라는 서울 제일의 명문고 출신 박태원이 왜 법정대학으로 유학을 가기로 결정한 것일까? 우선 결론부터 말하자면, 법정대학에서 영문학과 독문학을 공부한 이하윤과 김진섭에게 영향을 받았을 가능성이 높아 보인다. 그들은 동경 유학생을 중심으로 만들어진 외국문학연구회가 전신인 해외문학파24)의 구성원이었다. 이하윤과 김진섭은 1934년 박태원의 결혼식에도 참석했으며, 이하윤은 1923년에 제일고보를 졸업한 선배이기도 하며, 1926년 법정대학 영문학과 재학 시, 불어, 이태리어, 독일어도 공부했다고 전해진다. 1927년 1월에 해외문학파가 창간한 『해외문학』은 한국 최초의 외국문학 소개전문지로서 출발하여 서양의 문예사조와 문학 작품의 번역소개 및 외국문학의 연구 논문등을 실었지만, 그 해 7월에 제 2호를 발행하고 종간했다. 1927년에 박태원은 경성제일고보 2학년을 마치고 신경쇠약을 명목으로 휴학 중이었는데, 백화와 이광수에게 문학수업을 받으면서 서양문학에도 심취하고 있던 시기여서 당시 그 잡지를 읽고 영향을 강하게 받았을 것으로 추측된다. 그러나 박태원이 동경에 있던 시기는1930년부터 1931년이기 때문에 동경에서 해외문학파들과 직접적인 교류가 있었다고는 생각되지 않는다. 그들은 모두 귀국한 시점인 것이다.

이제부터는 박태원이 선택한 학교인 법정대학에 대해서 알아보자. 그렇게 하면 유학의 목적이 더욱 선명해질 것이다.『법정대학 1880-200

---

24) 초기의 외국문학연구회는 법정대 이하윤, 김진섭, 홍재범, 손우성등 4명, 와세다대 이선근, 정인섭 2명, 동경고등사범학교 김명화 1명, 동경외국어대 김온 1명으로 8명의 구성원이었다. 이후 『해외문학』창간호와 2호를 발행하는 사이에 함일돈, 정규욱, 이병호, 장기제 등이 동인으로 추가되고, 나중에 이헌구, 김광섭, 서항석, 박용철, 조희순, 유치진등이 여기에 합류했던 것으로 보인다. 장인수, 「文化・敎養 층위의 近代主義-海外文學派에 대한 批判的考察」, 『성균어문연구 38집』, 2003.12, 218 쪽.

그 발자취와 전망 法政大学1880−2000その歩みと展望』(법정대학사자
료위원회편, 법정대학 발행, 2000)에 의하면, 「예과의 융성과 소세키문
하 予科の隆盛と漱石門下」라고 하는 제목 아래에 다음과 같은 내용이
있다.

　　　법정대학의 발족과 동시에 1920년8월, 예과주임교원 14명, 학부전임교원
9명의 채용이 이루어졌다. 이것으로 예과 담당 교원 48명중 전임교원이 30
명이 되었다. 그때까지 예과의 강사였던 노가미 도요이치로가 예과장이 되
어서, 충실한 문과의 중심이 되었다. 노가미는 소세키를 추모하는 「구일
회」의 간사역이고, 소세키 문하생과 추모자들의 중심에 있었기 때문에 노
가미에 의한 예과와 학부 문과계열의 충실함은 스스로 소세키문하라고 해
도, 그것은 반드시 문학자집단만을 의미하지는 않았다. 거기에 모리타 소헤
이, 우치다 햑켄, 아오키 겐사쿠등이 있었던 것은 분명하며, 아베 요시시게,
고미야 도요타카, 와츠지 데츠로등도 모여있어서, 형성되어있던 소세키 인
맥은 리버럴파 지식인 바로 그 자체였다. 法政大學の"ュ足と同時に、1920年
8月、予科主任教員14名、學部專任教員　9名の採用がなされた。これで、
予科担"-教員48名のうち專任教員が30名となった。それまで予科の講師で
あった野上豊一郎が予科長となって、文系充實の中心となった。野上
は、漱石を偲ぶ「九日會」の幹事役であり、漱石門下生"E追慕者たちの中
心にあったので、野上による予科と學部文系の充實は自ずと漱石門下と
いっても、それは、必ずしも文學者集'cを意味していなかった。そこに、
森田米松(草平)、内田榮造(百聞)、井本(靑木)健作、などがいたことは確か
であるが、安倍能成、小宮豊隆、和辻哲郎、なども集っていたのであり、
形成されていた漱石人脈は、リベラル派知識人のそれであった。(53쪽)

　박태원은 『白光』이 문인을 대상으로 실시한 "처음으로 사숙 私淑한
작가는? 지금 누구?"라는 설문에 대해서 "하목수석(夏目漱石 나쓰메소
세키), 지금은 별로 들어 말할 분이 없습니다"(「문인멘탈테스트」
1937.4, 438쪽)라고 대답하고 있다. 문학을 배우기 시작한 초기에는 나

쓰메 소세키의 영향이 있었던 것을 명백히 하고 있다. 그러한 박태원에게 있어서 소세키 인맥 중에서도 리버럴파 지식인이 다수 모여있는 법정대학은 그곳 유학을 결심하게 하는 요소가 되었을 가능성이 있다. 또한 1930년부터 31년의 교원명부에는 하야시 다츠오 林達夫, 다니카와 데츠조 谷川徹三, 사토 하루오 佐藤春夫등 유명 작가의 이름도 보인다. 게다가 특이할 만한 것은 이어지는 다음과 같은 설명이다.

　　대학령에 의해서 종합대학이 된 법정대학의 교수진은 충실했다. 예과와 문학부에 소세키 문하와 니시다 기타로 문하의 수재가 결집하여 1903년대에는 「황금시대」라고 불리는 고도의 지적 분위기가 법정대학을 뒤덮게 되었다. 법정의 학생들은 노가미 도요이치로, 와츠지 데츠로, 고미야 도요타카, 아베 요시시게, 도요시마 요시오, 하야시 다츠오, 미키 기요시, 다니카와 데츠조, 도사카 준등의 혜택받은 교수진을 접하게 되었다. 매년처럼 개최되었던 문학부 주재의 「문예사조강연회」에는 타대학 학생의 참가도 많고, 이 강연회의 매력에 이끌려 법정대학에 다시 입학하는 학생도 나올 정도였다. 젊은 철학자들과의 지적 교류를 가능하게 하는 이해력 높은 학생층이 형성되어, 대학의 분위기가 바뀌었다. 大學令によって　合大學となった法政大學の教授陣は充實した。予科と文學部に漱石門下と西田幾多郎門下の俊秀が結集し、1930年代には「黄金時代」と言われる高度の知的雰囲氣が法政大學をおおうことになった。法政の學生たちは、野上豊一郎、和辻哲郎、小宮豊隆、安倍能成、豊島-＾誌雄、林達夫、三木清、谷川徹三、戸坂潤などの惠まれた教授陣に接することになった。-毎年のように開催された文學部主宰の「文芸思潮講演會」には他大學の學生の參加も多く、この講演會の魅力に引かれて法政大學に入學し直す學生も出るほどであった。若き哲學者たちとの知的交流を可能にする理解力の高い學生の層が形成され、大學の雰囲氣がΊった。(65쪽)

　　유학 전에 서양문학 전반에 심취해있던 박태원에게 있어서 서양의 "文芸思潮講演会"가 열리는 법정대학은 매력적이었음에 틀림없다. 그

28

소문은 이미 법정대학의 선배들 로부터 들었을 것이다. 다만, 동경의 실
체험에 기반한 소설 「반년간」(『동아일보』1933.6.15-8.20)에 등장하는 법
정대학의 선생은 실재인물인 에프 이 머써(F. E. MERCER)라고 하는 영
국인 교수뿐이다. 그 밖의 일본인 교수는 전혀 등장하지 않는다. 여기서
다시 한번 동경은 서양의 영문학을 공부하기 위한 편의상의 장소였던
것을 알 수 있다.25)

Ⅲ-2 해외 문학파와의 상관성

<해외 문학파>26)의 특성에 관해서 상세히 알아보면, 박태원이 지
향했던 문학의 방향을 구체적으로 알 수 있을 것이다. 해외 문학파는
알려진 바와 같이, 1925년 동경에서 발족한 외국문학연구회가 모체이
고, 구성원의 대부분이 대학의 예과에 재학중인 신분이었다. 재학 대학
은 초기구성원 8명중 4명이 법정대학이고, 전원이 영·독·불·노문학
등의 외국문학을 전공하는 공통점을 갖고 있었으며, 모두 이전의 한국

---

25) 법정대학 1학년 시절 박태원의 학적부에, 주소는 「東京府下戶塚町下戶塚57, 改明
館」으로 되어있다. 성적표를 보면 외국어는 제1영어, 제2불어를 선택하고 있다. 전체
성적은 수험인원38-40명중에서 16등이고, 각 과목의 점수는, 제1외국어 93, 제2외국어
44, 국어80, 작문65, 한문88, 역사40, 윤리는 1학기는 0, 2학기는 결석, 법통(法通)35, 수
학40, 자연과학55, 수신(修身)50이다. 영문학 공부를 위한 유학이었던 만큼 영어는 발
군이었다는 것, 일본어로는 작품을 쓰지 않았지만 물론 일본어 실력은 있었고, 한문은
어렸을 때부터 익숙하기 때문에 우수한 성적이었다는 것을 알 수 있다. 이 성적표에서
주목하고 싶은 것은 역사와 윤리, 법통, 수신등의 일본제국주의의 교육방침의 중심이
라고도 할 수 있는 과목의 공부가 무시되고 있다는 점이다. 여기에서도 박태원의 유학
의 지향점이 보인다고 할 수 있다. 즉, 점수는 별로 좋지 않았지만 제2외국어로 불어도
공부하고 있고, 영어 성적이 가장 우수했다고 하는 것은 그의 지향은 서양문학에 있었
을 뿐, 현실적인 일본제국주의의 교육이 아니었다고 말 할 수 있지 않을까 한다.
26) 해외문학파라는 명칭은 정인섭의 「조선문단에 호소한다」(『동아일보 』1931.1.17)로부
터 사용되었다.

문단에서 행해진 해외문학의 번역과 소개에 미흡함을 느끼고 있었다.

『해외문학』은 1927년1월에 200쪽 정도의 창간호27)를 발행하고 있다. 이 잡지는 그 이전의 잡지와는 근본적으로 다른 두가지 특색이 있었다. 그 특색을 이하윤은, "첫째 모든 내용이 외국문학의 번역과 소개였다. 둘째 통속주의를 배제하고 대학의 고고성을 살리려고 한 문학태도였다"라고 지적하고 있다.28) 해외문학파 이전에도 외국문학의 번역소개는 빈번하게 행해졌지만, 어디까지나 시인들의 부업적인 측면이 강했다. 제 2호29)는 1927년7월에 발행되었는데, 일본문학은 창간호에서는 전혀 다루지 않았고, 2호에서는 평론 「明治文学의 史的考察」이라는 글과, 문학작품 소개도 사이죠 야소의 짧은 시「回想」의 번역에 그치고 있다. 여기에서 해외문학파의 외국문학 번역소개의 태도와 입장을 알 수 있을 것이다. 해외문학파는 일본이라고 하는 서양문학의 중간단계를 경유하지 않고, 서양문학 전공자에 의해서 서구 근대문학을 직접 번역 소개하여, 한국근대문학을 건설하는 것을 목표로 하고 있었다. 그리하여 그들은 창간호부터 일본문학을 등한시하고, 일본문학으로 경도하는 것을 극력 경계했다.

이헌구는 "그들은 조선적 문학건설을 위해서 문학청년적 야심과 열정으로서 현해탄을 건너가, 다시 새로운 포부와 이상을 가지고 한양성을 찾아온 것이다"30)라고 해외문학파를 평가하고 있다. 무엇보다도『해

---

27) 창간호의 주요 내용은 평론 김진섭－表現主義文学論, 정인섭-포를 論하야 外国文学研究의必要에 及하고「海外文学」創刊을祝함. 最近英詩壇의 趨勢, 露西亜文学의 創始者 푸쉬킨의 生涯와 그의 芸術, 소설번역은 에드가 알란포우, 아나톨 프랑스, 하인릿히만, 시번역은 P. 베르넨느, 푸쉬킨, 존메이스필드, 알프렛드 뭿세, 괴테, F.니이체, 희곡번역은 안톤 체홉, 마리넷티등이다.

28) 이하윤, 「나와 해외문학시대」,『이하윤 전집』, 한샘사, 1983, 182쪽.

29) 2호의 주요내용은 평론 黎明期露西亜文壇回顧,, 明治文学의 史的考察, 쇼오劇의 작품과 思想, ,시번역은 A.테닛슨, 뭘터 드라메어, 포올제랄디, J.골스워어디, 西条八十, W.휘트멘, 소설은 알퐁스 도오데, 희곡은 체홉과 버어너드 쇼오의 작품등이다.

30) 이헌구, 「해외문학창간전후」, 『조선일보』, 1933.9.29.

외문학』 창간호 권두언에는 "우리가 외국문학을 연구하는 것은 결코 외국문학연구 그것만이 목적이 아니요 첫째에 우리 문학의 건설, 둘째로 세계문학의 호상범위를 넓히는 데 있다"[31]라고 그 의지가 강하게 표명되어있다.

정인섭은 창간호「포오를 論하야」『해외문학』(1) 속에서 단순한 포의 약력만을 소개한 후에, 반 이상의 지면을 해외문학연구의 의의를 표명하는 데에 사용하고 있다.

> 우리는 아직 그 <彼와 彼女> 兩語도 決定치 못했으니 그만큼 不足한 우리는 外國文學을 輸入하는 同時에 우리말을 硏究하여야 할 것이다. 우리에게 必然의 努力을 要求하는 것이니 今般의 가갸날의 誕生은 時代相의 必然的 要求에 依한 것이라 하겠다. 얼마나 반가운 일이냐.

외국문학 연구와 함께 한국어도 연구해서 어휘를 풍부하게 하는 것이 당면한 한국문학의 발전을 위해서 필요함을 역설하고 있다. 이헌구는 「해외문학과 조선에 있어서 해외문학인의 임무와 장래」(『조선일보』 1932.1.1－13)라는 글에서, 해외 문학파의 문학사적 의미를 부각시키기 위해서 외국문학과 한국문학간의 교섭을 3기로 나누어 서술한 바 있다. 우선 제1기는 1920년부터 3·1운동 이전까지다. 이 시기는 외국문학을 전문적으로 연구하는 사람이 없었고 또 조선 근대문학의 초창기인만큼 번역 활동이라는 것이 극히 미미했다. 그러나 외국문학의 영향력은 거의 절대적이었다. 이 시기 외국문학은 주로 낭만주의 작가에 국한되어 있었다. 제2기는 3·1운동 이후부터 1924년까지다. 이 시기에 일본을 통하여 러시아, 프랑스의 자연주의 작가가 많이 번역 소개되었다. 김억의 「懊惱의 舞蹈」, 양주동의 『金星』 등의 번역활동은 아직 집단화되지 못한 개인적 차원의 활동이었다. 제3기는 해외문학파의 활동시기이

---

31) 『해외문학』, 제1호, 1927.1, 1쪽.

다. 해외문학파는 어떤 중심을 가진 조직이라기보다 자유로운 각자의 입장에서 史的 学究的으로, 또는 조선 현실 문단에 '가장 현대적인 가장 진보적인 문학의 소개'를 목적으로 하는 友誼的 그룹이라고 평했다. 이헌구는 "외국문학연구자는 자기가 생활하는 사회와의 관련성을 잊지 말아야 한다. 외국문학 조류를 그대로 소개하는 것이 아니라 반드시 그 이면으로부터 조선과 관련 하에서 외국문학을 소개해야 하며 독자들 역시 외국문학을 조선 현실과 비교 감상해야 한다"32)고 논하고 있고, 한국의 현실에 기초한 문학건설을 호소하고 있다. 『해외문학』의 폐간 후에도 해외문학파의 그 존재의의는 이어졌으며 그들은 귀국 후 한국 문단에서 활약했다. 『해외문학』 이전에는 한국문단에 외국문학만을 전 문으로 다루는 발표매체가 존재하지 않았다. 이러한 한국문학에 대한 애정과 예술성추구의 경향은, 그 후 1930년대에 들어서 영향력을 확대 하며 그 영향은 구인회에도 미쳤다는 것은 익히 알려진 바와 같다.

한편, 해외문학파는 한국문학에 필요한 외국문학의 선별소개나 서양 과 한국문화라고 하는 두 방식의 균형, 세계각국이 놓인 상황의 차이에 서 생기는 문제의 분석, 그 해결 방향의 제시까지는 이르지 못한 것에 시대적 한계가 보인다. 이러한 당시 해외 문학파의 한계는 일본에 가기 전의 박태원이 안고 있던 문학에 대한 고민과 겹치고 있었다고 볼 수 있다.

IV. 맺음말

지금까지 1930년부터 1년여 간의 박태원의 동경유학 배경에 대하여 살펴보았다. 그가 유학 전에 지향한 문학의 세계는 어떤 것이었는지, 왜

---

32) 장인수, 「文化"E敎養 층위의 近代主義-海外文学派에 대한 批判的考察」, 『成均語 文研究』 38輯, 2003.12, 230쪽.

법정 대학으로 유학을 가게 되었는지, 해외문학파와의 관련성 등에 대하여 고찰했다.

박태원이 동경유학 기간중인 1930년6월에『신생』에 쓴「초하풍경」에는 먼 나라를 동경하는 심정이 쓰여있다.

> 하늘
> 첫여름의 맑은 하늘은 흰 구름이 있어도 없어도 잔디에 누워서 우러러 볼 때에 머-ㄴ 나라 알지 못하는 나라, 좋은 나라를 동경하게 됩니다. 새벽녘에 히끄스름한 달을 치어다보며 천먹을 걷어 들고 지평선을 넘는 아라비아 사람들의 생활도 동경하게 됩니다.[33]

박태원은 유학 초기에 한국을 떠나서 일본에 있으면서도 "먼 나라"를 동경하고 있다. 또한 좋은 나라를 동경하고 있다. 여기에서 일본은 최종목적지가 아니라, 서양문학을 배우기 위한 중간 경유지였던 것을 다시 간접적으로 확인할 수 있다. 그는 일본에 가서 일본이 아니라 서양의 "근대"를 보려고 했다. 일본 문학에의 경도를 경계하면서

서양 근대 문학을 직접 번역 소개하여, 주체적인 한국문학을 건설하려 했던 해외문학파의 선배들처럼, "양복 호복에 왜복도 조타. 네살 네뼈를 잇지만 마소."라고 노래한 김안서의 시처럼, 박태원은 "시대와 나라의 의사"로서 새로운 한국 문학을 세우기 위해 동경 유학을 선택했다. 그러나 식민지 지식인으로서의 자아는 일본 제국의 수도 동경과, 식민지의 현실을 비교할 수 밖에 없는 필연성에 직면하게 된다. 실제 동경 유학을 통한 그의 문학관의 변화 등에 대해서는 추후에 지면을 할애하여 논하기로 한다.

---

33)『신생』(초출, 1930. 6)『구보가 아즉 박태원일 때』, 깊은샘, 2005, 138쪽.

■ 참고문헌

西條八十, 『巴里小曲集』, 文蘭社, 1926.

丸山宏, 『近代日本公園史の研究』, 思文閣出版, 1994.

三石勝五郎, 『散華樂』, 新潮社, 1923.

----------, 『火山灰』, 新潮社, 1924.

法政大學史資料委員會編, 『法政大學1880-2000その歩みと展望』, 法政大學. 2000.

『日本近代文學大事典』, 第二, 三卷, 講談社, 1978.

박태원, 『구보가 아즉 박태원일 때』, 깊은샘 , 2005.

김상태, 『박태원 기교와 이데올로기』, 건국대학교 출판부, 1996.

김용직, 「해외문학파의 외국문학 수용양상 한국근대문학과 일본문학의 상관관계 조사고찰」, 『관악어문연구』, 1983.

박창순, 「식민지기 도일 유학생과 근대지식의 수용」, 『지식변동의 사회사』, 한국사 회사학회편, 문학과지성사, 2003.

오영진, 「우리나라 近代文藝誌에 나타난 日本文學의 忌避에 대한 考察」, 『제주대 학 논문집』, 11호 (1980).

이하윤, 「나와 해외문학시대」, 『이하윤 전집』. 한샘사, 1983.

장인수, 「文化·敎養 층위의 近代主義-海外文學派에 대한 判的考察」, 『성균어문연 구 』, 제38집, 2003. 12.

『문학사상』, 5월호(1973).

『中央』, 4권4호 (1936).

『해외문학』, 제 1호, 2호(1927).

■ **국문초록**

　박태원은 1929년 고등학교 졸업 후, 1년간의 공백을 거쳐 1930년 일본에 건너가 4월부터 1년여간 호세이 法政 대학 예과에 적을 두고 동경 생활을 시작한다. 본고에서는 유학전의 박태원은 무엇을 지향했으며, 그와 동경유학생이 중심이 된 해외 문학파와는 어떤 관련이 있는지, 그가 왜 법정대학으로 유학을 가게 되었는지에 대한 유학의 배경에 대해서 고찰했다.

　유학 전의 박태원은 서양문학과 일본문학, 한국문학을 두루 섭렵하며, 진(眞)과 열(熱)을 담은 한국적 문학의 방법을 모색하고 있다. 조선의 마음을 강조했던 시인 김안서, 일본시인인 미쓰이시 가쓰고로(三石勝五郎)의 자연과 노동에의 예찬, 사이죠 야소(西条八十)의 서정적인 시의 세계를 통해 문학관을 정립하려고 했다.

　박태원은 문학수업을 위해 고교를 휴학 중이던 1927년에, 해외문학파가 발간한 『해외문학』1, 2호를 읽고 그들의 문학의 방향에 공명하여 해외문학파 멤버 4명이 다니던 학교인 법정대학을 유학처로 선택했다. 법정대학은 그가 처음으로 문학을 배운 나쓰메 소세키(夏目漱石) 문하의 리버럴 지식인이 교수진으로 있었으며, 서양 문예사조강연회가 열려 유명한 학교이기도 했다는 점에도 영향을 받았다.

　해외문학파는 일본이라고 하는 서양문학의 중간단계를 경유하지 않고, 서양문학 전공자에 의해서 서구 근대문학을 직접 번역 소개하여, 한국근대문학을 건설하는 것을 목표로 하고 있었다. 박태원에게도 일본은 최종목적지가 아니라, 서양의 영문학을 배우기 위한 중간 경유지였다.

　그러나 해외문학파는 한국문학에 필요한 외국문학의 선별소개나 서양과 한국 문화라고 하는 두 방식의 균형, 세계각국이 놓인 상황의 차이에서 생기는 문제의 분석, 그 해결 방향의 제시까지는 이르지 못한 것에 시대적 한계가 보인다. 이러한 당시 해외문학파의 한계는 일본에 가기 전의 박태원이 안고 있던 문학에 대한 고민과 겹치고 있었다고 볼 수 있다. 그는 일본에 가서 일본이 아니라 서양의 "근대"를 보려고 했다. 그러나 식민지 지식인으로서의 자아는 일본 제국의 수도 동경과 식민지 조선의 현실을 비교할 수 밖에 없는 필연성에 직면하게 된다.

　주제어 : **박태원, 동경 유학, 법정대학, 해외문학**

■ Abstract

Taewon Park's Background of studying in Japan

Kang, So Young

After graduated high school in 1929, Taewon Park had a break about 1 year. Then he went to Japan in April 1930and started his Tokyo-Life. He entered to a preparatory course of Hosei Unievrsity. This work is considered as what he aimed for, how he was related in the foreign literature group, why he had to go Hosei university in Japan.

Before he went to study abroad, he read through books covering all sorts of fields such as western, Japanese and Korean literature. So he sought a Korean literary method that pursues truth(眞) and passion(熱).

Taewon Park tried to establish a view of literature through Korean poet, Anseo Kim who emphasized a mind of Chosun and Japanese poet, Mitsuishi Katsugoro who admired nature and labor, and Japanese poet, Saijoyaso who was in collusion with lyrical verse.

He read the first and second "Foreign literature" published by the foreign literature group while he was taking time off for studying of literature. He chose the Hosei University as a study abroad because he was echoed by their literal focus.And he was affected by the point that Hosei was a very famous university for opening a lecture of a trend of western literature and having liberal and intellectual faculties who studied under Natsume Soseki.

The foreign literature group aimed for establishing a modern Korean literature by introducing and translating modern western literatures directly without Japan, which was called as an intergrade of the western literature.Japan was not a destination but a route to learn western English literatures to him. But the foreign literature group had a periodic limitation. They did not reach analyses and solutions for some problems like introducing selected western literatures which were needed in Korean literature, a balanced culture between western and Korean, and differences of each country's situation. It seems that these limitations of the foreign literature group overlapped with the problems that Taewon Park had before he went to the Japan. It can be seen that certain are more at risk than Taewon Park tried to see western "Modern", not Japan.

Key-words: Taewon Park, studying in Tokyo, Hosei Unievrsity, foreign literature

이 논문은 2010년 11월 12일에 접수되어, 2010년 11월 22일부터 2010년 12월 3일 사이에 이루어진 소정의 심사를 거쳐 2010년 12월 10일 편집회의에서 최종적으로 게재가 확정되었음.

메타 서술 상황의 제시를 위한 장문(長文) 실험

-〈방란장 주인〉의 문체적 특징 연구-

목 차

1. 서론
2. 인물 인식 분절 표지로서의 콤마 사용
3. 문어체적 어휘를 통한 유머러스한 어조 창출
4. 접속 부사어의 사용, 주어의 표기를 통한 서술자의 위치 부각
5. 결론

서 은 혜*

1. 서론

이태준, 이효석, 이상, 박태원 등 1930년대 모더니스트의 작품은 '형식'에 대한 관심과 더불어 문단의 주목을 받기 시작하였다. 1930년대는 소설에서 '무엇을' 쓰는지에 못지 않게, 그 무엇을 '어떻게' 그려내는지가 문제인 시대였다. '어떻게' 그려내는지에 대한 탐구 중 하나가 개성적 문체1)의 창조이다. 이태준은 『문장강화』발간을 통하여 글쓰기의 방

---

* 서울대학교.

1) 문체의 개념을 넓은 의미로 정의하면 '구술 또는 언어에 의해 나타나는 사고 표현의 한 양태(mode)'로 말할 수 있다. 특히 이 글에서는 작가의 개성적 문체가 규범 언어와

법, 개성적 문체에 대한 관심을 드러내었고, 이상의 난해한 한자어 사용이나 박태원의 '장거리 문장'과 같은 다양한 형식 실험이 이루어졌다. 1930년대 모더니즘 작가들은 카프 작가들로부터 '기교주의자', '형식주의자'로 지칭될만큼 개성적 문체의 창조에 민감했다.

장문(長文), 몽타주 기법, 잦은 콤마 사용 등으로 대표되는 박태원 소설의 문체적 특성과 관련하여 문체의 양상 및 효과를 밝히는 것에서 소설 관습과 관련된 작가의 서술 태도를 규명하는 것까지 다양한 논의가 이루어졌다. 우선 안숙원은 장거리 문장과 무수한 콤마 사용에 대하여 순기능과 역기능을 지적하고 있다. 콤마는 본래의 용도인 호흡 조절 기능과 함께 의식의 흐름을 적절히 통제하여 독자의 상상력을 확대, 문장에 탄력성을 부여하지만, 주어와 서술어에 의해 의미를 파악하는 관습적 독해를 방해하여 독자의 독서를 난해하게 만든다는 것이다.[2] 조남현은 박태원 소설에서의 단문주의적 경향과 장문주의적 경향이 묘사/서술, 斷續/持續, 진행/정체, 외면화/내면화 등과 같은 이항대립을 노정하는 것으로 보았다.[3] 이와 같은 연구는 작품에서 문체적 특징의 양상 및 효과를 직접적으로 밝히고 있다는 의의가 있다.

이외에도 문체적 특징이 소설을 창작하는 작가 의식과 연결되는 지점을 밝힌 연구는 다음과 같다. 천정환은 장거리 문장, 몽타주 기법의 사용이 전통적 소설 관습의 해체와 관련된 실험 정신의 산물임을 이야

의 상호 관련성 속에서 개별적 특징을 발현한다는 관점을 바탕으로, 문체 분석에 규범을 적용하여 그것에서 벗어난 일탈의 개념을 적용하는 리파테르의 문체론적 관점을 수용할 것이다. 리파테르(Riffaterre)는 문체를 '언어적 요소들 중 연속적인 몇 개의 요소를 독자의 관심에 부과하는 강조 장치'로 정의하였다. 그에게 있어 문체론적 과정은 일반적인 유형에 예측 불가능한 요소를 삽입시킴으로써 문체적 강조가 이루어지는 것, 구체적으로는 맥락을 바꾸는 간극의 효과와 이전의 요소에 대한 언어적 요소 연속(sequence)의 예측 불가능성에 의해 생기는 것이다. 이종오, 『문체론』, 살림, 2006, 85쪽.

2) 안숙원, 『朴泰遠 小説과 倒立의 詩学』, 개문사, 1996, 259-260쪽.

3) 조남현, 「박태원 소설, 장문주의의 미학과 비의」, 『한국현대작가의 시야』, 문학수첩, 2005, 259-269쪽.

기한다.4) 최성민은 <방란장 주인>을 분석하면서 콤마 사용이 단순히 시각적 표지가 아니라 주인공의 생각을 초점화하는 틀의 표지와 관련된 것이고, 특별한 표기법은 재현의 원리 자체에 대하여 사유하게 하는 수단임을 이야기한다.5) 전우형은 몽타주 기법에 대해서, 박태원의 소설가소설 속에서 '완벽하고 진실한 보고'의 효과를 높이는 수단이자 동시에 소설을 오직 재현 및 총체성의 형상화만을 목적으로 하는 다른 예술 장르와 구별 지으려는 미학적 자기 인식이 구체화된 것으로 파악하고 있다.6)

이처럼 문체의식과 창작 기법 사이의 관계에 대한 연구에서는 주로 모더니즘의 부정 정신에 입각하여 전통적인 소설 관습을 해체하려는 실험 의식, 혹은 리얼리즘의 반영 원리를 벗어나 새로운 '재현(representation)'의 원리를 암시하는 서사적 장치로 해석하는 경향이 있다.7) 이러한 연구에서는 좁은 의미의 반영론에는 포섭되기 힘든 모더니즘 글쓰기에 작용하는 언어관, 현실관을 밝힐 수 있다는 의의가 있다. 그러나 이러한 시각은 서사성 약화라는, 전통적 소설 문법이라는 기준에서의 일탈이라는 측면만을 강조하고 있기 때문에 시기를 분절하여 박태원 소설을 해석하도록 한다. 즉, 일정 시기는 모더니즘적 글쓰기를 행한 것으로, 이후에는 1940년대 <자화상> 연작에서처럼 기존 리얼리즘 소설의 양식으로 회귀한 것으로 보는 것이다. 그러나 이는 '장거리 문장', '몽타주 기법' 등 이전 소설에서 보기 힘들었던 문체적 특징의 혁신

---

4) 천정환, 「박태원 소설의 서사기법에 관한 연구」, 서울대학교 석사학위논문, 1997.

5) 최성민, 「서사 텍스트의 구성 원리 연구: 1930년대 단편소설을 중심으로」, 서강대학교 석사학위논문, 2001, 58-64쪽.

6) 전우형, 「1930년대 한국 소설가소설 연구」, 서울대학교 석사학위논문, 2001, 34쪽.

7) 아이스테인손은 리얼리즘을 '의사소통의 미학'으로, 모더니즘적 글쓰기를 '방해의 미학'으로 파악하면서, 모더니즘이 합리적, 현실적인 담론에 반대하지만, 그런 담론을 합법화하는 전통을 배경으로 삼아, 합리적 담론의 의미화 작용을 부정성의 형식으로 유지하려는 실천임을 밝힌 바 있다. A. 아이스테인손, 임옥희 역, 『모더니즘 문학론』, 현대미학사, 1996, 258쪽.

성만을 평가한 것으로, 개별 작품에 작용한 현실 재현 태도를 지나치게 '모더니즘 / 리얼리즘' 의 도식으로 이분화하게 되는 한계를 지닌다.

그러나 한 작가의 개별 문체 및 이와 관련된 세계관은 짧은 시간 내에 변모할 수 있는 문제가 아니라는 것을 감안한다면, 일정 시기에 행해진 '특이성'으로서 문체 실험을 논하면서 더 나아가 현실 '부정'에서 현실 '반영'으로 (혹은 모더니즘적 주체에서 리얼리즘적 주체로) 나아가는 작가의 세계관 변모를 끌어내는 것은 일종의 논리적 비약일 수 있다. 작가가 지닌 세계관, 특히 창작 초기부터 후기에까지 일관되게 이어지는 세계관에 대한 규명을 위해서는 특이한 '형식 실험'으로서의 문체가 아닌, 개별 작가의 일관된 특징으로서의 문체에 대한 본격적인 분석이 필요하다고 판단된다.

따라서 이 글에서는 1936년에 창작된 <방란장 주인>을 대상 작품으로 어휘, 통사, 텍스트 구조적인 층위의 문체 분석을 통하여 박태원 작품의 문체 형성에 일관되게 작용하는 작가의 식을 밝히고자 한다. 이때 '문체적 특징'을 밝히기 위해 기준이 되는 것은 독자가 독서 과정에서 문체적 일탈을 감지하고 의미를 부여하는 인지적 과정이다. 박태원의 '고유한' 문체라 여겨지는 특징들을 좀 더 세밀한 층위에서 분석하고 이것이 창출해 내는 독자의 서사 경험을 밝히는 것이 이 글의 목적이다.

<방란장 주인>을 대상 작품으로 택한 것은 한 문장으로 개별 작품이 이루어진 실험적 의의가 있는 작품이라는 의미 이외에도, 장문(長文)을 구성하는 다양한 서사 자질들 (어휘, 통사 구조 등) 을 관찰할 수 있기 때문이다. 장문은 단순히 문장의 길이를 어느 정도까지 늘릴 수 있는지를 실험해 본다는 시도의 산물만이 아니라, 서사 분절 및 분절된 단위를 연결하는 기준 및 방식, 서술의 매개를 그대로 보여준다는 측면에서 문체 분석 단위로서 의미가 있다. 기존 연구에서 주로 서사 분절 단위 분석을 통하여 작가의 언어관, 세계관을 추출했다면, 본고에서는

작품에서 사용하는 어휘의 특징, 문장 연결 방식의 특징을 고루 살펴보려고 한다. 그리고 이를 통하여 박태원 소설에 일관되게 드러나는 작가 의식과 문체와의 관련성을 밝힐 것이다.

그리고 나아가 이 글에서는 문체 분석의 결과를 통하여 기존 박태원 연구사에서 창작 방법 및 세계관의 변모시기에 대하여 논의된 결과들을 비판적으로 검토할 것이다. 흔히 <소설가 구보씨의 일일>(1934)을 모더니즘적 글쓰기로, <천변풍경>(1936)을 리얼리즘적 글쓰기로 평가하던 연구들에서는 <천변풍경>에서 나타나는 카메라-아이 및 서술 시점의 부각, 그에 따른 다양한 세태 묘사를 리얼리즘적 글쓰기의 징후로 본다. 그러나 모더니즘적 글쓰기의 일환으로 여겨지던 문체 실험에서도 역시 서술 시점의 부각 및 메타 서술상황의 제시가 중요한 작가 의식이었음을 밝혀, 박태원 문학세계를 '모더니즘/리얼리즘'의 구분에 의하여 분절하기보다는 오히려 연속성의 고리를 찾는 것이 필요한 과정임을 논증할 것이다.

2. 인물 인식 분절 표지로서의 콤마 사용

<방란장 주인>의 줄거리는 다음과 같다. 가난한 예술가 구락부 정도의 규모를 생각하며 개업한 다방 방란장에는, 자작, 수경선생, 만성이 등 다양한 인물들이 드나든다. 자작은 자신이 아끼던 축음기를 기부하고, 수경선생은 난초를 가져와 다방 이름을 짓는다. 원래 방란장 주인 또한 가난한 예술가였기 때문에 장사를 해서 돈을 벌려는 생각보다는 함께 모일 수 있는 공간을 제공하는 의미 정도로 방란장 운영을 생각한다. 초반에는 마을 사람들이 몰려 하루 십여원 정도의 매상이 오른 적도 있었으나, 갈수록 사람들의 출입이 뜸해져 방란장은 재정 문제를 겪

게 된다. 엎친 데 덮친 격으로 가까운 거리에 새로운 다방 <모나미>가 생겨 방란장은 더욱 썰렁해진다. 방란장 주인은 심각하게 가게를 처분할 것을 걱정하나, 가게에 있는 시골 처녀가 걱정이다. 그녀는 수경선생이 추천해 주어서 다방에 들어왔지만, 다방의 안주인 역할을 모두 도맡아 하면서도 불평 한 번 하지 않는 순진한 시골 처녀이다. 미안한 마음에 나갈 것을 권유해 보기도 하지만, 도리어 자신이 무슨 잘못이라도 한 줄 알고 당황할 정도로 순박한 그녀를 매몰차게 내보낼 자신이 없다. 수경선생은 그녀와 결혼할 것을 권유하고, 방란장 주인도 잠시 동안 그녀와의 결혼을 생각해 보지만, 자신의 경제적 무능력을 깨닫고 헛된 꿈을 꾼 자신을 돌아보며 자조한다.

<방란장 주인>의 특징으로 한 작품이 한 문장으로 되어 있다는 점 이외에도 수많은 콤마가 사용되고 있다는 점을 들 수 있다. 박태원은 「표현·묘사·기교」(1934)에서 콤마 사용 용례에 대하여 고민한 흔적을 보여준다. 맞춤법 통일안에 쓰인 콤마 사용의 용례, "정지(停止)하는 자리를 나타낼 적에 그 말 다음에 쓴다"라는 기본적 용례는 이미 상식으로, 콤마의 특수한 용처를 생각해 보고자 한다고 말하며, 콤마 사용을 통하여 같은 문장에 담긴 서로 다른 뜻을 표현해 낼 수 있다는 것을 논하고 있다.8) 실제로 그는 1936년부터 1939년까지 <진통>, <구흔>, <악마>, <비량>, <거리>, <방란장 주인>, <성군> 등의 작품에서 서사 분절 단위로서의 콤마 사용을 통하여 인물의 심리와 외부 상황을 동시에 제시하는 서사 기법을 보여주고 있다. 따라서 <방란장 주인>에 콤마가 쓰인 용례를 분석함으로써 새로운 문체 실험의 의미를 추출할 수 있을 것이다.

인물 간의 중심적 갈등이나 사건이 존재하지 않는 이 작품에서 부각되는 것은 방란장 주인의 심리 및 그것을 서술하는 서술자의 태도이다.

---

8) 박태원, 「표현·묘사·기교」, 류보선 편 ,『구보가 아즉 박태원일 때』, 2005, 250-251쪽.

이는 장문에 포함되는 인물의 발화, 사고 및 서술자의 논평과 같은 다양한 서사 자질들이 콤마를 통하여 분절되어 있음으로 인해 가능하다.

(1)

이 다방의 탄생에는 그 이면에 이러한 유의 가화 미담이 적지 않으나 (서술자의 논평), 그러한 것이야 어떻든, 미술가는 별로 이 장사에 아무러한 자신도 있을 턱 없이 (서술자의 관찰), 그저 차 한 잔 팔아 담배 한 갑 사 먹고 술 한 잔 팔아 쌀 한 되 사 먹고 어떻게 그렇게라도 지낼 수 있었으면 하고 (내적 독백), 일종 비장한 생각으로 개업을 하였던 것이 (서술자의 관찰), 바로 개업한 그날부터 그것은 참말 너무나 뜻밖의 일로, 낮으로 밤으로 찾아드는 객 (내각코 적지 않아(서술자의 관찰), 대체 이곳의 주민들은 방란장의 무엇을 보고 반 그들 오는 것인지, 아무렇기로서니 그 조금도 예쁘지 않은, 그리고 또 품도 애교도 없는 「미사에」 하나를 보러 온다든 그러할 리가 만무해 (인물의 발화), 9)

(2)

그러면 역시 여자는 감기로 고생하고 있었던 것이라고 (내적 독백), ② 그는 순간에 자기 자신 거의 신열을 느끼기조차 하며 (서술자의 관찰), ③ 그러한 방법으로 자기에게 의사를 통한 여자를 결코 당돌하다거나, 경솔하다거나, 그렇게 생각하는 일 없이, 도리어 그러한 것에조차 여자의 총명을 발견하려 들어(서술자의 논평), ④ 이미 자기는 이 여자를 다시 잊는다든 그러는 수는 없을 것이라고 (서술자의 관찰), ⑤ 그렇게도 투명한 피부를 가진 여자의 양자를 몇 번이나 눈앞에 그려보며 (내적 독백), ⑥ 얼마든지 내게 일을 시키라고 자기의 힘자라는 데까지는 무엇이든 해주마고 (내적 독백), ⑦ 그는 곧잘 속으로 외쳐도 보았던 것을 (서술자의 관찰), ⑧ 여자는 알고 그랬든, 모르고 그랬든, 감기가 나아서 출입을 하게 된 그 뒤에도, 곧잘 그러한 방법으로 그에게 잔심부름을 시켜, 그것은 어느 틈엔가 그들 사이에 한 개 습관이 되어버렸다.(서술자의 논평) 10)

---

9) <방란장 주인>, 한국근대단편소설대계』8, 을유문화사, 1988, 218쪽.
10) <진통>, 『한국근대단편소설대계』8, 을유문화사, 1988, 209쪽.

44

인용문 (1)은 <방란장 주인>의 일부이며 인용문 (2)는 같은 해 발표된 <진통>이라는 작품의 일부이다. <방란장 주인>에 사용된 콤마의 용례가 비슷한 시기 다른 작품에도 사용되고 있음을 예시하기 위하여 인용하였다. <진통>은 아래 위층에 사는 남녀의 이야기이다. 아래층에 사는 남자는 위층의 여자를 사랑하고, 그녀가 부탁하는 모든 것을 해주려 한다. 어느 날 위층의 여자가 아픈듯하여 걱정스러운 마음에 올라가 보니 사실 여자는 임신 중이었고 진통이 와서 고통스러워했다는 것임을 알게 된다. 3인칭 서술자가 존재하지만, 남자에 초점화를 하여 상황을 그려내고 있기 때문에, 남자의 의식, 감각 위주로 서술된다. 인용문 (1)에서도 콤마 사용을 통하여 서술자의 논평, 관찰 등과 인물의 사고, 발화가 동시에 제시되고 있음을 확인할 수 있다.

<방란장 주인>에서 콤마 사용은 주로 인물의 '내적 독백'을 드러낸 부분에서 사용 빈도수가 높다. 채트먼의 '내적 독백' 개념은 <방란장 주인>의 장문을 구성하는 서사 자질을 규명하는 것에 도움이 될 것이다. 로렌스 보울딩은 '지각(perception)'과 인식(cognition)의 구분을 통하여 '의식의 흐름 (stream of consciousness)'과 '내적 독백'11)을 구분한다. 즉 외부에서 들어오는 '감각인상'을 인물의 입장에서 서술하고 있으면 의식의 흐름으로, 언어화될 수 있는 '사고, 인식'을 서술하고 있을 때는 내적 독백으로 볼 수 있다는 것이다. 그러나 채트먼은 보울딩의 견해를 비판하면서, 의식의 흐름과 내적 독백은 지각/인식의 구분이 아니라, 각각의 기법이 행해지는 원리인 '자유연상'과 '구문적 단절'에 의하여 구분되어야 한다고 주장한다. 즉 내적 독백이라도 인물의 감각 인상을 담아낼 수 있고, 의식의 흐름이라도 인물의 사고구성을 담아낼 수 있다. 하지만 두 기법의 차이가 있다면 의식의 흐름은 서사의 논리적 인과적,

---

11) 숄즈와 켈로그의 정의에 따르면, 화자의 어떠한 개입도 없는, 등장인물의 발화되지 않은 생각들에 대한 직접적이고 즉각적인 표현을 말한다. S. 채트먼, 한용환 역, 『이야기와 담론』, 푸른사상, 2008, 197쪽.

목적론적 연쇄가 파괴되는 자유 연상의 원리에 의해 전개되며, 내적 독백은 1인칭 지시대명사와 현재시제 동사를 사용하거나 단축된 구문을 통하여 생각 중에 있는 '인물'을 그려낸다는 것이다.12) '의식의 흐름'과 '내적 독백'을 인물 정신 활동의 종류, 즉 '지각(perception)/인지(cogni-tion)'의 구분으로 판별할 경우 두 가지가 섞여 있는 수많은 문장들을 판별하기 어려워진다는 점, 두 서술 기법의 본질적인 차이를 드러내기 힘들어진다는 점에서 채트먼의 비판은 타당한 것으로 보인다.

이러한 견해에 따르면 위의 인용문 (2)에서 ①, ⑤, ⑥ 부분이 내적 독백에 해당된다. 남자의 인식이나 감각을 남자의 입장에서 서술하고 있는 부분이기 때문이다. 물론 ①과 ⑥의 마지막 연결어미 '~고' 가 인용의 의미가 있어 순수한 내적 독백으로 볼 수 있는지에는 논란의 여지가 있을 수 있지만, 비교적 인물의 사고를 그대로 옮겨놓고 있다는 점에서 내적 독백으로 보아도 무방할 듯하다. ②, ④, ⑦, ⑧ 부분은 서술자가 남자의 행동이나 감각, 사고를 대신 서술하는 부분이다. ②, ⑦, ⑧의 "그는"이라는 대명사의 사용, ④의 "자기는"이라는 지시어의 사용을 통하여 서술자의 존재를 파악할 수 있다. 그리고 ③과 ⑧은 서술자가 사건을 요약, 일반화하거나 해석하는 '논평' 부분이다. 이와 같이 내적 독백, 서술자의 관찰, 논평 등 다양한 서사 자질이 콤마 사용을 통한 서사 단위 분절로써 장거리 문장에 동시에 포함되어 있다.

<방란장 주인>에서 콤마는 다양한 서사 자질 중에서도 특히 내적 독백을 드러낸 부분의 비중이 크다. 이 작품은 방란장의 개업과 폐업을 둘러싼 방란장 주인의 고민과 갈등을 드러낸 소설이기 때문이다. 서술자의 개입이 상대적으로 많은 작품 초반부와 인물의 사고를 드러내는 서술이 많은 후반부를 비교해 보았을 때, 콤마 사용이 후반부 쪽에 많이 집중되어 있는 것을 통해서 콤마 사용과 내적 독백간의 상관성을 짐

---

12) S. 채트먼, 위의 책, 205쪽.

46

작할 수 있다. 우선 작품 초반부에서 나타나는 콤마 사용의 예는 다음
과 같다.

(1)

① 대체 이곳의 주민들은 방란장의 무엇을 보고 반해서들 오는 것인지,
아무렇기로서니 그 조곰도 어여쁘지않은, 그리고 또 품도 애교도 없는
「미사에」하나를볼어온다든 그러할 리가 만무하여, 참말 그들의 속을 알
수없다고(,) ②가난한 예술가들은 새삼스러이 너무나 간소한 점안을 둘러
보기조차 하였던것이나, ③그것은 어찌면 『자작』이 지적하였던 바와 같이,
이 지나치게 소박한 다방의 분위기가 도리어 적지아니 이 시외주민들의 호
상에 맞었는지도모르겠다고, 그것도 분명히 일리가있는 말이라고(,) ④
모다들 그럴법하게 고개를 끄덕이었고 여하튼 무엇 때문에 객이 이 다방을
찾아오는것이든, 한사람이라도 더어 를 팔아주는데는 아무러한 불평이나
불만이 있을턱없이, ⑤ 만약 참으로 이 동리의 주민들이 질박한 기풍을 애
호하는것이라면 결코 넉넉하지못한 주머니를 털어서 탁보 한가지라도 작
만한다든할 필요는없다고, 그래 서가는 첫달에 남은 돈으로 전부터 은근히
생각하였던것과 같이 다탁에 올려놓을 몇 개의 전기스탠드를 산다든 그러
지는 않고, 그날밤은 다 늦게 가난한 친구들을 이끌어 신숙으로『스끼야끼
』를 먹으러갔던것이나, ⑥그것도 이제와서 생각하여보면 역시 한때의 덧없
는 꿈으로, 어이된 까닭인지 그 다음달 들어서부터는 날이 지날수록에 영
업성적이 점점불량하여,[13]

(2)

"대체 이 곳의 주민들은 방란장의 무엇을 보고 반해서들 오는걸까? 미
사에를 보러 오는 것은 아닌 듯한데, 속을 알 수가 없어."

수경선생이 말하자 가난한 예술가들은 새삼스러이 너무나 간소한 점 안
을 둘러본다.

"지나치게 소박한 다방의 분위기가 도리어 시외주민들의 호상에 맞었는

____

13) <방란장 주인>, 218-219쪽.

지도 모르지.”

　하고 자작이 말했다. 그러자 다들 일리가 있는 말이라 생각하여 그럴법
하게 고개를 끄덕이었다. 여하튼 무엇 때문에 객이 이 다방을 찾아오는 것
이든, 한 사람이라도 더 차를 팔아주는데 아무러한 불평이나 불만이 있을
턱이 없었다.

　“그렇다면 탁보도 괜히 장만할 필요 없겠네, 원래 다탁에 올려 놓을 전
기 스탠드도 생각했는데, 괜히 번잡해 보이지 않겠나?”

　“그래. 우리 그냥 이따가 신숙에 스끼야끼나 먹으러 가세.”

　그러나 이러한 행동도 한때의 덧없는 꿈이었는지, 다음달 들어서부터는
날이 지날수록 영업성적이 점점 불량해지기 시작하였다.

　인용문 (2)는 <방란장 주인>의 원본 (1)을 일반적인 소설 문법상의
표기로 고쳐서 표현한 것이다. 인물의 발화는 직접 인용으로 표기했으
며, 서술자의 진술은 과거시제 ‘-었다’를 사용하였다. 이처럼 콤마 사용
을 통한 장문 표기를 일반적인 소설 문법에 맞추어 바꿀 때, 문장을 끝
맺는 부분은 대부분 콤마로 연결된 곳이다. 즉 콤마로 표기된 서사 단
위 하나가 완결된 의미를 지니는 문장으로 치환 가능하다는 의미이다.

　특징적인 것은 인물의 사고를 직접적으로 서술하는 부분에 더 많은
콤마가 사용되며, 서술자가 외부의 상황을 설명하는 부분에는 상대적으
로 콤마가 덜 사용된다는 점이다. ① 부분은 방란장에 손님이 많이 오
는 상황을 두고 주인과 동료 예술가들이 그 원인을 추측하는 부분으로,
절 단위로 콤마가 사용되고 있다. 그러나 ①과 ② 사이, 즉 인물의 사고
에서 서술자의 언급으로 넘어가는 부분에는 의미상의 전환이 일어남에
도 불구하고 콤마가 사용되지 않는다. ③과 ④ 사이의 부분 역시 마찬
가지이다. 이러한 특징은 콤마가 주로 인물의 분절적 인식을 드러내는
데 사용되고 있으며, 작가가 인물과 서술자의 인식 구분에는 별다른 주
의를 기울이지 않고 있다는 의미가 된다.

　그리고 작품 후반부로 전개될수록 방란장 운영상의 어려움과 함께

다방 처분에 대한 주인의 고민이 다대한 분량으로 서술된다. 이 때 콤마 사용의 빈도수가 훨씬 늘어나, 인물의 인식을 분절적으로 서술하려는 작가의 서술의식을 확인할 수 있다.

①어쩌면 내일로라도 집을 내어 놓고, 갈곳없는 몸이 거리로 나서지 않으면 안될지도 모를 일이라고, 그렇게 생각하니, 그는 그러한 자기가, ②잠시라도, 「미사에」와 결혼을 하느니, 그래 가지고 어쩌느니, 하고, 그러한 꿈같은 생각을 하였던것이, 스스로 어이 없어 픽 자조에 가까운 웃음을 웃어보고는, ③어느 틈엔가 방안이 어두어온것에 새삼스러이 놀라, 그제서야 자리를 떠나서 게으르게 아래로 나려와 보니, 점에는 「미사에」가 혼자 앉아 있을 뿐으로, 오늘은 밤에나 들를 생각들인지, 「자작」도 「만성」이도, 와 있지 않은 점안이 좀더 쓸쓸하여, 그는 세수도 안한채, 그대로, 「미사에」에게 단장을 내어 달래서, 그것을 휘저으며, 황혼의 그곳벌판을 한참이나 산책하다가, 문득 일주일이상이나 「수경선생」을 보지 못하였던것이 생각나서 또 무어 소설이라도 시작한것일까, 하고, 그의 집으로 발길을 향하며, ④문득 자지가 그나마 다집이라고 붙잡고 앉아 있는 동안, 마음은 이미 완전히 게으름에 익숙하고, 화필은 결코 손에 잡히지 아니하여, 이대로 가다가는 영영 그림다운 그림을 단 한 장이라고 그리지는 못할지도 모르겠다고, 그러한 자기몸에 비겨, 무어니 무어니 하여도, 위선 의식 걱정이 없이, 정돈된 방안에 고요히 있어, 얼마든 자기 예술에 정진할 수 있는 「수경선생」의 처지를 한없이 큰 행복인거나같이 불어워도 하였으나, 그가 정작 늙은 벗의 집 검은 반담 밖에 이르렀을 때, 그것은 또 어찌된 까닭인지, 14)

③에서 특히 콤마 사용을 통한 인물의 분절적 인식의 형태를 찾아볼 수 있다. ①과 ②는 각각 인물의 사고를 직접적으로 노출하는 부분으로, 의미론적 구분에 따라 콤마가 사용되고 있다. ③ 부분은 인물의 외부 세계에 대한 인식을 표출하는 부분으로 '어두운 것에 놀라다→자리를

---

14) <방란장 주인>, 226쪽.

떠나 아래로 이동하다→혼자 앉아 있는 미사에를 발견하다→오지 않는 자작과 만성이를 생각하다→산책하다→밖으로 나서다' 등의 인식과 행위의 변화를 드러내는 부분이다. '놀라다, 발견하다, 생각하다' 등의 인식을 나타내는 동사와 '이동하다, 산책하다, 나서다' 등의 행위를 나타내는 동사가 각각 개별 서사 단위로 콤마에 의하여 분절되어 있다. 이를 통하여 콤마에 의해 구분된 한 단위가 인물의 인식과 행동을 나타내고 있음을 알 수 있다. 동시에 인물의 행위와 사고를 전달받는 독자들은 하나 하나의 의미를 분절적으로 구성해 나가게 된다.

따라서 <방란장 주인>에서 콤마는 크게 두 가지 경우에 자주 사용된다고 볼 수 있다. 첫째, 인물의 사고를 의미별로 구분 지을 때 콤마가 자주 사용된다. 콤마를 통하여 절 단위가 분절됨으로 인하여 서술 시간은 지연되고 인물의 사고에 좀 더 주의를 집중하게 된다. 둘째, 인물의 인식을 순차적으로 드러낼 때 콤마가 사용된다. 외부의 사물을 바라보고, 발견하고, 행위하는 인물의 의식은 콤마를 통한 문장 분절을 통하여 순차적인 것으로 그려진다. 따라서 엄청난 길이의 장문이며 인물의 사고, 발화, 서술자의 논평 등 다양한 서사 자질들이 혼합되어 있더라도 무질서한 것으로 여겨지지 않는다. 오히려 절 단위의 의미 분절을 통하여 독자는 순간 순간의 인물의 의식과 행동을 좀 더 명료한 것으로 받아들일 수 있다.

이처럼 인식론적 분절의 표지로서 콤마가 사용되고 있다는 것은, <방란장 주인>의 장문 실험이 인물의 인식과 그 의미를 명료하게 전달하려는 서술 의식을 바탕으로 하고 있음을 의미하는 것이다. 상황은 끊임없이 이어지지만, 그것을 서술하는 서술자는 콤마라는 일종의 휴지(休止)를 두고 있으며, 그 휴지가 직접적으로 독자에게 인식되는 것이다. 따라서 독서 과정은 인물의 사고와 행위를 접하는 과정임과 동시에 서술자가 인물의 인식과 행위를 분절하는 방식을 따라가는 과정이기도 하다. 즉 콤마 사용을 통해 메타 서술의 층위가 더욱 명확히 드러난다는 것이다.

　인물의 인식, 사고를 드러낼 때 콤마 사용의 빈도수가 훨씬 증가한다는 것은, <방란장 주인>에서의 메타 서술 상황을 드러내는 방식이 주로 소설 속 인물의 사고를 독자에게 전달하는 문제와 관련되어 있음을 나타내어 주는 것이다. 따라서 <방란장 주인>에서의 콤마 사용은 본래 '심경소설' 등을 이야기하며 인물의 심리를 그려내는 소설에 관심이 많았던 작가의 특징이[15] 장문 실험과 접합되는 지점을 보여주는 한 예라 말할 수 있다.

3. 문어체적 어휘를 통한 유머러스한 어조 창출

　월터 옹에 따르면, 언어에 있어서 구술성과 문자성은 완전히 다른 화용론적 상황을 전제로 하는 것이며, 더 나아가 문자의 발명 및 문자 문화로의 진입은 인간의 사고 활동을 재구조화하는 것이기도 했다. 인간에게 있어서 '쓰기'의 활동이 지식의 객체로부터 주체를 분리, 분절적 내성활동을 가능하게 해 주었다.[16], 문자 문화로의 전환은 문체에 있어서도 화자와 청자 사이에 말을 할 때 사용하는 구어체 글로 의미를 전달하는 문어체의 분리를 낳았다. 일반적인 소설에서 인물들 간의 발화를 그릴 때 현실감을 살리기 위해 구어체를 사용하고, 서술자가 상황을 전달할 때는 문어체를 사용한다.

　<방란장 주인>에서는 문어체와 구어체적 특징이 한 문장 안에 혼재되어 있으며, 특히 문어체적 서술이 우세한 특징을 보인다. 그리고 문어체적 어투가 빚어내는 격식 있고 딱딱한 느낌은 방란장 개업 및 폐업

---

15) 류보선 편, 「표현·묘사·기교」, 앞의 책, 250-251쪽.
16) 월터 옹, 이기우 외 역,『구술문화와 문자문화』, 문예출판사, 2000, 163쪽.

을 둘러싼 '사소한' 에피소드와 어울리지 않아, 웃음을 자아낸다. 박태원 작품의 특징으로 분류되는 유머러스함은 말놀이 이외에도[17] 이처럼 상황에 맞지 않는 어투 사용에서 기인하는 바가 크다. 작품 도입부에서 나타나는 문어체적 특성을 살펴보면 다음과 같다.

그야 주인의 직업이 직업이라 결코 팔리지 않는 유화 <u>나부랭이</u>는 제법 넉넉하게 사면 벽에가 걸려있어도, ①소위 실내장식이라고는 오직 그뿐으로, 원래가 삼백원남즛한돈을가지고 시작한장사라, <u>무어</u> 다집다웁게 꾸며볼려야 꾸며질 턱도없이, 다탁과 의자와 그러한 다방에서의 필요품들까지도 전혀 소박한것을 취지로, 축음기는 『자작』이 기부한 포-타불을 사용하기로하는②등 모든 것이 ⓐ 그러하였으므로, 물론 그러한 간략한 장치로 <u>무어 어떻게</u> 한미천잡아 보겠다든지 하는 ⓑ 그러한 엉뚱한 생각은 꿈에도 먹어 본일 없었고, 한 동리에사는 같은 불우한 예술가들에게도, 장사로 하느니보다는 오히려 우리들의 구락부와 같이 이용하고싶다고 ⓒ 그러한 말을 하여, 그들을 감격시켜 주었던 것이요 그렇길래 『자작』은 자기가 수삼년간 애용하여온 수제형 축음기와 이십여매의 흑판 레코-드를 자진하여 이다방에 기부하였던것이요, 『만성』이는 또『만성』이대로 어데서 어떻게 모집하여 두었던것인지 ②대소 칠팔개의 재떨이를들고 왔던것이요, 또 한편 『수경선생』은 아직도 이 다방의 ③ 옥호가 결정 되지 않았을 때, 그의 조고만 정원에서 한 분의 난초를 손소 운반하여가지고와서 다방의 이름은 방란장이라든 그러한것이 좋을것같다고 제의하여 주는등 이 다방의 **탄생**에는 그 이면에 이러한 류의 ④ **가화** 미담이 적지않으나, ⓓ 그러한것이야 어떻든, 미술가는 별로 이장사에 아무러한 자신도 있을턱없이, 그저 차 한잔 팔아 담배한갑사먹고 술한잔 팔아 쌀한되 사먹고 어떻게 그렇게라도 지낼수있었으면하고, 일종 비장한생각으로 개업을 하였던것이,[18]

---

17) 김미지, 「박태원 소설의 쾌락 원천으로서 유머와 놀이」, 『구보학보』2집, 구보학회, 2007, 83-88쪽.
18) <방란장 주인>, 215쪽.

이 작품은 국한문혼용체로 표기되었으며, 한자어 명사는 모두 한문으로, 조사 및 서술어는 한글로 표기되어 있다. 인용문에서는 '소위', '취지', '모집', '대소', '옥호', '가화 미담' 등 한자어의 사용은 관습적 발화에서는 잘 사용하지 않는 단어를 사용한 예라는 점에서 특징적이다. ① '소위'의 경우 '이른바', '말하자면' 이라는 뜻의 한자어로 문맥상 반드시 필요한 단어가 아님에도 삽입되어 부자연스러운 느낌을 준다. ② '등' 은 그 외의 기타를 나타내는 단어로 다방의 실내 장식을 나열, 묘사할 경우에는 '등'이라는 말을 잘 사용하지 않는다는 점에서 특이하다. ③ '대소'는 문맥상 '크고 작은' 이라는 표현으로 바꾸는 것이 관습적 발화의 공식상 자연스럽다. ④ '옥호'는 가게 등의 상호라는 뜻으로 사용되었는데, 이미 앞에 '다방의'라는 단어가 존재하므로 본래 '이름, 명칭' 등의 단어가 자연스럽다. ⑤ '가화 미담'은 격식성을 차린 한자어이다. 이러한 예에서 볼 수 있듯, <방란장 주인>은 관습적 발화에서 잘 쓰이지 않는 문어체 한자어 어휘를 많이 사용하고 있다.

한편 서술에 있어서 문어체적 특성을 더욱 부각시키는 것은 '그러한'이라는 지시어의 잦은 사용을 통해서이다. 지시대명사의 사용은 구어 상황과 문어 상황에서 차이를 보이는데, 화용상의 요건이 다르기 때문이다. 가령 구어 상황에서 "너는 이거 가지고 너는 저거 가져"라고 말할 때 '이거'와 '저거'는 화자와 청자 사이의 거리관계, 즉 직시적(dexis) 요소에 의하여 결정되는 지시대명사이다. 그러나 문어 상황에서 지시어는 앞에 언급한 내용을 다시 한 번 지시하는 대용성의 측면에서 주로 사용된다. "소녀 가장 영이의 얘기, 그것은 그 지역 주민들에 회자되는 미담이 되었다." 라고 할 때 '그것'은 '소녀 가장 영이의 얘기'라는 어구를 대용하기 위한 지시어이다. 즉 지시어는 구어 상황일 경우 직시적 요소를 언급하는 장치가 되며, 문어 상황일 경우 대용성의 측면에서 주로 사용된다.[19]

이를 고려할 때, 인용문에서 대부분 앞의 단어, 어구를 대용하는 지시어 '그러하다'가 자주 사용되고 있다는 점은 주목할 만하다. ⓐ '그러하였으므로'는 '모든 물품이 기부에 의하여 마련된 것이었으므로'라는 의미를 전달하기 위한 대용어구이다. ⓑ '그러한' 생각은 '간단한 장치로 한 밑천 잡아보겠다'라는 생각을 의미하는 것이다. ⓒ '그러한'은 '장사로 하느니보다도 불우한 예술가를 위한 구락부와 같이 이용하고 싶다라는 말'을 대용하기 위해 쓰인 지시어이다. ⓓ '그러한'은 바로 앞의 단어 '가화미담'을 받는 말이다. 이처럼 '그러하다' 라는대용 지시어가 많이 사용되고 있어 서술 상황이 문어 상황에 가까움이 계속 환기된다. 서사가 전개되면서, 문어체 어투는 그대로 유지되나 구어체 어투가 좀 더 많은 비중 삽입된다. 장사가 잘 되지 않는 방란장의 폐업을 고려하는 부분으로 넘어가면서, 구어체 어투의 비중은 좀 더 늘어난다.

누구보다도 제일에 그 집주인놈 아니꼬아 볼수 없다고, 바로 어제도 아침부터 찾아와서는 남의 점에가 버틔고 앉아, 1) <u>무슨 수속을 하겠느니 어쩌느니</u> 하고, ①불량한 **언사**를 **회롱**하던것이 생각 나서, 2) 무어 밤 낮 밑지는 장사를 언제까지든 붙잡고 앉아 <u>무어니 무어니</u> 할것이 아니라, 이 기회에 아주 시원하게 다집이고 <u>무어고</u> 모다 떠 엎어 버리고서 내 알몸 하나만 들고 나선다면, 참말이고, 그는 거의 흥분이 되어 가지고 얼마동안은 ② **그러한** 생각을 하기에 골몰이었으나, 3) <u>사실은 말이 그렇지</u>, 그것도 역시 어려운 노릇이, 혹 자기 혼자라면 어떻게 그렇게라도 길을 찾는 수가 없지 않겠지만, 그러면 ③ 그렇게 한 그 뒤에 돌아 갈 집도, 부모도, 형제도, 무엇 하나 가지지 않은 「미사에」를 대체자기는 어떻게 **처리**하여야 할것인고, 하고,/ ④그러한 것에 생각이 미치면, 그는 그만 제풀에 풀이죽어 사실이지 이 「미사에」 문제를 해결하여놓은 뒤가 아니면, 아무러한 방도도 자기에게는 결코 방도일수가 없다고, 아지못하는 사이에 가만한 한숨조차 그의 입술을 새어 나오는것도 결코 까닭 없는 일이 아닌 것으로,[20]

---

19) 김미형, 「한국어 구어와 문어의 특징 연구」, 『한말연구』15집, 한말연구학회, 2004, 31쪽.
20) <방란장 주인>, 220-221쪽.

　인용문에서 '불량한 언사를 희롱'한다는 표현에서 문어체에서 쓰이는 과도한 한자 어휘의 사용을 여전히 발견할 수 있다. 또한 ②, ③, ④에서의 '그러한'이라는 대용적 지시어의 사용 역시 여전히 발견되는 부분이다. 그러나 그에 못지않게 구어체적 특성을 드러내는 어휘, 어구가 많이 사용되고 있음을 알 수 있다. 인용문에서 밑줄 친 '무슨, 어쩌느니, 무어, 무어니 무어니'와 같은 단어 및 '사실은 말이 그렇지'와 같은 어구가 이에 해당된다. 이와 같은 표현은 화자와 청자가 실제로 존재하는 구어 상황에서 나올 수 있는 '정제되지 않은 표현'에 해당된다. 구어 상황에서는 발화 구조가 떠오르는 대로 말을 하기 때문에 논리성, 인과성 등이 문어체에 비하여 떨어지고, 대신 즉흥적인 삽입어구가 많이 사용된다.[21] 밑줄 친 삽입 어휘, 어구들은 의미를 전달하는 역할을 한다기보다는 말할 때 화자의 기분, 어조 등을 더욱 강조하여 표현하는 역할을 하고 있다는 점에서, 화자와 청자가 대화하는 구어적 상황을 전제로 하고 있음을 알 수 있다.

　이러한 구어체, 문어체적 특성의 분리는 인물의 생각이 직접적으로 노출되는 부분과 서술자의 서술로 이루어진 부분에 각각 대응된다. 인용문에서 1) 부분은 방란장 주인이 빚쟁이가 했던 말을 생각하는 부분이다. 인물의 발화를 서술자 매개를 거치지 않고 다른 인물의 의식 속에 떠오른 그대로 옮기고 있어, '무슨~어쩌느니' 에서와 같이 잉여적인 삽입어구가 사용되고 있다. 2)의 '무어니 무어니', '무어고' 부분 또한 마찬가지이다. 이 부분은 방란장 주인의 생각 부분으로 다른 인물에게 발화할 때 사용하는 구어체적 어투로 이루어져 있다. 그 뒤 인물의 생각 부분은 ②의 '그러한 생각'이라는 서술자의 언급으로부터 문어체적 서술로 바뀌게 된다. 한편 3) 부분과 같이 인물의 발화가 아닌 서술자의 서술이라도 '사실은 말이 그렇지'와 같이 장식적, 잉여적인 삽입어구가

---

21) 장경현, 「문어/문어체·구어/구어체 재정립을 위한 시론」, 『한국어 의미학』13집, 2003, 145쪽.

들어가기도 한다. 그러나 대부분 인물의 말이나 생각이 그대로 노출되는 부분은 구어체로, 서술자가 이를 다시 받아 정리하는 부분은 '그러하다'와 같은 지시어가 자주 사용되는 문어체로 서술되고 있다.

이와 같은 한자어 및 지시어의 잦은 사용, 잉여적 삽입어구의 사용 등 문어체적 특성과 구어체적 특성을 나타내는 지표가 한 문장 안에서 다양하게 나타나고 있는 것은 상황 및 장면을 기록하는 서술자의 존재를 더욱 부각시키며, 동시에 유머러스한 서술을 가능하게 하는 효과를 낳는다. 이 작품에는 앞에서 언급했듯이 인물의 사고, 발화가 그대로 노출되는 부분 뒤에 '그러한 생각', '그러한 말'과 같은 서술자의 지시어가 사용된다. 다른 작품에서라면 직접 인용으로 표기되었을 인물의 생각과 말이 서술자의 어조 내로 모두 포섭될 수 있는 것은 이러한 잦은 지시어의 사용으로 가능한 것이었다. '그러하다'라는 언급을 통하여 상황이 발생한 시점으로부터 이후에 위치하고 있는 서술자가 이 일을 모두 관찰하며 정리하고 있다는 서술 상황 자체가 독자들에게 동시에 전달되고 있는 것이다. 또한 한 상황 자체를 자연스러운 어조의 구어체적 어휘와 격식 있고 딱딱한 문어체적 특성을 통하여 동시에 드러낼 때 창출되는 어긋남, 일탈의 효과는 유머를 발생시킨다. 예술가 동료들이 자진하여 방란장에 장식품을 기부하는 일상의 사소한 에피소드를 "가화미담"이라 거창하게 수식하거나, "불량한 언사를 희롱"이라는 표현과 같은 '점잖은' 서술자의 어조는 세상사에 적응하지 못하는 소외된 예술가들을 그려내는 데 있어 어울리지 않는 어조이며, 이와 같은 의도적인 과한 '점잖음'의 포즈가 유머러스함을 발생시키는 것이다.

이러한 서술자의 어조는 젊은 예술가의 꿈과 좌절을 보다 '따뜻한 시선으로' 그려낸다는 효과를 창출한다. 방란장 주인은 본래 예술가로서 세속적인 업무에는 눈이 어두운 사람이다. 장사를 하는 사람들이 흔히 어떻게 하면 이득을 더 많이 남길 수 있을까를 생각하는 데 반해 새로 개업한 방란장을 "예술가 구락부 정도로만" 여기는 주인의 태도는 애초부터 방란장의 운영상 어려움을 예비하는 요소였는지도 모른다. 손님들이 방란장 개업 이후 어떤 점을 좋아해서 모여드는 것인지, 경쟁 다방인 <모나미>가 생겼을 때 손님들이 왜 그 쪽을 선호하는지에 대해서 방란장 주인 및 그의 동료들은 도통 적극적으로 알아보려 하지 않는다. 이러한 상황을 인물들과 '거리'를 둔 유머러스한 서술자가 그려내게 함으로써 예술가들의 태도는 다소 해학적으로, 그럼에도 동정과 연민을 가진 따스한 시선의 대상으로 그려진다. 박태원 작품에서 가난한 예술가들이 많이 등장함에도, 생활(세속)과 대비되는 고상한 예술의 우위성이 주장되지 않고, 오히려 가난을 자초하거나 세상 물정에 눈이 어두운 소외된 지식인, 예술가들에 대한 따뜻한 해학적 시선이 유지되고 있음은 <사흘 굶은 봄달>, <피로>, <소설가 구보씨의 일일> 등 많은 작품에서 확인할 수 있다.

이처럼 <방란장 주인>은 서술자의 서술은 격식 있는 한자 어휘가 사용된 문어체로, 인물의 발화 및 사고는 잉여어구가 많이 첨가된 구어체로 주로 서술되어 있으며 서술자의 발화가 우세함으로 인해 작품의 문장에서는 문어체적 특성이 강하게 드러난다. 이러한 서술자의 어조는 에피소드의 사소함과 맞지 않는 '점잖은' 포즈를 가장함으로 인하여 유머를 발생시킨다. 이처럼 전달 내용과 맞지 않는 딱딱한 문어체의 사용을 통한 유머 발생의 효과를 <방란장 주인>에서 확인할 수 있다.

4. 접속 부사어의 사용, 주어의 표기를 통한
　　서술자의 위치 부각

　장문(長文)을 가능하게 하는 요소로서 서사 단위를 연결시키는 접속어를 살펴보는 것은 필수적이다. 장문이라는 문체적 실험이 일정한 효과를 만들어낼 수 있다는 가정 하에서 보면, 서사 단위를 연결시키는 방식상의 특징이 곧 서사 전개상의 특징을 보여줄 수 있기 때문이다. 그리고 <방란장 주인>에서는 서사 단위를 연결시키는 접속 부사어의 잦은 사용을 통해 인물의 사고로부터 서술자의 관찰로, 혹은 그 역으로의 방향 전환의 표식이 가능해짐을 확인할 수 있다.

그렇게 되고 보니 이것을 바로 어디 마땅한 곳이라도 있어, 그의 혼처를 정하여 준다든 그러기라도 하지 않으면 혹은 한 평생을 자기가 데리고 지내지 않으면 안될른지도 모르겠다고 (인물의 생각), 사태는 뜻밖으로 커지어 그는 얼마동안을 아연히 천정만 우러러 보았던 것이나, (서술자의 언급) ① 문득, 만약에 「미사에」로서 아무런 이의도 없는 것이라 하면, 무어 일을 어렵게만 생각할 것이 아니라, 아주 이 기회에 둘이 결혼을 하여 버리는것이 좋지나 않을까, 그래 가지고 새로이 자기의 나아갈길을 개척한다든 하는 밖에는 아무 다른 도리가 없지나 않을까 하고, 언젠가 목욕탕에서의 「수경선생」 말이 생각나서 (인물의 생각), 그는 그야 「미사에」 는 오직 소학을 마쳤을 그뿐으로, 결코 총명하지도, 어여뿌지도 않았으나(서술자의 언급), ② 어쩌면 예술가에게는 도리어 그러한 여자가 안해로서 가장 적당한것일지도 몰랐고, 남이야 어떻든간에 이 여자는 적어도 자기 한사람을 능히 행복되게 하여 줄 수는 있을 것이라고 (인물의 생각), 그는 어느틈엔가 「미사에」 가 가지고있는 왼갖 미덕을 속으로 셈처 보았던것이나 (서술자의 언급), ③ 허지만, 그러면 자기도 그를 또한 행복되게 하여 줄경선생」 것인가 (인물의 생각), 하고, 그러한것을 도리켜 생각하여 보았을때, 그는 새삼스러이 그렇게도 경제적으로 무능한 자기자신이 느껴졌고 (서술자의 언급), 어제 왔던 집주인의 자못 강경하던 그 태도로 밀우어, 어쩌면 내일로라도 집을 내어 놓고, 갈곳없는 몸이 거리로 나서지 않으면 안될지도 모를 일이라고 (인물의 생각) , 그렇게 생각하니, 그는 그러한 자기가, 잠시라도, 「미사에」 와 결혼을 하느니, 그래 가지고 어쩌느니, 하고, 그러한 꿈같은 생각을 하였던 것이, 스스로 어이 없어 픽 자조에 가까운 웃음을

웃어 보고는 (서술자의 언급)[22]

    인용문에서 인물의 생각을 나타내는 표지로 사용되는 것은 '문득, 어쩌면, 허지만' 등과 같은 접속 부사어를 통해서이다. 인용문에서 밑줄 친 접속(부사)어들은 모두 인물에게 갑작스럽게 드는 생각을 표현하기 위해 사용되고 있다. ① '문득'은 갈 곳 없는 미사에의 처지를 생각하며 망연해 하다가 주변에서 권유하는 바와 같이 결혼을 하는 것도 나쁠 것은 없다라는 생각으로 전환하게 되는 부분에 쓰인 접속 부사어이다. 카페 여급 미사에를 두고 생각을 발전시키는 방란장 주인의 사고의 한 전환점이 되는 부분이며, "망연히 천정만 바라보는" 인물을 기록하는 서술자의 시각으로부터 인물의 사고 내부로 전환되는 부분이기도 하다. ② '어쩌면' 역시 학교를 제대로 나온 것도 아니고, 어여쁘지도 않은 미사에의 처지에 대해 서술자가 이야기하다가, 그러한 조건이 오히려 예술가에게 알맞을지도 모른다고 생각하는 본격적인 사고의 서술로 전환되는 부분에 쓰인 접속 부사어이다. ③'허지만' 역시, 방란장 주인 자신이 미사에의 장점을 생각한다는 서술자의 관찰을 서술하다가 "내가 미사에를 행복하게 해줄 수 있을 것인가?"라는 인물의 머릿속 질문으로 전환되는 부분에 사용되고 있는 접속어이다. 이처럼 서술자의 관찰, 언급으로부터 인물의 생각으로 전환되는 부분에는 '문득, 어쩌면, 허지만' 등과 같은 접속 (부사)어가 사용되고 있다.

    한편 접속 부사어의 사용뿐만 아니라 문장 중간 부분의 주어 표기를 통해서도 서술자의 언급과 인물 내부의 생각 간의 전환이 독자에게 인식된다. 예를 들어 인용문에서 파란색으로 표시된 '그는'이라는 단어는 그 단어가 포함된 절이 서술자의 위치에서 언급되는 발화임을 암시해 주는 지표이다. 인물의 생각과 행위를 지칭하는 주어를 매번 배치하는

---

22) <방란장 주인>, 221쪽.

것은 인물의 생각을 그대로 노출하는 부분과 구분 짓기 위해서이다. "그는 어느틈엔가 미사에가 가지고 있는 왼갓 미덕을 속으로 셈처물의던 것이나"라는 부분이나 "그는 새삼스러이 그렇게도 경제적으로 무능한 자기 자신이 느껴졌고"라는 부분 등은 모두 그 바로 앞에 나온 인물의 사고 부분과 서술자의 언급 부분을 구분 지어주는 지표로서 '그는'이 쓰인 경우이다.

구체적으로 인용문 첫 절에서 보이는 "한 평생을 자기가 데리고 지내지 않으면 안될른지도 모르겠다고, 사태는 뜻밖으로 커지어 그는 얼마동안을 아연히 천정만 우러러 보았던 것이나" 와 같은 부분을 살펴보자. 이 부분은 '한 평생을~뜻밖으로 커지어'까지 인물의 생각처럼 인식되던 문장 내용이 '그는'이라는 주어 표기로 인하여 서술자의 발화로 전환됨을 보여주고 있다고 할 수 있다.[23]

> 아직 독신인 젊은 주인의 신변을 정성껏 돌보아 주는데는 (서술자의 언급), 정말 미안스러운 일이라고도, 또 고마운 일이라고도 (인물의 생각), 마음 속에 참말 감사는 하면서도, 지나치게 가난한 몸에 뜻같이 안되는 장사는, 아무렇게도 하는 수 없어, 그래 정한 월급을 삼갑절 하여 「미사에」의 노력에 감사하리라고는 오직 그의 마음 속에서 뿐으로, 그도 그만 두고 그나마 십원식이나 어쨌든 칠어 준 것도 다방을 시작한뒤 겨우 서너달이나 그동안만의일이요, 그뒤로는 그저 형편되는대로 혹 이원도 집어주고 또 혹 삼원도 쥐어주고, 그리고 나머지는 새달에, 새달에, 하고 온 것이, 그것도 어느틈엔가 이년이나 되고 보니, 그것들만 셈처 본다드라도 거의 이백원돈은 착실이 될것이나 (서술자의 언급), ① 대체 아무리 소박한 시골 처녀라

---

23) 이와 같은 대명사, 명사의 사용은 문장 내용을 인식하는 독자의 인지 과정에 영향을 미치는 지표라 할 수 있다. 문체론적 연구가 독자의 서사 경험과 접합되는 지점으로부터 '메타 서술 상황 인지'라는 보다 더 구체적인 결과에 대한 증거가 보충되어야 할 것으로 보인다. Catherine Emmott, *Constructing Social Space: Sociocognitive Factors in the Interpretation of Character Relations,* ed David Herman, Narra tive Theory and the Cognitive Sciences, CSLI, 2003, 303-308쪽.

고는 하지만, 어떻게 생겨난 처녀길래, 그래도 금전문제는 부자지간에도 어떻다고 일러 오는 것을 (인물의 생각), 이제까지 그것을 입밖에 내어 단 한번 말하여 보기는커녕, 참말 마음속으로라도 언제 잠시 생각하여 보는일 조차 없는듯싶어, 그저 한갈 같이 주인 한사람만을 위하여 진심으로 일하 는것이, 젊은 예술가에게는 일종 송구스러웁기조차 하여 (서술자의 언급) ②언젠가는 이내 견듸지못하고 그에게 어디 다른데 일자리를 구하여 볼 마 음은 없느냐고, 그러면 자기도, 또 「수경선생」도, 힘껏 주선은 하여 보겠 노라고 (인물의 발화), 마주 대하여 앉아서도 거의 외면을 하다싶이 하여 간신이 한 말을, 우직한 시골 색씨는 어쩌면 자기에게 무슨 크나큰 잘못이 라도 있어, 그래 주인의 눈에 빗어난것인지도 모르겠다고, 어떻게 그렇게 라도 잘못알아 들었던것인지 순간에 얼굴이 샛빨개져 가지고, 원래 구변이 라고는 없는 여자가 (서술자의 언급)[24]

위의 인용문은 순박한 시골 색시인 미사에가 월급도 제대로 받지 못 한 채 우직하게 일하는 모습을 안타까워하는 방란장 주인의 생각을 서 술자가 언급하고 있는 부분이다. 바로 전의 인용문에 비하여 인물의 생 각과 서술자의 언급 부분이 교차되는 주기가 비교적 길다. 따라서 서술 자의 언급으로 전환되는 부분마다 '그는'이나 '주인은', '예술가는'과 같 이 주어를 표기하고 있지는 않다. 그러나 이 경우에도 역시 서술자의 언급에서 인물의 사고나 발화로 전환하는 부분에는 '대체, 언젠가는'과 같은 부사어를 사용하고 있다. ① '대체'는 미사에에게 돈으로라도 감사 의 뜻을 표현하려는 방란장 주인의 심리에 대하여 서술하던 서술자의 시각에서 인물의 생각으로 넘어가는 전환점에 쓰인 부사어이다. ② '언 젠가는'은 미사에에게 미안함을 느낀 주인의 심리에서, 다른 곳으로 일 자리를 옮겨보지 않겠느냐고 물어보는 상황으로 전환할 때 쓰인 부사 어이다. 이 때 인물의 생각이나 발화를 서술함에 있어서 '대체'나 '언젠 가는'과 같은 강조나 시간을 나타내는 부사어는 상황을 전환시키는 지

---

24) <방란장 주인>, 223쪽.

표로 기능하고 있다.

대체 이곳의 주민들은 방란장의 무엇을 보고 반해서들 오는 것인지, 아무렇기로서니 그 조곰도 어여뿌지않은, 그리고 또 품도 애교도 없는 「미사에」 하나를볼어온다든 그러할 리가 만무하여, 참말 그들의 속을 알수없다고(,) 가난한 예술가들은 새삼스러이 너무나 간소한 점안을 물러보기조차 하였던것이나, 그것은 어찌면『자작』이 지적하였던 바와 같이, 이 지나치게 소박한 다방의 분위기가 도리어 적지아니 이 시외주민들의 호상에 맞었는지도모르겠다고, 그것도 분명히 일리가있는 말이라고(,) 모다들 그럴 법하게 고개를 끄덕이었고 여하튼 무엇 때문에 객이 이 다방을 찾아오는것이든, 한사람이라도 더 차를 팔아주는데는 아무러한 불평이나 불만이 있을 턱없이, 만약 참으로 이 동리의 주민들이 질박한 기풍을 애호하는것이라면 결코 넉넉하지못한 주머니를 털어서 탁보 한가지라도 작만한다든할 필요는없다고, 그래 서가는 첫달에 남은 돈으로 전부터 은근히 생각하였던것과 같이 다탁에 올려놓을 몇 개의 전기스탠드를 산다든 그러지는 않고, 그날밤은 다 늦게 가난한 친구들을 이끌어 신숙으로『스끼야끼』를 먹으러갔던것이나, 그것도 이제와서 생각하여보면 역시 한때의 덧없는 꿈으로, 어이된 까닭인지 그 다음달 들어서부터는 날이 지날수록에 영업성적이 점점불량하여,25)

위의 인용문에서도 밑줄친 '여하튼', '만약'의 접속부사어나 '가난한 예술가들은'에서와 같은 주어표기를 찾을 수 있다. 이처럼 <방란장 주인>에서는 접속 부사어의 사용이나 서사 단위마다의 주어 표기를 통하여 인물의 사고와 서술자의 언급 사이의 구분을 뚜렷이 유지하고 있다. 이는 서술자가 인물의 발화나 사고를 직접적인 형태로 그대로 노출시키면서도, 결코 서술된 독백(narrated momologue) 이 등장하지 않는 것과도 관련된다. '서술된 독백'의 경우 인물의 내적 사고가 3인칭 서술자에

---

25) <방란장 주인>, 218쪽.

의해 서술됨으로써 인물의 발화인지 서술자의 발화인지가 모호한 경우를 일컫는다. 그리고 이 경우에는 서술자 매개의 정도가 갑작스럽게 약해짐으로 인하여 인물의 사고에 독자들이 보다 더 크게 공감하게 되는 효과를 낳는다.[26] 그러나 <방란장 주인>에서는 어색한 문구가 될 정도로의 잦은 주어 표기, 인물의 사고와 서술자의 언급을 뚜렷하게 구분짓는 접속 부사어의 사용 등의 문체적 장치를 통하여 발화의 주체를 비교적 명확하게 나타내고자 노력한다.

그리고 이러한 효과는 서술자와 인물간의 거리를 설정하여 방란장의 모습을 보다 더 '심리적 거리를 두고' 바라볼 수 있도록 만든다. 콤마가 메타 서술의 층위를 분절 과정을 통하여 보여주듯이, 접속 부사어나 주어의 표기 또한 상황의 전환, 발화 및 사고 주체의 표기를 염두에 두고 외부에서 상황을 기록하고 있는 서술자의 층위를 더욱 부각시키는 역할을 한다.

5. 결론

문체 분석 결과 <방란장 주인>에 사용된 수많은 콤마, 문어체적 어투, 어휘 사용은 상황을 외부에서 서술하고 있는 서술 과정을 환기시키는 지표로 기능함을 알 수 있다. 즉 서술하고 있는 작가의 정신적 과정을 그대로 보여주는 메타 서술이 문체 실험을 통하여 가능해지는 것이다. <소설가 구보씨의 일일>(1934)에 나오는 구보의 거리 관찰이 소설가가 소설 쓰는 과정 자체를 그려내는 '메타 서술적' 플롯이라면, <방란장 주인>은 문체적 장치를 통하여 이를 수행하고 있는 작품이라 할

---

26) S. 채트먼, 앞의 책, 224-225쪽.

수 있다.

인물의 사고와 인식의 의미론적 분절로서의 콤마 사용, 접속어 및 주어 표기를 통하여 끊임없이 환기되는 서술자의 위치는 소설의 서술 과정을 환기시킨다. 또한 서술자의 어조와 서술 대상으로서의 인물의 어조의 분리는 더 나아가 유머 지향성의 효과를 낳기도 한다. 이처럼 <방란장 주인>에서의 인물과 서술자 사이의 엄격한 거리, 그리고 인물을 그려내는 서술자의 시선이 부각되고 있음은 박태원 소설을 특징 짓는 인물에 대한 해학적이고 따스한 시선을 가능하게 하는 기본 조건이라 할 수 있다. <천변풍경>이 창작된 시기인 1936년 경 행해진 박태원의 문체 실험은, 그의 세계관이 모더니즘적인 것에서 리얼리즘적인 것으로 변모 했다기 보다는, 서사를 구성하는 데 있어 서술 시각을 확보하고 이것을 서사의 한 층위로 편입시키려는 작가적 관심에서 행해진 것이라 볼 수 있다.

<천변풍경> 창작을 기점으로 하여 모더니즘적 글쓰기에서 리얼리즘적 글쓰기로 변모했다는 기존 연구사의 평가는 이러한 점을 생각할 때 재고가 필요하다. <천변풍경>에서의 카메라-아이나 다큐멘터리적 형식 실험이 소설에서 서술자의 서술 층위를 독자에게 드러내어 보여주는 기법상의 실험이었다면, <방란장 주인> 등 비슷한 시기 행해진 문체 실험 역시 서술자의 위치와 메타 서술 상황을 문체적 지표로서 보여주기 위한, 비슷한 의도의 형식 실험이라 볼 수 있기 때문이다. 물론 이러한 설명을 좀 더 정밀하게 발전시키기 위해서는 <성군>, <진통>, <거리>, <비량> 등 장문이 쓰인 다른 작품들과의 비교가 필수적일 것이다. 이것은 추후 과제로 남긴다.

64

■ 참고문헌

1. 일차자료
『한국근대단편소설대계』8, 을유문화사, 1988.

2. 단행본
박태원, 류보선 편 ,『구보가 아즉 박태원일 때』, 깊은샘, 2005.
안숙원, 『朴泰遠 小說과 倒立의 詩學』, 개문사, 1996.
이종오, 『문체론』, 살림, 2006.
조남현, 『한국현대작가의 시야』, 문학수첩, 2005.
Eysteinsson, A. , 임옥희 역, 『모더니즘 문학론』, 현대미학사, 1996.
Chatman, S. 채트먼, 한용환 역, 『이야기와 담론』, 푸른사상, 2008.
Ong, Walter J., 이기우 외 역, 『구술문화와 문자문화』, 문예출판사, 2000.
Herman, David, *Narrative Theory and the Cognitive Sciences*, CSLI, 2003.

3. 논문
김미지, 「박태원 소설의 쾌락 원천으로서 유머와 놀이」, 『구보학보』2집, 구보학
　　　회, 2007, 83-112쪽.
김미형, 「한국어 구어와 문어의 특징 연구」, 『한말연구』15집, 한말연구학회,
　　　2004, 23-73쪽.
장경현, 「문어/문어체 · 구어/구어체 재정립을 위한 시론」, 『한국어 의미학』13
　　　집, 2003, 143-165쪽.
전우형, 「1930년대 한국 소설가소설 연구」, 서울대학교 석사학위논문, 2001.
천정환, 「박태원 소설의 서사기법에 관한 연구」, 서울대학교 석사학위논문, 1997.
최성민, 「서사 텍스트의 구성 원리 연구: 1930년대 단편소설을 중심으로」, 서강
　　　대학교 석사학위논문, 2001.

■ 국문초록

메타 서술 상황의 제시를 위한 장문(長文) 실험
- 〈방란장 주인〉의 문체적 특징 연구 -

본 논문은 박태원의 <방란장 주인>(1936)에서 나타나는 문체적 특징이 작가의 모더니스트로서의 감각과 맞물리는 지점과 그 의미를 밝히고, 1936년을 기점으로 모더니즘적 글쓰기에서 리얼리즘적 글쓰기로 변모했다고 평가하는 기존 연구의 시기별 구분에 대하여 재고하고자 하였다. 장문(長文) 실험의 대표작으로 꼽히는 <방란장 주인>에 나타나는 다양한 문체적 특징은 상황 외부에 위치한 서술자의 서술 과정을 환기하는 지표이며, 나아가 서술 상황과 서술자의 존재가 동시에 드러나는 '메타 서술'의 작가 의식을 드러내는 장치이기도 하다. 그리고 이러한 메타 서술의 '문체적' 실험은 <소설가 구보씨의 일일>(1934)의 메타 서술적 플롯과 연속되는 작가의식을 보여주는 지점이다.

<방란장 주인>에서 두드러지게 나타나는 문체적 특징은 잦은 콤마 사용, 문어체적 어휘 사용, 접속 부사어와 주어의 표기를 통한 서술자의 위치 부각으로 정리할 수 있다. 콤마 사용의 용례는 크게 두 가지로, 첫째 인물의 인식, 즉 외부의 사물을 바라보고 발견하는 인물의 인식을 순차적으로 드러낼 때 이다. 둘째로 인물의 사고를 의미 단위별로 구분 지을 때 주로 사용된다. 콤마 사용을 통하여 절 단위가 분절됨으로써 서술 시간은 지연되고 독자는 인물의 사고 과정의 흐름에 좀 더 주의를 집중하게 된다. 따라서 독자의 독서 과정은 인물의 사고와 행위를 직접적으로 접하는 과정임과 동시에 서술자가 인물의 인식과 행위를 분절하는 방식을 따라가는 과정이기도 하다.

또한 <방란장 주인>에서는 잦은 문어체적 어휘 사용을 통하여 서술자의 위치를 부각시키고 유머러스한 어조를 창출하고 있다. <방란장 주인>에서 그려지는 에피소드는 인물 간의 뚜렷한 갈등 없이 매우 소소한 일상적인 것임에도 불구하고, 구어에서는 잘 사용되지 않는 '소위(所為)', '대소(大小)', '옥호(屋号)' 등의 한자어 삽입을 통하여 상황과 괴리되는 언어 사용을 보여주어 웃음을 유발한다. <방란장 주인>의 에피소드의 소소함과 서술자가 가장하는 '점잖음'의 포즈 간의 괴리를 극대화하여 유머러스함이 발생하는 것이다. 또한 문어체적 상황에서 자주 사용되는 '그러하다'라는 지시어의 잦은 사용을 통하여 인물의 행위 및 발화를 모두 서술자의 발화로 수렴시키고 있어 서술자의 위치를 더욱 부각시키는 효과를 낳

고 있다.

　마지막으로 <방란장 주인>에서는 '문득', '어쩌면', '대체' 등과 같은 접속 부사어의 사용이나 절 단위마다의 주어 표기를 통하여 인물의 사고와 서술자의 언급 사이의 구분을 뚜렷이 유지하고 있다. <방란장 주인>의 절 단위는 인물의 사고, 서술자의 평가, 인물의 행위에 대한 서술 등의 의미 단위와 각각 대응되는데, 개별 의미 단위의 전환의 지표가 되는 것이 접속 부사어의 사용이다. 또는 문법상의 부자연스러움에도 불구하고 주어를 문장 중간에 표기하여 사고나 행위 중인 인물의 모습을 외부로부터 서술하는 서술자의 위치를 부각시키기도 한다. 이처럼 상황을 전환시키는 접속 부사어의 사용과 문장 중간 주어 표기를 통해서 외부에서 상황을 서술하는 서술자와 상황 내부의 등장인물 간의 거리가 더욱 뚜렷해진다.

　이처럼 <방란장 주인>의 장문에는 잦은 콤마 사용, 문어체적 어휘의 사용, 접속 부사어와 문장 중간 주어 표기 등 다양한 문체적 특징이 포함되어 있다. 그리고 이러한 특질은 서사 상황 외부에 위치하는 서술자의 위치를 부각시킴과 동시에 서술자가 서술을 행해 나가는 과정을 환기하는 메타 서술 실험의 일환이라 볼 수 있다. 이러한 특징으로 볼 때 <방란장 주인>의 문체 실험은 <소설가 구보씨의 일일>에서 나타나는 메타 서술적 플롯 제시라는 작가의식과 연속되는 지점에 위치한 것이라 해석할 수 있다.

주제어 : 문체, 메타 서술, 장문, 인식 분절, 유머러스한 어조

■ Abstract

'A Length-extended sentence' for showing meta-narrative situation
-A study of writing style in ⟨The host of Bangnanjang⟩-

Eunhye Seo

This article aims to investigate Park Tae-won's literary style which shows the characteristics of modernist author prominently and to reconsider the validity of standards dividing Park's literary world. ⟨The host of Bangnanjang⟩ considered as one of the major works showing 'A Length-extended sentence' suggests various literary styles. And that kind of writing styles reminds readers of a narrator's role in the work continuously as the narrative goes on. It's a kind of meta-narrative technique, which constitute important feature of ⟨One day of a novelist Gubo⟩ as a different version. The former shows meta-narrative features in a level of literary style, whereas the latter, plot structure.

There are three major characteristics of writing style in ⟨The host of Bangnanjang⟩ : using many commas, words of written styles, conjunctives and insertion of subjects in each sentences. I discuss the case of using commas in chapter 2. There are two cases of using commas in the work. First, commas are suggested in case of representing character's cognition, understanding of external world. Secondly, commas are frequently used when narrator articulates the flow of character's thought as a semantic level. The time of narrative is delayed and readers are likely to pay attention to the flow of character's consciousness by every articulated phrase marked with commas. Thus, reading process means not only understanding character's consciousness directly but also following narrator's role articulating the flow as semantic phrases.

Also, both making humorous tone of voices and emphasis on narrator's role are achieved by using words of written styles frequently. In chapter 3, the lexical categories of written style are investigated. Although episodes in <The host of Bangnanjang> are ordinary and even trivial things, without obvious conflict among characters, the tone describing the narrative situation is quite polite and formal. It is possible to use many written style words, especially Sino-korean words. The difference between the pettiness of narrative situation and excessively polite tone create humorous effects. Dexis such as 'that' are often used in sentences, which frequently used in written style. Characters' words and actions is converged into narrator's remark by using dexis like 'that', so narrator's location is more magnified.

Finally, narrator's remark emerged by using of conjunctive adjectives such as 'suddenly', 'perhaps', 'ever' and marking subjects in each sentence. In chapter 4, this matter is discussed. The phrases articulated by commas have a variety of narrative qualifications such as character's consciousness, actions and narrator's statements to characters. Conjunctive adjectives are often used when one narrative qualification changes into another one. Marking subject in each sentence makes an effect of emphasizing ti arrator's location and role describing narrative situation outside. By using these kinds of narrative devices, the stance between characters and narrators is surely formed.

In conclusion, various characteristics of writing styles are represented such as using commas, choice of words in written style lexial categories, using conjunctive adjectives and inserting subjects in the middle of the sentence. All of these writing styles help to emphasize narrator's location and role, and meta-narrative showing narrator's narrative process directly. This feature is similar to the major characteristic of Park's another work, <One day of novelist Gubo> in 1934. While <One day of novelist Gubo> shows meta-narrative in a level of plot, <The host of Bangnanjang> represents in in a level of writing styles.

key words : writing styles, meta-narrative, 'a length-extended sentence', cognitive articulation, humorous tone of voice

이 논문은 2010년 11월 12일에 접수되어, 2010년 11월 22일부터 2010년 12월 3일 사이에 이루어진 소정의 심사를 거쳐 2010년 12월 10일 편집회의에서 최종적으로 게재가 확정되었음.

초기 박태원 소설과 이상 소설에 나타나는 공통 모티프에 관한 연구

- '절름발이' 짝 모티프를 중심으로

목 차

1. '허구적인' 내러티브로 다시 읽기
2. '룸펜 인테리'와 해결되지 않는 '생활'의 문제
3. '생활'의 압력에 이기지 못하는 '예술가'의 문제
4. 결론

이 경 림*

1. '허구적인' 내러티브로 다시 읽기

박태원이 「소설가 구보 씨의 일일」에서 소설가인 자신이 소설을 쓰는 과정 자체를 형상화했듯 이상 역시 자신의 연애 자체를 소설로 구성했다고 보고 그 기법의 모더니즘적 속성을 지적했던 것은 김윤식이다.[1] 작품 제작 기법의 특성을 규명하는 것에 주목하는 이러한 해석 패러다임은 작품의 소재가 작가의 실생활과 명확히 분리되지 않는다는 점은

---

* 서울대학교.

1) 김윤식, 「고현학의 방법론-박태원을 중심으로」, 김윤식 · 정호웅 편, 『한국문학의 리얼리즘과 모더니즘』, 민음사, 1989.

사실로 받아들이고 의문을 제기하지 않는다. 오히려 작가의 일상생활과 그간 비밀에 부쳐졌던 창작 과정 자체가 예술의 형상화 대상이 되었다는 점은 모더니즘의 가장 큰 특성으로 해석되고 있다.[2]

이러한 패러다임의 내부에서 그간 박태원이 쓴 '소설가 소설'의 계보와 이상이 쓴 이른바 '사소설(私小説)'의 계보는 꾸준히 정립되고 보충되어 왔다. 완전히 겹쳐지는 것은 아니더라도 어느 정도 박태원의 '소설가'가 박태원 자신을, 이상의 '나'가 이상 자신을 지시하는 것으로 읽는 패러다임이 성립한 것이다. 이는 소설집『소설가 구보 씨의 일일』(문장사, 1939)의 발문에 이태준이 "그(박태원-인용자 주)는 늘 自己自身이 主人公이 되기에 大胆하였다."[3]고 쓴 것에서도 알 수 있듯 당시에도 이미 어느 정도 형성되어 있던 관점이었다.

이와 같은 해석 패러다임의 연장선상에서 박태원의 어떤 작품에 등장하는 어떤 인물들은 이상으로 읽히기도 한다. 박태원이 소설의 소재로 사용한 이상의 일화(逸話)에 기대어, 즉 스토리세계(storyworld)와 실제세계를 거의 동일한 것으로 보고 두 세계에 존재하는 인물과 사건 사이의 유사성에 주목하여 일련의 소설들을 해명하는 연구는 이와 같은 관점에 기대어 있다.[4]

이러한 해석의 타당성은 생전의 박태원과 이상이 나누었던 두터운 교분에 의하여 뒷받침된다. 박태원은 호세이 대학을 중퇴하고 귀국한 후 1933년 구인회에 가입하여 끝까지 핵심 멤버로 활약했다. 기존 회원들의 탈퇴와 신규 회원 가입이 계속되는 등 멤버 구성이 불안정한 와중

---

2) Clement Greenberg, *Art and Culture*, Beacon Press: Boston, 1961, 6-7쪽.

3) 이태준, 「발(跋)」, 박태원 저, 『소설가 구보 씨의 일일』, 문장사, 1939, 299쪽.

4) 김종화, 「박태원의 구인회 활동과 이상과의 관계」, 구보학회 편, 『박태원과 모더니즘』, 깊은샘, 2007.
   이외에 류보선(「이상과 어머니, 근대와 전근대-박태원 소설의 두 좌표」, 류보선 외, 『박태원 소설연구』, 깊은샘, 1995)은 박태원이 이상과 직접 만나게 됨으로써 생겨난 박태원 소설의 변모과정에 주목하기도 했다.

에도 박태원과 이태준, 이상은 끝까지 구인회의 핵심 멤버로 남았는데, 그 중에서도 박태원과 이상은 유독 친밀했다.[5] 이러한 관점에서 볼 때 구인회의 멤버들을 직접적으로 지시하는 것 같은 인물들이 박태원의 소설에 종종 등장한다는 점, 특히 그 중에서도 이상을 연상시키는 인물이 많다는 점은 자연스럽다.

박태원의 작품 중 이상을 연상시키는 인물이 등장하는 것은 「애욕」, 「방란장 주인」, 「성군(星群)」, 「제비」, 「소설가 구보 씨의 일일」, 「보고(報告)」 등이다. 여기에서는 이상을 직접 지시하는 것 같은 인물뿐 아니라 작가인 박태원을 직접 지시하는 것 같은 인물도 등장함으로써, 스토리세계와 실제 세계가 상호 침투하는 양상을 보인다. 이로부터 작품은 오히려 작가의 궤적을 추적하는 하나의 기준자로 활용되면서 사실을 규정하는 힘을 획득하기도 한다. 특히 적극적으로 자신의 사생활 속에서 모티프들을 채용한 이상이나 박태원의 경우, 작중인물과 작가의 거리가 가까워서 생기는 이러한 중첩은 해석의 기반으로 다시 이들의 사생활을 호출하도록 한다. 텍스트 속의 '금홍'을 설명하기 위해 주변 문인들이 목격한 실제 세계의 금홍에 대한 의견을 활용하는 해석,[6] 「날개」와 「보고」에 등장하는 인물이 서로 동일하다고 가정하고 이를 통해 이상의 밝혀지지 않은 궤적을 재구(再構)하는 사소설적 독법 등이 그 예라고 할 수 있다.[7]

그러나 본고는 위와 같이 박태원과 이상의 소설을 '지시적인(referential)' 내러티브로 읽는 해석의 유효성을 인정하면서, 이로부터 벗어나 이들 소설을 다시 '허구적인(fictional)' 내러티브의 위치로 복귀시켜서 살펴보고자 한다.

---

5) 이경훈, 『이상과 박태원』, 소명출판, 2000, 91-99쪽.
6) 신주철, 「이상의 작품을 통해 본 이상과 주변 인물들」, 『세계문학비교연구』 13, 세계문학비교학회, 2005.
7) 이경훈, 앞의 책.

어떤 소설을 '사소설'로, 즉 텍스트 외부의 대상을 향한 '지시적인' 성격이 강한 내러티브로 읽는 것은 그 소설이 "단일한 목소리로 작자의 '자기'를 '직접적'으로 표현한 것이고, 거기에 씌어진 말은 '투명'하다고 상정하는 읽기모드"8)에 기초하고 있다. 이처럼 작품을 '지시적인' 내러티브로 규정하고 읽게 되면 소설에 등장하는 여러 요소 중 실제와 일치하지 않는 것으로 판명된 모티프들에 충분한 중요성을 부여하기가 힘들어지며, 이러한 모티프들을 공유하는 다른 텍스트에 대해서는 주의를 덜 기울일 수밖에 없다.

> 다만 「小說家仇甫氏의 一日」을 발표하였던 인연으로 하여, 以來 십여 년―, '仇甫'가 나의 雅號 행세를 하고 있다는 것을 여기서 밝힌다. 지금도 '仇'자를 불쾌히 생각하여 '九甫'로 대하려는 이가 있거니와, 내 자신도 결코 이 아호 아닌 아호에 조금이나 애착을 느끼고 있는 것은 아니다. 當者의 의사나 감정은 털끝만치도 존중할 줄 모르는 文友諸君이, 기어코 일을 그렇게 꾸며 버리고만 것이다.
> 이제부터 나는 단연 '丘甫'인 것을 선언한다.9)

위와 같은 박태원의 언급은 소설 내부의 허구와 소설 외부의 실제를 단호히 구별해주길 바라는 선언이기도 하다.10) 1939년 이태준이 말한 "자기자신이 주인공이 되기에 대담"한 작가의 형상은 십 년이 지난 1948년, 작가 자신에 의해 "당자의 의사나 감정은 털끝만치도 존중할 줄 모르는 문우제군이" 멋대로 만들어낸 것이라면서 공식적으로 부정되기에 이른 것이다. 마치 소설가 구보(仇甫)가 문자 그대로 소설가 박태원의 원수(仇)나 다름없어진 것 같다. 1948년, 박태원 자신의 선언과 함께 그가 생산한 소설들은 텍스트 외적인 특정한 지시대상의 '모상

---

8) 스즈키 토미, 한일문학연구회 역, 『이야기된 자기』, 생각의나무, 2004, 31쪽.
9) 박태원, 「後記―안하여도 좋을 말들―」, 『성탄제』, 을유문화사, 1948, 286쪽.
10) 나은진, 「소설가 소설과 '구보형 소설'의 계보」, 『구보학보』 1, 구보학회, 2006, 96쪽.

(portrait)'이기를 멈추고 다시 '타블로(tableau)'의 위치로 복귀하여 재독될 필요성을 가지게 된다.[11]

　이와 같은 문제의식 하에 본고는 초기 박태원 소설과 이상 소설에 공통적으로 등장하는 '절름발이' 짝 모티프의 계보와 그 변천에 주목하고자 한다.[12] '절름발이' 짝 모티프는 "우리부부는 숙명적으로 발이맞지않는 절름바리인것이다."[13]라는 「날개」의 서술에서 따 온 명칭이다. 본고는 이 명칭을 통해 초기 박태원 소설과 이상 소설에 공통적으로 등장하는 특정한 인물의 짝—경제적으로 무능한 남자와 주로 사회적 하층계급인 여자의 짝—을 가리키려고 한다.

　'절름발이' 짝 모티프는 박태원 소설에서 먼저 출현하여 이상 문학에서 풍부하게 변주되는 문학적 소재다. 그러나 지금까지 이 '절름발이' 짝 모티프는 주로 이상 문학을 중심으로 하여 주목되었으며, 텍스트 외부에 존재하는 금홍과 이상 혹은 변동림과 이상의 관계를 지시하는 것으로 읽혀 온 경향이 강하다. 이때 텍스트 외부에 존재하는 작가 이상이 보여주는 사생활의 내용은 텍스트가 실제 세계에 얼마나 충실하게 접근했는가를 측정하는 기준자로 활용되고, 텍스트 내부에 형상화된 갈등은 텍스트 외부에서 이상이 겪고 있던 갈등을 투사한 것으로 설명된다.

---

11) '모상'과 달리 '타블로'는 텍스트 외적인 특정한 지시대상을 갖지 않는다는 점에서 허구이다. -폴 드 만, 이창남 역, 『독서의 알레고리』, 문학과지성사, 2010, 267쪽.

12) 아서 단토는 회화 작품의 오브제가 가지는 모티프적 성격과 모델적 성격을 구별하면서 모티프란 실재를 지시하는 것인 반면 모델은 주제를 은유하는 수단이 된다고 설명했다. (아서 단토, 정용도 역, 『철학하는 예술』, 미술문화, 2007, 294-295면) 반면 문학 이론에서 모티프란 "주제를 구축하고 통일감을 주는 중요단위"로서, "반복되어 나타나는 동일한 혹은 유사한 낱말이나 문구, 내용"이라는 의미를 가진다. (이상섭, 『문학비평용어사전』, 민음사, 1976, 69면) 즉 아서 단토가 사용하는 모티프는 문학 이론에서 통용되는 용어인 '모티프'와는 다른 의미를 가지고 있는데, 본고에서는 '모티프'를 문학 이론에서 통용되는 의미로 사용하며 그 성격은 '실재를 지시'하는 것이 아니라 '주제를 은유'하는 수단이라는 점에서 아서 단토가 말한 모델적 성격을 가지는 것으로 간주한다.

13) 권영민 편, 『이상 전집』 2, 뿔, 2009, 282쪽.

  '절름발이' 짝 모티프는 박태원과 이상이 공유하는 문학적 모티프로서 소설의 구성에 지배적인 역할을 하고 있으며, 이 모티프를 통해 두 사람이 구현하는 주제가 서로 명확히 변별된다는 점에서 주목할 만하다. '절름발이' 짝 모티프가 박태원 소설에서 먼저 출현하여 그 특성들을 선취한 점을 상기할 때, 이상 소설에 등장하는 '절름발이' 짝 모티프 역시 '모상'으로부터 '타블로'의 위치로 복귀시킬 수 있다. 본고는 박태원 소설과 이상 소설에서 동시적으로 출현하는 '절름발이' 짝 모티프의 변천을 추적함으로써 텍스트에 대한 보다 풍부한 해석을 도출할 수 있기를 기대한다.[14)]

2. '룸펜 인테리'와 해결되지 않는 '생활'의 문제

  박태원은 1935년부터 1936년까지 「길은 어둡고」(《개벽》 1935.3.), 「전말(顚末)」(《조광》 1935.12.), 「비량(悲凉)」(《중앙》 1936.3.)을 통해 '절름발이' 짝 모티프가 중심이 된 일련의 소설들을 잇달아 발표했다. 그러자 이상은 이에 응답하여 동일한 모티프를 받아 쓴 듯 「지주회시(蜘蛛会豕)」(《중앙》 1936.6.)와 「날개」(《조광》 1936.9.)를 발표한다. 「지주회시」의 발표 이전까지는 주로 시작(詩作)에 집중하던 이상이 이렇듯 동시기 박태원과 유사한 모티프를 공유하는 서사를 통해 본격적인 소설의 창작으로 선회한다는 점은 주목할 만하다.

  「비량」에 등장하는 남자와 여자의 짝은 두 가지 면에서 "숙명적으로 발이 맞지 않는 절름발이"로 규정된 부부(「날개」)의 특성을 선취하고 있다. 먼저 경제적으로 무능한 남자와 사회적 하층 계급으로 설정된 여

---

14) 이외에도 조은주는 이상과 박태원 문학에서 '거울'이나 '산책'과 같은 모티프들이 긴밀한 연관성을 가지고 있다는 점을 지적했다. - 조은주, 「박태원과 이상의 문학적 공유점」, 『한국현대문학연구』 23, 한국현대문학회, 2007.

자의 지위가 그것이다. 경제적으로 무능한 남편에 비해 아내의 사회적 지위가 모호하고 소설의 정조(tone)가 상대적으로 가벼운 「전말」의 경우와 유부남과의 가망 없는 사랑에 빠진 카페 여급의 이야기를 다루는 「길은 어둡고」의 경우는 이와 같은 특성을 완전히 갖추고 있지는 않다.15) 그러나 경제적·사회적으로 어긋나 있는 남자와 여자의 관계를 중심으로 하고 있다는 점에서 「길은 어둡고」와 「전말」은 「비량」에 등장하는 '절름발이' 짝 모티프의 출현을 예비하고 있다. 박태원의 세 소설에서 이 모티프를 통해서 유지되는 핵심적인 갈등은 주로 남자가 자신의 사회적 지위에 비해 경제적으로 무능하다는 점에서 발생한다.

두 번째는 부부 혹은 동거하는 유사 부부의 관계가 중심이라는 것이다. 그러나 박태원 소설에서 부부 관계를 둘러싸고 있는 결혼 제도의 문제와 사회의 이목이 주요 관심사 중 하나로 등장하는 반면, 이상 소설에서는 관계의 내부에 초점이 맞추어짐으로써 박태원 소설에서와 같이 관계를 규율하는 외부의 시선은 사라지고 있다. 그러나 이처럼 두 개의 시선이 갈라지는 것을 이상 소설의 주관성과 박태원 소설의 객관성이라는 창작 태도 혹은 기법의 문제로 규정하는 것은 다소 미흡한 감이 있다.16) 이는 '절름발이' 짝이라는 공통된 모티프를 통해 박태원과 이상이 각각 구현하려 했던 주제 의식이 변별되는 지점으로 보아야 할 것이다.

（가) 잠이 깨인 뒤에도 에-흥 소리는 그저 귀에 있었다. 그 貧스럽게 샛빨간 불길은 그저 눈에있었다.

香伊는 잠깐 동안, 언짢고 또 야릇한 생각에 잠겨, 天井을 똑바로 치어다 보고 있었다. 그리다가 언뜻,

---

15) 정조(tone)은 작가가 소설 속에 구현하는 일련의 사건과 상황에 대해 가지는 느낌을 투사한 것이다. - Walter F. Wright, "Tone in fiction", Halperin, John, Etd., *The theory of the novel-new essays*, Oxford University Press, 1974, 297쪽.

16) 이경훈, 앞의 책, 99쪽.

78

「참 꿈에 송장을……… 송장을 보면 퍽 좋다는데……」

勿論, 香伊가 본것은 喪輿요, 송장은 아니었다. 그래도 亦是 香伊는 그안에 반드시 송장을 담았고,

「그뿐인가? 또 불을, 불이 화알활 일어 나는 것을 보아도 퍽 좋다니까……」

그래 香伊는 눈을 깜박거리며, 이제 참말 多幸한 빛이 그에게 있을듯 싶어 마음에 은근히 좋았다.

—— 이제 좋은 일이 내게 있으려나 보다………17)

「길은 어둡고」

(나) 승호의 계산이 끝나기가 무서웁게, 영자가 책을 빼앗어, 부리나케 찾아 본, 그의 올해 신수는 의외에도 좋아, 그것은 이 해에 혼인을 하게 될 것이요, 적공은 적어도 효력이 많으며, 또 김가성 가진 사람이 와서 도으면, 생색이 오배나 될, 그러한 괘에 틀림 없었다.

「올 신수가 아주 늘어졌다.」18)

「비량」

「길은 어둡고」의 초점 화자는 카페 여급인 '香伊'인데, 향이가 꿈에서 상여와 불을 보고 미래가 희망적일 것이라 애써 생각하는 소설의 첫 대목인 (가)는 「비량」에서 카페 여급인 영자가 토정비결을 보고 좋은 수가 나왔다고 하여 희망을 품는 첫 대목 (나)와 겹쳐진다. 위에 언급한 박태원의 두 소설은 모두 여자가 미래에 희망을 가져보려고 생각하는 대목에서 시작하여 이러한 희망이 좌절하는 대목으로 끝나게 되는 구조로 조직되어 있다.

「길은 어둡고」에 형상화되는 카페 여급인 향이와 유부남인 남자의 관계는 "돌아다보면 그들의 지난 半年間의 生活이란, 오직 괴로움만으로 가득 찬것인듯싶었다."19)는 서술이 직접적으로 지시하듯 괴롭고 절

---

17) 박태원, 『소설가 구보 씨의 일일』, 문장사, 1939, 141쪽.

18) 위의 책, 170쪽.

망적인 것이다. 이 절망감은 남자가 처와 아이를 거느린 몸으로서 섣불리 이혼하고 향이와 결합할 수 없다는 데에서 비롯한다. 「길은 어둡고」는 서두인 1장과 마지막 15장이 같은 문장으로 구성되어 있어 이처럼 괴롭고 절망적인 '절름발이' 부부의 생활이 폐쇄적으로 순환하게 만드는 구조를 갖추고 있다.

이와 같은 폐쇄적 순환 구조는 아내가 계단에서 굴러 떨어졌다는 언급으로 시작하여 다시 아내가 계단에서 굴러 떨어지라고 생각하는 것으로 끝나는 이상의 「지주회시」에서도 찾아볼 수 있다. 박태원이 앞서 「소설가 구보 씨의 일일」(《조선중앙일보》 1934.8.1-9.19.)에서 하루라는 단위를 잘라 제시함으로써 반복되는 도시적 일상성을 구현하려 했던 것과 유사하게, 「길은 어둡고」는 여자의 도망과 귀환으로 구성되는 한 단위의 사건을 잘라서 표본으로 제시하고 있다. 이는 「지주회시」를 구성하는 각 장의 첫머리에서 아내가 계단에서 굴러 떨어진 사건을 반복적으로 상기하는 언급이 등장하고, 소설의 말미에 또다시 아내가 계단에서 굴러 떨어지리라 서술함으로써 아내의 전락(転落)을 하나의 단위로 삼는 사건 진행을 보여주는 서술 기법과도 유사하다.

'절름발이' 짝 모티프가 본격적으로 등장하는 작품으로서 이상의 「지주회시」, 「날개」와 긴밀한 연관을 가지는 박태원의 소설은 「비량」이다. 「비량」은 "룸펜 인테리"인 승호와 카페 여급 영자의 연애서사를 다룬 작품이다. "애달프다"라는 뜻을 가진 중국어 단어 "悲凉"이 제목인 것에서 알 수 있듯 주된 정조는 「길은 어둡고」와 마찬가지로 괴롭고 슬픈 것이다. '절름발이' 짝 모티프를 다룬 박태원의 소설에서는 이와 같은 어두운 정조(tone)의 조성이 공통적으로 드러나고 있다.

먼저 「비량」에서는 텍스트 전반에 걸쳐 영자와의 "굴욕의 생활"을 청산하고 싶어 하는 승호의 태도, 그리고 영자에게 승호가 느끼는 불쾌

---

19) 위의 책, 147쪽.

80

한 감정이 부각되고 있다.

> 자기가 이 계집에게 대하여 가지고 있는것은, 이미 겸오(*인용자 주·'혐오' 혹은 '염오'의 오식으로 생각됨) 이외의 아무것도 아니였고, 또 사실, 어저께도, 그저께도, 그리고 그 전날에도 벌서 여러날을 두고 이 계집과 떨어질것만을 생각하여 왔던것임에도 불구하고, 언제든 밝는날이면, 의례히, 이 저주할 방안에서, 이 저주할 계집옆에서, 그리고 이 저주할 자리속에서, 제몸을 발견하지 않으면 안되는것이 승호에게는 안타까웁게도 슬펏다.[20]
> 「비량」

위의 인용문에서 볼 수 있듯 승호는 영자에게 혐오를 강하게 느끼면서 자신과 영자의 관계를 "저주받아 마땅할 인연"이라고 되뇌지만 정작 그 생활을 청산하지 못하고 있다. 그 이유는 애초에 동거가 승호의 실직에서 비롯한 일이며, 또한 승호가 벗을 통해 소개 받은 보통학교 촉탁교원 자리가 다른 이에게 먼저 돌아감으로써 스스로의 힘으로 영자와의 생활을 청산할 기회 또한 사라졌기 때문이다. 이로써 승호는 자신의 의지로 생활을 개척할 수 없는 무능을 여실하게 보여준다.

> (참말이지, 계집이 얻어다라도 주지 않으면, 담배한대, 변변히 태우지를 못하고……술을 따라, 아양을 떨어, 벌어온 몇푼의 돈이아니고는, 한끼, 설렁탕 한 그릇이나마……)[21]
> 「비량」

여기서 승호가 느끼는 "굴욕"은 그가 경제적으로 완전히 카페 여급인 영자에게 의존하고 있다는 사실에서 생기는 감정이다. 그리고 이 감정과 더불어 승호를 지속적으로 괴롭히는 것은 자신의 굴욕적인 생활

---

20) 위의 책, 184쪽.
21) 위의 책, 178쪽.

을 지켜보는 외부의 시선이다. 교육을 받았으면서도 카페 여급에게 빌붙어 살 수 밖에 없을 정도로 사회적·경제적으로 무능한 자신을 보면서 느끼는 굴욕감과, 이러한 자신을 보면서 비웃는 외부 시선에 대한 염려와 공포는 승호를 더욱 초조하게 만든다.

「비량」의 말미에 이르면 카페 여급으로만 나서던 영자가 드디어 매춘으로 뛰어드는 장면이 등장한다. 이는 영자가 승호에게 "사나이가 계집에게서 받을수 있는 가장 크고, 또 가장 추악한 굴욕"을 안겨주는 결정적인 대목이기도 하다. 영자가 매춘을 할 수 있는 장소는 그들이 함께 기거하던 방 한 칸밖에 없었으므로, 영자는 방에서 거리로 승호를 불러낸다. 이때 승호가 가장 먼저 의식하는 것은 자신의 굴욕감보다는 이 굴욕적인 장면을 지켜보고 있을 외부의 시선이다.

> 「여보. 자우?」
> 바락 지르는 계집의 말소리가 분명히 술에 취하였다.
> 승호는, 계집의 다음말을 기달릴 필요도 없이, 순간에, 불덩어리가 목넘어에 치밀어 오르는 것을 느끼며, 그러한 중에도 번개 같이,
> <u>「대체, 안집에서 뭐랄꾸? 진숙이 어머니가 뭐랄꾸? 또, 이, 내 꼴이……」</u>
> 그러한것을 두서 없이 생각하며, 자리에서 벌떡 일어나, 퇴마루 아래에, 구두를 찾아 신었다. 마루우에 올려 놓을것을 잊은 구두속에는, 그사이에도 끊임 없이 나린 눈이, 더러는 녹아, 그 촉감이 오한과 같이 그의 전신을 돌았으나, 승호는 그것도 거의 의식하지 못하고, 도망질치듯 대문을 나섰다.[22] (밑줄 인용자)
>
> 「비량」

자신의 굴욕적인 "꼴"을 자각하는 순간, 승호는 동시에 이를 지켜보고 있을 "안집"과 "진숙이 어머니"의 시선을 의식한다. 이러한 승호의 성격은 촉탁교원 취직의 기회조차 잡지 못하는 우유부단한 성격과 맞

---

22) 위의 책, 190-191쪽.

물려 박태원 소설 특유의 "룸펜 인테리" 인물의 특징을 구축한다.

본래 '룸펜(Lumpen)'이라는 독일어는 부랑자, 실업자, 낙오자를 뜻하는 단어로서, 주요 인물들이 공유하는 룸펜적 성격은 창작집 『소설가 구보 씨의 일일』(1939, 문장)에 실린 소설들을 단일한 테마 아래 엮어 주는 범주로서 기능한다. 박태원은 자신이 작품 속에 "룸펜·인테리"[23]를 자주 그린다고 언급한 바 있다. "룸펜 인테리"의 초상은 「옆집 색시」(《신가정》 1933.2.)의 철수, 「오월의 훈풍」(《조선문학》 1933.10.)의 철수, 「딱한 사람들」(《중앙》 1934.9.)의 순구와 진수, 「피로」(《여명》 1933.7.)의 '나'와 같은 초기 소설의 등장인물들에서 확인할 수 있으며, 「비량」의 승호 역시 이의 연장선상에 서 있다.

「비량」에서 '절름발이' 짝 모티프를 통해 드러나는 가장 큰 특성은 바로 남자가 "룸펜 인테리"라는 사회적·경제적 낙오자로 형상화된다는 점에서 비롯한다. 이 소설에서 '절름발이' 짝 모티프는 경제적 층위에서 빈곤자-원조자의 짝으로 치환될 수 있으며, 사회적 지위 층위에서는 지식인-비지식인으로 치환될 수 있다. 그러나 이 부부의 '숙명적으로 발 맞지 않음'이 그 경제적·사회적 무능과 격차에서 비롯한다고 보는 것은 '절름발이' 짝 모티프뿐만 아니라 일련의 소설을 통해서 계급적 현실을 끊임없이 문제시하는 박태원의 전체 주제의식과도 맞닿아 있다.

이는 「피로」에서 「소설가 구보 씨의 일일」까지 지속적으로 심화되는 룸펜 인텔리 인물들의 특성을 통해 확연하게 살펴볼 수 있다. '룸펜 인텔리(또는 소설가)의 비일상적·비규범적 생활 리듬과 체험의 방식'은 「적멸」(1930), 「피로」, 「거리」(1936) 등에서도 반복되는 모티프이다.[24] 화자인 '나'가 소설가라는 점, 폐쇄된 구조를 특징으로 하는 점에서 「피로」는 「소설가 구보 씨의 일일」을 예비하는 텍스트로 볼 수 있

---

23) 박태원, 「내 芸術에 対한 抗弁-作品과 批評家의 責任」, 《조선일보》, 1937.10.21-23.
24) 김미지, 「박태원 소설의 담론 구성 방식과 수사학 연구」, 서울대학교 박사학위논문, 2008, 118쪽.

다. 집에서 나갔다가 집으로 귀환하는 「소설가 구보 씨의 일일」과 유사하게 「피로」는 '나'가 다방 낙랑에서 나갔다가 다시 다방 낙랑으로 귀환하는 닫힌 동선으로 구조되어 있다. 「피로」에서 글쓰기가 막힌 '나'는 "초조와 불안을 느끼면서"[25] 다방 낙랑을 나가 거리를 돌아다닌다.

> 나는 다시 다방 낙낭안, 그 구석진 테이불에 앉아 있었다. 두 가닥 「커—튼」이 나의 눈에서 그살풍경한 광고등을 가리워주고있다. 이곳 주인이 나를 위하여 걸어준 Enrico Caruso의 Elegy가 이 안의 고요한, 너무나 고요한 공기를 가만이 흔들어 놓았다. 나는 세개째의 담배를 태우면서, 대체 나의 미완성한 작품은 언제나 탈고하나?……하고 생각하였다.
> 아마 열한점도 넘었을께다. 이 한날도 이제 한시간이 못되어 종국을 매질께다. 나는 선하품을 하면서 나의 이제까지 걸어온 길을 되푸러 더듬어 보았다.[26]
>
> 「피로」

그러나 「피로」의 '나'는 귀환해서도 좀처럼 펜을 잡지 못한다. 이미 하루는 끝을 보이고 있는데 '나'는 다방으로 돌아와 담배를 세 대나 태우면서도 미완된 소설을 마저 쓰지 못하고 자신이 지낸 하루만을 더듬어 볼 뿐이다. 이처럼 「피로」의 '나'가 소설을 끝내 마치지 못하는 것, 혹은 새로 쓰지도 못하는 것은 그가 "삶의 어려움"[27]이라는 감각에 예민하게 반응하는 인물이기 때문이다. 이는 「피로」의 '나'에서 예술가보다는 지식인, 즉 인텔리의 정체성을 더 많이 읽어내게 한다.

> 나는 그들의 고무신을 통하여, 짚신을 통하여, 그들의 발바당이 감촉하였을, 너무나 차디찬 어름짱을 생각하고, 저모르게 부르르 몸서리치지 아

---

25) 박태원, 『소설가 구보 씨의 일일』, 문장사, 1939, 65쪽.
26) 위의 책, 75쪽.
27) 위의 책, 70쪽.

84

니할수 없었다. 가방을 둘러멘 보통학교 생도가 어름 위를 지났다. 팔짱 낀 사나이가 동저고리 바람으로 뒤를 따랐다. 빵장수가 통을 둘러메이고 또 뒤를 이었다. 조바위쓴 아낙네, 감투쓴 노인, ……그들의 수효는 분명히 인 도교 위를 지나는사람보다 많았다.

　강바람은 거의 끊임 없이 불어 왔다. 그 사나운 바람은 어름위를 지나 는 사람들의 목을 움추리게 하였다. 목을 한껏 움츠리고 강 위를 지나는 그들의 모양은 이곳 풍경을 좀더 색막하게 하여 놓았다.

　나는 그것에 나의 마지막 걸어갈 길을 너무나 확실히 보고, 그리고 저 모르게 악연하였다……28)

「피로」

‘나’가 다방 낙랑으로 귀환하기 바로 직전 장면인 위에 드러난 ‘나’ 의 태도는 이른바 ‘산책자’의 그것과는 거리가 멀다. 산책자는 거리를 목적 없이 떠도는 인물로서 그 속에서 생활하지 않는 국외자적 성격을 가진다. 산책자가 거리의 제도와 생활에 참여하지 않는 아웃사이더이므 로 거리를 가지고 거리의 모순을 사심 없이 관찰할 수 있는 인물임에 반하여,29) 「피로」의 ‘나’는 거리의 군상(群像)으로부터 그 자신의 초라 한 종말을 보고 저도 모르게 악연해질 정도로 거리를 유지할 수 없다. 거리의 군상과 ‘나’의 동질성을 간파하고 이에 아연해진 ‘나’의 초상은 이 풍경을 재료로 삼아 소설을 써야 하는 소설가인 ‘나’의 내부에 이미 배태되어 있다. 「피로」의 ‘나’는 직업적으로 소설을 쓰는 소설가이자 생 활인인 동시에 자신을 둘러싼 군상의 참담한 모습까지도 목격하는 지 식인이며, 그러한 ‘나’가 도시를 부랑하듯 떠돌아다닌다는 의미에서 “룸펜 인텔리”이다.

　이러한 관점에서 볼 때 「피로」의 ‘나’는 산책자가 아니다. ‘나’는 군

---

28) 위의 책, 75쪽.

29) 최혜실, 「한국 현대 모더니즘 소설에 나타나는 산책자의 주제」, 『한국현대문학연구』 3, 한국현대문학회, 1994, 33쪽.

상의 일부인 것이며, 따라서 이 소설이 주요한 문학적 대상으로 삼고 있는 것은 '나'의 소설 쓰기라는 창작 과정 자체가 아니라 소설가인 '나'의 눈을 통해 묘사되는 현실이라고 볼 수 있다. 이와 유사하게 「비량」에 등장하는 '절름발이' 짝 모티프를 통하여 문학적 대상으로 호출되는 것은 생활을 책임질 수도 없을 만큼 무능한 1930년대 조선의 룸펜 인텔리가 처한 현실이다.

3. '생활'의 압력에 이기지 못하는 '예술가'의 문제

「비량」이 발표된 3개월 후, 동일한 잡지인 《중앙》 지면에 게재된 단편 「지주회시」에서부터 이상 소설에는 '절름발이' 짝 모티프가 본격적으로 등장하기 시작한다. 「지주회시」의 화자인 '나' 역시 경제적으로 무능한 남편에 해당하는 인물인데, 그는 아내에게 기생하고 있는 자신의 모습을 가리켜 "거미"라고 부른다.

> 거미―분명히그자신이거미였다. 물뿌리처럼야외들어가는아내를빨아먹는거미가 너 자신인것을깨달아라. 내가거미다. 비린내나는입이다. 아니 아내는그럼그에게서아무것도안빨아먹느냐. 보렴―이파랗게질린수염자죽―콩한눈―늘신하게만연되나마나하는형영없는榮養을―보아라. 아내가거미다. 거미아닐수있으랴. 거미와거미거미와거미냐, 서로빨아먹느냐. 어디로가나.30)

「지주회시」

「지주회시」의 '나'는 카페 여급으로 일하는 아내에게 기생하여 살아

---

30) 권영민 편, 앞의 책, 243쪽.

가는 자신의 존재를 거미로 묘사하면서도 한편 아내 역시 자신에게서 무엇인가를 빨아먹고 있는 거미라고 생각한다. 이는 「비량」에서 승호가 영자에게 기생하여 살아가면서도 자신의 격에 맞지 않는 영자에게 자신의 행복을 빼앗겼다고 느끼는 양가적인 감정과 유사하다. 「지주회시」에서 '나'가 아내로부터 "빨아먹는" 것은 그를 부양하기 위해 감수해야 하는 아내의 노동이다. 그렇다면 「지주회시」의 아내가 '나'로부터 "빨아먹는" 것은 대체 무엇일까. 그것은 생활을 영위해나가야 한다는 물질적 압력에 의해 사장되는 예술가로서의 '나'의 욕구다.

> 배가고프다. 한심한일이다. 부끄러운일이었다. 그러나 뭇 네생활에내생활을비교하야 아니 내생활에네생활을비교하야어떤것이진정우수한것이냐. 아니어떤것이진정열등한것이냐. (중략) 그는그의손가락을코밑에가저다가가만이맡어보았다. 거미내음새는—그러나二十원을요모조모금물르든그새금한지페내음새가참그윽할뿐이었다. 요 새주한내음새—요것때문에세상은가만있지못하고생사람을더러잡는다—더러가뭐냐. 얼마나많이죽을내나. 가다듬을수없는어지러운심정이었다. 거미—그렇지—거미는나밖에없다. 보아라. 지금이거미의끈적끈적한촉수가어디로몰려가고있나—쪽소름이끼치고시근땀이내솟기시작이다.[31]
>
> 「지주회시」

「지주회시」의 경우 소설의 마지막 장면에서 진짜 거미로 판별되는 것은 '나'이다. 아내의 노동에 기대어 살아가는 '나'는 끝내 "지페내음새"로부터 고개를 돌리면서 "거미는 나밖에 없다"고 선언한다. 그러나 '나'는 친구인 오(吳)의 생활에 자신의 생활을 비겨보며 거미인 자신의 생활이 그보다 열등하지 않다고 판단한다. 오는 한때 '나'와 한때 화필을 잡았던 동료이나, 지금은 취인점(取引店) 조사부에 앉아 장부를 정리하면서 '나'의 부부에게는 사기를 쳐 돈을 갈취하는 등 "세상"에 완

---

31) 위의 책, 256쪽.

전히 물들어 속화된 인물이다. 즉 「지주회시」의 텍스트 안에서 오는 거미이기를 포기했을 때 생겨날 '나'의 모습을 보여주는 일종의 거울상으로서 기능한다고 볼 수 있다.

오의 속화된 행보에 반하여 '나'는 아내를 빨아먹는 거미가 된 대신 "이방덛문을첩첩닫고―년열두달을수염도안깎고누어있"는 식으로 세상으로부터 도피할 수 있었다. 「지주회시」에서 주로 '지폐'로 상징되는 현실세계의 논리란 '나'나 오로 하여금 화필을 꺾게 하는 무서운 압제를 행사했던 것이다. 그리고 아내는 '나'가 세상으로부터 도피할 수 있도록 막아주는 울타리와도 같은 존재로 형상화된다. 그러나 '나'는 자신이 빨아먹고 있는 아내의 형상으로 매개된 세상의 압력으로부터 여전히 자유롭지 못하다.

「지주회시」에서 이상이 '절름발이' 짝 모티프를 통해 구현하는 주제는 박태원의 그것과는 일정한 거리를 가지고 있다. 이는 박태원의 '절름발이' 짝 모티프에서 남자가 룸펜 인텔리의 모델로서 기능하는 것에 반하여, 이상의 '절름발이' 짝 모티프에서 남자는 아방가르드적 예술가의 모델로서 기능하기 때문이다. 전술했듯 박태원과 이상 소설에 등장하는 '절름발이' 짝 모티프에서 ⓐ<사회적·경제적으로 무능한 남자>와 ⓑ<사회적 하층 계급으로 설정된 여자의 지위>는 커다란 변화를 겪지 않는다. 박태원과 이상의 '절름발이' 짝 모티프가 결정적으로 분기하는 지점은 ⓒ<남자의 모델을 통해 은유되는 것>이다.

"룸펜 인테리"를 그려냄으로써 계급의식을 견지한 박태원에 비하여, 이상이 '절름발이' 짝 모티프를 통해 집중하고 있는 것은 예술가로서의 자아실현을 방해하는 현실세계의 문제이다. 즉 「지주회시」와 「날개」에서 중심에 있는 것은 '절름발이' 부부를 둘러싸고 일어나는 사건과 갈등의 양상이 아니라 이를 야기하는 근본적 원인이다. 그리고 이는 이미 「지도의 암실」부터 암시된 '생활과 예술의 불화'라는 이상의 오랜 테마와 연관되어 있다.

　「지주회시」와 「날개」의 '절름발이' 짝 모티프는 생활의 논리에 휩쓸려 예술가로서의 자의식을 포기한 남자의 비참한 후일담을 서술하기 위해 활용되는 문학적 장치로 볼 수 있다. 이로부터 「지주회시」나 「날개」가 이상의 "개인적 체험의 영역 밖으로는 별로 전개·해결되지 않는 특질을 가진"[32] 지시적인 텍스트로 보는 독법에서 한 걸음 더 나아갈 수 있다.

　「비량」의 서사를 조직하는 논리와 상동성을 보여주는 구조를 가지고 있는 텍스트는 「날개」다. 「비량」에서 승호는 영자가 그들이 동거하는 방으로 남자를 끌어들여 매춘을 해야 했기 때문에 거리로 나가야만 했다. 그리고 승호의 형상은 역시 아내가 매춘하는 방에 들어가지 못하는 '나'의 형상을 통해 「날개」에서 더욱 심화되어 등장한다. 「날개」가 '나'가 아내의 방과 거리 사이에서 시계추처럼 진동하면서 움직이는 경로를 통해 구축된 것과 같이, 「비량」 역시 승호가 방과 거리 둘 모두에서 안주하지 못하고 움직이는 경로를 따라가면서 조직되어 있다. 승호로 하여금 영자의 방에 거주하면서도 그 안에 안주하지 못하도록 조직된 서사의 논리는 「날개」의 '나'로 하여금 아내의 방에 안주하지 못하게 하는 서사의 논리로 연장된다.

　「날개」는 에피그램적 성격을 가지는 서두를 배치함으로써 이 소설에서 '절름발이' 짝 모티프를 통해 구현되는 주제가 생활의 논리에 구속된 예술가의 문제와 연관되어 있다는 점을 분명히 하고 있다.

　　「剝製가되어버린天才」를 아시오? 나는 愉快하오. 이런때 戀愛까지가愉快하오.
　　肉身이흐느적흐느적하도록 疲勞했을때만 精神이 銀貨처럼 맑소 니코틴이 내 蛔ㅅ배알는 배ㅅ속으로숨이면 머리속에 의례히 白紙가準備되는법이오. 그웋에다 나는 윗트와 파라독스를 바둑 布石처럼 느러놓ㅅ오. 可恐할

---

32) 이경훈, 앞의 책, 100쪽.

常識의病이오.

　　나는또 女人과生活을 設計하오. 戀愛技法에마자 서먹서먹해진, 知性의 極致를 흘낏 좀 드려다본일이있는 말하자면 一種의 精神奔逸者말이오. 이런女人의半—그것은온갖것의半이오—만을 領受하는 生活을 設計한다는말이오 그런生活속에 한발만 드려놓고 恰似두개의太陽처럼 마조처다보면서 낄낄거리는 것이오. 나는 아마 어지간히 人生의諸行이 싱거워서 견댈수가 없게쯤되고 그만둔모양이오 꿋 빠이.[33]

「날개」

국한문혼용체로 서술된 「날개」의 서두는 한자어를 노출하지 않은 채 거의 한글 문장만으로 써내려간 「날개」의 나머지 부분에 비하여 시각적으로도 현격한 차이를 보여준다. 이 서두는 마치 백치처럼 묘사되는 「날개」의 서술자인 '나'의 원래 모습을 짐작케 해준다. 「날개」는 「지주회시」와 마찬가지로 화필을 꺾은 후의 '나', 즉 "박제가 되어버린 천재"의 후일담이며 이전에는 백지에 "윗트와 패러독스를 바둑 포석처럼" 늘어놓던 문필가가 "인생의 제행"에 지쳐 여자와의 생활을 설계한 이후의 이야기를 다룬 텍스트이다. 이 소설에서 '절름발이' 짝 모티프는 이 후일담을 서술해나가기 위해 채택된 문학적 장치이다.

　　(가) (나는 돈을 쓰고, 너는 돈을 벌고……)

　　그 생각에 일종 기괴한 마음의 유열을 느끼며,

　　(네가 오늘밤에, 적어도 육환을 벌지 못하면, 결국 우리의 결손이다. 밑저서는 안되지.)

　　그리고, 승호는 한바탕을 껄껄대고 웃으려 한것이, 나온것은, 뜻밖에도, 울음으로, 술집 주인과 또 아이가, 어리둥절 한채, 잠깐동안은 어찌 할바를 모르게스리, 그는, 쉬지 않고 빰위를 흘러나리는 눈물을 씻으려고도 안하고 어ㅇ엉 소리조차내어, 오직 울었다.[34]

---

33) 권영민 편, 앞의 책, 258쪽.
34) 박태원, 『소설가 구보 씨의 일일』, 문장사, 1939, 193쪽.

「비량」

> (나) 나는 불연듯이 겨드랑이 가렵다. 아하그것은 내 인공의날개가돋았
> 든 자족이다. 오늘은없는 이 날개, 머릿속에서는 희망과야심의 말소된페—
> 지가 떡슈내리넘어가듯번뜩였다.
> 나는것든걸음을 멈추고 그리고 어디한번 이렇게 외쳐보고싶었다.
> 날개야 다시 돋아라.
> 날자. 날자. 날자. 한번만 더 날자ㅅ구나.
> 한번만 더 날아보자ㅅ구나.[35]

「날개」

「비량」의 마지막 장면인 (가)에서 승호는 괴로워하면서도 영자에 대하여 어떤 조치도 취하지 못한 채 무기력하게 운다. 그러나 「날개」에서 가장 유명한 대목이기도 한 마지막 장면 (나)에서 '나'는 "인공의 날개"에 다시금 의탁하려는 의지를 표출한다. 「비량」에서 박태원이 '절름발이' 짝 모티프를 통해 그려놓은 절망적인 생활의 폐쇄적 순환 속으로부터 빠져나올 수 있는 통로는 보이지 않는다. 승호가 어떻게든 취직하여 영자를 경제적으로 부양함으로써 영자의 전락을 구제할 수 있는 위치로 올라서지 않는 한, 그는 술집에서 술을 마시고 울 수밖에 없다. 이는 승호가 은유하고 있는 "룸펜 인테리"라는 전형을 한 축으로 가진 박태원의 '절름발이' 부부들이 가진 사회적 맥락의 특수성에서 비롯하는 결론이다. 이러한 점에서 박태원의 '절름발이' 부부 모티프는 이후 권태, 무기력, 방향상실감, 소외, 불안 등으로 특징지어질 수 있는 전향소설의 룸펜 지식인과 아내의 문제로도 연결될 수 있는 것이다.[36]

한편 「날개」에서 백치에 가까울 정도로 행동하던 '나'가 인공의 날

---

35) 권영민 편, 앞의 책, 282-283쪽.
36) 강지윤, 「전향자와 그의 아내-룸펜 인텔리겐챠와 자기반영의 문제들」, 『사이』 8, 국제한국문학문화학회, 2010, 225쪽.

개를 기원하는 마지막 장면은 예술가로서의 자의식을 다시금 되찾으려 시도하는 장면이다. 즉 「날개」에서 '절름발이' 짝 모티프를 통해 구현되는 생활의 폐쇄적 순환은 예술가로서의 자의식을 되찾음으로써 벗어날 수 있는 어떤 장애물 같은 것으로 인식된다. 「비량」의 승호가 생활을 어떻게든 구제해보려고 애쓰는 반면, 「날개」의 '나'는 생활을 버리고자 한다. 이는 박태원과 이상의 문학적 주제의식이 근본적으로 다른 방향을 향해 있었다는 점을 반증한다.

이와 같은 점에서 「날개」는 의도적인 문학적 주고받기의 일환으로 창작된 박태원의 「보고(報告)」(《여성》 1936.9.)보다는 오히려 「비량」과 연관성을 더 강하게 가지는 텍스트로 독해할 수 있다. '관철정 33번지'의 '18가구'에 대한 묘사로 시작하는 「보고」는 「날개」의 무대와 겹치는 장소에 '최군'과 그 '정인'을 놓고 있다. 그러나 '최군'을 「날개」의 '나'와 같은 인물로 읽을 수 있는 근거는 단지 '최군'의 방이 「날개」의 '33번지'와 흡사한 장소에 있다는 것뿐이다. 두 작품은 서로 흡사한 배경과 흡사한 인물을 등장시켜 스토리세계를 공유하는 것처럼 보이지만, 주제 면에서 상호 침투하지 않는다. 「보고」의 화자인 '나'는 지식인이었던 '최군'이 격에 맞지 않는 정인을 만나 전락한 처지를 안타까워하지만, 소설의 말미에 이르러 그들의 사랑을 긍정한다. 「보고」의 경우 중심에 서 있는 것은 '절름발이' 짝이 빚어내는 갈등이 아니라 이를 바라보는 외부 시선과의 화해라 볼 수 있다.

「날개」는 예술가로서의 자의식을 문제 삼았다는 점에서 「지도의 암실」의 연장선상에 선 텍스트로 독해할 수 있다. 이상이 「지도의 암실」을 잡지 《조선》에 발표했던 것은 1932년 3월의 일이다. 「지도의 암실」은 여러 가지 소설적 기법이 시도된 실험적인 작품으로서 글쓰기 방식의 메타적 속성과 이로 인해 구축되는 상호텍스트적 공간, 공적 시간을 사적 경험의 시간으로 환치시키는 기법, 내적 독백이라는 서술 방식을 통한 추상화의 원리 등이 그 특징으로 주목된 바 있다. 또한 이는 2년

92

후 박태원이 발표하는 「소설가 구보 씨의 일일」이 획득하는 모더니즘적 특성을 선취한 것으로 평가된다.[37]

「지도의 암실」이 서사에서 구현하고 있는 '하루'라는 시간은 주인공의 기상-산책-창작으로 이어지는 리듬을 가지고 있다. 「지도의 암실」에서 '나'는 마치 전구에 불이 켜지듯 잠에서 깨어난다. 그리고 저고리를 입고 길로 나서서 산책을 하다 카페에 잠시 들러 여자와 만나고 다시 집으로 돌아온다. 그는 집에 돌아와 "무시무시한 하루의 하루가 차츰차츰 끝나 들어가는구나"[38]하는 생각에 안도하며 비로소 자신의 작업에 몰두한다.

> 백지와색연필을들고 덧문을열고문하나를 여인다음쏘문하나를여은다음
> 쏘열고쏘열고쏘열고쏘열고 인제는어지간히들어왓구나 생각히는째쯤하야
> 서 그는백지우에다색연필을 세워노코무인지경에서 그만이하다가고만두는
> 아름다운복잡한기술을시작하니 그에게는가장넓은 이벌판이발근밤이여서
> 가장좁고갑갑한것인것갓흔것은 완전히니저버릴수잇는것이다 나날이이럿
> 케들어갈수잇는데까지 들어갈수잇는한도는점々늘어가니 그가들어갓다가
> 는 언제든지처음잇든자리로도로 나올수는넘려업시잇다고 밋고잇지만차즘
> 차즘그러치도안은것은 그가알면서도는 그러지는안을것이닛가 그는확실히
> 몰으는것이다.[39]
>
> 「지도의 암실」

그리고 '밝은 밤'을 누릴 수 있게 하는 작업이 끝나면 '나'는 다시 전구의 불이 꺼지듯 잠을 청한다. 방에서 나갔다가 방으로 귀환하는 닫힌 동선, 산책에 나선 '나'가 보는 풍경은 하루라는 단위가 반복에 따라 복제되는 서사라고 할 수 있으며 이러한 점에서 「지도의 암실」은 도시

---

37) 권영민, 『이상 텍스트 연구』, 뿔, 2009, 298-299쪽.
38) 권영민 편, 앞의 책, 32쪽.
39) 위의 책, 213쪽.

의 일상이 가진 속성을 드러내고 있다. 이처럼 반복되고 복제되는 나날 속에서 단 하나 변해가는 것이 있다면 그것은 '나'가 매일 밤마다 하는 그만의 '아름다운 복잡한 기술'에 의해 쓰이는 어떤 소설 혹은 그려지는 어떤 그림이다. 날마다 "들어갈 수 있는 한도"는 점점 늘어가는데 이와 비례하여 차츰 "처음 있던 자리"로 도로 나오기가 힘들어진다는 '그'의 고백은 「지도의 암실」의 세계가 종이 속의 것과 종이 밖의 것으로 양분되어 있다는 점을 암시한다. 그리고 종이 속의 세계야말로 「지도의 암실」의 '그'에게 "가장 좁고 가장 갑갑한 것"들을 잊게 만들어주는 세계이다.

반복되는 일상 속에서 삶의 기수를 잡고 삶을 견인할 지위를 예술에게 부여하는 것이 아방가르드(avant-garde)의 선언이라면[40], 「지도의 암실」의 '나'로부터 「날개」의 '나'에 이르는 작중 인물들은 분명 아방가르드의 선언에 부합하고자 애쓰는 예술가들의 일면을 보여준다. 이는 아방가르드의 가장 중요한 기능이 여러 가지 기법을 "실험"하는 데 있는 것이 아니라 문화를 앞으로 "움직이게" 하는 것에 있다는 그린버그의 지적과 상통하는 지점이기도 하다.[41]

> 만약 한 문학자가 생활 혹은 그것에 유사한 보통 원인으로 하야 그 자신의 일명(一命)을 스스로 끊었다면 이 비극성이야말로 절대(絶大)하다.
> 문학자가 문학해 놓은 문학이 상품화하고 상품화하는 그런 조직(組織)이 문학자의 생활의 직접의 보장(保障)이 되는 것을 치욕으로 생각할 필요는 없다.
> 그러나 현대라는 정세가 이러면서도 문학자—가장 유능한—의 양심을 건드리지 않아도 꺼림칙한 일은 조곰도 없는 그런 적절한 시대는 불행히도 아직 아닌가 보다.

---

40) '견인'으로서의 아방가르드 개념에 관한 논의는 M. 칼리니스쿠, 이영욱 외 역, 『모더니티의 다섯 얼굴』, 시각과언어, 1993, 142-143면을 참조.
41) Clement Greenberg, 앞의 책, 5쪽.

이런 데서 문학자와 그의 생활 사이에 수습할 수 없는 모순이 생기고 모순으로 하여 위와 같은 끔찍끔찍한 비극도 일어난다.

(중략)

문학자가 제 문학을 거부하지 않으면서 제 생활을 기피하였다는 당대의 비극이 있다. 흔히 있는 또 있어야 할 유서(遺書) 한 장 없으니 더 슬프다. 고 매운 눈초리를 나는 눈에 선-허니 잠시 잊을 수도 없었다.

누구나 쉽사리, 내 '악취미(惡趣味) 지극(之極)'을 지적할 수 있으리라. 내가 간망(懇望)하는 바도 거기 있다.

문학도 결국은 투기사업(投機事業)일 것이다. 되든지 안 되든지 둘 중의 하나, 이 냄새나는 '악취미 지극'을 나는 누구에게도 아첨하지 않고 어디까지든 버틸 결심이다.[42)]

「문학과 정치」

다소 길게 인용한 「문학과 정치」라는 위의 글은 이상의 유고로서 《사해공론》 1938년 7월호에 발표되었다. 생전 어느 지면에도 발표한 일이 없는 이 글에서 가장 선명하게 읽히는 것은 문학과 생활을 양립할 수 없는 대립항으로 바라보는 이상의 시선이다. 자신의 예술을 "악취미"와 "투기사업"이라고 쓰면서도 "누구에게도 아첨하지 않고 어디까지든 버틸 결심"이라는 이러한 결심이야말로 허구적 내러티브인 「지주회시」의 '나'로부터 「날개」의 '나'의 내면을 조직하는 논리인 것이다.

---

42) 권영민 편, 『이상 전집』 4, 뿔, 2009, 140쪽.

4. 결론

본고는 초기 박태원 소설과 이상 소설에 공통적으로 등장하는 '절름발이' 짝 모티프에 주목하고자 했다. 초기 박태원 소설과 이상 소설은 '절름발이' 짝 모티프를 공유하고 있으나, 이 모티프를 활용하여 구현되는 주제는 상당히 변별된다고 생각된다.

경제적으로 무능하여 여자에게 생활을 의존하는 남자와 사회적 하층계급 여자의 짝을 다룬 '절름발이' 짝 모티프는 박태원의 초기 소설에서 먼저 등장한 바 있다. 특히 「비량」에서 초점을 맞추어 형상화하는 관계가 그것인데, 박태원 소설에서 '절름발이' 짝 모티프는 '룸펜 인테리'인 남자의 축에 중심을 둔 형태로 나타난다. 이때 '절름발이' 짝 모티프는 '룸펜 인테리'의 무능함을 폭로하는 장치로 활용됨으로써 창작집 『소설가 구보 씨의 일일』에 실린 소설의 주요 인물들이 공유하는 '룸펜'적 성격을 강조한다.

한편 「길은 어둡고」와 「비량」이 연달아 발표된 후 이상은 「지주회시」를 필두로 하여 '절름발이' 짝 모티프를 활용한 작품을 발표하기 시작한다. 그러나 박태원의 '절름발이' 짝의 남자가 '룸펜 인테리'라는 사회적 특수성을 지닌 인물군을 가리키는 것인 데 반하여, 이상의 '절름발이' 짝의 남자는 아방가르드적 예술가를 가리키는 것으로 읽을 수 있다. 이상 소설에서 '절름발이' 짝 모티프는 예술가로서의 자의식을 상실한 남자의 후일담을 서술하기 위해 활용되는 문학적 장치로 볼 수 있다. 즉 경제적으로 무능하여 생활을 의존하는 남자와 사회적 하층계급 여자의 짝이라는 기본 형태는 고수되어 있으나, 이상 소설의 '절름발이' 짝 모티프가 박태원 소설의 그것과 분기하는 지점은 남자의 모델이 은유하는 바가 다르다는 데에 있다. 이로부터 박태원 소설과 이상 소설이 '절름발이' 짝 모티프를 통하여 구현하고자 하는 주제의 방향성이 달라지는 것을 알 수 있다.

■ 참고문헌

1. 자료

박태원,『소설가 구보 씨의 일일』, 문장사, 1939.
______,『성탄제』, 을유문화사, 1948.
권영민 편,『이상 전집』, 뿔, 2009.

2. 국내 논저

강지윤,「전향자와 그의 아내-룸펜 인텔리겐챠와 자기반영의 문제들」,《사이》 8, 국제한국문학문화학회, 2010.
권영민,『이상 텍스트 연구』, 뿔, 2009.
김미지,「박태원 소설의 담론 구성 방식과 수사학 연구」, 서울대학교 박사학위논문, 2008.
김윤식·정호웅 편,『한국문학의 리얼리즘과 모더니즘』, 민음사, 1989.
김종화,「박태원의 구인회 활동과 이상과의 관계」, 구보학회 편,『박태원과 모더니즘』, 깊은샘, 2007.
나은진,「소설가 소설과 '구보형 소설'의 계보」,『구보학보』 1, 구보학회, 2006.
류보선 외,『박태원 소설연구』, 깊은샘, 1995.
신주철,「이상의 작품을 통해 본 이상과 주변 인물들」,『세계문학비교연구』 13, 세계문학비교학회, 2005.
이경훈,『이상과 박태원』, 소명출판, 2000.
이상섭,『문학비평용어사전』, 민음사, 1976.
조은주,「박태원과 이상의 문학적 공유점」,『한국현대문학연구』 23, 한국현대문학회, 2007.
최혜실,「한국 현대 모더니즘 소설에 나타나는 산책자의 주제」,『한국현대문학연구』 3, 한국현대문학회, 1994.

3. 국외 논저

鈴木登美, 한일문학연구회 역, 『이야기된 자기』, 생각의나무, 2004.

Calinescu, Matei, 이영욱 외 역, 『모더니티의 다섯 얼굴』, 시각과언어, 1993.
Danto, Arthur, 정용도 역, 『철학하는 예술』, 미술문화, 2007.
De Man, Paul, 이창남 역, 『독서의 알레고리』, 문학과지성사, 2010.
Greenberg, Clement, *Art and Culture*, Beacon Press: Boston, 1961.
Halperin, John, Etd., *The theory of the novel-new essays*, Oxford University Press, 1974.

■ **국문초록**

본고는 초기 박태원 소설과 이상 소설에 공통적으로 등장하는 '절름발이' 짝 모티프에 주목하고자 한다. '절름발이' 짝 모티프는 "우리부부는 숙명정으로 발이 맞지않는 절늠바리인것이다."라는 「날개」의 서술에서 따 온 명칭이다. 본고는 이 명칭을 통해 초기 박태원 소설과 이상 소설에 공통적으로 등장하는 특정한 인물의 짝—경제적으로 무능한 남자와 주로 사회적 하층계급인 여자의 짝—을 가리키려고 한다. 이를 위해 본고는 박태원과 이상의 소설을 '지시적인(referential)' 내러티브로 읽는 해석의 유효성을 인정하면서, 이로부터 벗어나 이들 소설을 '허구적인(fictional)' 내러티브의 위치로 복귀시켜서 살펴보고자 한다.

'절름발이' 짝 모티프는 박태원과 이상이 공유하는 문학적 모티프로서 소설의 구성에 지배적인 역할을 하고 있으며, 이 모티프를 통해 두 사람이 구현하는 주제가 서로 명확히 변별된다는 점에서 주목할 만하다. '절름발이' 짝 모티프가 박태원 소설에서 먼저 출현하여 그 특성들을 선취한 점을 상기할 때, 이상 소설에 등장하는 '절름발이' 짝 모티프 역시 '모상'으로부터 '타블로'의 위치로 복귀시킬 수 있다.

경제적으로 무능하여 여자에게 생활을 의존하는 남자와 사회적 하층계급 여자의 짝을 다룬 '절름발이' 짝 모티프는 박태원의 초기 소설에서 먼저 등장한 바 있다. 특히 「비량」에서 초점을 맞추어 형상화하는 관계가 그것이다. 이와 같이 박태원 소설에서 '절름발이' 짝 모티프는 '룸펜 인테리'인 남자의 축에 중심을 둔 형태로 나타난다. 이때 '절름발이' 짝 모티프는 '룸펜 인테리'의 무능함을 폭로하는 장치로 활용됨으로써 창작집 『소설가 구보 씨의 일일』에 실린 소설의 주요 인물들이 공유하는 '룸펜'적 성격을 강조한다.

한편 이상은 「지주회시」를 필두로 하여 '절름발이' 짝 모티프를 활용한 작품을 발표하기 시작한다. 그러나 박태원의 '절름발이' 짝의 남자가 '룸펜 인테리'라는 사회적 특수성을 지닌 인물군을 가리키는 것인 데 반하여, 이상의 '절름발이' 짝의 남자는 아방가르드적 예술가를 가리키는 것으로 읽을 수 있다. 이상 소설에서 '절름발이' 짝 모티프는 예술가로서의 자의식을 상실한 남자의 후일담을 서술하기 위해 활용되는 문학적 장치이다. 즉 경제적으로 무능하여 생활을 의존하는 남자와 사회적 하층계급 여자의 짝이라는 기본 형태는 고수되어 있으나, 이상 소설의 '절름발이' 짝 모티프가 박태원 소설의 그것과 분기하는 지점은 남자의 모델이 은유하는 바가 다르다는 데에 있다.

주제어: 박태원, 이상, 사소설, 룸펜 지식인, 아방가르드

■ Abstract

A study on the common motif in the early novels of Park Tae-won and Lee Sang -focusing on a 'limping' couple motif

Lee, Kyung-rim

The purpose of this paper is to analyze a function of the literary motif, a 'limping' couple, shown in the early novels of Park Tae-won and Lee Sang in common. This paper named the common motif as a 'limping' couple after the description in 「Nalgae」: "We make a limping couple destined never to keep in step." This paper refers to a specific couple motif shown in the early novels of Park Tae-won and Lee Sang by this name. Usually in their early novels, a financially incompetent man and a woman of lower social position make a 'limping' couple. This paper regards these novels as 'fictional' narratives, although preceding interpretations regarding these novels as 'referential' narratives are still valid.

A 'limping' couple motif is one that Park Tae-won and Lee Sang use in common. Although this motif plays a key role in composition of their early novels, the themes crystallized by this motif are quite different from each other. For this motif appears in the novels of Park Tae-won first, a 'limping' couple motif in the novels of Lee Sang has a valid reason to be interpreted as 'fictional' device rather than 'referential' one.

A 'limping' couple motif appears in the novels of Park Tae-won earlier than those of Lee Sang. One of the early novels of Park Tae-won, <Biryang>, focuses on the relationship between a financially incompetent man and a woman who is a barmaid. As this paper analyzes this novel, a 'limping' couple in the novels of Park Tae-won puts emphasis on the man who is a 'lumpen intellectual'. In these cases, a 'limping' couple motif functions as a literary device to expose an incompetence of lumpen intellectuals, which is a common characteristic displayed by the characters in his story collection, <A day of Gubo the novelist >.

On the other hand, Lee sang started to publish novels focusing on a 'limping' couple motif with <Jijuhoisi> in the lead. Though a man in the novels of Park Tae-won refers to a 'lumpen intellectual', who has its distinct characteristics in social contexts, a man in the novels of Lee Sang refers to an avant-garde artist. In the novels of Lee Sang, a 'limping' couple motif functions as a literary device to descript a follow-up story of a man who abandoned his ambition to be an avant-garde artist regardless of his own will. In other words, the basic formation made by Park Tae-won, an ill-matched couple of a financially incompetent man and a woman of lower social position is kept in the novels of Lee Sang, too. Though in the novels of Lee Sang, a 'limping' couple motif crystallizes different themes for a man refers to a different model from that of Park Tae-won. While a 'limping' couple motif is usually used to descript incompetence of a 'lumpen intellectual' in the novels of Park Tae-won, the same motif is used to descript despair of an avant-garde artist in case of Lee Sang.

Keywords: Park Tae-won, Lee Sang, autobiographical novel, lumpen intellectual, avant-garde artist

이 논문은 2010년 11월 12일에 접수되어, 2010년 11월 22일부터 2010년 12월 3일 사이에 이루어진 소정의 심사를 거쳐 2010년 12월 10일 편집회의에서 최종적으로 게재가 확정되었음.

구보와 카메라 눈(kinoglaz),
다큐멘터리 형식의 문학적 실험

-박태원의 〈소설가 구보씨의 일일〉 창작방법 연구

목 차

1. 고현학과 산책자, 영화의 상호관련성
2. 〈카메라를 든 사나이〉 와 키노글라즈(kinoglaz)
3. 카메라 눈과 다큐멘터리 형식
4. 결론

전 우 형*

1. 고현학과 산책자, 영화의 상호관련성

박태원의 〈소설가 구보씨의 일일〉 은 대체로 도시(와 도시적 일상), 고현학, 산책자, 자기반영적 서사, 그리고 영화 등을 키워드로 분석되어 왔다. 최근에는 그 중 실험적인 창작방법에 있어 긴밀한 연관성이 있어 보이는 고현학과 산책자, 그리고 영화가 작품 속에서 서로 배타적인 관계를 형성하고 있음을 강조하는 논의가 자주 제기되고 있다. 이들 논의 에는 고현학과 산책자의 이질적 속성을 비교하고 작품 속에서 양립할 수 없음을 논증하는 연구가 주를 이룬다.[1] 고현학, 산책자, 영화를 박태

---

* 건국대학교.

[1] 〈소설가 구보씨의 일일〉 에 나타난 구보의 산책이 현실을 객관화하는 고현학과는

원이 실험한 창작방법의 시계열적 변모양상으로 규정하고, 산책자를 〈소설가 구보씨의 일일〉의 창작방법으로 특화시키는 논의가 대표적인 사례이다.2) 이러한 논의들은 분명 〈소설가 구보씨의 일일〉에 대한 세밀한 분석이나 풍부한 해석의 가능성을 열어준다는 점에서 의의가 있다.

다만 이러한 연구는 "세간의 풍속을 객관화"하려는 고현학적 태도나, "도시의 물신성을 꿰뚫어 보는"3) 산책자의 습속이 '작품 속에서 어떻게 구현되는가'의 문제가 선명하게 드러나는 논의로 이어져야 한다. 〈소설가 구보씨의 일일〉에 대한 오랜 논의에서 고현학과 산책자를 서로 배타적으로 파악하지 않았던 것은 물론 그 둘이 작품 속에 모두 등장하고 있다는 점이나 서로 중첩되는 속성에 기인한 것으로 보인다.4) 그러나 더욱 중요한 것은 박태원이 이 작품을 통해 고현학적 태도와 산책자의 면모가 충돌하지 않을 매체를 발견하고 실험했던 섬세한 기교 때문일 수도 있다는 점이다.5) 영화, 구체적인 형식으로는 키노글라즈 (kinoglaz, 카메라 아이)를 통해 구현된 고현학과 산책자였기에 연구자들

달리 현실과 거리를 두고 내면을 드러내는 장치임을 제기한 이선미의 논의(〈'소설가'의 고독과 억압된 욕망〉, 《박태원 소설 연구》, 깊은샘, 1995, 330쪽 참조)나 고현학과 산책자가 시간의 방향성에 대해서 정반대의 입장을 취하고 있으며, 부정과 시간의 정지를 인식론적 전제로 삼는 산책자는 구보에 어울리지 않는다는 김흥식의 논의(〈박태원의 소설과 고현학〉, 《현대문학연구》 18, 2005, 353-354쪽 참조)가 해당된다.

2) 신형기, 〈박태원, 주변부의 만보객(漫步客)〉, 《상허학보》26, 2009 참조.

3) 고현학적 태도와 산책자의 면모에 대한 큰 따옴표 안의 서술은 신형기가 위의 논문에서 사용한 용어를 차용했다.

4) 김윤식, 〈고현학의 방법론〉, 《한국문학의 리얼리즘과 모더니즘》, 민음사, 1989 참조.

5) 류수연은 박태원의 고현학적 창작방법의 특징을 외부세계에 대한 객관적 관찰을 인물의 내면이라는 주관적 세계의 객관화에 적용하는 것으로 파악하면서, 카메라의 시선이 '객관화된 주관'과 이중 관찰을 수행하는 가장 능동적인 수단으로 활용되고 있음을 지적한 바 있다. 류수연의 논문 〈박태원 소설의 창작기법 연구〉(인하대학교 박사학위, 2009) II장 3절 참조.

의 눈에 거슬리지 않았을 가능성이 있다. 더욱이 영화는 〈소설가 구보씨의 일일〉에 대한 오래전 논의나 최근의 논의에서도 상대적으로 경시되었기에 두 논의의 결락을 보충해 줄 수 있는 매개로서 가치가 있다.

물론 〈소설가 구보씨의 일일〉과 영화의 상관성에 대한 논의는 꾸준히 시도되어 왔다. 작품에 반영된 영화의 영향에 대한 연구는 주로 영화적 표현 기법이나 서술 방식의 소설적 재현에 주목해 왔다. 이들 연구는 시각적 장면화를 중심으로 전개되는 비연속적 서술 방식을 영화의 편집 방식인 몽타주의 재현으로, 현재와 과거, 또는 상상이 혼융되어 있는 장면을 영화의 기계적 표현 기법인 이중노출의 문면화로 규명해 냈다.6)

이와 같은 논의들은 박태원의 영화에 대한 편력과 영화적 기법들의 형식 실험 의도를 직접 언급한 창작여록 등의 지지를 받아 매우 타당한 해석으로 판명된다. 다만 이 작품에 나타난 영화의 영향이 단지 작가 개인의 취향에 의한 우연한 시도로 판단되는 것은 경계할 필요가 있다. 이것은 우선 영화가 지닌 문화적 영향력을 외면하거나 지나치게 단순화시킬 우려가 있다. 더욱이 이러한 논의는 박태원의 영화에 대한 관심이 남달랐다는 점을 강조하면서도 그 정도는 대중적인 수준으로 일반화시키는 모순을 내포하고 있기도 하다. 〈소설가 구보씨의 일일〉이 발표된 시점을 전후로 영화는 이미 현대사회의 새로운 인식의 도구이자 재현 매체로서 각계의 승인을 얻어내기 시작했다. 영화는 표현 기법의 새로움을 넘어 그 자체로 새로운 현실로서 상당한 주목을 끌었던 것이 사실이다. 인식이나 표현에 있어 전위에 서있던 예술가로서 박태원에게 영화는 현실의 부분적 재현을 넘어 현실을 가장 완전하게 재현해 낼 가능성을 시사해 준 매체였다. 그는 현대사회를 가득 메우고 있는

---

6) 대표적인 논의로는 정현숙의 《박태원문학연구》(국학자료원, 1993)를 들 수 있다.

방대한 시각적 현실과 그것이 교체되는 빠른 속도에 비해 보잘 것 없는 인간의 감각을 영화, 즉 카메라라는 기계적인 눈을 통해 확장하기를 꿈꾸었다고도 볼 수 있다.

이 논문은 현대사회를 사유의 공통분모로 삼으나 그 내용이나 형식에 있어 다소 이질적인 고현학적 태도와 산책자의 습속이 영화를 통해 통합될 수 있다는 가정에서 출발한다. 영화계에서 다큐멘터리는 이미 카메라가 풍속의 객관화와 내면 성찰의 동시적 재현이 가능한 매체임을 보여 준 바 있다. 자신의 키노글라즈 이론을 토대로 러시아의 도시를 필름에 담아냈던 지가 베르토프(Dziga Vertov)의 〈카메라를 든 사나이〉(*Chelovek s Kinoappartom*, 1929)를 대표적인 사례로 꼽을 수 있다. 박태원의 〈소설가 구보씨의 일일〉에 반영된 영화의 영향은 다큐멘터리처럼 새로운 현실 인식의 태도이자 재현 방식임을 밝히고, 이 작품에 실험된 키노글라즈 형식이 〈소설가 구보씨의 일일〉에서 고현학과 산책자를 서로 배타적이지 않으며 새로운 서사의 창작방법으로 긴밀한 관계를 형성하는 장치로 변용되고 있음을 논증하는 것이 이 논문의 최종 목적이다.

2. 〈카메라를 든 사나이〉 와 키노글라즈(kinoglaz)

〈소설가 구보씨의 일일〉은 박태원의 여러 작품들 중에서 영화의 영향이 유독 두드러지며, 영화적 형식들이 문자로 재현되는 데에 별다른 저항적 징후들이 나타나지 않는 소설이다. 게다가 이 작품의 서술방식은 우리 문학사에서 이후에 발표된 도시소설이나 영화적 서술이 돋보이는 소설의 중요한 형식으로 자주 모방되기도 했다. 뚜렷한 갈등 구조를 내포한 사건이 부재하며 시간의 흐름 또한 불연속적인 채, 도시 일상에 대한 단편적 구성을 보여주는 이 소설은 발표 당시로서는 생소한 것이었으나 지금의 소설들과 비교하면 이상할 것도 없다.

특히 이러한 서술방식은 영상매체가 급속도로 발전한 지금 소형카메라를 들고 도시 곳곳을 누비며 관찰한 일상을 기록하고, 편집을 통해 의미화하는 자전적 다큐멘터리를 연상시키도 한다. 다시 그 시절로 돌아가더라도 작품 속 구보는 잘 알려진 대로, 고현학을 실천하는 풍속조사원, 또는 도시를 비판적으로 성찰하는 산책자 뿐 아니라, 카메라를 들고 도시 거리를 배회하는 다큐멘터리 감독으로 중첩되기도 한다. 물론 앞의 둘에 비해 다큐멘터리 감독이라는 가정은 현실적 제약이 너무나도 크나, 또 그렇기 때문에 〈소설가 구보씨의 일일〉의 문학적 상상력은 세 번째에서 가장 파격적이고 급진적일 수 있다. 학자가 아닌 예술가, 시인이 아닌 소설가에게 고현학과 산책자는 도시 인식과 재현에 가장 효과적인 카메라와 다큐멘터리로 상상되어 소설로 정착했을 가능성이 충분히 있다.

사실 다큐멘터리는 영화의 가장 원시적인 형태이자 상업용 장르영화 일변도로 타락했던 1930년대 세계 영화계에 예술영화의 새로운 대안으로 언급되었던 형식이기도 했다.[7] 박태원을 비롯한 모더니스트들이 매체의 순수성에 애착을 가졌던 것이나 통속소설에 대한 비판적 자의식을 내비쳤던 점을 감안한다면 박태원과 영화의 영향관계에 다큐멘터리가 매개되었을 가능성이 크다. 공교롭게도 그 당시 다큐멘터리가 자기 성찰적이며 도시 관찰의 경계를 가로지르는 새로운 표현 형식으로 선보였던 사실이 있어 〈소설가 구보씨의 일일〉의 다큐멘터리적 속성을 규명하려는 시도에 적절한 근거로 삼아 볼 만하다.

1929년 당대 러시아의 대표적인 영화감독 지가 베르토프(D. Vertov)

---

7) 1930년대 발성영화로의 전환기부터 이미 할리우드의 장르영화에 대한 유럽의 경계, 또는 할리우드 내부에서도 대안적 모색이 활발해졌고 조선에서도 '기록영화'가 할리우드 중심의 상업영화를 견제하고 영화의 예술화를 위한 새로운 형식으로 논의되는 일이 빈번해졌다. 이익의 〈영화풍속(3)_기록영화의정신〉(《동아일보》, 1938,4,12, 석간4면) 참조.

는 촬영감독 미하일 카우프만(M. Kaufman)을 주인공으로 내세워 〈카메라를 든 사나이〉(*Chelovek s Kinoappartom*)를 발표했다. 이 영화는 혁명 이후 소비에트의 도시를 배회하며 도시적 일상을 관찰하는 카메라맨의 행보를 따라가는 68분8)짜리 다큐멘터리이다. 영화의 크레딧 시퀀스에서 이 영화는 자막이나 시나리오도 없으며, 배우나 무대장치의 도움도 없이, 가시적 사건들의 영화적 변형 실험임이 명시되고 있다. 영화 속에서 카메라맨은 도시 곳곳에서 확인되는 산업화의 빠른 성장세를 긍정적으로 담아내기도 하고, 상류계급의 여유 있는 삶과 노동자계급의 바쁜 일상을 병치시켜 비판적 은유를 만들어내기도 한다. 이 영화는 혁명 이후 소비에트의 영화정책의 일환으로 전우크라이나 사진·영화 사무국의 지원으로 제작되었으나, 정치적인 색채는 크게 눈에 띄지 않는 특징이 있다. 사실 베르토프는 당의 영화정책 입안과 선전 과정에서 주도적인 역할을 했으나, 이 영화를 계기로 비판의 구설수에 오르기 시작했고 당과 멀어지는 결정적인 사건이기도 했다.9) 과도한 실험적인 형식에 비판의 초점이 모아졌고, 대중들이 이해하기 어려운 영화로 낙인찍혀 외면당했다. 이 영화는 베르토프 자신의 키노글라즈 이론에 충실했던 실험영화인 것이다.

베르토프의 영화이론 중 핵심인 키노글라즈는 가시적인 현상을 통해 파악되는 경험적인 세계만으로는 세계의 본질에 도달할 수 없다는 점을 사상적 토대로 삼아, 카메라를 인간의 시력을 보조하는 도구가 아니라 완벽한 기계의 눈으로 규정하는 데에서 출발한다.10) 따라서 그는 세상에 넘쳐나는 현상에 대한 시각적인 혼돈을 바로 잡기 위해 인간의

---

8) 이 런타임은 현재 전세계적으로 가장 널리 보급되어 있는 독일과 영국 판본 기준이며, 베르토프 연구의 권위자인 V. Petric이 Constructivism in film에서 분석한 필름은 71분이며, 이 외에도 핀란드 판본은 80분으로 기록되어 있다. 정현두의 〈소비에트 영화의 태동과 지가 베르토프〉(《노어노문학》14, 2002, 378쪽) 참조.

9) E. Barnouw, 이상모 역, 《세계 다큐멘터리 영화사》, 다락방, 2000, 80쪽 참조.

10) D. Vertov, 김영란 역, 《키노 아이》, 이매진, 2006, 161쪽 참조.

눈보다 우월한 카메라의 눈을 이용해야 한다고 주장한다. 인간의 눈과 달리 카메라의 눈은 정밀한 관찰과 정확한 기록, 그리고 보관 능력까지 겸하고 있으며, 개발을 통해 보다 뛰어난 능력을 발휘할 수 있다는 점을 그 근거로 제시하고 있다. 〈소설가 구보씨의 일일〉에서 구보는 자신의 시각이나 청각에 유독 자신감을 잃은 모습을 자주 내비친다. 이것을 도시가 쏟아내는 시청각 자극물의 결과라거나 그에 대한 상대적 박탈감으로 해석하는 것은 무리가 있다. 왜냐하면 인간의 감각이란 새로운 자극에 의해 충격을 경험하나 곧 적응 또한 수반하기 때문이다. 적응 역시 문제가 된다면 그것은 가시적인 현상에만 사로잡히는 인간의 감각적 한계에 대한 반감으로 볼 것이다. 오히려 감각의 불안에 대한 구보의 호소는 카메라 눈에 대한 대타적 결핍으로 보는 것이 마땅하다.

이 이론의 핵심은 카메라 눈의 임무가 '있는 그대로의 삶'을 추출하는 데 있으며, 이를 위해 피사체가 카메라 눈의 존재를 인식하지 못하도록, 그리고 사건의 자연스러운 속도를 방해하지 않아야 한다는 것이다. 〈소설가 구보씨의 일일〉에는 이와 관련하여 서로 상반된 구보의 태도를 살펴볼 수 있다.

> 젊은 내외가, 너덧살 되어보이는 아이를 데리고 그곳에가 昇降機를 기다리고 있었다. 이제 그들은 食堂으로 가서 그들의 午餐을 질길것이다. 흘낏 仇甫를 본 그들 내외의 눈에는 자기네들의 幸福을 자랑하고싶어 하는 마음이 엿보였는지도 모른다. 仇甫는. 그들을 업신녀겨볼까하다가, 문득 생각을 고쳐, 그들을 祝福하여 주려하였다. 事實, 四五年以上을 가치 살아왔으면서도, 오히려 새로운 기쁨을 가져 이렇게 거리로 나온 젊은 夫婦는 仇甫에게 좀 다른 意味로서의 부러움을 느끼게 하였는지도 모른다. 그들은 分明히 家庭을 가졌고, 그리고 그들은 그 곳에서 當然히 그들의 幸福을 찾을게다.(박태원, 〈小說家仇甫氏의一日〉, 《한국근대단편소설대계》 8, 태학사, 241쪽, 이하 인용면만 표시)

위 인용문에서 구보가 산책을 시작하면서 가장 먼저 관찰한 대상은 화신백화점 안에서 승강기를 기다리는 가족들이다. 구보의 존재는 그들에게 노출되었으나, 그들은 원래 모습에서 크게 벗어나지 않는다. 이 장면은 대상을 있는 그대로 드러내는 데에도, 또 자신의 연상을 즐기는 데에도 방해받지 않고 자연스럽다. 구보는 그들을 업신여겨보려던 태도를 수정하고 그들의 진실에 가까이 다가서 타인의 행복을 처음으로 언급한다. 이에 비해 다음 인용된 부분에서 보듯 구보가 거리에서 옛 벗과 조우하는 장면은 너무나 차이가 있다.

> 그러나 옛동무는 넘우나 榮落하였다. 모시두루마기에 흰고무신, 오직 새로운 麥藁子를 쓴 그의 行色은 너무나 초라하다. 仇甫는 망살거린다. 그대로 모른체하고 지날까. 옛동무는 分明히 자기를 알아본듯싶었다. 그리고, 仇甫가 자기를 알아볼 것을 두려워 하는듯싶었다. 그러나 마침내 두사람이 서로 지나치는, 그 마지막 瞬間을 捕捉하여, 仇甫는 용기를 내었다.(중략)
>
> 한마디를 하고, 그리고 서운한 감정을 맛보며, 그래도 또 무슨 말이든 하고싶다 생각할 때, 그러나 벗은, 그만 失禮합니다. 그렇게 말하고, 그리고 仇甫의 앞을 떠나, 저 갈길을 가버린다.
>
> 仇甫는 잠깐 그곳에 섰다가 다시 고개숙여 걸으며 울것같은 感情을 스스로 抑制하지 못한다.(259쪽)

구보는 행색만 보더라도 그와 자신의 처지가 다른 것을 염려하며 그에게 말을 건네지만, 외면을 당하고 눈물이 쏟아질 것 같은 감정에 휩싸인다. 자신과 벗의 차이를 감지하며 다가서는 구보는 마치 시선의 주체와 대상의 분리를 전제하는 카메라의 실패한 권위를 연상시킨다. 전차에서 예전에 선을 본 적이 있던 여인을 만났을 때에도 동일한 태도가 나타난다.

> 仇甫는 女子와 視線이 마주칠까 怯하여, 얼토 당토 않은곳을 보며, 저

女子는 내가 여기 있는 것을 보았을까, 하고 생각한다.
　여자는
　惑은, 그를 보았을지도 모른다. 電車 안에, 乘客은 결코 많지 않았고, 그
리고 자리가 몇군데 비어 있음에도 불구하고, 구석에가 서있는 사람이란,
남의 눈에 띄기쉽다. 女子는 응당 자기를 보았을께다. 그러나, 女子는 能히
자기를 알아볼수있었을까.(중략) 그러나, 자기가 記憶하고 있는 女子에게,
자기의 記憶이 없으리라고 생각하는 것은, 누구에게 있어서든, 외롭고 또
쓸쓸한 일이다.(244-245쪽)

　위에서 자신의 존재를 알고 있으리라는 주보의 상념 역시 그녀의 외
면을 조장하고 만다. 문제는 이러한 구보의 태도가 대상뿐만 아니라 자
신도, 그리고 그 관계마저도 부자연스럽게 만든다는 점이다. 더욱이 관
찰당하고 있을지도 모른다는 불안에서 비롯된 행동은 군중 속에서 그
를 더욱 눈에 띄게 만들고 만다. 이때 구보는 말할 수 없는 고독에 휩싸
이게 된다. 이 작품에서 관찰당하는 순간이 관찰하는 구보의 행위를 방
해하거나 불편하게 하는 장면이 많다는 점도 눈여겨 볼 필요가 있다.
따라서 도시 군중과 멀찌감치 떨어져 그들을 관찰하는 구보의 내면은
우월감이라기보다는 면밀히 관찰하고 해석할 수 있는 시간을 확보한
데에서 오는 일종의 여유이자, 카메라 눈의 안정적 실험으로 보는 것이
마땅하다. 이 작품에서 행복이나 고독의 감정은 그 면밀한 관찰과 해석
의 시간 다음에 찾아오기 마련이다.
　〈카메라를 든 사나이〉는 앞서 살펴본 바와 같이 베르토프 자신의
키노글라즈 이론을 실험했던 다큐멘터리 영화이다. 따라서 이 영화의
특징은 키노글라즈 이론의 충실한 반영 여부 이외에 다른 지점에서도
살필 수 있는데, 이 이론을 실험에 옮기는 과정을 그대로 노출시키는
자기반영적 서사라는 점이다. 이 영화는 〈카메라를 든 사나이〉의 상
영 시작에서 종료까지를 서사적 시간으로 하고 있다. 그 안의 여러 장
면을 통해서 카메라가 사건을 기록하고, 편집자가 쇼트를 재배열하고,

필름이 영사되고 관객이 영화를 보는 과정을 자주 노출시킨다. 그러나 이보다 더욱 자기반영적 성격은 이 영화가 인간의 눈과는 다르게, 또는 인간의 눈이 보지 못하는 '있는 그대로의 삶'을 관찰하는 카메라의 눈을 오브제로 하고 있다는 점에서 두드러진다. 이 영화는 카메라를 의인화하는 장면을 만들어내기도 하고, 사물을 부분적이고 다중적으로 보는 시각을 병치시키기도 한다. 〈소설가 구보씨의 일일〉과의 유사성은 여기에서 더 분명해 진다. 소설가 구보가 등장하고 소설쓰기와 읽기가 계속 노출되는 것, 이 유사성은 구보를 베르토프 영화의 주인공인 카메라 눈과 일치시킬 가능성을 제시해 주고 있다.

이처럼 〈카메라를 든 사나이〉는 카메라 눈의 존재와 카메라 눈에 의해 포착된 도시를 동시에 담아내고 있다. 이때 카메라의 눈은 영화 속 장면에서의 역동적인 만큼이나 다양한 이미지를 반영해 낸다. 영화가 만들어지는 전 과정을 다루고 있는 이 영화에서 카메라는 근대화된 도시 풍속을 면밀하게 관찰하기도 하고, 그 이면에 감추고 있는 모순이나 그것이 거울처럼 반사하고 있는 과거를 동시에 보여주기도 한다. 뿐만 아니라 카메라는 인간의 눈이 갖는 한계를 조롱하듯 시종일관 당당하다가도 때로는 우울함을 한껏 드리우기도 한다. 이후에 이 지점을 근거로 이 영화에서 키노글라즈이론이 실패했다는 견해가 자주 제기되었지만 이것은 실패라기보다 이론으로서의 카메라 눈이 현실과 마주하면서 파생시킨 또 하나의 운명이었을지도 모른다. 어디에도 있을 수 있는 카메라 눈은 그런 의미에서 방향을 상실한 인간을 대신하는 또 하나의 보는 주체였던 것이다. 이 영화에서 도시를 촬영하는 카메라의 눈은 지도화된 공간을 계획적으로 이동하는 것이 아니다. 우연을 거듭하는 반복적인 행위는 뚜렷한 목적 없는 방황에 가깝다. 베르토프는 카메라 눈의 도움을 받아 프롤레타리아 계급은 새로운 인간의 면모를 계획할 수 있고, 식민지 상태를 극복할 수 있다는 전망을 내세우기도 하지만 실제로 영화 속에서는 이러한 전망이 부재하며, 카메라는 반성과 성찰 속에 유폐되고 만다.

여러 면에서 〈카메라를 든 사나이〉는 〈소설가 구보씨의 일일〉
과의 연관성을 궁금하게 만드는 영화이다. 이미 그 당시 조선에 베르토
프가 기록영화에 탁월한 감각을 지닌 러시아의 명감독으로 소개된 적
은 있으나11), 정치적인 이유에서 러시아 영화가 상대적으로 덜 수입되
었던 점이나 결정적으로 박태원에 의해 한 번도 언급된 적이 없었던 점
이 둘의 연관성에 제한요소로 작용한다. 그러나 박태원의 영화취향이
넓고 깊었던 점, 특히 유럽의 리얼리즘 영화에 영향을 받았던 점이나,
당시 러시아 문학 번역과 소개에 적극적이었고, 매체의 순수성에 애착
을 보였던 예술가적 면모 등의 정황을 감안한다면 상호텍스트성을 전
면 부인하기도 힘들다. 두 작품은 가장 기본적인 형식에서부터 너무나
도 닮아있다. 영화감독이 자신의 분신인 카메라를 등장시켜 도시를 관
찰하고 기록한 다큐멘터리 영화는 소설가가 자신을 주인공으로 내세워
도시와 도시적 일상을 관찰하고 기록한 소설의 새로운 형식과 일치한
다. 더욱이 〈카메라를 든 사나이〉의 창작방법인 키노글라즈는 〈소설
가 구보씨의 일일〉의 고현학과 산책, 그리고 영화적 상상력을 모두 떠
올리게 하는 독특한 이론이다. 덧붙여 이와 같은 논의는 또한 박태원의
창작방법인 카메라아이에 대한 논의 대부분이 공통적으로 내포하고 있
는 출처의 모호성이나 일반적 적용 등의 문제를 극복할 수 있는 방법이
기도 하다.12)

---

11) 〈희극영화의탄생_작금,소련영화계의신경향〉, 《동아일보》, 1935,5,21, 석간3면.
12) 《천변풍경》의 창작방법인 카메라아이(camera eye)를 설명하면서 그 출처를 베르토
    프의 이론으로 언급한 논의는 김상태의 《박태원》(건국대학교 출판부, 1996, 23쪽)이
    유일하다.

3. 카메라 눈과 다큐멘터리 형식

관동대지진 이후 재건 동경의 부흥을 전망하는 고현학이 식민지 조선의 현실에 그대로 적용되기란 사실상 불가능하다. 황무지 위에 계획적으로 세워지는 세련된 현대 도시의 면면을 관찰하고 기록하면서 생겨난 동경의 고현학은 전통과 근대가 어지럽게 혼종되어 있는 경성의 고현학과 출발부터가 다르며, 따라서 안정성에서도 차이가 날 수밖에 없다.[13] 도시의 화려한 전경과 불투명한 전망이 공존하는 식민지 수도 경성의 불안한 현실과 마주하며 그 역시 불안한 내면을 지닌 식민지 예술가에게 고현학은 어떻게든 산책자와 어울려야 했으며 박태원은 카메라의 눈이라는 완전한 매체에 의존함으로써 현상과 내면을 통제하며 비로소 소설가가 될 수 있었다.

박태원의 소설 창작방법, 특히 〈소설가 구보씨의 일일〉의 창작방법 논의는 기왕의 "고현학을 수행하는 산책"이라는 모순된 문장으로 설명할 것이 아니라, "고현학과 산책의 변증법적 통합의 매체로서 카메라의 눈"으로 구체화시킬 필요가 있다. 이 작품에서 카메라 눈은 첫째, 현대 도시 풍속에 대한 면밀한 탐색 과정에서 인간의 눈이 갖는 불완전함에 대한 상상적 보완이다. 다음으로 카메라 눈은 도시 현상이 은폐하고 있는 전망의 부재를 확인시켜 줄 뿐더러 그것을 확인한 소설가의 내면을 객관화시키는 매개이다. 이 작품에서 카메라 눈은 우선 불연속적이고 파편화된 도시에 대한 관찰과 표현의 가장 완벽에 가까운 매체로 활용되는 것에서부터, 현상 너머에 존재하는 우울에 자신의 내면을 비추는 거울의 역할에까지 폭넓게 분포하고 있다.

---

13) 조선총독부의 촉탁으로 1922년 9월부터 1개월 간 고현학 조사원으로 온 곤와지로(今和次郎)가 조선에서 수행한 것은 경성, 평양, 함흥, 전주와 김천, 대구와 경주에 분포한 지역적 민가에 대한 조사였다.(최석영, 〈일제 하 곤와지로(今和次郎)의 조선 민가(民家) 조사방법과 인식-『조선부락조사특별보고 제1책·민가(朝鮮部落調査特別報告 第1冊·民家)』의 분석을 중심으로-〉, 《史林》 35호, 수선사학회, 2010 참조)

잘 알려진 대로 〈소설가 구보씨의 일일〉에 언급된 고현학이란 곤 와지로(今和次郎)와 요시다 켄키치(吉田謙吉)의 현대 풍속에 대한 과학적인 관찰과 기록을 수행하는 방법으로서의 그것이다.14) 이 작품에서 그 영향관계가 적나라하게 드러나는 장면은 전차에 앉은 여성이 양산을 두는 위치와 그 의미를 서술하고 있는 부분이다. 구보는 전차에서 두 무릎 사이에 양산을 놓고 앉아있는 여인을 보며 "그것이 非処女性을 나타내는 것임을 배운일이 있다"(248쪽)라고 술회하고 있다. 이 짧은 장면, 그리고 이 문장 속에서 "배운일이 있다"라는 표현은 구보가 고현학의 영향을 받아 고현학을 실험하는 주체임을 잘 보여준다. 고현학이 특정 장소에서 사람의 행동이나 재화의 쓰임새에 대한 분석인 점을 감안한다면 위 문장에 명시되지는 않았으나 배움의 출처는 분명 고현학이나 고현학의 결과를 자료로 삼은 다른 학문으로도 추정해 볼 수 있기 때문이다.

문제는 이러한 고현학이 필요로 하는 형식이다. 수많은 시각적 정보를 수집하고 기록하고, 과거를 회상하거나 자유로운 연상을 끊임없이 수행해야 할 때 인간의 눈에는 분명한 한계가 있다. 쉴 새 없이 쏟아지는 시청각 이미지의 양과 속도는 인간의 눈이 연속적인 지각을 수행하는 것을 끊임없이 방해한다. "아까, 그는 洋傘을 어데다 놓고 있었을까"(249쪽) 하고 객쩍은 생각을 하는 구보에게는 분명 보면서 기록하고, 본 것을 다시 재생시킬 수 있는 카메라 눈의 완전함이 절실했을 수도 있다.

〈카메라를 든 사나이〉에서 카메라는 도시에 펼쳐진 다양한 시각적 정보를 담아낸다. 때로는 높은 곳에 올라 도시 전체를 조망하기도 하지만, 카메라는 영화 내내 시각적 정보 가장 가까이에서 면밀하게 관찰한다. 영화관 기사가 영사기에 필름을 건 뒤 문을 열자 관객들이 입

---

14) 今和次郎, 김려실 역, 〈고현학(考現学)이란 무엇인가〉, 《현대문학의연구》 15, 2000 참조.

장한다. 정해진 자리에 관객들이 모두 앉자 오케스트라가 연주할 태세를 갖추고, 불이 꺼지고 영사가 시작되는 순간에 맞춰 연주를 시작한다. 이 장면은 영화관이나 영화관람 안내서로도 손색이 없다. 이외에도 한 여인이 옷을 입는 장면이나 화장과 머리 손질하는 장면에서부터 각종 공장에서 노동자들이 수행하는 작업을 반복적으로 보여준다. 결혼이나 이혼 신고하는 모습 그리고 출산장면도 여과 없이 담아내며 거리에 걸린 문호 고리키의 현수막도 몇 번에 걸쳐 등장시킨다. 도시는 거대한 새로운 텍스트이며 카메라 눈이 포착한 것을 보여주는 다큐멘터리는 이에 대한 빠짐없는 관찰과 기록에 대한 환상을 눈앞에서 실현시켜주는 형식인 것이다. 도시의 속도는 도시 재현의 방법에 변화를 필요로 했으며, 박태원의 고현학은 이에 대한 응답으로서 카메라 눈을 필요로 했을 수 있다. 박태원이 구보를 통해 카메라 눈을 실험하자 〈소설가 구보씨의 일일〉은 자연스럽게 다큐멘터리 형식으로 만들어 질 수 있었다. 왜냐하면 베르토프의 카메라 눈 이론이 실험될 수 있는 유일한 적소가 바로 다큐멘터리였기 때문이다.

고현학이 카메라의 눈을 매개로 이루어지는 것이라면, 산책은 자연스럽게 그 뒤를 따를 수밖에 없다. 카메라는 반드시 피사체를 필요로 하며, 고현학의 대상들은 거리에 산재해 있기 때문이다. 〈소설가 구보씨의 일일〉의 산책이 단순한 행위인지 아니면 19세기 파리를 거닐던 산책자(flâneur)의 그것인지에 대해서는 그간 꾸준히 논의되어 왔다. 대체로 1930년대 경성 또한 산책자가 출현할 만큼 충분한 모더니티의 공간이었다는 점이 둘의 영향관계에 대한 긍정적인 견해의 주된 논거이다. 게다가 이 경성의 모더니티란 구조화된 식민성을 내포하고 있어 소설가의 산책이 그것에 대한 통찰과 무관하게 진행되기란 힘들다. 도시의 외면에 대한 면밀한 관찰과 더불어 도시의 내면을 꿰뚫어보는 것, 이것은 가시적인 현상에 대한 관찰만으로는 세계의 본질에 다다를 수 없으며, 카메라 눈의 완전함에 기대를 걸었던 베르토프의 키노글라즈 이론을 상기시킨다. 이때 카메라 눈의 완전함이란 주로 우연적인 요소들 또는 서로 이질적이거나 상충하는 요소들을 하나의 시야로 포착할 수 있다거나, 아니면 적어도 손쉽게 병치시킬 수 있다는 특징을 일컫는다. 연출되지 않은 영화, 즉 다큐멘터리에서 이 특징은 더욱 두드러질 수밖에 없다.

〈카메라를 든 사나이〉에는 부르주아 숙녀가 마차에서 내리는 모습과 맨발에 누더기를 걸친 하녀가 여행가방을 멘 채 가만히 서있는 모습이 하나의 장면을 이루며 등장한다. 우연히 관찰되고 배치된 이 장면은 얼핏 보기에도 타인의 노동을 착취하는 부르주아 사회의 물신성과 소외를 꿰뚫고 있는 것처럼 보인다. 그런데 이 장면에서 카메라 눈의 특징은 카메라를 대하는 그들의 태도에서 빛을 발한다. 카메라를 흘깃거리며 시시덕대면서도 무심한 척 애쓰는 숙녀와 카메라에 관심이 없는 하녀를 카메라의 눈은 한참 동안 응시한다. 관찰 당하는 것을 일종의 과시로 전유할 만큼 영악해져버린 부르주아 숙녀와 한 번도 관찰의 대상이 되어 본 적이 없었던 것처럼 행동하는 하녀의 대비는 카메라로 하여금 머물 수도, 떠날 수도 없는 불편한 내면을 환기시킨다.

〈소설가 구보씨의 일일〉에서 역시 산책하는 구보의 눈은 우연하고 이질적인 대상들을 같은 시야에 붙잡아 두거나, 나란히 배열하는 수법이 자주 눈에 띈다. 후자의 경우 여러 논의에서 지적된 것처럼 박태원의 표현대로 "오후 삐렙"[15], 구보가 벗과 설렁탕을 먹으며 과거 여인과의 추억을 회상하는 장면에 사용된 이중노출이 대표적인 사례이다. 소설의 중반부, 소제목의 순서대로 '여자를', '茶寮에서' 그리고 '이곳을'에 이르는 동안 이 이중노출은 가장 강렬하게 몸을 드러낸다. 다방에서 이상을 기다리던 구보는 동경시절을 떠올린다. 다방의 마룻바닥에서 한 권의 대학노트를 발견한 사건을 시작으로 과거와 현재, 동경과

---

15) 박태원, 〈표현·묘사·기교〉, 류보선 편, 《구보가 아즉 박태원일 때》, 깊은샘, 2005, 274쪽.

경성은 빠르게 교차하기 시작한다. 마치 영화의 회상 플래시쇼트를 연상시킬 정도로 생생하게 묘사된 대학노트 다음으로 다방으로 돌아온 친구의 대사가 겹쳐진다.

> 茶寮에서
> 나와, 벗과 大昌屋으로 向하며, 仇甫는 문득 大學노-트 틈에 끼어 있었던 한장의 葉書를 생각하여본다.(중략) 이튿날아침 仇甫는 이내 女子를 찾았다. 牛込區矢來町. 주인집은 그의 新潮社 근처에 있었다. 人品좋은 主人여편네가 나왔다 들어간뒤, 玄關에 나온 노오트主人은 분명히... 그들이 걸어가고 있는 쪽에서 美人이 왔다. 그들을 보고 빙그레 웃고, 그리고 지났다. 벗의 茶寮옆, 카페女給, 벗이 돌아보고 仇甫의 意見을 請하였다. 어때 예쁘지. 事實, 女子는, 이러한 種類의 계집으로서는 드물게 어여뻤다. 그러나 그는 이 女子보다 좀더 아름다웠던 것임에 틀림 없었다.(279~280쪽)

위에 인용된 부분은 대학노트를 돌려주기 위해 대학노트 사이에 끼어있던 엽서에 적힌 주소로 찾아가는 동경의 과거와 친구와 다방을 나와 길을 걷다 미모의 카페 여급과 스쳐지나는 경성의 현재가 빠른 속도로 교차하는 이중노출을 선보이고 있다. 시공간을 초월한 두 장면이 아무런 거리낌없이 자연스럽게 연결되는 이중노출의 속성은 동경에서의 첫 로맨스 이야기가 마무리되는 시점까지 줄곧 유지된다. 후반부에 이르면 이 이중노출은 이 작품에서 중요한 의미를 형성하는 문학적 장치로서의 역할을 수행하는 것처럼 보인다.

> 이곳을
> 나와, 그러나, 그들은 한길 우에 우두머니 선다. 亦是 좁은 서울이었다. 東京이면, 이러한 때 仇甫는 우선 銀座라도 갈게다. 사실 그는 女子를 돌아보고, 銀座로가서 茶라도 안잡수시렵니까, 그렇게 말하고싶었다.(중략) 電車길을 橫斷하여 저편 鋪道위를 사람틈에 사라저버리는 벗의 뒤모양

을 바라보며, 어인까닭도없이, 이슬비 나리던 어느날저녁 히비야(日比谷)公園앞에서의 女子를 구보는 애닲다, 생각한다.

女子는 그가 仇甫와 알 前에 이미 約婚하고 있었던 사나이의 問題를 가져, 仇甫의 決斷을 빌었다. 不幸히 그 사나이를 仇甫는 알고있었다. 中學時代의 同窓生. 서로 消息모르고 지낸지 五年이 넘었어도 그의 얼굴은 仇甫의 머릿속에 分明하였다. 그 愚鈍하고 또 純直한 얼굴. 더욱이 그 善良한눈을 생각할 때 仇甫의 마음은 아팠다. 비나리는 公園안을 그들은 생각에 잠겨, 생각에 울어, 날 지무는줄도 모르고 헤매돌았다.

참지못하고, 仇甫는 걷기 시작한다. 사실 나는 卑怯하였을지도 모른다. 한女子의 사랑을 完全히 차지하는것에 幸福을 느껴야만 옳았을지도 모른다. 義理라는것을 생각하고, 非難을 두려워하고하는, 그러한 모든것이 都是 男子의 사랑이, 情熱이, 不良한 까닭이라, 女子가 울며 憚하였을때, 그 말은 그말은, 分明히 옳았다, 옳았다.

仇甫가 바래다 주려도 아니에요, 이대로 내버려두서요, 혼자 가겠어요, 그리고 비에 젖어 눈물에 젖어, 黃昏의 거리를 電車도 타지 않고 한없이 걸어 가던 그의 뒷모양. 그는 約婚한 사나이에게로도 가지않았다. 그가 不幸하다면 그것은 오로지 사나이의 弱한 氣質에 根源할께다. 仇甫는 때로, 그가 어느 多幸한 곳에서 그의 幸福을 차지하고 있는것 같이 생각하고싶었어도, 그 理想은 너무나 空虛하다.

어느틈엔가 황토마루 네가리에까지 이르러, 仇甫는 그곳에 衝動的으로 우뚝서며, 괴로운숨을 吐하였다.(282~284쪽)

다소 길게 인용된 이 장면에는 현재와 과거, 경성과 동경이라는 시공간의 대비가 뚜렷하다. 과거의 동경에 의해 현재의 경성은 결핍으로 인식되고, 현재 경성의 결핍은 과거의 동경을 소망하게 한다. 연애소설이나 영화의 한 부분을 연상시킬 정도로 감각적인 이 장면은 사실 이 소설에서 카메라 눈의 완전함을 가장 적나라하게 보여주면서도, 카메라 눈의 우울한 내면을 탄생시키는 적소이기도 하다. 구보에게 과거와 현재, 경성과 동경은 뚜렷한 대비에도 불구하고 어느 한 쪽을 선택하기란 사실상 쉽지 않다.

현재에 머물자니 경성은 구보에게 고현학과 산책을 방해하는 무수한 요소들로 가득차 있으며, 과거로 달아나자니 동경 역시 식민지 지식인 구보가 아무런 전망도 갖지 못한 채 떠밀려 나왔던 곳이 아니던가. 구보에게 경성은 "캡쓰고 린네르 즈메에리 양복 입은 사나이"(261쪽)나 "남의 구두만 恒常 살피며, 그곳에 무엇이든 欠点을 잡아내고야 마는 그 사나이"(265쪽), 그리고 중학시대의 열등생이나 자신을 구포씨로 소리내는 중학 선배의 난데없는 알은 체가 도처에 산재한 공간이다. 그렇다면 동경은 약혼한 사내가 있는 여인을 흠모하는 통속소설의 세계가 기다리고 있는 공간이다. 현재와 과거, 경성과 동경 어느 세계도 구보에게 부자연스럽기는 마찬가지이다. 이중노출이 화려하게 활용된 이 장면은 사실 완전한 카메라 눈이 인간적인 내면을 획득하는 순간인 것이다.

현재에 머무는 것도, 떠나는 것도 사실상 불가능함을 깨닫는 순간 역설적이게도 구보의 소설쓰기가 시작될 수 있었다. 구보를 통해 고현학을 표나게 드러내거나 산책자의 통찰적 시선을 위장하는 데에서 빠져나와 박태원이 도달하게 되는 곳이 《천변풍경》으로 대표되는 '생활세계와 카메라 눈'이라는 점이 〈소설가 구보씨의 일일〉에 중요한 의미층을 부여해 준다. 이 작품은 '고현학과 산책을 동시에 수행하는 카메라 눈의 가능성에 대한 실험적 다큐멘터리 형식'이었고 따라서 과도기적일 수밖에 없었다는 점이다. 베르토프의 〈카메라를 든 사나이〉가 감독 자신의 키노글라즈 이론을 실험한 다큐멘터리 영화였던 것처럼, 박태원의 〈소설가 구보씨의 일일〉은 구보를 통해 카메라 눈을, 작품을 통해 다큐멘터리의 형식을 실험에 옮겼던 이중 모방의 소설이다.

4. 결론

박태원의 창작방법에 대한 논의에서 고현학, 산책자, 카메라아이가 구체적인 비교 없이 작품 속에 직접 언급된 단어에만 의존하여 상호관련성을 인정하는 태도나 출현 배경이나 방법론상의 이질성에 주목하여 배타적인 관계로 규정하는 것은 무리가 있어 보인다. 〈소설가 구보씨의 일일〉은 분명 우리 문학사에서는 물론 작가 자신에게도 실험적인 소설이며, 그 실험의 내용은 위에서 살펴본 바, 고현학과 산책의 통합적인 수행 매개로서 카메라 눈에 관한 것이라고 할 수 있다. 소설가가 등장하는 소설이 만들어내는 현장성은 카메라가 등장하는 영화의 다큐멘터리 형식을 연상시키며, 공교롭게도 박태원이 영향을 받은 카메라아이 기법의 출처가 베르토프의 〈카메라를 든 사나이〉였다는 점이 매우 흥미롭다. 박태원이 카메라아이를 실험한 소설가로 인정된다는 것은 곧 베르토프의 카메라 눈 이론의 가장 적소였던 다큐멘터리 형식에 대한 모방 가능성 또한 암시하는 것이기 때문이다.

이를 논증하는 과정에서 이 연구는 두 텍스트 사이에 존재하는 외적 형식의 유사성을 밝히는 데에서 그치지 않고, 두 텍스트 바깥에 놓여있는 현대사회라는 또 다른 텍스트를 읽고 재현하는 '눈'의 본질적 혈연관계를 확인했다. 소설 〈소설가 구보씨의 일일〉과 영화 〈카메라를 든 사나이〉는 이 혈연관계, 즉 인간의 눈을 뛰어 넘는 카메라 눈이 결국 인간적인 내면을 획득하는 계기가 만들어지는 자기 반영적 서사라는 점에서 다큐멘터리적 문학형식은 단순한 상호텍스트성을 넘어 현대사회의 새로운 서사양식으로서 의미화될 수 있다.

■ 참고문헌

박태원, 〈小說家仇甫氏의一日〉, 《한국근대단편소설대계》 8, 태학사.

김상태, 《박태원》, 건국대학교 출판부, 1996.
김윤식, 〈고현학의 방법론〉, 《한국문학의 리얼리즘과 모더니즘》, 민음사, 1989.
김홍식, 〈박태원의 소설과 고현학〉, 《현대문학연구》 18, 2005.
류수연, 〈박태원 소설의 창작기법 연구〉, 인하대학교 박사학위, 2009.
신형기, 〈박태원, 주변부의 만보객(漫步客)〉, 《상허학보》 26, 2009.
이미선, 〈'소설가'의 고독과 억압된 욕망〉, 《박태원 소설 연구》, 깊은샘, 1995.
정현두, 〈소비에트 영화의 태동과 지가 베르토프〉, 《노어노문학》 14, 2002.
정현숙, 《박태원문학연구》, 국학자료원, 1993.
최석영, 〈일제 하 곤와지로(今和次郎)의 조선 민가(民家) 조사방법과 인식-『조선
       부락조사특별보고 제1책·민가(朝鮮部落調査特別報告 第1冊·民家)』의 분
       석을 중심으로-〉, 《史林》 35호, 수선사학회, 2010

Barnouw, E., 이상모 역, 《세계 다큐멘터리 영화사》, 다락방, 2000.
Singer, B., *Melodrama and Modernity*, 이위정 역, 《멜로드라마와 모더니티》, 문학동
       네, 2009.
Vertov, D., 김영란 역, 《키노 아이》, 이매진, 2006.
今和次郎, 김려실 역, 〈고현학(考現學)이란 무엇인가〉, 《현대문학의연구》 15,
       2000.

■ 국문초록

이 논문은 박태원의 〈소설가 구보씨의 일일〉에 나타난 영화적 상상력의 특징이 카메라 눈(kinoglaz)과 다큐멘터리 형식의 모방이라는 점을 논증하기 위해 씌었다. 이 과정은 우선 〈소설가 구보씨의 일일〉의 창작방법에 대한 최근 논의에서 고현학과 산책자의 양립 가능성에 대한 문제제기를 해소하는 하나의 방법으로, 양자 사이에 영화의 매개 가능성을 확인하는 데에서 출발한다. 이 작품에서 영화의 영향은 기존의 논의에서처럼 이중노출 등의 세부적인 흔적으로만 존재한다기보다 현대사회에 대한 작가의 세계인식과 창작방법의 본질적인 차원을 구성하는 것으로 격상시킬 필요가 있다. 다만 이러한 논의가 추상적인 수준에 머물러서는 안 될 것이며, 이를 위해 현대적 세계인식과 창작방법의 근본적인 속성을 보여주는 명징한 영화 형식을 분석틀로 삼아야 한다.

공교롭게도 그 당시 영화계에서 다큐멘터리는 자기 성찰적이며 도시 관찰의 경계를 가로지르는 새로운 표현 형식으로 선보였던 사실이 있다. 자신의 키노글라즈 이론을 토대로 러시아의 도시를 필름에 담아냈던 지가 베르토프(Dziga Vertov)의 〈카메라를 든 사나이〉(*Chelovek s Kinoappartom*, 1929)를 대표적인 사례로 꼽을 수 있다.

이 연구는 텍스트 사이에 존재하는 카메라와 소설가의 작품 내 존재 양상처럼 외적 형식의 유사성을 밝히는 데에서 시작하여 두 텍스트 바깥에 놓여있는 현대사회라는 또 다른 텍스트를 읽고 재현하는 '눈'의 본질적 혈연관계를 확인하는 데까지 나아갔다. 소설 〈소설가 구보씨의 일일〉과 영화 〈카메라를 든 사나이〉는 이 혈연관계, 즉 인간의 눈을 뛰어 넘는 카메라 눈이 결국 인간적인 내면을 획득하는 계기가 만들어지는 자기 반영적 서사라는 점에서 단순한 상호텍스트성을 넘어 현대사회의 새로운 서사양식으로서 의미화가 가능하다.

주제어 : 카메라 눈(kinoglaz), 〈카메라를 든 사나이〉(*Chelovek s Kinoappartom*), 지가 베르토프(Dziga Vertov), 다큐멘터리, 고현학, 산책자, 영화적 상상력.

122

■ Abstract

A Study on The Experiment of Documentary Film style
by Application of 'Kinoglaz' on *One Day of Gubo, the Novelist*

chon woohyung

This paper argues that the distinguishing feature of cinematic imagination on One Day of Gubo, the Novelist is the emualtion of documentary film style by application of KInoglaz-camera eye. This argue, first, might be a clue to the solution of the problem, which the recent argumentations about Modenology can be inconsistent with Flâneur as Park Taewon's method of writing novels. Because the documentary film style appear to have some possibilities to be connected to those two methods.

Fortunately, there was a documentary film with some characteristic features in the Soviet union, 1929. This is Chelovek s Kinoappartom, directed by Dziga Vertov. This film Closely parallels the one day of gubo, the Novelist. The existence of camera in the film is similar to the novelist into the novel. And two texts are made of self-reflective narrative. So far, there is no evidence that Park Taewon watched that film. However, Dziga Vertov devised the Kinoglaz and firstly experimented that in the film, Chelovek s Kinoappartom. This Kinoglaz means the theory of camera eye, which starting with Choi Jaeso, lots of other critics and scholars mentioned on Park Taewon's way of wirting novels.

The Kinoglaz which Vertov devised, was adapted for the way of object, neutral and dynamic observation to daily life in Seoul in Park Taewon's novel. Futhermore in his novel, camera which are beyond human eye would gain the inner world of mankind. So this has meaning that novel reached to discover the way of recognizing and representing modern world by the interaction with camera eye and human inside.

keywords : Kinoglaz(camera eye), *Chelovek s Kinoappartom*, Dziga Vertov, Documentary, Modernology, Flâneur, Cinematic imagination.

이 논문은 2010년 11월 12일에 접수되어, 2010년 11월 22일부터 2010년 12월 3일 사이에 이루어진 소정의 심사를 거쳐 2010년 12월 10일 편집회의에서 최종적으로 게재가 확정되었음.

자유 주제 논문

공간의 형성을 통해 본 식민지 지식인들의 몽상과 이상

점성(黏性) 자본주의의 확산과 식민지 조선인의 운명

근대 주체의 위치와 변용 양상

1960년대 인권 보장 기제로서의 반공주의

공간의 형성을 통해 본 식민지 지식인들의 몽상과 이상

목 차

1. 서론
2. 사(私)적인 개인, 예술가가 탄생하는 문화주택 '푸른 집'의 몽상
3. '문화촌'의 이상과 조선적인 미의식이 만드는 균열
4. 결론

김 우 영*

1. 서론

1920년대 조선 사회 전 분야에 몰아친 '개조'의 열풍은 주거문화에 있어서도 예외가 아니었다. 일제는 전 국토의 근대화를 목표로, 경성의 도시화[1]를 추진하는 한편, 도시민들이 거주하는 일반 가옥 또한 전체 도시 계획에 발 맞춰 개조되어야 할 대상으로 인식했다.[2] 특히 도시지역의 인구 과밀화가 사회적 문제가 되면서, 슬럼화된 도시 변두리를 재

---

* 홍익대학교

1) 경성의 도시화와 관련하여서는 김백영, 『지배와 공간』, 문학과 지성사, 2009, 참조.
2) 김명선・심우갑, 「1920년대 초 『開闢』誌에 등장하는 주택개량론의 성격」, 대한건축학회논문집, 계획계, 18권 10호 통권 168호, 2002, 10.

정비하고, 근대적 생활 방식에 맞지 않은 전통 가옥은 비위생적, 비효율적이라는 이유로 근대적 가옥으로 개조하는 작업을 진행했다. 이 과정에서 도시 지역에서 새로 지어지는 가옥은 크게 '문화주택', '도시형 한옥', '영단주택'[3] 등 세 가지 유형 중 하나의 형태로 건설되면서, 도시 개발과 발을 맞추게 된다.[4]

"정체성의 토대, 즉 존재의 거주 장소"[5]인 '집'이 이처럼 바뀌게 된다는 것은 개인으로서, 그리고 한 공동체 구성원으로 그 공간에서 삶을 영위하는 인간의 변화를 의미하는 것이기도 하다. 그러나 이제까지 '집'을 비롯한 우리 소설 속 특정 공간은 실존적 차원에서 등장 인물과 밀접한 관련을 지니는 것으로 이해되기보다, 하나의 은유나 상징, 소설적 장치로 읽혀지는 경우가 많았다. 물론 이러한 분석 또한 작품 해석의 폭을 넓혀주었던 것이 사실이나, 다소 추상적인 차원에서 주제와 연결되는 경우가 대부분이었다. 따라서 현상학적 차원의 좀 더 적극적 해석이 필요하다 하겠다. 전적으로 재편된 공간 속 등장 인물들은 그 공간적 힘에 최대로 노출되며, 특정 공간은 인물의 사고를 지배하고, 인물의 운명을 결정하는 주요 요소로 기능한다. 최근 들어 문학 작품 속 도시를 비롯해 소설 속 공간에 대한 논의가 활발히 이루어지고 있는 것 또한 인간의 삶과 가장 밀접하게 연결된 '공간'이 갖는 의미에 주목한 결과라 하겠다.

공간 사회학자인 르페브르는 공간을 결정하는 삼위일체의 요소로 '공간적 실천', '공간의 재현', '구현된 공간'을 꼽은 바 있다. '공간의 재현'이 도시계획가, 건축가, 조경가와 같은 공간 전문가들이 다루는 공간에 대한 학문적 이론 및 담론들을 지칭하는 것이라면, '구현된 공간'

---

3) 연세대학교 국학연구원 편, 김성우, 「새로운 도시주택의 형성과 생활의 변화」, 『일제의 식민지배와 일상생활』, 혜안, 2004.
4) 물론 도시의 모든 공간이 이같은 재편에 모조리 포함되었다고 단정할 수는 없다.
5) 에드워드 렐프, 김덕현·김현주·심승희 역, 『장소와 장소상실』, 논형, 2005, 97쪽.

은 이에 따라 건축되고 만들어져 실재하는 공간들을 가리키는 개념이고, '공간적 실천'은 이와 같이 구현된 공간 속에서 이루어지는 사람들의 생활방식, 공간의 사용 방식을 일컫는 말이다. 다시 말해서 '공간의 재현'이 전문가들에 의해 개념화되는 공간을 의미한다면, '구현된 공간'은 실제로 우리가 체험하는 물리적 공간을 의미하며, '공간적 실천'은 공간에 의해 사람들의 행태와 삶의 양식이 생산되는 과정을 뜻한다. 즉 권력과 지배 이데올로기는 공간의 재현에 의해 공간에 구현되며, 구현된 공간은 공간적 실천에 의해 재생산된다.6)

르페브르의 이같은 논의는 인간-공간이 상호 영향 관계를 주는 구조라는 점과 한 이데올로기를 가진 구축된 공간은 하나의 시스템으로 기능하면서 그 공간 안의 인간에게 억압으로 작용할 수 있음을 보여준다. 하나의 공간이 '거대한 시스템'이자 인간의 삶을 분절하는 '기계'7)임을 지적하는 것은 '공간의 재현'을 통해 '구현된 공간'에 맞추어 살 수 밖에 없는 근대적 인간의 삶의 양식을 문제삼는다. 그리고 그런 분절과 배치를 통해, 인간은 근대적 의미에서의 '개인'으로 재구성된다. 그러나 인간은 시스템화된 기계적 공간이 만드는 삶을 영위하는 동시에, 그러한 공간의 기계적 속성을 균열시켜, 새로운 공간을 꿈꾸는 존재이기도 하다. 즉 '공간적 실천'은 '공간의 재현'과, '구현된 공간'의 경직성을 넘어설 수 있는 힘을 지니는 것이다.

근대적 공간 배치가 가속화되던 시기의 식민지 조선의 문인들 또한, 근대적 공간 배치가 해방과 구속이라는 양가적 특성을 가지고 있음을 인식하고 있었다. 특히 식민통치에 의한 강제적 공간의 재편을 겪은 까닭에 이런 양가성은 더욱 극단적인 형태로 인식될 수 밖에 없었다. 따라서 본고에서는 특히 식민지 시기 집, 주택과 관련한 담론과 공간의 재편

---

6) 김백영, 앞의 책, 540-541면 재인용.

7) 이진경은 그의 책 『근대적 시·공간의 탄생』(푸른숲, 2007 개정판), 『근대적 주거공간의 탄생』(그린비, 2007)에서 들뢰즈의 논의를 통해 지속적으로 강조한다.

양상을 살피고, 더불어 그 틈새에서 '공간적 실천'을 통해 그 질서의 폭력성을 넘어서려했던 식민지 문인들의 내면 양상에 주목하고자 한다.

이효석은 '내밀성과 프라이버시'를 중시하는 근대적 주거공간 안에서 기존 전통적인 공간과 단절하여, '근대적 사적 개인'으로 탄생하는 과정을 그린다. 그러나 한편, 소설 속 인물들은 그러한 사적 개인의 공간인 집의 폐쇄성을 인지하고 '공적 개인'으로서 이상화된 집단 공간을 상상함으로서, 개인만의 폐쇄적 주거공간이 갖는 한계를 넘어선다. 『화분』을 중심으로 집, 주택에 관한 논의들이 등장하는 〈공상구락부〉, 『벽공무한』등의 일련의 작품들이 본고의 논의 대상이 될 것이다. 기존에 『화분』은 파격적인 가족관계, 인물들 사이의 얽혀진 치정관계로 '에로티시즘' 계열로 이해되어 오다가, 최근 들어 '하얼빈'과 관련한 이효석의 다른 작품들과 연관성 하에 이 작품의 의미가 새롭게 연구되고 있는 실정이다.8) 이효석은 『화분』의 주요 배경인 '푸른 집'의 특수한 공간을 통해 '집'에 관한 몽상과 이상을 드러내고 있다.

한편 이태준의 『별은 창마다』9)를 비롯, 도시 공간들이 주요 배경을 이루는 장편들도 본고의 분석 대상이다. 『별은 창마다』의 경우 작품 안 도시의 모습10)에 대한 논의를 바탕으로 파시즘 논의와 관련한 풍부한 연구가 이루어진 바 있다.11) 이태준 또한 이들 작품에서 근대적 주거공간이 환기하는 의미(사(私)적, 기능주의 중시)를 내재화하여 자아의 개성을 표출하는 한 개인의 탄생을 만들어낸다. 또한 이효석과 마찬가지로 이상적인 공간에 대한 논의도 찾아 볼 수 있다. 그러나 이태준에게 있어 근대적 공간은 '실용성' 못지않게 '아름다움' 즉 '조선적 미의식'

---

8) 손종업, 『극장과 숲』, 月印, 2000, 방민호, 「이효석과 하얼빈」, 『현대소설연구』 35, 한국현대소설연구회, 2007.

9) 『신시대』에 1942.1~1943.1 연재되어 1945년 3월 박문서관에서 단행본 출간되었다.

10) 정하늬, 「이태준의 〈별은 窓마다〉에 나타난 도시」, 『한국현대문학연구』 28, 한국현대문학회, 2009.

11) 이경훈, 「벙커의 건축학 외부의 실내장식」, 『상허학보』 28, 상허학회, 2009.

이라는 다소 모순되어 보이는 요소를 포함해야 하는 것으로 나타난다. 그리고 이는 파시즘 논리에 입각한 공간재편론이 갖는 한계를 비켜가는 '공간적 실천'의 한 방법으로 제시된다.

2. 사(私)적인 개인, 예술가가 탄생하는 문화주택 '푸른 집'의 몽상

이효석의 작품 『화분花粉』(1939)[12]은 인물들이 사는 '푸른 집'에 대한 다음과 같은 묘사로 시작한다.

> 오월을 잡아들면 온통 녹음 속에 싸여 집안은 푸른 동산으로 변한다. 삼십 평에 남는 뜰 안에 나무와 화초가 무르녹을 뿐 아니라 사면 벽을 둘러싼 담장으로 해서 붉은 벽돌 굴뚝만을 남겨 놓고 집 전체가 새파란 치장으로 나타난다. 모습부터가 보통 문화주택과는 달라 남쪽을 향해 선 방향이며 엇비슷하게 현관 앞으로 비스듬히 뻗친 차양이며 그 차양을 고이고 있는 푸른 기둥이며- 모든 자태가 거리에서는 볼 수 없는 마치 피서지 산비탈에 외따로 서 있는 사치한 산장의 모양이다.
>
> 〈화분〉, 『李孝石 全集』 4, 68쪽[13]

집의 외관에 대한 위의 자세한 묘사에서 알 수 있듯이, '푸른 집'으로 부를 수 있는 이 주택은 동시대 다른 작품들에서뿐만 아니라, 기존 한국 소설에서는 발견하기 힘든, 근대적 주거공간임을 알 수 있다. 그만큼 이 '푸른 집'은 외관 뿐만 아니라, 내부적으로도 근대 주택의 여러 요소들을 거의 완벽히 갖춘 집으로 그려진다. 「화분」은 전적으로 이

---

12) 『조광』에 1939년 연재되었으며, 1939년 9월 인문사에서 단행본 출간되었다.

13) 작품 인용은 이나미 편, 2003년 창미사에서 출판한 『李孝石全集』 4를 기본으로 하며, 작품 인용 시 본문에서 면수만을 부기하기로 한다.

132

'푸른 집'을 주요 배경으로 진행되는 독특한 작품이다.

알려진 바대로, 우리 문학사에서 이효석만큼 이채를 띈 작가는 드물다. 특히 지금의 관점에서 보아도 파격적이다 싶을 만큼 다양한 현대적 공간 풍경을 당대 소설에서 폭넓고 탁월하게 구사해냈다. 전문 연구실, 아파트, 문화주택, 별장, 백화점과 같이 그의 작품 속 공간의 면모들은 화려하다. 당대 다른 작가들의 작품과 비교해서도 차별되는 이러한 공간을 배경으로 설정함으로서, 이효석 작품 속 인물들은 당연히 다른 서사를 예고할 수 밖에 없는 것이다. 물론 이런 이채로운 공간들은 식민지라는 당시 시대를 감안할 때, '비현실적', '현실도피적'이라는 비난을 받을 여지를 가지고 있는 것이 사실이다. 이에 그의 소설 속 공간을 현실의 공간이라기보다 알레고리적으로 이해하는 독해방법도 제시되었던 것이다. 그러나 이효석의 작품 속 '공간'이 인물들과 리얼리즘적 차원에서도 밀접한 관계를 맺고 있는 만큼, 이런 양상들을 좀 더 적극적으로 살펴 볼 필요가 있다. 달라진 공간 속에서 인물들은 기존 한국 소설에서 보기 어렵던 사건들을 만들어 내며, 이를 통해 이효석 특유의 몽상과 이상이 그 모습을 드러내고 있기 때문이다.

이런 맥락에서 이효석의 작품 「화분」은 그 공간이 가지는 특성을 중심으로 재독되어야 할 필요가 있다. 앞서 인용문에서, "보통 문화주택과 달라"라는 '푸른 집'에 대한 단적인 정보를 주는 부분에 주목해보자. 즉 사치한 산장의 느낌이 강하긴 하지만, '문화주택'의 연장선 상에서 이야기된다는 점에서 우선 '문화주택'이라는 것에서부터 논의를 시작할 수 있을 것이다. '문화주택'은 일본이 조선을 식민지 지배하기 시작한 뒤 1920년대 초부터 도시 개량, 주거환경 개선의 일환으로 새로운 주택을 만들기 시작하면서 이상적인 주택의 한 모델로서 제시되었다.[14] 그리고 해방 후 1970년대에 이르기까지 우리 사회에서 근대적 주택양식

---

14) 이경아·전봉희, 「1920년대 일본의 문화주택에 대한 고찰」, 대한건축학회 논문집 계획계, 21권 8호, 2005. 8, 김성우, 앞의 글 참조.

을 지칭하는 '기표'로서 기능하게 된다.15) 조선에 유입되면서 문화주택은 구체적인 형상을 띄기보다, "비둘기 같이 남편은 노래를 부르고 부인은 피아노를 치면서 슈베르트의 자장가로 아기를 달래는 에덴"16)이라는 하나의 '이미지'로 제시된다. 서론에서 논의한 바, 문화주택은 사회 전분야에 걸친, 개조의 논의와 맞물려, 도시 개량의 한 모델로 제시되었다. 1920년대 잠시 유행한 문화주택은 홀을 중심으로 거실과 침실이 있는 방갈로식 주택이었으나, 1930년대 이후 문화주택은 새로운 양식의 서양식 주택으로 나타나며, 서양과 일본의 영향을 받아 和洋鮮 절충식의 주택으로 발전하게 된다. 주택의 전체적인 형식은 독립적 단위의 주택으로, 근대적 구조와 재료로 된 2층 규모의 서양식 주택이었다. 그리고 전통한옥의 안채, 사랑채와 같이 분산된 평면이 아니고 모든 공간이 내부지향적이고 집중식 평면 형식을 보인다. 또한 문화주택의 마당은 도시형 한옥의 안마당과 달리 정원에 가까운 외부공간의 형태로 존재한다.17) 그리고 내부적으로는 침실, 공부방, 아동실 등 가족 개개인의 독립된 공간을 확보하는 개인실들이 늘어나게 된다는 점이 특징적이다. 이는 개인의 프라이버시를 중시하며, 기능에 따라 실들이 분화되는 근대의 주택 경향을 반영한 것으로 이해된다.

　문화주택에 대한 위와 같은 사실을 토대로, 『화분』의 '푸른 집'은 문화주택의 핵심적인 조건들을 거의 갖추고 있는 것을 다시 확인할 수 있다. 이는 박태원 등 대부분 '도시형 한옥'18)을 배경으로 하고 있는 당대 다른 작가들의 작품들과 비교되는 부분이다. 개량되었다고는 해도, 공

---

15) 김선재, 「근대도시 주택의 변천에 관한 연구」, 서울대 석사학위논문, 1987, 5쪽.

16) 이경아 · 전봉희, 앞의 글, 47쪽.

17) 김성우, 앞의 글, 96~97쪽.

18) 전통한옥의 연장으로 나타나는 도시주택으로, 재래 주택의 도시화 및 개량화의 성격을 가진다. 주택공급업자에 의해 중류계층에 보급된, 대다수 한국인 다수의 주택으로 외관은 전통주택을 고수하되, 근대적 건축 재료가 일부 사용되었으며, 독립적인 공간의 개인실이 보다 늘어난 형태의 과도기적 성격을 띤다. 김성우, 앞의 글 86~96쪽.

134

간 안에 유교적 질서(가부장적, 남녀 차별, 계급 존재)가 내제되어 있는 한옥은 그 자체가 거대한 이념을 상징한다.[19] 도시에서 거주하는 모던 보이들이라 할지라도, 집 밖 도심에서는 근대적 건축물 안에서 일하며 근대인의 삶을 살다가, 전통적 전근대적인 주택으로 돌아가서는 다시 이전 생활의 연장선 상에 살게 되는 것이다. 따라서 어떤 면에서 '이중 생활'을 하고 있는 셈이 된다. 이런 인물들과 이효석『화분』속 주인공들은 차별화된다. 즉『화분』속 주인공들은 어둡고, 정비되지 않은 '당나귀의 길'[20]인 골목으로 다시 들어가지 않는다는 말이다.

덧붙여 이런 문화주택과 조선가옥과의 대비가 두드러지는데, "조선가옥의 구조양식은 약간의 양식변화로는 신시대가 산출한 신제도에 조합되기 難하기에 변경, 개조가 어렵다"는 점이 강조되었다. 결국, 이런 점은 사회제도의 "진보개량"에 맞추어 "개량변경" 가능한 "구조양식"을 "세계문명에 동화"되어 "時時로 변화"해가는 사회제도에 맞도록 쉽게 변화시킬 수 없도록 강제하는 원인이 된다는 것이다. 따라서 조선의 가옥은 "시대에 應合하기 難한 固性이 되고 있다고 진단"되기에 이른다. 鮮于全 등은 이런 문제의 원인을 가족제도에서 찾았다. 근친 혈족까지 포함하여 많게는 4대를 아우르는 대가족이 함께 모여 살아왔기 때문에 주택의 규모가 지나치게 크고 폐쇄적이게 되었다는 것이다.[21] 또한 뿌리 깊은 양반문화의 영향으로 집 내부의 노출을 꺼렸던 것도 중요한 이유라 하겠다. 이렇듯 개인만의 공간이 보장되지 않아, 프라이버시가 보장되지 않는 구한옥은 개인이 자아를 발전시킬 수 없으며, 살고 있는 구성원들의 개성을 표출할 수 없는 폐쇄적이고 죽은 공간으로 제시된다.

---

19) 김성우, 앞의 글 참조.
20) 직선의 도로와 전근대적 길을 비교한 르 코르뷔지에의 표현이다. 이진경,『근대적 주거공간의 탄생』, 5면 재인용.
21) 김명선·심우갑, 앞의 글, 119~120쪽.

한 간의 조출한 대문과는 딴판으로 뜰 안은 침침한 어둠 속에 넓죽하게
퍼져 있고 그 네모에 마룻대를 달리한 여러 채의 초라한 집이 들어섰음을
보아 그 안은 한집안이 아니라 채마다 다른 가호가 들어있음을 주리야는
짐작할 수 있었다. 뜰 복판에 지붕 없는 우물이 있었다. 어둠 속으로 보아
도 돌 틈에 푸르칙칙하게 이끼 끼인 그 우물이 집안 전체에 우중중한 느낌
을 주었다. 가호마다의 생활의 자태를 첫눈에 엿볼 수는 없었으나 전체에
서 받는 첫인상은 심히 우중충한 것이었다. 우물과 같은 칙칙한 생활의 그
림자가 집안 구석구석에 배어 있는 듯한 느낌을 받았다.

〈주리야〉,『李孝石 全集』4, 21~22쪽.

인용문에서 보듯 중부 지방의 대표적인 전통 한옥의 'ㅁ'자 중정 구
조는 이러한 폐쇄성을 더욱 돋보이게 하는 것이었다. 그리고 이런 가옥
에 이르는 구불구불한 도시의 전통 길, '당나귀의 길'은, 그 특유의 미
감이 지적되기보다, 어둡고 비위생적인 것으로 묘사된다.

수구문 안, 전차를 내려서 좁은 옆 골목으로 한 마장 가량이나 걸어 들
어가도 길은 구불구불 구부러져 끝나는 곳이 없었다. 전등 하나도 달리지
않은 골목 안은 유심히도 어둡다. 도회의 불빛이 밤하늘 위에 우렷이 흐려
있을 뿐이요 그것이 이 동떨어진 어두운 골목 안까지 비취이지는 않았다.
서울 온 지 석 달에 아직 거리거리의 지리가 밝지 못한 주리야에게 이 궁
벽한 지대는 생각지도 못한 딴 세상이었다.
　"사람 사는 곳에 전등 하나도 없다니."

〈주리야〉,『李孝石 全集』4, 21쪽.

전통 가옥의 문제점을 말소시킨 '가족 위주' 그리고 '내부 지향적'이
라는 문화주택을 배경으로 하고 있는 만큼,『화분』의 초점은 부부와, 개
개인의 내면에 맞춰져 있다. 따라서 부모-자식 간의 세대 갈등 대신 오
로지 인물 개개인 간의 갈등이 작품에서 부각된다. '푸른 집' 안에서 인
물들은 대체적으로 평등한 위치에서 가족 관계를 넘어서 (잘못된 방식

이나마)자신의 욕망을 긍정하고, 그것을 거리낌없이 실현한다. 주요 인물들 바깥에 있는 주변 인물들 또한 대부분 부부이다. 자매간으로 설정된 세란-미란이지만, 이들 부모에 대한 언급은 작품 어디에서도 찾기 힘들고, 평양 시내에 본댁이 있다고 설정된 현마 역시 그 본댁에 대한 이야기가 작품 내에서 다시 등장하지 않는다.

이렇듯 기능별로 구획된 문화주택인 '푸른 집'이란 공간에서 인물들이 자신만의 공간을 갖고, 그 공간에 알맞은 역할을 수행하게 된다는 점이 주목된다. 『화분』에서 미란은 집 안에 피아노 연습실을 꾸미고, 그 공간을 통해 예술가로서 자아를 확립해간다. 근대적 인간으로의 재탄생에 있어 가장 중요한 것은, 자연스럽든 인위적으로 만들었든 '고독'이라는 것을 체험해야 한다는 것에 있다.[22] 개개인의 삶이 분리되지 않고 융합되어 있는 이전 생활 공간에서 개인은 오로지 자신에게만 주목하기 힘들다. 그러나 자신만의 독립된 공간을 지니기 시작하면서, 개인은 변하기 시작한다. 한국 근대 소설에서 주인공들이 대가족 위주, 전통 가옥을 떠나, 하숙방과 같은 고립되고 개인적인 공간에 위치하면서, 그리고 작은 책상을 마주하면서[23] 변하기 시작했음은 기존 연구에서 지적된 바이기도 하다.[24] 로빈슨 크루소의 무인도와 같이 고립된 공간에 위치한 개인은 사색을 통해 자신의 내면에 집중하며 자신의 취향대로 그 공간을 만들어 간다. 그리고 자신이 만든 그 방에 의해 역으로 자신이 그 방에 걸맞은 역할을 은연중 요구받기도 하게 된다. 방의 분위기와 그 방의 주인을 동일시할 수 있는 것도 이즈음이다. 즉 '푸른 집'은 개

---

22) 이언 와트, 이시연·강유나 공역, 『근대 개인주의 신화』, 문학동네, 2004, 205~247쪽.

23) 부유층에서는 곧 남성이나 여성용 특별 공간이 생겨났고, 이 공간의 '구심점'은 바로 책상이었다. 이렇게 현대 거주 공간은 새로운 시민계급이 요구한 개인생활을 반영했다. 리하르트 반 뒬멘, 최윤영 역, 『개인의 발견』, 현실문화연구, 2005, 235~236쪽.

24) 이경훈, 「하숙방과 행랑방-근대적 주체와 사회적 감수성의 위치에 대한 일 고찰」, 『사회와 역사』, 81집, 한국사회학회, 2009, 이재봉, 「근대 사적 공간과 문학의 내면 공간」, 『한국문학논총』, 50집, 한국문학회, 2008.12 참조.

개인의 욕망에 충실한, 예술가의 공간으로 이상화된 공간이라는 점에서 집에 대한 이효석의 몽상을 보여준다.[25]

「화분」에서 현마는 집 밖에 사무실을 마련해 둔다. 집이 지금처럼 독자적인 생활공간으로, 사생활이 보장된 공간으로 인식되는 것은 일과 생활이 분리되는 과정과 긴밀히 연관된다.[26] 일로 대변되는 삶의 흐름을 절단하는 기능이 근대적인 공간으로서 집에 부여되었던 것이다. 현마는 단주에게도 아파트를 제공한다. 물론 단주의 아파트는 단지 단주의 개인 공간일 뿐 아니라 현마-단주 사이의 은밀한 관계의 장이자 일탈의 공간이기도 하다.

> 처음 보는 방안-서너 평 가량밖에는 안 되는 좁은 방안에 침대며 의자며 의걸이며 탁자 위에 널려진 찻그릇들이며가 어수선한 속에서도 독특한 배치로 놓여 있는 것이 미란에게는 일종 신기한 느낌을 일으켰다. <중략> 그 모든 어지러운 모양 속에서 미란은 단주의 마음속을 헤쳐 본 듯, 겉으로는 단정하면서도 기실은 보헤미안이요, 방랑성을 띠인 단주의 성미를 그 방안의 어지러운 치장이 그대로 표시하고 있는 것이 아니던가.- 겉은 가다듬었어도 속은 정리하지 못하고 있는 단주의 마음을. 정리되지 못한 그 방안 공기에서 미란은 문득 현마의 냄새를 맡는 듯하며 침대와 의자에서 현마의 지배를 받는 수밖에는 없었고 그 지배를 벗어나려고 버둥거리는 단주의 꼴이 눈앞에 선해지면서 어지러운 방안의 모양이 바로 발버둥치는 단주의 반항의 마음의 표현인 것 같고 요란한 폭풍우의 그 밤 방안은 한층 그 효과를 더하고 있는 듯도 하다.
>
> 〈화분〉,『李孝石 全集』4, 89쪽.

가브리엘 마르셀은 "개인은 자신의 장소와 별개가 아니다. 그가 바로 장소이다"라고 간단하게 요약한 바 있다.[27] 인용문에서 보듯 어수선

---

25) 이효석의 실제 생활 또한 이런 모습과 거의 유사했음은 알려진 사실이다.
26) 이진경,『근대적 주거 공간의 탄생』, 72~74쪽.
27) 에드워드 렐프, 앞의 책, 104쪽.

한 공간은 단주 자체를 상징한다. 또한 역으로는 그런 공간이 지금의 자유분방한 단주를 만들었다고도 볼 수 있다. 그리고 미란이 여기서 현마의 흔적을 느끼는 것 또한 주목해야 할 것이다. 미란이 보고 있는 것은 방 하나이지만, 그곳에는 현마, 단주라는 두 '인물'이 녹아들어 있는 것이다. 이런 단주의 공간은 미란이 동경에서 처음 만나고, 이후 자신의 피아노 선생으로 모신 영훈의 공간인 '연구소'와 사뭇 대조를 이룬다.

> 연구소란 것은 악기점 이층 넓은 방 두 간을 얻어 장만해 놓은 것이었다. 악기점 옆 골목으로 들어가면 이층으로 오르는 층대가 제물에 벽에 붙어 있다. 가게로 들어가지 않고 바로 그 층계를 올라가 음악실이라는 데를 들어갔을 때 조촐한 방안의 분위기부터가 마음에 들었다. 검소한 속에 피아노 한 대와 축음기가 있고 의자들이 놓이고 벽에 몇 장의 그림이 붙어 있을 뿐이나 그 침착한 장식 속에 알 수 없는 매력이 숨어 있었다.
>
> 〈화분〉, 『李孝石 全集 』 4, 141쪽.

영훈의 방은 '조촐'하지만, '알 수 없는 매력'이 숨어 있는 것으로 묘사되면서, 다소 충동적인 성향을 지닌 단주의 방보다 훨씬 긍정적으로 그려지고 있다. 이는 공간을 통해 인물의 정체성을 드러낸 것이며, 미란이 단주보다는 영훈과 맺어지게 될 것을 암시한다.

이렇듯 『화분』에서 공간은 인물들의 행위를 충동하는 방식으로 서사에 적극적으로 기입한다. 마치 살아있는 유기체처럼 인물들의 사고에 영향을 미치는 것이다. '푸른 집'에서의 단주와 세란의 불륜, 단주와 미란, 단주와 옥녀의 일탈도 '집', '방'이 그러한 행동을 만드는 요인으로 작용하고 있음을 발견할 수 있다. 이런 면에서 보면 인물들은 '구현된 공간'의 요구를 벗어나지 못한 것이 된다. 주어진 공간에서 인물들은 오로지 자신들의 욕망에만 골몰하고 자신의 문제에 집착하게 된다. '개인의 과잉'인 셈이다. 시대의 무게로부터 자유로운 그들의 모습은 이렇듯 작가에 의해 의도적으로 강조되면서 그 양상이 더욱 극단적으로 부각된다. 그리고 자유로운 개인을 탄생시켰던 '집'의 의미는 이렇게 변질된다.

자신의 취향대로 방을 꾸미며 개성을 표현하는 개인의 모습은 이태준의 『별은 창마다』에도 등장한다. 특히 동경 유학생으로 음악을 전공하는 '정은'은 아래 인용문에서 보듯 피아노를 구입하여 연습실을 꾸미고, 가구들을 배치하면서 만족해한다.

> "침대가 피아노서 너무 가까워요, 좀 저리 끄세요."
> "네."
> "저 사진들 너무 높아요. 좀 떨구세요."
> "그러지요"
> <중략>
> 아무튼 정은은 즐거웠다. 하영을 꼼짝못하게 부려먹은 것도, 다소 복수를 하고 난 것 같고, 유리창 넓은 깨끗한 이층방에 새 피아노를 중심으로 자기 생활을 구속없이 진열해 보고 화장해 보는 것도 유쾌하였다.
>
> 『별은 창마다』, 124~125쪽.[28]

케빈 린치는 공간(장소)의 정체성을 "장소에 개별성을 부여하거나, 다른 장소와의 차별성을 제공하며, 독립된 하나의 실체로 인식하게 하는 토대 역할을 한다"[29]와 같이 정의한 바 있다. 이를 참고할 때, 거주인의 개성이 묻어나는 공간, 인물의 이름표와 같은 공간들이 탄생한다. 그리고 그 방은 인물들의 행위를 만든다.

이태준의 경우 이런 공간과 집안의 배치가 인간에게 지대한 영향을 미칠 수 있음을 매우 강하게 인식한 경우에 해당한다. 『별은 창마다』에서 '어하영'은 '집을 먼저 짓고, 생활을 거기 맞도록 개혁한다.'라는 개

---

28) 인용은 깊은샘에서 펴낸 2000년 단행본에 기초한다.
29) 에드워드 렐프, 앞의 책, 109쪽.

140

조론을 연상시키는 이야기를 한다.

　나중에 하영은, 집을 생활에 맞도록 지을 것이 아니라, 집을 가장 능률적이게 지어놓고 생활을 거기 맞도록 개혁할 필요를 깨닫게 된 것이다. 결국 재래의 살림살이를 전혀 무시하고, 가장 간편한, 가장 일하기 좋은, 가장 견고한, 한번 불이 나도 치명적으로 타 버리지 않게, 폭탄을 맞아도 가급적으로 중요 부분을 견디어 나가게, 처음 짓는 사람은 부담이 과중하더라고, 국가적으로 보아 영구한 좋은 집이 되게, 외양도 미려하여 그 집 사람, 그 동네 사람들의 정서 교육이 집에서들부터 되도록, 그런 안표를 두고, 농가와 도회의 집을 여러 가지로 설계한 것이다.
『별은 창마다』, 211쪽.

　집을 가장 능률적, 기능 우선으로 짓겠다는 하영의 생각은 근대 건축의 대표적 인물인 르 코르뷔지에의 '주택은 살기 위한 기계'[30]라는 기능주의적 명제를 연상시킨다. 이효석의 집이 구획된 공간으로 인해 사생활을 보장받는 개인이 자아의 발견, 개인의 탄생, 예술가를 배태시키는 곳이었다면, 이태준에게 있어 집은, 어떠한 개인을 만들지를 결정하는 인간의 정신을 실질적으로 개조시키는 힘을 지닌 공간인 것이다. 작품이 발표된 시기를 고려할 때, 자칫, 파시즘 논의를 연상시킨다는 비판도 이같은 맥락에서 나온 것이다.[31] 그러나 하영이 다소 과도하게 건축의 기능성과 실용주의를 강조하고 있기는 하지만, 근대 건축의 기본이념이 건축에서 장식성을 배재하고 실용성과 기능주의를 강조하고 있다는 점은 상기해야 할 필요가 있다. 즉 건축에 대한 하영의 생각은 파시즘 이전에 근대 건축의 보편적 이념과 연결되는 것이다. 오히려 여기서 주목해야 할 부분은 "외양도 미려하여"에서 보듯, 결코 포기할 수 없는 '미'에 대한 인식, '조선적인 것'에 대해 강력한 이끌림이라 하겠다.

---

30) 이관석, 『르 코르뷔지에』, 살림, 2006, 36쪽.
31) 이경훈, 「벙커의 건축학 외부의 실내장식」, 『상허학보』 28, 상허학회, 2009.

3. '문화촌'의 이상과
조선적인 미의식이 만드는 균열

『화분』은 작품 중반을 넘어서면서 '만태와 죽석' 부부라는 제 3의 인물소유인 별장이 새로운 공간으로 제시된다. 작품 속 별장은 <성화>를 비롯한 이효석의 글에서 자주 언급되는 주을지방 별장을 연상시킨다. 외국인 별장 마을을 실제 모델로 하고 있는 만큼, 『화분』에서 등장하는 별장 역시 영국인이 소유했다가 비운 공간, 즉 서구인들 손에 의해 탄생된 곳으로 이국적 색채를 띤다. 특히 '푸른 집'이 문화주택으로, 동양-서양의 '매개'의 측면을 보여주었다면, 별장은 서양식 주거 공간 문화와 바로 접목된 공간을 보여준다.

> 뜰에는 하아얀 모래를 깐 위로 사치한 사시나무가 잎새는 물론 휘추리 채 바람에 간들간들 흔들리고 높은 시렁 위로는 머루와 다래넝쿨이 친친 감겨 올라 제물에 정자를 만들고 그 아래에 차 식탁이 놓여 휴게소를 이루었다. 잘고 마딘 잡초를 군데군데 깎아 버리고는 긴 이랑을 만들어 한 이랑에 한 가지씩 색다른 화초를 심었다. 모든 격식이 야지와는 달라서 미란은 역시 도회의 집보다는 한결 낮고 시원하다고 느끼면서 행복된 여름의 기쁨을 금할 수 없었다. 말에 들은 것같이 집안 규격이 지나치게 넓어서 그렇게 일행이 대거해 왔기에 망정이지 부부쯤이 와서는 어느 구석에 박혔는지를 모를 법도 했다. 복판에 강당만한 넓은 객실 겸 공동실이 있고 그 양편으로는 한편에 두 간씩 조그만 독방이 합 네 간 붙어서 그 네 방의 문이 모두 객실로 열렸고 창 있는 양편 밖으로는 넓은 복도이자 베란다가 길게 뻗쳤다. 따로 요리실과 목욕실과 헛간이 붙은 것은 물론 흡사 합숙소같이도 대규모의 집이었다.
>
> 〈화분〉, 『李孝石 全集』 4, 204쪽.

이효석은 별장의 구조를 눈에 그릴 수 있을 만큼 자세히 묘사하고 있는데, 이는 건축가의 시선을 연상시킨다. 또한 그 별장을 자신의 '취향'으로 꾸미는 인물들의 행동 또한 자세하게 묘사된다. 소설 속 인물들은 부부나 가족 여부와 상관없이 각자 방 하나씩을 제공받는다. 별장 역시, '개인'을 만들어내는 공간인 셈이다. 그러나 별장은 외지에 떨어져 있고, 부부만의 공간으로 보기엔 필요 이상 큰 까닭에 공동생활이 필수적이게 된다. 별장에 모인 사람들은 "그날은 무슨 책들을 논아 쥐었던지 번히 서로들 아는 책이면서도 진진한 대문을 읽을 때에는 일종의 비밀을 느끼면서 자기만이 그것을 알고 있는 듯 숨은 기쁨을 입속에 가만히 들 감추었다."(221)에서 보듯 자신이 읽은 책에 대해 이야기를 나누고, 살롱문화를 연상시키는 일종의 '예술 공동체'를 이룬 것처럼 묘사된다. 이는 '푸른 집'과는 차이를 보이는 부분이다. 게다가 그들이 읽는 책 중 하나는 다름아닌 '데카메론'이다. 이렇듯 별장에서 인물들은 개인 각자의 삶과 공동체적 삶을 조화롭게 만들어 가는 것으로 그려지고 있다.

작가가 별장을 '예술 공동체'를 이룬 것으로 묘사하고 있는 점은 중요한데, 이는 이효석이 '집'에 대해 갖고 있는 '이상'의 한 측면을 보여주기 때문이다. 이런 예술 공동체에 대한 작가의 생각은 이 시기 전후 작품에 걸쳐 지속적으로 발견된다. 〈공상구락부〉(『광업조선』, 1938.9)에서 여러 가지 몽상을 제시하는 동료들에게, 음악가로 등장하는 '천마'는 자신의 꿈을 다음과 같이 피력한다.

"-세상에서 가장 이상적인 부락을 맨들겠네. 섬에는 물론 새 문화를 수입해서 각 부문에 전부 근대적 시설을 베풀고 한편으로는 농업을 힘써서 그 농업 면에도 근대화의 치장을 시키고 농업 면과 공업 면이 잘 조화해서 조금도 어긋나고 모순되지 않도록 즉 부락민은 농사에 종사하면서도 도회면서 살 수 있도록- 그러구 물론 누구나가 다 일해야 하구 일과 생활이 예술적으로 합치되도록 그렇게 섬을 다스려보겠네. 노동이 있을 뿐 아니라 예술이 있고 음악이 있고 음악에 맞춰서 일이 즐겁고 수월하게 되는 부락 - 그 부락의 추장노릇을 하고 싶은 것이 평생 원이야"

〈공상구락부〉, 『李孝石 全集』 2, 226쪽.[32]

　여기서도 일과 생활, 노동, 모두가 잘 구현된 공동체 사회를 꿈꾸고 있는 작가의 의도가 드러난다. 이런 이상 세계는 단순한 '공상'과『화분』의 별장을 넘어『벽공무한』[33]의 '녹성음악원'에서 좀 더 본격적이고, 구체적인 모습으로 구현된다.

　　집과 뜰과 화단이 순식간에 제 들어설 곳에 들어서면서 도면지 안에 차는 것이었다. 집안은 다시 각각 세밀한 방과 부분으로 나누어지면서 미려의 머리 속에 베어 있던 이상의 전당이 금시에 종이 위에 재현되었다.

〈벽공무한〉,『李孝石 全集』5, 296쪽.

　『벽공무한』에서 '미려'에 의해 제시되는 '녹성음악원' 설계 부분은 비교적 매우 자세하다. '음악실, 도서실, 휴게실, 식당' 등 각 용도에 맞는 공간들이 제시되고 있으며, 이는 단순한 스케치의 수준을 넘어선다. 이는 이효석이 기존에 생각했던 예술가 공동체에 대해 몽상의 수준을 넘어선 구체적 실현을 염두에 두었음을 의미하며,[34]건축에 대한 상당한 관심을 짐작케 한다. 녹성음악원에서 가장 중요하게 강조되고 있는 부분은 예의 "생활과 예술의 결합"이다. 따라서 '녹성음악원'에 살고 있는 개인들은 예술가 개인임과 동시에 집단적 주체이다.[35] 학교의 기숙사와 유사한 듯 하지만, 이효석의 공동체 공간에서는 개인의 위치가 더 확고하고 자유스럽다는 점이 다르다 할 수 있다. 이렇듯 이효석이 개인주의를 추구하면서도 끊임없이 집단의 서사를 추구한다는 점은 특징적이다. '코뮌주의' 이효석의 동반자적 면모의 흔적을 여기서 발견할 수 있는

---

32) 이나미 편, 〈공상구락부〉,『李孝石 全集』2,　창미사, 2003.

33) 매일신보 1940. 1.25~7.28에 걸쳐 연재, 1941년 박문서관에서 단행본으로 간행, 본문 인용은 이나미 편,『李孝石 全集』5,　창미사, 2003.

34) 따라서 이효석의 일련의 이상적 공동체 건축물을, '비현실적'이라 현실적 거주를 의미하지 않는다는 주장은 재고되어야 한다.

35)『벽공무한』에서 오케스트라의 존재가 강조되고 있는 것도 같은 맥락이다.

것이다. 따라서 '생활과 예술', 개인과 집단의 균형이 무너진 공간은 철저하게 파멸의 공간이 될 수 밖에 없다.

　이는 『화분』에서, '푸른 집'과 '별장'이 파멸의 공간으로 전락하고 있는 모습들에서 극대화된다. 「화분」의 별장은 무기력해진 인물들의 일탈의 공간으로 예술 공동체적 건전한 성격을 잃는 순간 파국을 맞게 된다. 이 때 별장은 "푸른 집의 혼탁한 열정이 반드시 전염되었을 법"은 없지만, 파멸로 치닫게 하는 원래 집과 다른 이질적인 공간, 기존의 성도덕을 무너뜨리게 하는 마력의 공간으로 그려진다.

> 온전히 악마의 변신이었다. 만약 도회의 집이었던들 그래도 거기까지 이르지 않았을는지도 모른다. 늘 살던 집 늘 살던 습관과 질서 속에서는 아무리 마력을 빌린다고 해도 수월하게 인습과 질서를 깨뜨릴 수는 없다. 달라진 주위환경과 서먹서먹한 분위기 속에서는 개힘이 나고 부락 용기가 솟는 법으로 산 속의 익숙하지 않은 공기와 허수한 풍속이 사람들의 마음 속에 틈을 주어 허랑하게 만들어 놓았던 것이다. 현마의 음모와 불법은 확실히 땅의 궁벽함에도 말미암았다고 밖에는 볼 수 없었다.
>
> 〈화분〉, 『李孝石 全集』 4, 237쪽.

　이런 변질된 공간, 인물의 변화에 대한 작가의 태도는 매우 엄정하다. 예술가의 낭만적 본성은 허용되었으나, 나르시시즘적 욕망에만 붙들린 인물들은 파멸할 수 밖에 없다. 이는 전근대적 가옥이 주는 폐쇄성과는 달리, 근대적 '집'이라는 공간이 만들어낸 또 다른 폐쇄적인 모습인 것이다. 따라서 작가는 '공간적 실천'을 실행하는 미란과 영훈을 통해 새로운 공간을 꿈꾸게 한다. 그것은 '하얼빈'이라는 도시의 이미지로 제시된다. 하얼빈이 인물들에게 환기하는 분위기는 아래 인용문에서 보듯 미란에 의해 어느 정도 예견된 바였다.

> 이 아파트의 공간을 넘어서 "그날 밤의 두려운 마음, 차지 못하는 마음

을 현지의 피차의 환경의 탓으로 여기고 그 환경의 굴레를 벗어나서 자유로운 나라를 구하고 그 속에서 인생의 문을 열었으면 하는 생각이 두 사람 마음속에 똑같이 싹텄던 것이다. <중략> 수풀 속 으늑한 그림자 속에 사랑의 보금자리를 찾는 한 자웅의 산새와 같이 두 사람만의 안온한 사랑의 자리를 찾자는 것이다.

〈화분〉,『李孝石 全集』4, 101쪽.

'하얼빈'은 어떤 매개 없이 직접, 음악, 예술의 본질과 만날 수 있는 공간으로 제시된다. 여기서 음악의 본질이 일본의 것이 아닌 서구음악을 말하는 것임은 물론이다. 미란은 욕망의 공간으로 전락해 버린 '푸른 집'의 공간을 떠나 영훈과 함께 하얼빈으로 가기를 결심한다. 주택인 '푸른 집'에서 도시인 '하얼빈'으로 옮겨가는 시선의 확장은 주목해야 할 부분이다.

이진경은 주거공간에 대한 논의에서 "능동적 생산"에 대해 이야기한다. 기계적 신체 안에 존재하는 두 가지 상이한 성분이 있다는 것이다. 하나는 프로그램된 것을 반복하여 수행할 뿐인 성분이고, 다른 하나는 프로그램되지 않은 것을 추가하면서 작동하는 성분이다. 전자가 흔히들 말하는 '수동적' 재생산을 수행하는 성분이라면, 후자는 '능동적' 생산을 수행하는 성분이다. 전자가 보존하고 유지하는 형태로 작동하는 성분이라면 후자는 변이시키는 형태로 작동하는 성분이다. 전자를 '수동적 기계'라고 한다면, 후자는 '능동적 기계'라고 할 수 있을 것이다.[36] 이는 앞서 말한 르페브르의 '공간적 실천'과도 연결되는 지점이다. 이에 비추어 볼 때 현마, 세란, 단주와 달리, 미란과 영훈은 사적 개인, 욕망의 분출만을 충동하는 기계였던 '푸른 집' 기계의 수동성을 딛고, 능동적 재생산을 가능케 하는 새로운 공간을 다시금 꿈꾸는 인물들인 셈이

---

36) 이진경,『근대적 시·공간의 탄생』, 151쪽.

146

다. 그리고 이때 하얼빈은 일본 제국주의 실험장이 아니라 '헤테로 토피아'[37]로서 기능하게 된다.[38]

앞서 이효석 소설에서 '집'을 통해 개인의 탄생과 그 한계를 동시에 경험한 인물들이 집단의 형태를 갈망하고, 근대적 주택이 부여한 질서를 벗어나는 새로운 공간을 꿈꾸게 됨을 확인했다. 온전한 의미에서 사생활, '개인의 탄생' 마저도 그다지 경험해보지 못한 당시 조선 사회의 상황을 고려할 때, 이는 비현실적으로 이른 감이 있는 것이 사실이다. 그러나 지금의 입장에서 본다면 이효석이야말로, 근대적 주택이 갖는 기계적 속성을 누구보다도 일찍 인지하고, 인물의 능동적 행동을 통해 이를 적극적으로 벗어나려 시도한 작가로 이해할 수 있을 것이다.

이효석 소설의 이런 이상적인 예술가 집단은 이태준의 작품들에서도 발견된다.[39] 『청춘무성』[40]에서 득주가 만드는 공간을 비롯하여, 『별은 창마다』의 정은과 하영이 꿈구는 '문화촌'이 바로 이에 해당한다. 작품 내에서 하영과 정은은 서로의 지향점이 교차하면서 변화되는 모습을 보인다. 피아노를 전공해서 상대적으로 건축에 무지했던 정은은 작품 말미에 이르면, 건축이야말로 "문명을 건설하는 기구들이다!"(150-151쪽)라며 건축가이기를 꿈꾼다.

"장래 우리 살 집부터 하나 완전히 설계해요. 네? 그래서 어떤 데라도 좋아요. 경치 좋구, 도시로꺼정 발전될 만한 델 찾아가서 우리 집부터 제놓고, 우리 맘대루 동넬 꾸미구. 집들을 져놔요. 팔리면 팔고, 안 팔리면 세를

---

37) 정실비, 「이효석 소설의 타자 인식과 모방 양상 연구」, 서울대학교 석사학위 논문, 2008, 44쪽.

38) 물론 이후 「하얼빈」과 같은 작품을 통해 확인할 수 있듯, 하얼빈이 유토피아라는 이효석의 생각은 바뀌게 된다.

39) 이런 공동체 주의를 그가 영향받은 사상과 관련지어 연구한 논문으로, 장성규, 「이태준 문학에 나타나는 이상적 공동체주의」, 『한국문화』 38, 서울대학교 규장각한국학연구원, 2006, 155~156면 참조.

40) 조선일보에서 1940.3.12~8.11일 127회 연재, 1940년 박문서관에서 단행본 출판.

줘도 좋아요. 더구나 조선선 음악가나 화가나 문인이나 다 구차하지 않어
요? 싸게 세를 줘 예술가의 촌을 만들어두 좋지 않어요?"

『별은 창마다』, 212쪽.

위 인용문에서 정은이 조선인 음악가나 문인들에게 세를 주어, '예
술가의 촌'을 만들자고 제안하는 부분은, 앞서 이효석의 예술가 집단을
연상시킨다. 물론 정은은 독립적인 가구를 이룬 예술가들의 동네를 계
획한다는 점이 조금 다르다. 그러나 이런 정은의 생각에 하영은 "안돼!
그건 자유주의 시대 낭만파로 오해되게?"라며 그 공간이 낭만적인 자유
주의자의 몽상으로 그칠 수 있음을 비판한다. 그러면서 "난 가장 국가
적이요, 가장 생산적이요, 가장 실제적이면서 아름다운 집이요 동네이
길 이상하는 건데……"라고 이야기한다. 이런 하영이의 생각은 앞 장에
서 논의한 바 있는, 집은 기계요, 실용 우선이 되어야 한다는 근대 건축
철학의 주요 골자를 반복하는 것으로 표면상으로는 근대주의자의 완벽
한 모습을 갖추고 있다. 물론 이런 하영의 생각은 "예술가만 되면 낭만
이가? 그것부터 묵은 관념이야요"(212쪽)라고 정은에 의해 바로 반박되
기에 이른다. 정은은 예술과 생활이 동시에 존재할 수 있음을 주장한다.
건축가(하영)-음악가(정은)라는 입장 차이와 그들의 생각이 교차하는 내
용은 한편으로 작가의 다양한 목소리를 상징하는 것이기도 하다는 점
에서 눈여겨 볼 필요가 있다.

하영은 근대 건축을 배운 근대인으로 건축에 있어 실용성을 지속적
으로 주장한다. 그러나 그의 내면 한 편으로는 '상실된 장소'에 대한 애
착이 매끄러운 근대주의자 표면을 균열시킨다. 그 틈새를 구성하는 것
은 '조선적 미의식'이다.41) 하영은 정은의 집에 들어서면서 "'집'으로서
의 조선건물이란 염두에도 없다가 정은네 사랑 마당에 들어서자, 획, 아

---

41) 깊은 샘 출판본의 작품 해설인 김진기, 「고아의식과 의미구조」에서도 이런 점을 지
  적하고 있지만, 이에 관한 논의가 확장되지 않았다.

직까지 받아보지 못한 조선 건물에서의 생명력을 꿈틀 느"(88쪽)끼게
된다. 그리고 그때까지 몰랐던 '조선 집의 아름다움'에 새삼 감탄하게
된다. 동시에 하영 자신의 집이 조선 전통적인 기와집의 미감을 살리지
못하고, "쓸데없이 주석 핸들이 번쩍이는 유리창이 많고, 그 나뭇결 좋
은 재목 위에 함부로 뺑기칠을 했고, 벽이나 퇴에 목욕탕처럼 벽돌과
타일을 붙여, 양관도 아니요 조선집도 아니요 부엌도 아니요 사랑도 아
닌, 돈만 들인 극히 천속한 건물"(87쪽)임을 통감한다. 장소의 혼과 영
속성이 그 경관에 깃들여 있다고 할 때, 당시 조선인들은 그러한 혼이
깃든 집을 빼앗기고 '뿌리뽑힐'42) 순간에 직면해 있었다. 하영은 하이
데거가 '아낌'43)이라고 부른 장소 즉 '집'이 그것이 존재하는 방식 그대
로 두는 관용이 사라졌고, 이는 그곳에 사는 사람들의 의식에도 영향을
미치게 될 것임을 뼈저리게 절감한다.

> 하영도 물론 서울의 광화문이나 경희루 같은 건물을 모르는 것은 아니
> 다. 그러나 하영은 건축이기보다 '집'이란 것에 더 관심을 갖기 시작한 것
> 이었다. 공부가 건축 일반에 대한 전문이지만 하영은 무슨 빌딩이나 공회
> 당이나 사원이나 궁전 같은 특수 건물엔 흥미가 없었다. 농민이나 시민이
> 나 일반 사람들이 일상생활을 담는 '집', 한 가정의 포장(包裝)으로서의
> '집'에 흥미가 생긴 것이었다. 현대문화의 추세로 보나 색채나 구성의 다양
> 성으로 보나 이로부터의 집이란 양관이라야 하리란 주장에서 아직까지는
> 소위 문화주택이란 것에만 열중해왔다. 학교에서 교재로 나오는 것도 대부
> 분 양관이었고, 건축잡지에 실려 건축가들의 설계욕을 자극시키는 것도 대
> 부분이 양관들이었다.
>
> 『별은 창마다』, 87쪽.

그렇다고 하영이 과거의 전통주의 유물 모두에 애정을 가지고 있던

---

42) 에드워드 렐프, 앞의 책, 93쪽.
43) 에드워드 렐프, 앞의 책, 95쪽.

것은 아니다. 위 인용에서 보듯 하영은 스케일이 큰 건축물들에는 관심이 없음을 고백하면서 한 가정, 사람과 가장 밀접하게 연관되어 있는 '집'에 큰 관심을 가지게 되었음을 강조한다. 또한 제국주의의 위용을 드러내는데 집중하던[44], 당시 경성, 동경의 상징적 건물, 인간보다는 자동차와 같은 기계의 길을 만드는데 주력하던 당시 도시계획에는 관심이 없음을 보여준다. 자신이 일찍이 주목한 조선의 건축물 또한, 일부 양반의 집이지 조선 민중의 집은 아니었다고 문제제기 하는데 이르러 '상징'으로서의 건축물이 아닌 '거주'로서의 집에 주목하고 있음이 드러난다. 즉 한옥의 미감에 감탄하는 것도 타자의 시선이 아닌, 그 안에 속해 있는 '거주자'의 시선인 것이다. 따라서 자신이 교육기관에서 배웠던 건축이 모두, 서구 지향적인 것으로, 조선적 미의식과는 관련이 없었던 것을 새삼 안타까워한다. 동서의 절충 형태를 취했던 문화주택 또한 "서양문명의 중독"으로 비판된다.

따라서 하영이 조선적 미감을 자신이 꿈꾸는 건축에 어떻게 살릴 것인지가 기대되지만, 작품 속에서 이에 대한 구체적 모습을 발견하기는 힘들다. 미와 실용성이라는 주요한 두 요소를 일반 사람의 집이라는 한정된 공간에 담을 것이라는 큰 청사진만을 짐작할 수 있을 뿐이다. 그러나 확실한 것은 만주의 '흥아식(興亞式)'[45]에서 보듯 단순한 동서양의 혼합이 아닌, 제 3의 무엇임을 짐작할 수 있을 뿐이다.[46] 정체와 국

---

44) 건축양식으로서의 '콜로니얼'은, 일반적으로 19~20세기 전반 공공건물의 건축에 많이 적용된, 고딕 양식과 고전주의 혹은 르네상스 양식이 절충된 권위주의적 건축양식을 지칭한다. 김백영, 앞의 책, 126쪽 재인용.

45) '흥아식' 건축양식은 철근 콘크리트 벽체 위해 '중국풍'과 '일본풍'이 뒤섞인 국적 불명의 '아시아적' 디자인의 지붕을 얹은 양식으로, 1930년대 만주국의 관청 건축양식을 지배했다. 그럼에도 이 건축양식은 그때까지 서양 열강이 추구해온 건축양식의 모방에서 벗어나 독자적인 건축의 언어를 갖게 되었음을 의미하는 것이었다. 김백영, 앞의 책, 201~203쪽.

46) 이태준 자신은 성북동에 '도시형 한옥'으로 볼 수 있는 집을 지어, 1936~1945년까지 거주한 바 있다.

적을 알 수 없는 '무장소성'[47]적인 건물들이 만주에 세워지고 있던 와중에 섣불리 어떠한 모델을 제시할 수 없었을 것이다. 특히나 전통에 관한 자신의 미의식이 일본의 '아시아주의'의 일환으로 이해될 가능성에 대해 주의를 기울이고 있었음을 알 수 있다.

여기서 작가가 고수하고 있는 미의식을 단지 이태준의 고완취미와 단순히 연결지으려는 것은 적절치 않다. 작가에게 있어, 조선 옛것에 대한 미의식은, 단순한 '노스탤지어'의 복고적 취미를 넘어, 현실을 견디고, 과거의 소환을 통해 현실을 돌파해나가는 '전율'[48]을 가능케 하는 '에피파니'의 역할을 하는 것이기 때문이다.[49] 즉 한옥은 '공간적 실천'이 행해지는 현존하는 실체로서, 근대적 공간이 소거시켜버린, '삶의 영역'과 정체성을 보존할 수 있는 공간이다. 돈이 주는 이익 밖에 모르던 정은의 아버지가 고완취미를 가지게 된 후 건축가로서의 정은의 계획을 말없이 지지한다는 점도 의미를 가지는 지점이다. 이처럼 작품 말미로 갈수록, '고완'으로 명명되는 예술 행위는 현실을 극복할 수 있는 균열점으로 제시된다.

이 시점에서 다시금 주목되는 것은 작품 내에서 작가의 또 다른 자아인 정은의 변모이다. 작품 후반에 이르러 정은은 음악가의 길을 버리고, 건축가로서 자신의 진로를 결정한다. 그리고 결국 자신과 결별하고, 다른 가정을 꾸린 어하영을 우연히 만나, 그가 신경 도시 계획에 참여하기 위해 만주로 가게 되었음을 듣는다. 그러자 정은은 하영에게 자신이 그간 행해왔던 계획에 대해 설명하면서, 자신의 계획에 동참할 것을

---

47) 에드워드 렐프가 앞의 책 177-245쪽에서 '장소의 상실'에 대해 논의하면서 언급한 개념이다. 획일적이고 무개성적이며, 기술만능주의에 의해 장소가 그 정체성을 잃고 어떤 의미도 환기하지 못하는 것을 의미한다.

48) 테오도르 아도르노, 『미학이론』, 홍승용 역, 문학과 지성사, 1984, 133-134쪽.

49) 1930년대 전통론과 관련해서 차승기의 논문 「1930년대 후반 전통론 연구- 시간-공간 의식을 중심으로」, 연세대학교 박사학위 논문 2003 참조, 에피파니와 노스탤지어를 적용하는 대상은 본고의 방향과 차이가 있다.

권유한다. 오히려 건축에 관해 구체적인 꿈을 진행해온 것은 정은이었던 셈이다. 게다가 정은은 만주가 아닌, 조선, 서울 근교에 자신의 꿈을 실현시킬 장소를 준비해왔음을 밝힌다. 앞서 정은은 예술가 공동체에 대한 열린 생각을 보여준 바 있다. 따라서 당시 '실용성'이라는 미명 하에 요구되던 획일화된 기계적 공간과는 다른 이상을 펼쳐보일 것이라는 점이 짐작된다. 그리고 『별은 창마다』는 이제 동업자로서, 조선 땅에서 자신들의 계획을 실험해보려는 둘의 모습을 보여주는 것으로 마무리된다. 특히 설계 부분은 하영에게 맡길 것을 말한다는 점에서, 앞서 하영의 문제의식이 실현될 수 있는 기회를 제공받게 된 것이다. 게다가 이들 둘이 이상을 펼칠 곳은 만주가 아닌 조선이 될 것이라는 점도, 주목해야 할 부분이다. 능동적 '공간적 실천'이 전제된 공간이 조선 전통의 미의식과 어떻게 결합될지 이태준은 그 가능성만을 조심스레 제시한 셈이다.

4. 결론

집과 같이 아주 작은 공간에서부터 대도시에 이르기까지, 구획된 공간은 그 안의 인간의 삶과 생각을 지배한다. 특히 근대적 공간이 탄생한 이후, 전통적 공간 안에서와 달리 그 안의 사람들은 다른 의식 세계를 형성할 수 밖에 없었던 것은 당연하다. 조선의 문인들은 근대적 공간이 갖는 양가성을 인식하면서, 공간 구획이 갖는 폭력을 다양한 방식으로 넘어서고자 했다.

온전하게 사적이며 개인의 내밀성이 보장받는 새로운 공간의 탄생은 기존 전통 제도, 사회와의 관계와 절연한 근대적 개인을 탄생시킨다. 이 과정에서 '문화주택'과 같은 주택 개량 움직임이 결부된다면 이는 더욱 가속화될 수 밖에 없으며, 이런 새로운 공간 안에서 개성을 지닌 개인은 『화분』에서의 미란처럼 예술가로 거듭나고 그것을 동력삼아 새로운 '헤테로토피아'를 꿈꿀 수 있게 된다. 물론 『화분』에서의 '푸른 집'과 별장은 한편으로 그곳에 거주하는 인물인 현마, 세란, 단주의 욕망이 들끓는 장소로 파멸의 공간이 되기도 함을 확인 할 수 있었다. 따라서 문화주택의 전형을 지닌 것으로 묘사되는 『화분』의 집들은 그 자체로 한계를 지닐 수 밖에 없었던 것이다.

이태준의 경우 '집'이라는 공간이 갖는 근대적 의미(실용주의, 기능주의)를 적극적으로 수용하면서도 파시즘적 논리에 포섭되지 않는, 주택과 마을의 건설을 꿈꾸는데, 이는 '조선적 미의식'과 연결됨을 확인할 수 있었다. 이 과정에서 '조선적 미의식'은 단순한 노스탤지어가 아니라 장소의 정체성, 나아가 조선의 '혼'을 담는다는 점에서 시대를 넘길 수 있는 힘을 가진 것으로 이해된다. 또한 이들 두 작가가 모두 '집'이라는 작은 공간에서부터 논의를 시작하여, '마을'과 '도시'의 차원으로 생각을 확장하고 있다는 점에서 이 시기 지식인들의 공간 인식의 수준도 가늠할 수 있었다.

이처럼 '집'을 둘러싼 논의는 인간과 관련하여 추상적인 차원을 포함해 구체적인 논의까지 가능하게 한다는 점에서 매우 중요하다 하겠다. 본고에서 논의한 두 작가를 포함하여, 박태원을 비롯, '해방적 공간'에 대한 논의를 담고 있는 다른 작가들의 작품들까지 묶어 계열화하는 것은 추후 과제로 남긴다.

■ 참고문헌

1. 기본 자료

이태준,『별은 창마다』, 깊은샘, 2000.
_____,『청춘무성』, 깊은샘, 2001.

이효석,「공상구락부」,『李孝石 全集』2, 창미사, 2003.
_____,「벽공무한」,『李孝石 全集』5, 창미사, 2003.
_____,「화분」,『李孝石 全集』4, 창미사, 2003.

2. 참고 자료

김명선·심우갑,「1920년대 초『開闢』誌에 등장하는 주택개량론의 성격」,『대한
　　　건축학회논문집 계획계』, 18권 10호 통권 168호, 대한건축학회 2002.
김백영,『지배와 공간』, 문학과 지성사, 2009.
김선재,「근대도시 주택의 변천에 관한 연구」, 서울대 석사학위논문, 1987.
방민호,「이효석과 하얼빈」,『현대소설연구』35, 한국현대소설연구회, 2007.
손종업,『극장과 숲』, 月印, 2000.
연세대학교 국학연구원 편, 김성우,「새로운 도시주택의 형성과 생활의 변화」,『일
　　　제의 식민지배와 일상생활』, 혜안, 2004.
이경아·전봉희,「1920년대 일본의 문화주택에 대한 고찰」,『대한건축학회 논문집
　　　계획계』, 21권 8호, 대한건축학회, 2005. 8.
이관석,『르 코르뷔지에』, 살림, 2006.
이경훈,「하숙방과 행랑방-근대적 주체와 사회적 감수성의 위치에 대한 일 고찰」,『
　　　사회와 역사』, 81집, 한국사회학회, 2009.
_____,「벙커의 건축학 외부의 실내장식」,『상허학보』28, 상허학회, 2009.
이진경,『근대적 시·공간의 탄생』, 푸른숲, 2007개정판.
_____,『근대적 주거공간의 탄생』, 그린비, 2007.
이재봉,「근대 사적 공간과 문학의 내면 공간」,『한국문학논총』, 50집, 한국문학회,
　　　2008.12.
장성규,「이태준 문학에 나타나는 이상적 공동체주의」,『한국문화』38, 서울대학교
　　　규장각한국학연구원, 2006.

정실비, 「이효석 소설의 타자 인식과 모방 양상 연구」, 서울대학교 석사학위 논문, 2008.
정하늬, 「이태준의 〈별은 窓마다〉에 나타난 도시」, 『한국현대문학연구』 28, 한국현대문학회, 2009.
차승기, 「1930년대 후반 전통론 연구- 시간-공간 의식을 중심으로」, 연세대학교 박사학위 논문, 2003.
______, 『반근대적 상상력의 임계들』, 푸른역사, 2009.

Adorno, Theodor W, 홍승용 역, 『미학이론』, 문학과 지성사, 1984.
Dülmen, Richard van., 최윤영 역, 『개인의 발견』, 현실문화연구, 2005.
Relph, E. C., 김덕현·김현주·심승희 역, 『장소와 장소상실』, 논형, 2005.
Watt, Ian P., 이시연·강유나 공역, 『근대 개인주의 신화』, 문학동네, 2004.

■ 국문초록

집과 같이 아주 작은 공간에서부터 대도시에 이르기까지, 구획된 공간은 그 안의 인간의 삶과 생각을 지배한다. 특히 근대적 공간이 탄생한 이후, 전통적 공간 안에서와 달리 그 안의 사람들은 다른 의식 세계를 형성할 수 밖에 없었던 것은 당연하다. 조선의 문인들은 근대적 공간이 갖는 양가성을 인식하면서, 공간 구획이 갖는 폭력을 다양한 방식으로 넘어서고자 했다.

온전히 사적이고 개인의 내밀성이 보장받는 새로운 공간의 탄생은 기존 전통제도, 사회와의 관계와 절연한 근대적 개인을 탄생시킨다. 이 과정에서 '문화주택'과 같은 주택 개량 움직임이 결부된다면 이는 더욱 가속화될 수 밖에 없으며, 이런 새로운 공간 안에서 개성을 지닌 개인은『화분』에서의 미란처럼 예술가로 거듭날 수 있게 된다. 물론『화분』에서의 '푸른 집'과, 별장은 한편으로 그곳에 거주하는 인물인 현마, 세란, 단주의 욕망이 들끓는 장소로 파멸의 공간이 되기도 함을 확인 할 수 있었다. 따라서 문화주택의 전형을 지닌 것으로 묘사되는『화분』의 집들은 그 자체로 한계를 지닐 수 밖에 없었던 것이다.

이태준의 경우 '집'이라는 공간이 갖는 근대적 의미(실용주의, 기능주의)를 적극적으로 수용하면서도 파시즘적 논리에 포섭되지 않는, 주택과 마을의 건설을 꿈꾸는데, 이는 '조선적 미의식'과 연결됨을 확인할 수 있었다. 이 과정에서 '조선적 미의식'은 단순한 노스탤지어가 아니라 장소의 정체성, 나아가 조선의 '혼'을 담는다는 점에서 시대를 넘길 수 있는 힘을 가진 것으로 이해된다.

주제어: 이효석, 이태준, 근대적 공간, 문화주택, 개인의 탄생, 파시즘, 조선적 미의식

■ Abstract

Daydream and idealism of colonial intellectuals, about the formation of 'modern space'.

Kim, Woo-Young

From a very small space, like 'house', to such as cities, very large space, 'compartmentalized space' is dominant, human life and thinking. Especially since the birth of modern space, unlike in traditional spaces, of course, people were forced to form a new sense system. Intellectuals of colonial Korea recognized the ambivalence of 'modern space' so they tried to overcome the violences in 'compartmentalized space' in various ways.

Creation of complete private and personal space, give birth independent modern individuals who insulated existing institutions and societies. In this process, the movement of 'Culture housing(文化住宅)', related 'Improving housing' can only accelerate this situations. Within this new space, individuals with personality, such as 'Mi-ran' in 『Hwa-bun(花粉)』(Lee hyo-seok's novel) will be able to be reborn as an artist. Of course, we could verify that as the space 'Blue House' and 'Villa' in 『Hwa-bun』 are infested ruin of a peoples desire and destroyed thoroughly. Thus, depicted as the epitome of modern houses in the 『Hwa-bun』in the houses not only can have their own limitations.

In the case of 'Lee Tae Jun's, he dreams of the construction of a particular space, 'house' with a modern sense of the space (pragmatism, functionalism), fascism is not subsumed. And we were able to verify it related with 'Aesthetic of Korea'. 'Aesthetics of Korea' has the power to overcome the era, moreover that is not simple nostalgia for the past, but Korea's 'soul', and identity of place.

Key Words: Lee Hyo-seok, Lee Tae Jun, modern space, 'Culture housing', birth of individuals, fascism, 'Aesthetic of Korea'

이 논문은 2010년 11월 12일에 접수되어, 2010년 11월 22일부터 2010년 12월 3일 사이에 이루어진 소정의 심사를 거쳐 2010년 12월 10일 편집회의에서 최종적으로 게재가 확정되었음.

점성(粘性) 자본주의의 확산과
식민지 조선인의 운명

- 최명익의 소설을 대상으로

목 차

1. 자본주의 비판의 새로운 방법
2. '점성 자본주의'의 확산과 '양서류형 인간'의 탄생
3. 독서의 정지와 히스테리의 발생
4. '玄'과 '明' - 사회주의자의 자기 증명
5. 점성 증가와 기차에 결박된 여성
6. 1930년대 식민지 조선인의 운명

강 부 원*

1. 자본주의 비판의 새로운 방법

'자본주의'라는 해묵은 난제를 '최명익'을 통해 다시 한 번 거론하려는 이유는 분명하다. 자본주의의 온갖 폐해들이 여전히 현대 사회의 가장 큰 문제이면서도 해결이 요원해 보이기 때문이다. 식민지 시기 말 발표된 최명익의 소설에는 자본주의의 성격과 그것의 무차별적 확산이 빚어낸 여러 증상이나 예후들이 비교적 선명하게 그려져 있다. 식민지 시기에 고착된 자본주의의 질서가 현재까지 강력한 영향력을 행사하고

있는 한국 사회에서 근대성의 문제를 진단하는 데 있어 최명익의 소설은 일종의 지침서가 되는 셈이다.

그렇지만 현대 사회의 온갖 질병과 모순이 자본주의 때문이라는 지적은 이제 발설하지 않느니만 못한 평범한 진단에 가깝다. 자본주의의 성격과 내용에 대한 정밀한 탐색을 생략하고 자본주의의 해로운 결과만을 나열하는 일은 그다지 생산적이지 못하다. 이는 문제에 대한 답변의 제시라기보다 문제 그 자체에 불가침의 권위를 부여하여 질문을 봉쇄하는 역효과를 일으킨다. 자본주의가 현대 사회에서 발생하는 모든 병폐들의 근원이라는 당연한 사실을 반복하며 말하는 것은 해결이 요원한 과제의 난도를 상기하는 효과는 있을지언정 근본적인 해결책이 될 수는 없다. 오히려 이러한 태도는 자본주의의 태생적 기질과 특성뿐만 아니라 변화무쌍한 자본주의의 끈질긴 생명력을 이해하기 어렵게 만든다.

한국 사회에서 자본주의는 특히 식민지 시기 전기간에 걸쳐 막대한 영향력을 발휘하며 전영역으로 확산되었다. 식민지인들 대부분은 제국의 자본주의 체제에 휩쓸려 들어갔지만, 적극적으로 그 시스템에 적응하여 성공적으로 안착한 식민지인 일부는 식민지 지배 과정에서 발생하는 이익을 제국의 지배층과 분유하기도 했다. 물론 제국에서 발흥하기 시작한 무차별적인 자본주의 공세에 대한 저항의 역사가 한국 사회 근대성의 또 다른 한 축을 견고하게 구성하고 있는 것 역시 분명한 사실이다.

하지만 자본주의의 세례를 곧 근대성의 성취로 이해되게 된 데에는 연유가 있다. 식민지 시기 자본주의는 식민지인들이 품게 된 모더니티의 환상 혹은 그 실현과 밀접한 관련을 맺으며 확대되었기 때문이다. 자본주의 질서가 확대되는 것을 모더니티의 수용으로 이해하면서 자본주의가 만들어내는 새로운 질서와 문화 현상들은 자연스럽게 모더니티의 성취로 받아들여지곤 했다. 이는 자본주의의 확산 과정에서 위협받게 된 식민지인의 정치적 자율성과 제국의 법폭력 문제를 간과하게 만드는 결과를 초래하였다. 실제로 식민지 시기 자본주의의 정착과 수정, 변태 사이에는 법과 제도, 폭력과 정치의 문제가 언제나 가로놓여 있었다.

이 같은 이유 때문인지 많은 수의 근대 연구자들이 식민지 역사와 식민지 근대성의 내용을 말할 때 자본주의의 문제를 빼놓지 않고 지적한다. 이들의 주장과 비판의 근저에 자본주의에 대한 뿌리 깊은 의심이 자리 잡고 있는 것은 분명해 보인다. 그 의심이란 윤리적이지도 인간적이지도 못한 자본주의 질서의 냉혹한 현실에 대한 비판임은 두말할 필요가 없다.

하지만 이는 자본주의가 실현하는 비윤리와 비인간의 문제만을 통해 자본주의를 비판하는 것의 한계를 역설적으로 드러내는 일이기도 하다. 자본주의의 본성에 대한 성찰 부재에 따른 무기력한 대응은 오히려 자본의 역능만을 강화하는 결과를 낳을 우려가 있다. 즉, 자본주의의 문제에 대한 이해는 자본을 만능화한 현상의 결과로써가 아닌 자본주의의 본래적 성격-끊임없이 요동치며 변화하는 과정을 겪으면서 끈질기게 살아남아 인간을 지배하고 있는 찰거머리와 같은-을 파악하는 것이 선행되어야 한다.

과연 근대 자본주의 사회는 안정적이고 고정된 고체의 세계가 아니라 유동하며 끊임없이 변화하는 액체성을 특징으로 하는 세계이다.[1] 최명익은 여기서 말하는 근대 자본주의의 불확정적이면서도 변화무쌍한 액체성을 이미 일찍이 '점성(粘性)'으로 간파하고 있었다. '점성(viscosity)'은 일반적으로 "차지고 끈끈한 성질"을 말하는 것으로 더 자세하게는 "끈끈함 혹은 유체나 기체의 흐름에 대한 내부저항으로 간주되고 유체의 흐름에 대한 저항의 척도"로 설명되기도 한다.[2] 다시 말해 '점성'은 고정된 형태를 취하지 않으면서 대상의 모양과 성질을 본래적

---

1) 지그문트 바우만, 이일수 옮김, 『액체근대』, 강, 2009.
2) 『두산세계대백과사전』(2010년판), 두산동아 참고.

저항의 정도로 모방하는 끈적끈적한 성질을 말하는 것이다. 저항을 통해 자신의 성질을 유지하면서도 환경과 대상에 따라 기민하게 유동하여 형태를 변화하는 정도가 '점성'의 의미라면 '점성'이야말로 자본주의의 가장 핵심적이고 본래적인 성격이라고 말할 수 있겠다.[3)]

최명익은 이러한 식민지 시기 말 자본주의의의 성격과 내용을 질척한 세계와 점액질의 인간들로 재현해낸 작가였다. 점성 자본주의의 확산에 길항하거나 때로는 순응할 때 드러나는 식민지 조선인들의 삶의 변화를 살펴보는 데 있어 최명익의 소설[4)]은 최적의 텍스트로 기능한다. 최명익의 소설이야말로 바로 점성 자본주의가 가져올 식민지 조선인의 운명에 대한 일종의 예언서인 셈이다.

그러나 예상과는 달리 최명익에 대한 당대 문단의 평가는 상당히 부정적이었다. 임화는 「심문」을 평하는 자리에서 "한 시대의 지적 분위기를 재현시키는 데는 성공한 작품이지만 그것은 어떠한 새로운 해석이 없는 구시대의 연장으로 조선 문학 정신의 한 주변부임을 면치 못하고 있"다고 말했다.[5)] 한편 김남천은 최명익에 대해 "프로문학 전성기에 작품 활동을 시작하여 쇠퇴의 과정을 지켜보면서 본격화한 소설가로 어느 작가보다도 복잡하고 풍요한 사조의 변천을 경험한 소설가임에도 불구하고 그의 작품에서는 이러한 사조의 변천을 완전히 자기 자신의 문제로 처리하지 못했다"고 평하기도 했다.[6)]

이처럼 당대의 가혹한 평가의 주된 원인으로는 최명익이 누구보다

---

3) 끈적끈적한 자본주의의 본성과 점성질의 도시 문화에 대한 언급들은 마이크 새비지, 앨런 와드, 『자본주의 도시와 근대성』, 한울, 1996; 한금윤, 『모던의 욕망 일상의 비애』, 프로네시스, 2006 등에서도 발견된다.

4) 최명익은 1930년대 후반부터 1940년대 초까지 총 일곱 편의 소설을 발표한다. 「비오는 길」(『조광』, 1936. 5~6.), 「무성격자」(『조광』, 1937. 9.), 「역설」(『여성』, 1938. 2~3.), 「폐어인」(『조선일보』, 1938. 2. 5~25.), 「봄과 신작로」(『조광』, 1939. 1.), 「심문」(『문장』, 1939. 6.), 「장삼이사」(『문장』, 1941. 4.)가 이에 해당한다.

5) 임화, 「창작계의 일년」, 『조광』, 1939. 12.

6) 김남천, 「신진 소설가의 작품 세계」, 『인문평론』, 1940. 1.

강한 자의식을 가진 작가이면서 특정한 사상에 경도되지 않고 당시 식민지 조선의 근대성에 양가적인 입장을 취했기 때문인 것으로 보인다.7) 발달된 자의식을 소유한 최명익에게 식민지의 자본주의와 모더니티는 섣부르게 받아들이거나 무턱대고 거부할 수도 없는 복잡한 성질의 것이었음이 분명하다.8)

실제로 산업 자본주의의 발달 수준에 따라 모더니티의 지층이 핵심적으로 결정되었던 일반적인 서구의 사례와는 달리 한국의 자본주의는 식민지 시기 미디어와 법, 지식을 통해 (비)동시적으로 전달되고 운용되면서 식민지인의 삶과 운명 속에 모더니티라는 중독된 과제를 심어놓는 형태로 발달하게 되었다. 더욱이 1930년 말의 식민지 조선의 상황은 자본주의와 모더니티에 대한 평가 자체를 저어하게 하는 국면의 연속이기도 했다.9)

---

7) 박진영, 「근대를 살아가는 지식인의 내면세계: 최명익 소설을 중심으로」, 『우리어문연구』 20호, 우리어문학회, 2003; 임병권, 「한국 모더니즘 소설의 양가성 연구」, 서강대학교 박사학위논문, 2001 참조.

8) 최명익에 대한 최근의 연구 중 상당수가 자본주의와 모더니티에 대해 양가적 태도를 취하고 있다는 사실을 동시적으로 밝히는 글이라는 사실을 감안할 때 박수현의 비판은 주목을 끈다. 박수현은 최근의 연구들이 최명익의 소설을 검토할 때 작품의 내적 이해보다 시대적 정황만을 과도하게 고려하는 경향이 있으며 양가감정이라는 용어 역시 명확한 의미 규정 없이 남발하고 있을 뿐 최명익의 내적 분열의 근본적인 원인에 대한 심도 깊은 해명은 찾아보기 어렵다고 지적한다.(박수현, 「에로스/타나토스 간(間) '내적 분열'의 양상과 그 의미」, 『현대문학의 연구』 37집, 한국문학연구학회, 2009.)

9) "1930년대 후반에 들어서자 마자 구체적으로는 중일전쟁을 전후로 해서 한국 근대문학은 갑작스레 그 흐름을 달리한다. 당대의 뒤틀린 자본주의적 현실을 신랄하게 비판하거나 또는 생산의 공공성과 소유의 사적 성격이라는 모순에 의해 지탱되는 자본주의에 대한 적극적인 극복 의지를 내세우던 일련의 이념적 지향이 현저히 약화된다. 주요 비평 용어도 '사실의 인식' 혹은 '미적 주체의 정립' 등으로 변모하고, 노동자·농민이라는 계급성을 지닌 적극적인 주인공이 소설에서 사라지며, 도구적 합리성을 비판하기 위해 노트를 들고 거리를 산보하는 고현학자 또는 산책자도 소설의 표면에서 슬그머니 모습을 감춘다. 그런데 주목할 것은 이러한 변모가 아무런 예비동작도 없이 이루어졌다는 것이다. 즉, 30년대 후반의 문학적 지형도는 자신의 한계를 뼈저리게 깨닫고 새로운 인식적 지평으로 나아가는 데서 형성된 것이 아니라, 당대 작가 스스로

164

이 같은 상황을 고려한다면 최명익에 대한 많은 연구의 초점이 상당 부분 작가 개인의 의식이나 창작방법론 자체에 쏠려 있다는 사실도 자연스럽게 이해된다. 실제로 초창기의 연구 대부분을 비롯하여 현재에 이르기까지의 최명익에 대한 연구는 남다르게 밀도 높은 작가의 자의식을 살피거나 '심리주의'라는 소설 창작의 방법론을 집중적으로 검토하는 결과들을 내놓는 작업[10]에 한정되어 있었다.

하지만 최근들어 최명익 연구를 살펴보면 뚜렷한 변화를 감지할 수 있다. 최명익이 소설의 주요한 장치로 활용하고 있는 '평양'이라는 공간의 로컬리티를 식민지의 독특한 장소성과 결합하여 해명[11]하거나 '기차'과 '신문'으로 대표되는 식민지의 교통과 미디어를 작품 이해의 핵심적인 고리로 내세워 작가의 자본주의에 대한 비판 의식이나 식민지 모더니티에 대한 감각 따위를 측정하는 방식[12]이 그렇다. 또한 식민지 시기 말 속물의 세계로 침잠하여 동물화하고 있는 인물들의 변화 양상에 초점을 맞춰 자본주의 질서에 전면적으로 포획되고 있는 식민지인들의 신경증이나 거부 반응을 살피는 연구 성과들[13]도 계속적으로 제

가 무엇이 올바르고 그런지에 대한 명확한 인식을 갖지 못한 상태에서 비롯된 것이라고 할 수 있다."(류보선, 「환멸과 반성, 혹은 1930년대 후반기 문학이 다다른 자리」, 『민족문학사연구』 4집, 민족문학사연구소, 1993.)

10) 차혜영, 「최명익 소설의 양식적 특성과 그 의미」, 『한국문학논집』 제25집, 한양대학교 한국학연구소, 1994; 유철상, 「최명익의 '무성격자'에 나타난 기술로서의 심리묘사」, 『한국현대문학연구』 10집, 한국현대문학회, 2001; 이주미, 「최명익 소설에 나타난 환상과 현실의 관계 양상 연구」, 『한민족문화연구』, 한민족문화학회, 2002; 정현숙, 「최명익 소설에 나타난 은유」, 『어문연구』 121호, 한국어문교육연구회, 2004; 윤애경, 「최명익 심리소설의 서술 방식과 현실 인식 양상」, 『현대문학이론연구』 24권, 현대문학이론학회, 2005.

11) 정종현, 「한국 근대소설과 '평양'이라는 로컬리티」, 『사이』 4권, 국제한국문학문화학회, 2009.

12) 주민재, 「속도, 부유하는 주체 그리고 환멸의 끝자락-근대에 대한 미학적 대응에 관하여」, 『한국근대문학연구』 제14호, 한국근대문학회, 2006.

13) 이은선, 『모더니즘 소설의 체제 비판 양상 연구』, 이화여대 석사학위논문, 2008.

출되고 있는 실정이다.

최명익 소설에 대한 연구 방법의 질적 변화는 최명익을 통해 식민지 자본주의와 모더니티 인식의 최종적 국면을 살필 수 있다는 어떤 확신을 바탕으로 진행되고 있는 것이라고 말할 수도 있겠다. 또한 이는 식민지 시기 말의 자본주의적 질서에 여전히 긴박되어 있는 한국 사회의 문제를 진단할 수 있는 단서가 최명익을 통해 재발견될 수 있으리라는 암시 역시 강하게 내포하고 있음은 물론이다.

2. '점성 자본주의'의 확산과 '양서류형 인간'의 탄생

「비 오는 길」14)의 '병일'은 "성문 밖"의 "신흥 상공 도시"의 "공장"에서 일하는 노동자이다. '병일'이 자신의 집에서 그 공장에까지 가기 위해서는 "부행정 구역도"의 "좁은 비탈길"을 걸어가야 한다. 이 "길"은 "봄이면 얼음 풀린 물" 때문에 "질"었으며, "여름이면 장마 물이 그 좁은 길을 개천 삼아" 흐르기까지 했다. 더구나 길을 걷다 조금만 정신을 놓쳐도 "반드시 영양 불량 상태인 아이들의 똥을 밟"게 되는 질척한 길이다. 이 길을 걷다보면 아무리 조심을 하게 되더라도 "자신이 아끼는 구두 콧등을 여지없이 망쳐버리"게 된다.

또한 이 길 주변으로는 "빈민굴"이 모여 있어 "동편 집들의 변소 수 덩에서 어정거리는 개들과, 서편 집들의 부엌에서 행길로 뜨물을 내쏟는 안질 난 여인들"을 보는 건 어려운 일이 아니다. "이 골목에, 간혹 들어박힌 고가의 기왓장에 버짐같이 돋친 이끼가 아침이슬에 젖어 초록빛을 보이는" 것으로 봄이 왔음을 알게 되는 그런 길이다. "이 골목

---

14) 최명익, 「비 오는 길」, 『조광』, 1936. 5~6.

을 지나가면 갓 닦아 놓은 넓은 길이 나오지만 그곳도 아직 시가다운 시가를 이루지 못"한 것은 마찬가지다. 그곳엔 아직도 집이 채 들어서지 않았으며 "시탄 장사, 장목 장사, 옹기 노점, 시멘트로 만드는 토관 제조장 등"의 장사터가 예전 모양으로 그대로 남아 있었다.

"각기병" 때문에 다리가 좋지 않은 '병일'에게 이 길은 "걷기 힘든 길"이었다. 하지만 '병일'은 "이 년" 동안이나 줄곧 이 길을 걸어 다녔다. "성문 안"에 "신작로의 수직선으로 뚫린 시가"가 있지만 '병일'은 그 길로 공장엘 가지 않고 성문 밖의 길로만 다니곤 한다. 성문 안의 도시는 그저 지나가는 길에 멀찍이 바라다 보이는 풍경에 지나지 않는다.

「비 오는 길」의 초두를 장식하는 '질척한 길'에 대한 장황한 묘사는 주인공 '병일'이 처한 상황과 조건뿐만 아니라 1930년대 식민지 조선의 변화하는 도시에 대한 작가의 감각을 드러내 준다는 점에서 의미가 있다. 예를 들어, "각기병" 때문에라도 그렇게 걷기 힘든 길을 걸어 출근한 '병일'은 취직한 이후 이 년 동안이나 줄곧 "신원보증인"을 얻지 못해 마음이 불편하다. 이 때문에 '병일'은 "소사와 급사와 서사의 일을 한 몸으로 치르고 난 뒤에도" '주인'으로부터 "의심"과 "감시"의 눈초리를 받는 형편이다. "매일 저녁마다 병일이가 장부의 시재를 적어 놓으면 주인은 금고의 현금을 세"고 그것이 정확히 맞아떨어진 뒤에야 하루 일과는 끝이 난다. 몹시 피곤하고 위태로운 일상이다.

그런데 자신을 믿지 못하는 '주인'을 대하는 '병일'의 태도는 다소 양가적인 면이 있다. "신원보증인"을 구해오지 못했음에도 불구하고 자신을 고용해 일을 시켜준다는 사실에 고마움과 미안함을 느끼면서도 탐욕스럽고 의심 많은 '주인'에게 갖는 원망과 반감 역시 만만찮다. 어느 때는 이런 주인을 마음속으로 경멸하면서 쾌감을 맛보기까지 한다. 하지만 근본적으로 해소되지 않는 불쾌감은 늘 찜찜하게 마음 속에 남아 '병일'을 불편하게 한다.

이런 상황에서 피곤한 하루를 마치게 될 때쯤 '병일'은 "신경에서

헛구역의 충동"을 느끼기까지 한다. 그러다가 "눈앞의 성문 구멍"으로 보이는 "휘황한 전등의 시가를 바라보면 십 만! 이십 만! 이라는 놀라운 인구의 숫자"를 생각하며 경탄하기도 한다. "모다 지네 일이 분명한 사람들"이 거니는 도심의 "신작로"에서 "매일 같이 오가는 사람이 있어도 언제나 그들은 노방의 타인"에 불과하다.

신원을 보증할 방편이 마련되지 않은 개인(노동자)은 근대적 자본주의 사회에서 불편을 감수하면서 살아야 하는 존재이다. '병일'에게 가해지는 '주인'의 의심은 생활화되어 있으며 '병일'은 그것을 인정하면서도 경멸하는 태도를 동시적으로 취함으로써 팽팽한 긴장의 균형을 유지하며 일상을 지속시켜 나간다. 하지만 그 일상을 지속 가능하게 하는 물질적인 경로, 즉 '길'에 대한 묘사에서도 드러나듯 그것은 매우 질척하고 끈적한 느낌이며 쉽게 무시하거나 떨쳐낼 수도 없는 점액질의 성질을 띠고 있다. 게다가 그 '길'에는 척척하고 음습한 기운을 더욱 조장하는 '비'마저 내리고 있다.

자본주의적 질서로 변화하여 조형되고 있는 근대 도시 공간의 성격은 이처럼 말끔하지 않다. 계획적으로 구축된 도심의 신작로와 단정된 시내 상점가의 모습은 근대 도시의 국소한 일부만을 전시한다. 실제로 근대 도시의 자본주의적 질서의 구동을 실질적으로 가능하게 하는 노동자를 비롯한 하층민들이 위치하는 공간은 부도심, 곧 도시의 경계이다. 그런데 도시의 외곽이자 변방이라 할 수 있는 이곳은 오히려 자본주의적 근대 질서가 더욱 강조되며 그 분위기나 지향이 거주민들에게 내면화되는 공간이기도 하다.15) 중심을 모방하고 따라잡으려는 반주변부의 모방 욕망은 전면화 된 제도와 기반을 갖추지 못한 상황에서도 그 영향력을 폭발적으로 발휘하게 만든다.16) 즉, '비 오는 거리'라는 도시

---

15) 반주변부 도시의 식민성과 반식민성에 대해서는 다카사키 소지, 이규수 옮김, 『식민지 조선의 일본인들』, 역사비평사, 2006, 5, 6, 7장을 참고할 것.

16) 식민주의의 내면화와 그에 따른 내부 식민지의 성격과 작동 방식에 대해서는 이혜

의 외곽에서 살아가는 사람들은 거의 모두 도시의 중심으로 편입되기를 바란다. 이는 속물적인 수준에서 학습된 자본주의적 지식을 맹신하며 자신의 삶의 방향을 지속적으로 조율하는 형태로 표출된다.

이는 '비'를 피하기 위해 잠시 들른 처마 밑에서 '병일'이 발견한 사진관의 주인 '이칠성'을 통해 단적으로 드러난다. '이칠성'은 "끈적이는 땀방울"을 "쭉쭉 흘려가며" "뚱뚱한 배"를 드러내놓고 저녁마다 늘 술을 마신다. '이칠성'은 "구렁이가 현신을 했다"는 이야기를 전하며 "올여름에 탕수가 날" 것을 예감하기도 하는 미신의 신봉자이기도 하며, 철저하게 속물적인 태도로 '병일'에게 온갖 생활 경험으로 터득한 자본주의적 지식을 전달하고 그것을 따를 것을 종용하기도 하는 자본주의의 전도사이기도 하다.

'병일'은 그런 '그'가 "불쾌"하고 "역"하다. 종래에 '병일'은 집으로 돌아가는 길에 그를 "청개구리 뱃가죽 같은 놈!"이라고 경멸하며 "선뜻선뜻하고 번질번질한 청개구리의 찬 뱃가죽을 핥은 듯이 입안에 께끔한 침이 돌아서 발걸음마다 침을 뱉"기까지 한다. 하지만 '병일'은 퇴근길에 종종 그 사진관에 들러 '칠성'과 마주하며 그에게 술을 권하기도 한다. '비 오는 거리'에서 "쇼윈도"와 "문등"을 발견한 처음의 호기심과 같이 "어떤 유혹에 끌린 듯이" '병일'은 반복적으로 사진관을 찾게 된다. 어느새 사진관 주인 '이칠성'을 만나는 일은 "변화 없는 생활의 코스"의 또 다른 일부가 되었다. 그런 날이 지속되면서 어느 날인가는 '내게는 청개구리 뱃가죽 만한 탄력도 없고 의액이 풀잎 같은 청기도 날카로움도 없지 않은가?'하는 고민에 불면의 밤을 보내기도 한다.

한편 '이칠성'을 만나면서 '병일'은 유일한 취미이자 생활의 일부였던 "독서"를 지속하지 못하게 된다. 사실 책을 사서 모으고 보는 것이 '병일'의 소비 생활과 취미 생활에 있어 가장 큰 부분을 차지하는 일이

령, 「식민주의의 내면화와 내부 식민지 : 1920~30년대 소설의 섹슈얼리티, 젠더, 계급」, 『상허학보』 8집, 2002.

었다. 급기야 '이칠성'에게 책값을 아껴 돈을 모으라는 설교를 듣게 되자 '병일'은 "내 생활을 위하여 몰두하는 시간을 가져보겠다는 것이 나의 독서"라고 강변하고 싶었지만 실제로는 그러지 못하고 "나도 책 사는 돈으로 저금이나 할까?"하는 실없는 농담과 함께 "십 년 후의 천 원을 미리 기뻐하며" 건배를 하고 만다. '병일'에게 '이칠성'의 충고는 "문어의 흡반"과 같이 억세고 강렬하게 느껴지는 것이 사실이었다. 이처럼 '이칠성'과의 접촉은 물신화된 자본주의에 대해 '병일'이 품고 있던 기존의 비판적 태도에 균열이 발생하는 계기가 되기도 한다.

하지만 이때부터 자신을 "사랑해달라"던 사진사 '이칠성'을 의식적으로 피하게 된 '병일'은 며칠 후에 "평양에 장질부사가 유행하여 사망자가 다수"라는 신문 기사를 보다가 사망자 명단에 올라있는 '이칠성'이라는 이름을 확인하게 된다. '병일'은 일말의 "허전함"을 느끼기도 하지만 그를 "조상할 길"은 없었다. "노방의 타인은 언제까지나 노방의 타인이기를 바라"며 "더욱 독서에 강행군을 하리라고 계획하고 그 길을 걸"으며 소설은 끝이 난다.

사진사 '이칠성'은 자본주의의 속물적 욕망을 적극적으로 실현하는 존재이다. 이런 '이칠성'은 '병일'에게 자본주의 근대 도시에서 끈질기게 살아남는 "청개구리"라는 양서류로 보일 수밖에 없다. 양서류는 물과 뭍에서 모두 호흡을 하며 생존할 수 있지만 피부의 점액질이 마르면 결국 죽게 된다. 그래서 양서류는 물 밖에 나와서도 어둡고 질척한 습지에서만 머물러야 자신의 점성을 유지할 수 있는 공간에서만 살아 갈 수 있다.

도시 중심부에 설비된 매끈한 신작로와 화사한 불빛으로 정돈된 상점가에서는 '양서류형 인간'이 살아갈 수 없다. 왜냐하면 그곳에는 알맞은 습도가 유지될 수 없기 때문이다. 오직 '비 오는 길'이나 도시 외곽의 질척한 길에서만 '양서류형 인간'은 자신의 생존을 유지할 수 있다. 양서류는 물 밖에서도 살아갈 수 있는 능력을 가지고 있지만 축축함이

유지되지 않는 상황에서 오랜 시간을 버텨내기 힘들다. '이칠성'이 자본주의의 속물적 욕망을 점차적으로 가속화시켰을 때 근대적 자본주의 도시의 보이지 않는 힘은 '양서류형 인간'을 더 이상 생존 불가능하게 만든다. 주변부의 축축한 땅에서 살아가는 것에 만족치 않고 중심부로 침투할 욕망을 표면적으로 과시하는 순간 '이칠성'은 죽었다.

산업 자본주의의 전파 경로와 마찬가지로 "장질부사"의 전파 경로 역시 분명한 것은 아니다. 하지만 자본주의의 점성과 같이 치명적인 전달력을 가지고 있는 "장질부사"라는 균과 질병은 그 전파 경로 주변에 정주하거나 배회하는 인간들을 반드시 범한다. 자본주의의 전파 경로는 질병의 증상을 통해 그 흔적을 선명하게 드러낼 뿐이다. 축축하고 음습한 구역일수록 '균-질병'의 전파력이 더욱 빠르고 강력하다는 사실이 상식에 속한다고 할 때 질척한 변두리 빈민촌에서의 전염병 사망률이 도시 중심부와는 비교가 되지 않을 것이라는 사실은 쉽게 알 수 있다. 그래서 「비 오는 길」의 "장질부사"는 자본주의에 기생하거나 매혹된 '양서류형 인간'들을 단시간 내에 모조리 죽일 수도 있는 질병17)에 해당한다.

다만 '이칠성'의 죽음이 실제로 목격되지 않고 '신문'이라는 미디어에 의해 중계되고 확정되고 있다는 사실은 1930년대 식민지 조선 사회에서 자본주의가 어떤 배급망을 이용하여 전달되는지를 가늠할 수 있게 해주는 근거가 될 수는 있겠다. 최명익 소설에 등장하는 교통과 신문, 편지가 계속적으로 죽음을 중계하는 기능을 수행하는 장면을 목격할 때 미디어는 곧 근대 자본의 질서를 시현하고 전시하며 보이지 않는 경계를 넘어서려는 자들이 살처분 된 결과까지 고지하는 역할을 담당

---

17) 수전 손택, 이재원 옮김, 『은유로서의 질병』, 이후, 2002.에 의하면 질병의 고통과 공포는 사회적인 낙인과 은유를 통해 전달되거나 확대되기도 하는데 「비오는 길」의 "장질부사"는 죽음에 대한 공포는 물론 외부에서의 침입(외래 전염병)과 경계 자체의 무력함을 속절없이 떠오르게 한다는 점에서 손택의 개념보다 한 차원 높은 질병의 은유로 볼 수 있다.

하고 있었다.

‘균-질병’의 흐름을 통제할 수 있는 방법은 전파 경로를 차단하고 모조리 소각하는 한에서 가능하다. 하지만 소각은 건조를 의미하고 ‘양서류형 인간’들이 살아가는 질척한 거리를 메마르게 만든다. 이미 어두운 도시 변두리 거리의 축축함이 삶의 필수 조건이 되어버린 ‘양서류형 인간’들은 점성 자본주의를 은유하는 질병인 “장질부사”의 영향력 아래서 놓여날 방법이 없다.18)

또한 양서류가 생존하기 위해 자신의 피부를 덮고 있는 끈적끈적한 점액은 근대 도시 자본주의의 성격과 유혹이 어떤 성질인지를 보여준다. 매혹의 정체는 반주변부의 인간들에게 점액질로 덧씌워진다. 양서류 살갗의 점액은 불쾌하고 역한 느낌을 주지만 생존의 필수적 요건이 되는 한에서 가혹한 운명이기도 한 셈이다. 자본주의 질서에 발을 들여놓거나 그 지식의 일부만을 습득하게 되어도 일순간 ‘개구리’가 되어버리는 하층민의 삶을 알레고리로 재현하고 있다는 점에서 「비 오는 길」은 식민지 조선에서 쓰일 수 있는 가장 강도 높은 ‘식민지 서사’의 일종이 된다.

자본주의의 덫은 도처에 도사리고 있으며 그것이 추동하는 욕망은 누구에게나 균등하게 배분되어 있다. ‘공장 주인’이나 ‘이칠성’에게 양가적인 감정을 느끼는 ‘병일’이 그 덫에 걸리지 않기 위해 감정을 제어하고 조절하는 방법은 바로 ‘독서’였다.19) 독서에 몰두하는 생활을 통해 자본주의에 휩쓸리지 않겠다고 스스로 선언하는 삶은 그 의표적 행위만큼이나 고상한 일이지만 독서가 지속 불가능한 상황에 처해졌을 때 그것의 허망함은 대번에 드러나게 된다.

---

18) 이경훈, 『이상, 철천의 수사학』, 소명, 2000을 보면 결핵이나 매독과 같은 식민지인들의 질병은 단순한 육체적 증상만이 아닌 사회 병리 현상으로서 개인의 정신과 육체 모두를 병들게 하고 죽음으로까지 몰고 가는 원인으로 지목된다.

19) 식민지 시기 지식인의 독서와 교양, 지식 습득에 관해서는 천정환, 『근대의 책읽기』, 푸른역사, 2003을 참고할 것.

자기 의지가 확고하지 않은 상태에서 '독서'라는 취미 활동을 타인에게 발설하였을 때, 독서의 대체 가치는 곧바로 금전적으로 환산된다. 그것은 분명 자신의 의지와 정체성을 모욕하는 말이었지만 '병일'은 그 말을 듣고서도 쉽사리 화를 내거나 반박하지 못한다. 다만 '이칠성'의 죽음을 전해들은 뒤 '병일'이 독서 의지를 재차 강박적으로 다짐하는 장면을 통해 식민지 조선에서 독서가 표상하는 자본주의의 대타적 기능을 짐작해 볼 수 있다. 또한 자기 선언으로서 실행되고 있던 독서가 정지될 때 나타나게 될 식민지인의 운명도 어느 정도 예감케 한다.

3. 독서의 정지와 히스테리의 발생

「무성격자」[20]에는 "독서"의 취미를 중지하고 책 자체를 회의적인 시선으로 바라보는 주인공 '정일'이 등장한다. 도시에 살고 있는 '정일'은 아버지가 위독하니 "급행"을 타고 귀향을 서두르라는 고향집의 "전보"를 받는다. 하지만 이 도시에는 '정일'이 돌봐야 할 또 한 명의 환자가 있다. 동경 유학 시절의 친구 '운학'에게 소개받은 사촌 여동생 '문주'이다. '문주'는 자신을 두고 고향집에 다녀온다는 '정일'에게 특유의 히스테리를 표현하며 '정일'의 마음을 괴롭혔다. 그런 '문주'를 바라보는 '정일' 역시도 "여름날 썩은 물에 북질북질 끓어오르는 투명치 못한 물거품같이" 마음이 불편하긴 마찬가지였다.

하지만 '정일'이 정작 "두 번의 급행전보"가 올 때까지 고향집으로 내려가지 못한 이유는 따로 있었다. 고향집에는 번듯이 "아내"가 기다리고 있었으며, "소용할 돈도 제대로 마련하지 못하는" 아들의 도시에서의 교원 생활에 불만을 품고 있는 아버지 '만수노인'과 '만수노인'의

---

20) 최명익, 「무성격자」, 『조광』, 1937. 9.

"서사 겸 비서"로 일하다 그의 사위가 되어 더욱 집안의 사업과 경제 생활에 깊게 관여하고 구체적인 성과물도 내놓고 있는 '용팔이"가 있기 때문이었다.

게다가 '문주'는 두 달 전에도 자신을 데리고 고향집에 다녀와 달라는 투정을 부린 적이 있던 참이었는데 이번에도 마찬가지로 간호부로 위장하여 자신을 대동하라는 농담인지 진담인지 종잡을 수 없는 말을 늘어놓고 '정일'의 반응을 지켜보고 있는 상황이다.

'정일'은 "문주의 각혈과 그 히스테리한 웃음"을 뒤로 하고 "급행"을 타고 고향으로 내려갈 준비를 한다. '문주'는 'k역'까지 '정일'을 배웅하였다. 'k역'에서 '문주'는 다시 '상행선'을 타고 올라갈 것이다. '정일'은 "플랫폼"에서 기차를 기다리며 끊임없이 시계를 들여다본다. "삼 분도 안되는 동안에 여러 번 시계를 꺼내" 본다. 이런 '정일'의 행동을 지켜보는 '문주'는 또 "히스테릭한 웃음소리"를 내며 '정일'을 조롱하며 떠나보낸다. 실제로 '정일'은 한 순간이라도 빨리 '문주'와 떨어져 속히 떠나고 싶은 마음에 시계를 자주 꺼내 본 것이다.

'문주'가 탄 기차가 사라지자 '정일'은 "문주의 기억까지도 보낸 것 같이 머릿속은 터엉 빈 듯 하였다. 그러나 터엉 빈 듯한 머리는 지금까지의 생각이 잠들어서 갑자기 게을러진 자기의 뇌장의 무게를 느끼게 되는 듯이 무거웠던 것이다." 이에 '정일'은 기차의 창문을 열고 바람을 쐬고 과거의 상념에 빠지게 된다. "불과 삼 사년 전의 대학시대(학생시대)"를 떠올리며 "아까운 시절"이었다며 자신의 현재 처지를 한탄한다. 외아들이라는 자신의 조건과 만족스럽지 못한 교원 생활 때문에 독서도 끊고 퇴폐와 향락에 빠져 지내는 자신의 삶을 돌아보며 답답함을 느낀다.

유학 생활과 교원 생활은 '정일'에게 "술에 부른 지방 덩어리인 몸"만을 남겼다. 사실 그전까지 '정일'은 독서의 취미가 남달랐던 사람이었다. '정일'에게 "서가는 땀과 피의 입체인 피라미드나 만리장성의 위관을 보는 듯한 숭엄함과 기쁨을 느끼"게 해주는 대상이었다. 그리하여 "자기도 이 문화탑에 한 돌을 쌓아 보겠다는 야심을 가졌"던 적이 있었다. 하지만 지금은 어느덧 "술에 목마른 현상"인 듯 "알코올 중독자"가 되어 독서에도 권태를 느끼고 색욕에만 빠져 삶의 의미를 상실하고 말게 된 것이다.

"급행" 열차 안에서 이러한 반성과 상념을 반복하면서 도착한 고향 집이었다. 아버지의 상태는 심각했다. 아버지는 임종이 가까워 오면서 계속해서 "갈증"을 호소하고 "물"을 재촉했다. 하지만 '물'은 더 이상 아버지의 육체에 흡수되지 못하고 계속 토해내졌다. '아버지'의 요구를 무시하지 않으면서 생명을 연장할 수 있는 방편으로는 "항문에 영양분과 물"을 주사하는 방법밖에 도리가 없었다. 그럼에도 불구하고 아버지는 "심한 구토를 한 후부터 한 방울 물도 먹지 못하고 혓바닥을 축이는 것만으로도 심한 구역"을 하면서도 "물을 보기라도 하겠"다며 병상 한편에 "큰 물그릇"을 놓게 한다.

이런 상황에서도 아버지의 사업을 담당하는 '용팔이'는 재산의 분할과 정리를 용이하게 처리하는 의연하고 냉정한 태도를 보여준다. '정일'은 이런 '용팔이'를 혐오하면서도 그의 의젓한 태도가 내심 부럽고 존경스럽기도 한 양가적인 감정을 느낀다. 결국 아버지는 "항문으로 부어 넣은 영양물이 조금도 흡수되지 않고 도로 나오는" 상황을 반복하다 죽게 되고, 그와 동시에 '문주'가 죽었다는 "전보"가 집으로 도착하게 된다.

「무성격자」에서도 역시 점성 자본주의의 질서에 포획되어 생존 방식이 결정된 '양서류형 인간'이 등장한다. 그는 바로 '정일'의 아버지인 '만수노인'이다. 하지만 「무성격자」가 「비 오는 날」과 다른 점은 이러한 '양서류형 인간'이 고사(枯死)하는 과정이 전면적으로 노출되고 있다는 사실이다. 끊임없이 "물"을 요구하는 '아버지'는 점액질이 마르면 곧 죽게 되는 '양서류형 인간'의 전형을 보여준다. '아버지'의 생존을 지속시키기 위해 "항문"에 "영양분과 물"을 주사하는 고육책을 써보지만 이미

시효가 소멸된 양서류의 점액질을 보충할 수는 없었다. "의사의 처방과 수술, 신약"보다 오직 "물"만을 요구하는 아버지의 태도는 '양서류형 인간'이 죽기 직전까지도 점액질성의 끈적끈적한 자본의 성질을 끝내 내버리지 못하는 비극적인 모습을 떠올리게 한다.

그런 '아버지'에게 "대학 공부" 값을 못하는 아들 '정일'은 못마땅할 수밖에 없다. 왜냐하면 '아버지'에게 유학과 대학 교육은 모두 환금 가능한 지표로 드러나는 결과물이어야 했기 때문이다. 임종 직전까지도 아들에게 고향집으로 내려와서 사업을 맡으라고 채근하는 '아버지'는 전면화 된 자본의 논리에 흡수된 식민지 조선인의 도덕-욕망을 보여준다. '만수노인'이 유일하게 신봉하는 도덕은 가문의 경제적 번창을 아들이 성공적으로 계승하는 일과 관련되어 있다.

또한 아들 '정일' 역시 이 같은 아버지의 도덕-욕망을 무성격한 듯 따른다. 물론 잠깐 동안 고민하는 모습을 내보이긴 한다. 자신의 선택에 따라 정리될 여러 관계와 떠맡아야 할 임무 등을 떠올리며 그것 사이의 가치와 이익을 계량화하여 판단하는 수준의 고민이다. '무성격자'의 선택은 자연스럽게 양서류의 삶을 이어가는 쪽으로 정해진다. 이러한 선택을 하기까지 표면적으로 내세울 변명거리는 충분했다. 왜냐하면 전통적 가족 관계에서 '孝'가 결정적으로 가시성을 띠며 절정의 장면으로 재현되는 순간은 바로 '부모의 임종' 때이기 때문이다. 아버지의 임종은 '정일'에게 '家'를 이어받겠다는 '무성격'적 선택을 변명하는 좋은 근거가 된다. 결국 '정일'은 '문주'의 죽음을 "전보"로 전달받은 뒤, 다시 도시로 돌아가야 한다고 생각은 하면서도 결국 '아버지'의 장례를 준비하고 이곳에서의 정착을 기정사실화 한다.

사실 이 장면은 '문주'라는 여성이 빈번하게 보여주는 '질병-히스테리'의 증상이 어떤 연유에서 나타나게 된 것인지를 설명해주는 단서가 되기도 한다. '문주' 식민지 남성 지식인의 성적 욕망을 고스란히 받아내는 존재였다. 유학 시절 만난 '정일'의 친구 '운학'은 자신의 사촌동생 '문주'를 아내가 버젓이 있는 '정일'에게 소개해준다. 사실 식민지 지식인 남성에게 '여성'은 '점성 욕망(정액)'의 분출구 그 이상도 이하도 아니었다. 전통적인 '家'의 질서가 남성 지식인을 재호명할 때 욕망의 대상이자 도구였던 '여성'은 거추장스러운 존재가 되어 버린다. '문주'가 끊임없이 '정일'의 고향집에 따라가려고 했던 이유는 '家'의 질서로 회수될 수밖에 없는 식민지 지식인 남성의 운명을 조금이라도 지체하고 방해하려는 까닭이었음이 분명하다.

하지만 이와 같은 상태에 처해있는 '히스테리 여성'의 복수가 「무성격자」에는 다소 그로테스크하게 표현되어 있기도 하다. '문주'는 고향에 다녀오겠다는 '정일'에게 "거짓말쟁이"라고 소리지르며 달려들어 "악을 쓰던 끝에 기침을 따라 피를 토"한 뒤 "손수건에 받은 피를 그의 얼굴에 문"지른다. 이는 '양서류형 인간'이 되어가는 식민지 지식인 남성에게 여성이 가할 수 있는 최고의 상징적 복수가 아닌가 싶다. 허위의 가치와 욕망으로 뒤덮인 남성의 점성 피부에 자신의 '균'을 한 겹 덧씌워 점액질의 피투성이로 만들어 버리는 '문주'의 복수는 '양서류형 인간'이 자신의 호흡을 잠시 동안이나마 정지할 만한 긴박한 사건이었다.

'문주'의 히스테릭한 마지막 반격에도 불구하고 '정일'은 홀로 떠난다. '문주'를 떼어놓고 집으로 돌아가는 것이 자신의 현실 욕망에 더 이익이 된다는 사실을 알고 있는 '정일'의 결정은 상대적으로 단호했다. 손목시계를 계속적으로 바라보는 행동으로 '문주'에게 관계의 시효 소멸을 통지하는 '정일'의 태도는 시간을 분절하여 전시하려는 근대 남성 지식인의 태도를 가감 없이 보여준다. 이처럼 '근대'는 시간을 분절하여 타자에게 공표하려는 의지나 노력으로 표현된다. 근대적 인간이 상대방과의 관계를 종료하려하거나 과거의 기억의 가치비중을 매기는 작업은 늘 시간의 분할로 기록되고 선언된다.

그렇지만 '식민지 조선의 지식인 남성'은 이러한 근대적 시간 관념에만 전면적으로 의존하는 인간형은 아니다. 자신의 편리에 의해 다시 전근대적 '家'의 시간과 질서에 기꺼이 회수되는 장면은 이를 잘 보여 준다. 고향집에서 '아버지'의 임종을 경험하며 상대적으로 안온한 삶으로 방향 설정을 굳히는 모습은 '아버지'라는 전통적 가부장제의 상징적 권위가 자신에게 성공적으로 이식되는 성취의 결과이자 반(半)근대적 지식인 남성이 '아버지'가 소유하던 상징 자본과 물질 자본을 동시에 획득하는 모습을 보여주는 장면이기도 한 셈이다.

이는 점성 자본주의의 위력 앞에 굴복한 타락한 식민지 지식인 남성의 마지막 도피처로서 '家'의 의미를 다시금 상기하게 해준다. 1930년대적 의미에서 '家'의 의미는 전통의 마지막 수호지거나 전향을 선언한 사회주의자의 귀환 장소만이 아닌 타락한 남성 지식인이 양서류의 삶의 방식을 이어 받는 새로운 성소로 이해될 수도 있겠다. 식민지 조선에서 전근대와 근대적인 제요소들의 '비동시적인 것의 동시성'은 이처럼 저열한 방법을 통해 새롭게 전유되기도 하였다.

이러한 상황에서 식민지 지식인 남성에게 "독서"는 그다지 생활에 긴박한 실효적인 가치 생산의 방식도 아니었고 무반성을 방해한다는 측면에서 오히려 해로운 행위였을 것이다. 이는 독서에서 멀어진 '정일'의 신체 변화가 "기름기"와 "땀이 흐르는 뚱뚱한 살"로 표상되고 있는 모습을 통해 확인할 수 있다. 또, '문주'의 히스테리를 견디지 못한 어느날 밤, '정일'은 "가장 살찐 육체"를 골라 산후 "뜨거운 정열을 느끼고 살진 육체를 만지"는 행위로 자신의 육욕을 해소한다. 더해 이 "살찐 육체('춘희')"를 만나러 가는 '길'에서 이상하게도 "정일이의 구두에는 물이 철벅"거리고 "전신의 속옷까지 함빡 젖"어 "입과 코에서 뜨거운 김이 훅훅 나오면서도 부들부들 떨리"는 내용까지 살핀다면 이것이 식민지 남성 지식인의 '양서류형 인간'으로 전환하는 장면을 포착한 것이라는 사실은 비교적 자명해 보인다. 이처럼 식민지 시기 말에 '양서류형 인간'은 계속해서 탄생하고 있었다.

최명익의 「비 오는 날」이나 「무성격자」에서 공통적으로 드러나듯

178

식민지 시기의 '독서'는 식민지 자본주의의 무차별적 전염 과정에서 일종의 백신의 역할을 담당했을 수도 있겠다는 추론을 가능하게 한다. 식민지 조선의 자생적인 경험 이데올로기로까지 심급을 올릴 수준은 아니지만 식민지 시기 지식인의 독서 대부분이 사회주의 관련 서적의 탐독에 할애되었다는 사실을 감안할 때 무차별적 자본주의 확산에 대항하는 측면에서 독서는 일정 부분 성공적인 제어 수단으로 기능했을 것으로 여겨진다. 독서를 거의 유일한 근대적 지식의 학습 방법으로 선택했던 식민지 지식인들에게 독서의 정지는 사회주의의 포기이자 '전향'의 가시적인 전시 형태임이 분명해 보인다.[21]

「무성격자」에서 한 가지 더 주목할 것은 근대적 교통, 통신이 죽음을 중계하는 기능을 더욱 확장적으로 수행하고 있다는 사실이다. 이는 「비 오는 날」에서 '이칠성'의 죽음을 신문기사로 알게 되는 '병일'의 사례에서 보다 더 징후적으로 표현된다. '아버지'의 위독이 '전보'로 타전되고 '급행'으로 고향집엘 돌아가야 하는 사정이 그러하며 결말 부분에서 '편지'로 '문주'의 죽음이 전달되고 있다는 점 역시 마찬가지이다. 당시에도 교통과 통신은 개인의 죽음을 가장 근대적으로 수사하는 편리한 방법이었던 모양이다. '전보'와 '편지'는 도시와 농촌의 공간 분할을 거의 무시간성에 가깝게 단숨에 봉합한다. '죽음'은 그것을 가장 극적으로 표현하는 의장이자 공간 이동을 당위적으로 가능하게 하는 일종의 윤리였던 셈이다. 또한 '편지'와 '전보'로 시간을 단축하려는 의지는 '기차'를 통해 구체적으로 실현된다. '기차'는 고민과 결심의 끝이자 새로운 행동 변화의 시발점이기도 했다. '기차' 역시 식민지 자본주의가 구현하는 모더니티의 상징이었다는 점에서 '기차'라는 교통 기관의 식

민지적 운용 양상은 '양서류형 인간'들의 이동과 생명 연장 과정을 더 가시적으로 드러내 주고 있다.

다만 「무성격자」는 이 같은 근대 교통, 통신망이 개인의 주관적인 의지에 의해 전유될 소지가 다분하다는 사실까지 적시한다. '정일'에게 아버지가 위독하여 급귀향을 요청하는 내용의 '전보'는 도시의 생활에서 얻게 된 무력감과 '문주'라는 히스테리적 억압과 짐에서 벗어날 수 있는 좋은 이유가 될 수 있었기 때문이다. 물론 '정일'은 고향으로 돌아가기 전에 '문주' 앞에서 '家'의 윤리를 거역할 수 없는 '아들'의 포즈를 취하며 '문주'를 심정적으로 설득하고 있지만 'k역'에서 손목 시계를 반복적으로 바라보는 행위나 '기차' 내에서의 과거를 회상하며 회오를 거듭하는 장면은 교통과 통신이라는 근대적 미디어가 식민지 남성의 양서류화, 즉 점성 자본주의에 긴박되는 과정에 어떤 기여를 하고 있는지를 가늠할 수 있게 해준다.

4. '玄'과 '明' - 사회주의자의 자기 증명

「심문」[22]은 삼 년 전에 죽은 아내 '혜숙'을 잊지 못하는 '나(김명일)'가 기차를 타고 하얼빈으로 가는 장면으로 시작된다. 하얼빈을 향해 달리는 기차의 속도는 '나'에게 "새로운 감각을 불러일으켜 주"는 것만 같다. 마치 "한 터취의 오일같이 캔버스 위에 부딪쳐서 한 폭 그림이 될 것" 같은 느낌을 준다. 사실 화가인 '나'는 "어느 중학교의 도화 선생도 그만두고" "무직업자"와 다를 바 없이 살아오며 "십 여년 간 살아오던 집도 팔아 버리고" 이제 "일정한 주소"조차 없는 처지였다. 하얼빈 행을 택한 이유는 하얼빈에 있는 "옛친구이자 착실한 실업가로 성공"한

---

22) 최명익, 「심문」, 『문장』, 1939. 6.

‘이군’을 “배워” 다시 “일정한 직업과 주소를 갖게 될지 모를” “포부”를 다시 갖게 될 기대감 때문이었다.

사실 이제 기차는 “무슨 대단하거나 신기로운 관찰은 물론 아니요” 하얼빈 행이 “멀리 또 고향을 떠나는 길도 아니라 슬픈 착각”을 굳이 할 이유도 없는 것이었다. 하지만 「심문」의 전반부에 과장하듯 채워져 있는 ‘승차 모티프’[23)에 대한 서술은 ‘나’의 이동의 의미를 극대화 하기 위한 전략에 가깝다. 조선을 떠나 하얼빈으로 간다는 사실 자체에 방점을 찍고 승차 감각의 과도한 표현을 이해해야 한다.

즉, 기차를 통해 느끼는 심리적 변화는 이제 자연 발생적이라기보다 공간 이동의 과정에서 스스로가 의도한 어떤 의례에 가까운 절차였다. 1930년대 후반 기차는 식민지 조선의 도시인들에게 더 이상 신기한 대상은 아니었다. 오히려 국경을 넘는 일의 절차-직업과 신분을 증명하고, 세관을 치르는 등-에 따른 감정상의 동요라고 말하는 편이 더 타당해 보인다. 하얼빈행 기차를 타기 위해 자신의 삶을 일순간에 획시기적으로 증명해야하고 그러한 행위를 통해 다시 한 번 자신의 ‘무적’과 ‘무직’에 따른 전망 부재의 상황을 재인지 하는 일이란 과연 새로운 세계를 기대하거나 혹은 우울한 여행의 파국을 예감케하는 전단계처럼 느껴질 수밖에 없기 때문이다.

이렇게 ‘나’에게 하얼빈 행은 어떤 “음울한 숙명”이 기다리고 있는 것만 같은 “우울한 여행”이기도 하다. 어미 없이 자라 기숙사 학교에 맡겨진 딸 ‘경옥’과 아내가 죽은 뒤에 새롭게 만난 “동경 유학생” ‘여옥’과의 불안정했던 관계를 떠올리면 지난 몇 년간의 삶은 정리되지 못한 “방랑”과 “방황”의 연속이었다.

‘나’는 ‘여옥’의 초상화를 그려주다 죽은 아내를 잊지 못하는 마음을 들키게 된다. 자신을 보고도 죽은 아내를 떠올리며 그리고 있는 ‘나’에

---

23) 장수익, 「최명익론 - 승차 모티프를 중심으로」, 『외국문학』 제44호, 열음사, 1995.

게 "히스테리"를 부린 후 '여옥'은 미련 없이 하얼빈으로 떠나버린다. 이번에 하얼빈으로 가는 이유가 무기력한 "생활의 자극과 충동을 얻고 싶기" 때문이지 '여옥'을 다시 만나기 위해서는 아니다. 하지만 굳이 만나게 된다면 피할 이유도 없다고 생각한다.

하얼빈에서 만난 '이군'이 '나'를 처음으로 데려간 곳은 "흔치 않은 조선 댄서" 여성이 있는 "카바레"였다. 하얼빈의 유명 댄서 여성이 '여옥'일 것이라는 '나'의 예감은 적중하였다. 그런데 다시 만난 '여옥'은 아편에 중독된 삶을 살아가는 "황폐한 생활자"가 되어 있었다. 또한 더욱 놀라운 일은 하얼빈에서 '여옥'과 함께 살고 있는 사람이 다름 아닌 전 조선에 사회주의 "투사"로 이름났던 '현일영'이었던 것이다. "사실 현혁이라면 조선은 물론 일본의 동지간에도 주목되던 이론분자였고, 심각한 지하운동에도 민활히 활동한 사람이었다." 그런데 하얼빈에서 '여옥'을 아편 중독에 빠뜨린 사람 '현'이라는 사실은 놀라운 일이었다. '현'은 이제 젊은 시절 자신을 숭배하던 '여옥'을 "댄서로 팔아먹고" "계집이 벌어오는 돈으로 아편까지 먹는" 인간이 되어 있었다.

'현'은 '여옥'을 다시 '나'에게 팔아 얼마 동안 아편을 구입할 넉넉한 돈을 마련하려고 하지만 '여옥'은 이미 '현'의 이 같은 계획까지도 예감하며 자신의 몸값을 미리 '나'에게 치러 준 뒤 떠나고 자살로 생을 마친다. '나'는 '여옥'이 남긴 유서를 읽으며 이러한 결말이야말로 '여옥' 다운 운명이라고 생각한다.

「심문(心紋)」은 생활과 이념 양자 모두의 파멸 뒤에 얻게 된 '여옥' 이의 "아름답고 고요한" '마음의 무늬'를 의미한다. 과거의 기억에 사로잡힌 생활인('나')의 절망과 사회주의자('현')의 파멸을 곁에서 모두 지켜본 '여옥'의 최종 선택은 자살이었다. 그렇다면 '여옥'의 자살이 지닌 의미가 바로 이 소설의 핵심이다. 즉, 「심문」에서 가장 중요하게 돌아봐야 하는 장면은 바로 사회주의자의 타락과 그를 돌봐주던 여성의 자살인 것이다.

1930년대 말의 시대적 상황을 염두에 놓고 본다면 '현'의 타락이 심정적으로 이해가 가는 대목이기는 하지만 사회주의자의 말년이 그토록 비참하게 그려져야 하는 까닭을 선뜻 짐작하기는 쉽지 않다. 실제 1930년대 중반 이후 식민지 조선은 점성 자본주의의 확산과 파시즘 체제의 강화에 따라 사회주의자의 설 자리는 점점 축소되고 있었다.

여기서 문제적인 것은 바로 '여옥'의 두 남자 '玄'과 '明'의 의도적 배치이다. 몰락한 사회주의자를 '玄'으로, 생활의 방관자인 '나'를 '明'으로 설정한 작가의 의도는 1930년대적인 의미의 '초월'과 '신생'의 의미가 무엇이었는지를 가늠할 수 있게 해준다.[24] 현실 극복의 결사는 어떤 강렬한 태도를 요청하는 데 그것은 늘 좌상향적으로 배정된 정신적 고양의 형태만은 아니었다. 치열했던 '左上向'의 열정을 간직했던 사회주의자의 초월과 신생은 극단적인 '右下向'의 몰락으로 증명된다. 점성 자본주의의 확산에 그대로 몸을 맡겨 타락하는 길이야말로 식민지 서사물이 전직 사회주의자를 재현할 수 있는 최대치의 정치적 제스처였다.

왜냐하면 '좌상향'의 과거와 '우하향'의 현재 사이, 그 간극의 차이만큼 사회주의자의 자기 회복 가능성이 더 낮아질수록 역설적으로 증명되는 '전직' 사회주의자의 지위와 가치는 견고해지며 절대적인 신화성마저 획득할 수 있기 때문이다.[25] '현'의 삶의 최정점이 과거의 사회주의 활동 경력 기간이었다면 그것을 더 아름답게 보존하고 지키는 일이야말로 그의 신생이자 초월이었던 셈이다. 하지만 온전한 형태의 사회주의를 표면화하는 행위가 엄격하게 금지되었던 당시 식민지 조선의

---

24) 김철, 「'근대의 초극', 『낭비』, 그리고 베네치아」, 『민족문학사연구』 18호, 민족문학사연구소, 2000; 「몰락하는 신생-'만주'의 꿈과 『농군』의 오독」, 『상허학보』, 상허학회, 2002 참조.

25) 이혜령, 「감옥 혹은 부재의 시간들 -식민지 조선에서 사회주의자를 재현한다는 것, 그 가능성의 조건」, 『대동문화연구』 64권, 대동문화연구원, 2008을 통해 사회주의자가 자신의 정체와 이상을 유지하는 혹은 과거의 영광을 보전하는 역설적인 방법에 대한 내용들을 살필 수 있다.

상황과 조건들을 떠올려 보면 하얼빈에서의 '현'의 타락은 점성 자본주의의 늪으로 더욱 빠져드는 형태로 제시될 수밖에 없었다는 사실을 깨달아야 한다. '현'은 한 인간이 보여줄 수 있는 최대치의 정치적 차이를 스스로 구현해 냄으로 인해 사회주의에 대한 절정의 옹호를 실현하고 있는 것이다. 동일한 좌표 내부에서 변량의 크기를 크게 하려면 변수 자체를 조정하기 보다 상수의 플러스와 마이너스 부호 자체를 바꾸어야 하는 것이다. 전직 사회주의자의 삶이 수직으로 낙하하는 역방향의 수식은 이렇게 완성된다.

그렇다면 '나'의 생활에의 의지를 '明'으로 '玄'과 비교해 상대적인 밝음으로 대별한 까닭은 무엇인가. 이는 생활인의 자기 회복 의지와 가치를 높게 평가한다는 단순한 해석을 내리기보다는 '여옥'의 존재를 개입시켜 이해해야만 온전한 검토가 된다.

'여옥'은 '현'의 사회주의자로서의 완성을 위해 필요로 했던 타락과 몰락의 파트너였다. '현'의 어두움이 도드라져 보이기 위해서는 '명'의 밝음은 필연적으로 갖추어져야 할 요소이기도 했다. 더욱이 '여옥'의 자살이 '현'의 사회주의적 비전을 더욱 견고하게 지지하는 의장의 형태로 이해된다면 '여옥' 역시 사회주의의 대척점에 놓여있는 점성 자본주의의 가장 핵심에 위치해야 하는 것이었다. 바로 '명'은 "천생 소비자"이자 물질적 "성공"을 다시금 노리고 있는 "명랑한" 점성 자본주의의 핵심 구성원이었다.

'여옥'이 다시 '명'에게 돌아가는 일, '명'에게 의탁하는 일이야말로 점성 자본주의의 세계로 빠져드는 일이며 결국 '여옥'은 자살로 생을 마치는 운명을 선택한다. 이는 점성 자본주의의 확산 과정에서 발견되는 식민지 남성 지식인과 여성간의 차이 때문에 나타나는 결과이기도 하다. 자신의 마지막 정치적 선택으로 타락이 허용된 남성 지식인과 자살로 운명을 마감하는 여성의 차이는 식민지 점성 자본주의 확산 과정에서 벌어지는 속물화가 어떤 젠더적 조건의 차이에 의해 실행되고 있는지를 여실히 보여준다.

5. 점성 증가와 기차에 결박된 여성

「장삼이사」[26]는 1940년대 들어 식민지 자본주의 점성의 농도가 점차 진해지는 양상과 스노비즘의 극단적 표현, 기차에 의해 신체를 결박당한 여성을 더욱 사실적으로 드러낸다. 「장삼이사」는 또한 기차가 연계하는 공간의 범위를 만주 북지로 확장하여 기차에 긴박된 제국 일본의 통치역(統治域)과 식민지 조선의 민족역(民族域) 사이의 균열을 보여주고 있다.

'만주 북지'행 기차를 타려는 사람들로 정거장은 "인산인해"를 이루고 각양각색의 사람들로 객차 내부 역시 붐비기는 마찬가지다. 어느 '젊은이'의 실수로 "버릇대로 뱉던 가래침이 공교롭게도 나와 마주 앉은 중년 신사의 구두 콧등에 떨어"지는 일이 발생한다. 그러자 '중년 신사'는 "발작적 행동"을 일으킨다. 가래침을 떼어 내려고 "통로 바닥이 빠져라고 쾅쾅 뛰놀았다." 이 같은 '중년 신사'의 행동 때문에 주변 사람 모두는 "飛沫(비말)"의 피해를 입을 수밖에 없었다.

어느 정도 "가래침"을 구두에서 떼어낸 '중년 사내'는 가방에서 "부드러운 휴지"를 꺼내 "구두코를 닦기 시작한다." "중년 신사" 행동은 마치 "가래침"이 "더러워서 그런다기 보다 더러운 사람의 것이므로 더욱 그런다는 듯" 보인다. 기차 안의 사람들은 이 모습을 보고 코웃음 치며 '중년 신사'의 행동을 비웃기도 하고 한숨을 쉬며 못마땅한 기색을 표현하기도 한다. 몇몇은 "지리가미(휴지)"를 서로 주어가며 '중년 신사'의 행동을 모방하며 놀리기도 한다.

---

26) 최명익, 「장삼이사」, 『문장』, 1941. 4.

하지만 그 '중년 신사'는 사람들이 자신을 놀리는지 마는지 신경도 쓰지 않고 "두꺼비의 하품"만 하며 지루해한다. 게다가 '중년 신사'의 외모는 "어딘가 두꺼비 같은 인상을 주"기도 한다. "뒤룩거리는 눈"과 "너부죽한 입", "언제나 침을 삼키는 듯이 블럭거리는 군턱" 또한 "극히 존재가 모호한 코"가 그렇다. '중년 신사'는 기차 내에서 가장 "큰 몸뚱어리"에다 "가장 뚱뚱한 배를 흐물거리는 숨소리도 가장 높"았다.

그때 마침 '중년 신사'가 화장실을 간 사이 검표가 이뤄졌다. 그와 함께 동행한 '여자'는 검표하는 '젊은 차장'에게 "왜 저럴까 싶도록 히스테릭한 태도"를 취하고 "절박한 표정"을 지으며 표를 가지고 있는 동행자가 "하바카리(화장실)"에 갔다고 말한다. 이 장면을 재미있게 본 객차 안의 사람들은 또 다시 두 사람의 관계를 서로 알아 맞추려는 듯 이리저리 말을 건넨다.

차 안의 사람들의 대화를 들어보면 당시 조선에서 만주로 팔려나가는 여성들을 제법 흔하게 볼 수 있었고, 알고 보니 '중년 신사'와 '여자' 역시 그런 관계의 사이였다. '여자'가 도망을 가 '중년 신사'가 다시 붙잡아 오는 길이었던 모양이다.

"후중증(後重症)"27) 때문에 오랜 시간을 화장실에서 고생하고 하고 온 '중년 신사'와 '당꼬 바지', '곰방대 노인'은 술을 권해가며 이야기를 나누며 기차 여행을 계속한다. 어느덧 's역'에 당도하자 한 '젊은이'가 '중년 신사'에게 다가와 "옥주년"이 달아났다고 고하자 화를 내며 '젊은이'의 "뺨을 갈겼다." '중년 신사'는 또 다시 도망친 여자를 찾으러 떠나고 동행하던 여자를 '젊은이'에게 인계한다. '젊은이'는 '중년 신사'에게 맞은 뺨을 앙갚음하려는 듯이 "여인의 뺨을 후려쳤다." 연달아 세 차례에 걸쳐 뺨을 맞은 여인은 "떨리는 아랫 입술을 악물었다." 어느새 여인의 뺨에는 "손자국이 붉게 튀어오르기 시작하"여 "뺨이 푸들푸들

---

27) 대변을 보아도 시원하지 않고 뒤가 무겁게 남아 있는 것 같은 증상.

경련을 일으키고 있었다.”

그러다 ‘여인’은 곧 변소를 가는데 ‘나’는 혹시나 이 ‘여인’이 “전속력으로 달리는 차에서 뛰어내”리지나 않을까 하는 “신경의 착각”을 하게 된다. 하지만 ‘나’의 착각과는 달리 ‘여인’은 자시 자리로 돌아오게 되고 기차는 아무 일도 없었다는 듯이 만주 북지로 향하게 된다.

「장삼이사」에서는 점성 자본주의에 더욱 극단적으로 길들여진 ‘양서류형 인간’이 등장한다. 이번엔 ‘개구리’가 아니라 “두꺼비”다. 두꺼비는 크기로 보나 모양으로 보나 개구리보다 더 흉하고 거친 몰골의 양서류임이 분명하다. 1930년대를 지나 1940년대 초반의 최명익은 이제 개구리로 표현할 수 없는 수준의 동물화 된 인간의 표상으로 두꺼비를 선택한다. 두꺼비의 온몸을 뒤덮고 있는 점액질의 점성은 두말할 것도 없이 개구리의 것을 초과한다.

점성의 농도 증가는 기차의 이동 확대와 식민지 통치역의 확장과도 궤를 함께 한다. 기차는 이제 조선의 영토를 벗어나 만주로까지 연결된다. 만주는 또 다른 제국 일본의 또 다른 통치역이자 식민지 조선의 민족역이었다. 식민지 조선의 도시 외부 공간에서 점액질의 감각으로 표현되었던 자본주의의 폐해는 기차라는 미디어를 타고 만주까지 전파되게 된다. 이처럼 시간을 단축하여 공간을 봉합하는 기차라는 미디어는 단순히 승객을 이동시키는 수단만이 아니라 자본주의의 문제점과 폐해들을 점성의 농도를 오히려 증가시킨 채 옮겨버리는 중계자이기도 했다.

조선의 여성을 만주로 매매하여 장사하는 포주였던 ‘중년 신사’가 자신의 “구두 콧등”에 침이 튀었을 때 했던 “발작적 행동”은 두꺼비가 자신의 피부 점액질을 어떻게 유지하는 지는 잘 보여준다. “가래침”이야말로 인간이 생산하는 가장 농도 짙은 점액이다. ‘두꺼비 신사’는 타인의 점액과 자신의 신체를 유지 보호하는 고유한 점액이 섞이는 것을 극도로 경계하고 싫어한다. 결국 자신보다 하층 계급으로 판단되는 인간의 점액 성분이 자신의 점액과 섞이는 것을 용납하지 않겠다는 사실이 "발작적 행동"으로 표현된 것이다. '두꺼비 신사'의 이 같은 행동에 대해 객차 안의 청년들이 비웃음이나 놀림으로 대응하는 것도 모두 이 같은 사정과 내막을 모두 이해하고 있기 때문에 가능했던 것이다. '두꺼비 신사'의 외모가 "뚱뚱해 비집어 나오는 살"로 표현된 점과 "후중증"을 앓아가면서도 "땀을 흘려가며" 술을 마시는 장면은 모두 점성 자본주의가 어떤 농도의 표상으로 표현되고 있는지를 보여준다.

'두꺼비 신사'에게서 도망쳤다 되잡혀가는 여성이 검표 장면에서 보여주는 '히스테리' 역시 점성 자본주의에 의해 철저하게 농락되거나 희생되는 여성의 마지막 표정이라는 점에서 의미심장하다. 하층 계급 여성의 삶이 극단적인 자본의 위계 관계의 최하층에서 모든 폭력과 거래의 대상이 되는 장면은 식민지 하층 여성의 문제야 말로 점성 자본주의 폐해를 직접적으로 보여주는 가장 적합한 사례임을 다시 한 번 떠올리게 한다. 자신의 신체로 남성의 폭력과 성적 욕망 모두를 받아 안아야 하는 식민지 하층민 여성의 운명은 자본주의 질서의 주변부성을 지식으로 습득한 남성들이 '양서류형 인간'으로 변태해가는 과정 속에서 더욱 보호받지 못하고 방기된다.

6. 1930년대 식민지 조선인의 운명

최명익은 1930년대 무차별적인 자본주의의 확산 과정에서 드러난 식민지 조선인들의 의식과 생활 변화를 통해 식민지 자본주의의 성격과 내용 등을 분명하게 밝히고 있다. 도시와 농촌, 그 사이를 잇거나 재분할하고 있는 길과 거리, 교통 기관 등은 자본주의 문제를 가시화 하여 보여주는 직접적인 공간이자 구체적인 장소였다. 바로 이곳에서 살아가고 있는 최명익 소설에 등장하는 여러 인물들은 분열증적이면서 동시에 편집증적인 태도를 통해 당시 자본주의의 문제에 전면적으로 대응하거나 속절없이 포획되기도 한다. 이들의 부박한 삶은 모두 쉽사리 빠져나가기 어려운 식민지 점성 자본주의의 덫에 교묘하게 걸려있는 형국이다.

한편 최명익은 사회주의자들의 몰락과 붕괴를 자본주의 세계의 무차별적 확대 과정과 함께 병치해 놓음으로써 당대 사회주의적 비전을 역설적으로 강변하고 있기도 하다. 1930년대 중반 벌어진 식민지 프로 문학자들의 전향은 사회주의자들의 패배를 단적으로 보여주는 사례였지만 식민지 조선의 근대화 과정에서 가장 활발하게 사고된 사회주의의 실체가 무엇이었나를 새롭게 살펴볼 수 있게 하는 계기이기도 했다. 자본주의의 문제가 가속화되는 시점에서 물러설 수밖에 없었던 식민지 조선 사회주의자들의 운명은 자본주의의 질서를 깨뜨릴 수 있는 유일한 대안이 무엇이었나를 다시금 생각할 수 있게 해준다.

최명익은 무차별적인 자본주의 질서의 확대가 가져올 결과에 대한 암담한 스케치를 통해 당대 자본주의의 성격인 '끈적끈적한 점성'을 폭로한다. 점성 자본주의에 길들여져 무비판적으로 그것을 추종하는 인물들이 최명익에 의해 모두 '개구리'나 '두꺼비'와 같은 양서류로 묘사되고 있는 점은 특히 주목할 만하다. 양서류는 피부를 보호하는 점액질의 성분과 폐호흡과 피부호흡이 모두 가능한 생물학적 조건 때문에 물과 뭍에서 모두 생존할 수 있지만 표피면의 점성이 마르면 죽게 되며, 물과 뭍 어느 한 곳에서만 오래도록 머물 수도 없다.

피부의 점성을 잃으면 죽게 되는, 또 그 어느 곳에서도 상주할 수 없는 이동의 운명을 지니고 살아가야 하는 양서류들의 생존 본능은 점성 자본주의의 성격과 식민지적 주체들이 감행했던 이동의 필연적 성격을 가장 잘 보여주는 알레고리였는지도 모른다. 이들은 자본주의의 매혹에 깊게 빠져든 만큼 '죽음'이라는 비참한 최후를 맞는다. 하지만 의미심장한 것은 이 죽음의 결과가 일관되게 양서류형 인간들에게만 적용되지 않는다는 사실이다. 자본주의의 부정적 속성을 예리하게 파악하고 있거나 그 참혹한 결과를 예감하는 사람에게도, 또한 자본주의를 강력하게 비판하고 극복하려 했던 사회주의자의 몰락을 곁에서 지켜주던 사람들(특히 여성들)에게도 예외 없이 적용되고 있다.

당시 우리 사회의 근대성 인식 수준을 세심하게 고려하지 않고 빠르고도 광범위하게 퍼져나간 자본주의적 근대 제도와 문물은 생활의 경험 규칙이 관념 준칙을 최초로 넘어서는 사례를 보여주었다. 또한 이러한 분위기들은 전근대적 신분 질서만큼이나 강력한 계급 질서를 사회 구조적으로 전면화 시키기도 했다. 계급의 차이를 자본주의 질서 내부에서 넘어서려는 욕망은 무수한 속물들을 양산할 수밖에 없는 식민지 조선인의 운명이기도 했다.28)

즉, 최명익의 소설들은 일방적인 자본주의에 대한 비판이거나 자본주의 확대 양상을 속절없이 중계하는 작품이 아니라 그 둘 사이의 팽팽한 대결 혹은 경합의 양상을 다루고 있는 식민지 자본주의의 복잡한 곤경과 특수한 국면을 재현하고 있는 서사물인 셈이다. 최명익에게 모더니즘은 바로 이러한 점성 자본주의와 모더니티의 양가적 성격을 전달하고 폭로하는 동시에 1930년대 식민지 조선인의 운명을 예고하는 주요한 방법론이었다.

---

28) 식민지인의 속물성에 대해서는 오혜진, 『1920년~1930년대 자기계발의 문화정치학과 스노비즘적 글쓰기』, 성균관대 석사학위논문, 2009를 참조할 것.

■ 참고문헌

1. 기본 텍스트

최명익, 「비 오는 길」, 『조광』, 1936. 5~6.
______, 「무성격자」, 『조광』, 1937. 9.
______, 「심문」, 『문장』, 1939. 6.
______, 「장삼이사」, 『문장』, 1941. 4.

2. 단행본 및 논문

김남천, 「신진 소설가의 작품 세계」, 『인문평론』, 1940. 1.
김 철, 「'근대의 초극', 『낭비』, 그리고 베네치아」, 『민족문학사연구』 18호, 민족문
        학사연구소, 2000.
______, 「몰락하는 신생-'만주'의 꿈과 『농군』의 오독」, 『상허학보』, 상허학회,
        2002.
류보선, 「환멸과 반성, 혹은 1930년대 후반기 문학이 다다른 자리」, 『민족문학사연
        구』 4집, 민족문학사연구소, 1993.
박수현, 「에로스/타나토스 간(間) '내적 분열'의 양상과 그 의미」, 『현대문학의 연구
        』 37집, 한국문학연구학회, 2009.
박진영, 「근대를 살아가는 지식인의 내면세계: 최명익 소설을 중심으로」, 『우리어
        문연구』 20호, 우리어문학회, 2003.
오혜진, 『1920년~1930년대 자기계발의 문화정치학과 스노비즘적 글쓰기』, 성균관
        대 석사학위논문, 2009.
유철상, 「최명익의 '무성격자'에 나타난 기술로서의 심리묘사」, 『한국현대문학연구
        』 10집, 한국현대문학회, 2001.
윤애경, 「최명익 심리소설의 서술 방식과 현실 인식 양상」, 『현대문학이론연구』 24
        권, 현대문학이론학회, 2005.
이경훈, 『이상, 철천의 수사학』, 소명, 2000.
이은선, 『모더니즘 소설의 체제 비판 양상 연구』, 이화여대 석사학위논문, 2008.
이주미, 「최명익 소설에 나타난 환상과 현실의 관계 양상 연구」, 『한민족문화연구』,
        한민족문화학회, 2002.
이혜령, 「식민주의의 내면화와 내부 식민지 : 1920~30년대 소설의 섹슈얼리티, 젠

　　　, 「더, 계급」, 『상허학보』 8집, 2002.
　　　, 「감옥 혹은 부재의 시간들 -식민지 조선에서 사회주의자를 재현한다는 것, 그 가능성의 조건」, 『대동문화연구』 64권, 대동문화연구원, 2008.
임병권, 『한국 모더니즘 소설의 양가성 연구』, 서강대학교 박사학위논문, 2001.
임　화, 「창작계의 일년」, 『조광』, 1939. 12.
장수익, 「최명익론 - 승차 모티프를 중심으로」, 『외국문학』 제44호, 열음사, 1995.
정종현, 「한국 근대소설과 '평양'이라는 로컬리티」, 『사이』 4권, 국제한국문학문화학회, 2009.
정현숙, 「최명익 소설에 나타난 은유」, 『어문연구』 121호, 한국어문교육연구회, 2004.
주민재, 「속도, 부유하는 주체 그리고 환멸의 끝자락-근대에 대한 미학적 대응에 관하여」, 『한국근대문학연구』 제14호, 한국근대문학회, 2006.
차혜영, 「최명익 소설의 양식적 특성과 그 의미」, 『한국문학논집』 제25집, 한양대학교 한국학연구소, 1994.
천정환, 『근대의 책읽기』, 푸른역사, 2003.
　　　, 「1920년대 독서회와 '사회주의 문화'」, 『대동문화연구』 64집, 대동문화연구원, 2008.
한금윤, 『모던의 욕망 일상의 비애』, 프로네시스, 2006.
다카사키 소지, 이규수 옮김, 『식민지 조선의 일본인들』, 역사비평사, 2006.
마이크 새비지, 앨랜 와드, 『자본주의 도시와 근대성』, 한울, 1996.
수전 손택, 이재원 옮김, 『은유로서의 질병』, 이후, 2002.
지그문트 바우만, 이일수 옮김, 『액체근대』, 강, 2009.

■ **국문초록**

　이 논문은 1930년대 최명익의 소설을 통해 식민지 자본주의 확산 과정과 그에 따른 식민지 조선인들의 의식과 생활 변화를 살피는 것을 주된 목적으로 삼는다. 이를 통해 자본주의의 본래적 성격인 '점성'에 대한 이해를 높이고 당시 자본주의에 대응했던 사회주의자들의 복잡한 태도에 대한 해명을 시도한다.

　최명익의 소설에 나오는 도시와 농촌, 그 사이를 잇거나 재분할하고 있는 길과 거리, 교통 기관 등은 자본주의 문제를 가시화 하여 보여주는 직접적인 공간이자 구체적인 장소였다. 바로 이곳에 살고 있는 소설속의 여러 인물들은 모두 분열증과 편집증적인 태도를 보인다. 이들은 자본주의의 확산 과정에 전면적으로 대응하거나 속절없이 포획되기도 한다. 이들의 부박한 삶은 모두 쉽사리 빠져나가기 어려운 식민지 점성 자본주의의 덫에 교묘하게 걸려있는 형국이다.

　한편 최명익은 사회주의자들의 몰락과 붕괴를 점성 자본주의의 무차별적 확대 과정과 함께 병치해 놓음으로써 당대 사회주의적 비전을 역설적으로 강변하고 있기도 하다. 1930년대 중반 벌어진 식민지 프로 문학자들의 전향은 사회주의자들의 패배를 단적으로 보여주는 사례이기도 하지만 식민지 조선의 근대화 과정에서 가장 활발하게 사고된 사회주의의 실체가 무엇이었나를 새롭게 살펴볼 수 있게 하는 계기이기도 하다. 점성 자본주의가 확산되면서 한발 물러설 수밖에 없었던 식민지 조선 사회주의자들의 처지는 역설적으로 자본주의의 질서를 깨뜨릴 수 있는 유일한 대안이 무엇이었나를 다시금 생각할 수 있게 해준다.

주제어 : 점성(粘性), 자본주의, 양서류형 인간, 사회주의자, 독서

■ Abstract

Viscous spread of capitalism and the fate of the colonial Koreans
- Focusing Choi Myeongik's novels

Kang, Bu-won

Studying Choi Myeongik's novels of the 1930's, this thesis focuses on the spread process of the colonial capitalism and the consequential changes of Korean's consciousness and life style under the colonial period. This thesis develops to understand the 'viscosity' of the inherent characteristics of capitalism and to explain the complex attitudes of the socialists towards to capitalism.

The places in the Choi Myeongik's novels such as urban and rural, the streets between or cross them, and the transportation, etc are the characteristic places that present the problem of capitalism directly. All of the characters living in those places have paranoia and schizophrenia. Characters are either actively correspond to or seized by the spread of capitalism. Their lives are caught in a trap of viscous colonial Capitalism that they never get away with.

Meanwhile, Choi Myeongik paradoxically emphasizes the socialist vision of the day by juxtaposing the downfall and collapse of the socialists and the indiscriminate expansion of viscous Capitalism. The converts of KAFP literature writers in the mid-1930's was an evidence that clearly shows the defeat of the socialists, but at the same time it pegged on what was the reality of socialism.

key words : viscosity, capitalism, amphibian human, socialist, reading

194

이 논문은 2010년 11월 12일에 접수되어, 2010년 11월 22일부터 2010년 12월 3일 사이에 이루어진 소정의 심사를 거쳐 2010년 12월 10일 편집회의에서 최종적으로 게재가 확정되었음.

근대 주체의 위치와 변용 양상

– 이태준의 『사상의 월야』 개작 전후 서사 비교를 통하여

목 차

Ⅰ. 들어가며
Ⅱ. 이중언어적 상황과 주체의 발견
  1. 신체제기와 '아버지' 일본
  2. '청년 이송빈'의 욕망과 분열
Ⅲ. 언어의 재배치와 주체의 봉인
  1. 해방과 '아버지' 조선
  2. '조선인 이송빈'이라는 민족의 호명
Ⅳ. 나오며

조 영 실*

Ⅰ. 들어가며

『思想의 月夜』는 1941년 3월 4일부터 1942년 7월 5일까지 총 98회 『매일신보』에 연재된 작가의 자전적 소설이다. 그런데 이태준은 42년 7월 5일, 주인공 '이송빈'의 동경 유학 생활을 쓰던 중에 『사상의 월야』 연재를 중단한다.[1] 연재가 중단된 『사상의 월야』는 해방 후

---

* 이화여자대학교

1) 『이태준문학전집7-사상의 월야』(깊은샘, 1988)에 실린, 단행본에서 삭제된 신문연재 원본을 보면 다음과 같은 작가의 연재 중단 사유가 제시되어 있다. '이 소설에 나오는 시대가 대단 복잡햇섯고 이야기가 사실을 존중했던만치 주인공의 이 앞으로의 모든 것은 좀더 신중히 생각할 여유가 필요하게 되엿습니다. 독자와 신문사에 미안합

개작되어 1946년 단행본으로 발행된다. 신문 연재본은 주인공 이송빈 일가의 러시아 망명에서부터 동경 유학 생활까지를 다루고 있지만, 해 방 후 1946년 11월 을유문화사에서 발간된 단행본은 주인공 이송빈이 현해탄을 건너는 부분에서 끝나고 있다.[2]

1904년 강원도 철원에서 태어난 이태준은 1925년 일본 유학 시절 단편 「오몽녀」를 『조선문단』에 투고하여 문단 활동을 시작했다. 언어와 예술의 자율성을 중시하던 '구인회'(33년 결성) 일원인 그에게 해 방 후 월북이란 행보는 일종의 수수께끼로 여겨졌다. 따라서 해방 전후 작가 이태준에 의해 선택 및 배제된 소설의 서사 분석을 통해, 근대 식 민지 조선의 문학을 둘러싼 수수께끼를 조금이나마 풀 수 있을 것이라 생각한다.

식민지 조선에서의 구인회 활동과 해방 후 월북이라는 작가 이태준 개인의 수수께끼를 해명함과 동시에, 제국 일본의 국민과 조선 민족, 国 語(일본어)와 母語(조선어), 신체제문학[3]과 조선 문학 사이에서 무수한 균열을 경험했고 해방 후 새로운 주체의 내면을 구상해야 했던 이들의 주체 위치를 범박하게나마 조망해 볼 수 있는 참조점으로 '주체' 형성 에 관한 자크 라캉의 이론을 주목할 수 있다. 라캉에 따르면, 상징계의 대타자는 '아버지' 혹은 '기표'라 부를 수 있으며, '주체'란 사실 이 대 타자에 의해 구성되는 결과일 뿐이다.[4] 그러나 많은 연구자들이 후기의

니다만 우선 상편으로 쉬이겟습니다.'(208쪽)

2) 본고에서 분석 대상으로 삼고 있는 텍스트는 『이태준문학전집7-사상의 월야』(깊은 샘, 1988)이다. 이 책에는 해방 후 개작된 단행본과 단행본에서 삭제된 신문연재 원본 이 모두 실려 있다. 따라서 개작 전후의 텍스트 비교 또한 기본적으로 『이태준문학전 집7-사상의 월야』(깊은샘, 1988)를 기준으로 하였다.

3) "'신체제문학'은 대동아건설을 지향하는 황국이 식민지를 억압하고 수탈했던 제국주 의 시기와는 달리 황국 내부의 민족적 사회적 통합을 통한 총동원체제로 나아감에 있 어 문학이 수행해야 할 역할을 강조한 것이다." 조정환, 「삶문학의 관점에서 본 한국 문학의 근대성과 탈근대성」, 『상허학회 2006년도 심포지엄 자료집』, 2006, 93쪽, 각 주4).

라캉에게서 발견하는 것은 주체의 저항 가능성에 대한 사유의 변화이다.5)

본고에서는 이러한 라캉의 '대타자'와 '주체'의 관계를 중심으로, 제국 일본의 식민지와 해방이라는 조선의 역사적 상황 속에서 『사상의 월야』 개작을 통해 작가 이태준이 놓인 위치와 주체의 모습을 고찰하고자 한다. 이를 위해 II장에서는 신체제기 신문 연재본『사상의 월야』를 중심으로, III장에서는 해방 후 단행본 『사상의 월야』에서 개작된 내용을 중심으로 주인공 이송빈과 작가 이태준의 주체 위치와 변용 양상을 분석하고자 한다.

II. 이중언어적 상황과 주체의 발견

1. 신체제기6)와 ' 아버지 '7) 일본

---

4) 이에 관해서는 라캉의 글들을 권택영 등이 번역한 『자크 라캉 욕망이론』(문예출판사, 1994)을 참고함. 특히 상징계의 주체 형성과 관련해서는 1957년에 라캉이 파리 소르본대학에서 연설한 「무의식에 있어 문자가 갖는 권위 또는 프로이트 이후의 이성」을 참고함.

5) 예를 들어, 양석원은 「응시의 저편: 자크 라깡 이론에서 주체와 욕망」(『안과밖』, 2003, 하반기)에서 라깡의 '응시(gaze)' 개념을 통해, 다음과 같이 '주체의 저항의 계기 혹은 원천'(56쪽)을 검토한다.

"대상 소타자는 주체의 원초적 "상실 그 자체를 체현하고 본질적으로 포착하기 어려운 성격으로 인해 그 상실을 환기시키는 특권적 대상"이며, 따라서 주체가 대상 소타자와 갖는 관계는 주체가 상실한 자신의 일부를 회복하고자 하는 시도이다. 실재에 속한 이 대상 소타자, 이 낯선 "사물 때문에 주체는 보편화에 저항하고, 상징질서 안에서의 … 위치로 환원될 수 없는 것이다." <중략> 즉, '주체에 대한 대타자의 지배'가 와해되는 지점에서 주체와 대상 소타자와의 관계가 부각된다. 라캉에게 '주체가 점유할 수 없는 지점인 응시'가 바로 대상 소타자이며, '응시는 주체로 하여금 재현의 영역에서 무언가가 결여되어 있다고 여기게 하여 재현의 영역 너머에 있는 것에 대한 욕망을 불러일으킨다. 이 보이지 않는 지점으로서의 응시는 따라서 재현을 넘어선 실재에 속한다."(68-73쪽)

이태준이 『사상의 월야』를 『매일신보』에 연재한 시기는 제국 일본의 신체제기에 해당한다. 제국 일본이 대동아공영권의 논리 속에서 내선일체를 통한 황국신민화를 내면화시키기 위해 식민지 조선인들을 추동하던 시기에 이태준의 『사상의 월야』가 연재되었던 것이다. 하지만 연재의 시기와 달리 소설의 실제 배경은 일제 식민지 초기이므로, 작가의 연재 시기와 소설의 시간적 배경 사이에는 약 10-15년 정도의 거리가 발생한다. 따라서 본고에서는 먼저 신문 연재본 『사상의 월야』의 서사 내부에서 식민지 조선인 '이송빈'의 주체 위치와 제국 일본의 관계를 검토하고자 한다.

신문 연재본 『사상의 월야』의 1장 '첫달밤'은 아버지의 장례식으로 시작된다. 여섯 살 소년 '이송빈'은 일가 모두가 망명하여 정착한 아라사(러시아)의 어느 어촌에서 아버지의 죽음을 맞는 것이다. 이송빈의 아버지는 원산에서 '감리'를 지낸 조선 말기 개화파들 중 하나였다. 그가 아라사 해안의 어느 벽촌으로 망명한 이유는 의병들 때문인데, 이를 통해 조선 말기 개화파와 의병들의 갈등을 짐작할 수 있다.

아버지의 죽음으로 가족들은 고향으로 돌아가기로 결심하지만, 귀향 도중 송빈의 동생을 임신한 어머니의 난산을 계기로 '배기미'에 정착하게 된다. 조선어에 대한 인식이 없던 어린 송빈은 함경도 배기미의 서당에서 천자문을 배우다가 비로소 언어에 대한 감각을 감지하게 된다.

---

6) "신체제란, 1937년 중일전쟁 직전에 들어선 1차 고노에 내각에 이어 1940년 7월에 들어선 제2차 고노에 내각이 주도한 전면적이고 강력한 파시즘 지배체제를 일컫는다. 중일전쟁을 계기로 본격적인 아시아 침략에 나섰던 일본의 지배세력들은 독일과 이탈리아가 유럽전선에게 승승장구하며 파시즘의 지배세력을 확대시켜 나가는 데 자극받아, 독일 파시즘을 능가하는 강력한 독재체제를 구축하고, 제국주의의 침략과 지배 범위를 동북아시아뿐 아니라 동남아시아를 포함한 아시아 전체로 확대시키고자 했다." 한수영, 「이태준과 신체제」, 『이태준 문학의 재인식』, 소명출판, 2004, 197쪽.

7) 본고에서는 라캉의 대타자를 정신분석학의 관점에 따른 주체 형성의 세 단계 중, 상징계의 대타자, 즉 '아버지'라 비유하여 동일하게 사용할 것이다. 따라서 '아버지' 일본과 '아버지' 조선은 상징계의 대타자를 의미한다.

‘말투가 모두 달랐다. 송빈이가 듣기에는 저희들 말이 우스운데 저희들이 도리어 송빈이가 뭐라고 하면 와하하 웃었다.’라는 송빈이의 인식은 지방에 따른 조선어의 방언 차이로부터 발생한 것이다. 방언 차이 속에서 송빈은 비로소 익숙해서 인지하지 못했던 자신의 말투와 조선어 내부의 차이를 인식하게 된 것이다.

어머니의 죽음으로 송빈은 배기미를 떠나 고향인 용담에 정착한 후 친척집을 떠돌며 생활한다. 그곳에서 사립 보통학교인 ‘봉명학교’와 상급학교인 농업학교에 진학하면서 조선어에 대한 인식이 더욱 명확해진다. 이는 일본어와 대면하는 과정에서 이루어진다.

송빈이가 읍에 가기 싫은 데는 다른 이유도 한 가지 있었다. 공립 보통학교 아이들이 일본말로 욕을 하며 놀리는 것이었다.

사실 송빈이뿐 아니라 봉명학교 학생들은 모두 ‘고꼬와 오꾸니노 남바꾸리’ 창가도 부르고 싶었고, 일본말로 욕도 할 줄 알고 싶었고, 여기 선생님들도 금테 모자에 금줄친 양복에 칼을 찼으면 싶었다. 한번은 송빈이 반에서도 학감이시오 이야기 잘해 주시는 수염 긴 한문 선생님한테 그런 청을 해보았더니

‘흥, 이 어리석은 사람들아 군사부일체를 모르니? 어느 애비가 자식한테 칼을 차구 대허누? 안될 말이지.’

하고, 코웃음에 붙여 버리셨다. 이런 한문 선생님의 말씀이 유치한 학생들에게 이해될 리 없었다.

송빈과 봉명학교 학생들은 모두 공립 보통학교 아이들의 일본어를 동경한다. 일본어에 대한 동경은 송빈이를 비롯한 식민지 조선인 학생들이 대타자, 즉 ‘아버지’ 일본의 존재와 관계 맺는 방식이다. 명백한 ‘외국어’였던 일본어가 점차 국어(国語)로 인식되는 동시에 조선어는 모어(母語)로 위치 지어졌다. 즉, 새로운 ‘언어들의 배치’ 이후에 모어(母語)인 조선어에 대한 인식이 더욱 명확해졌다.[8] 문제는 ‘아버지’ 일본,

즉 대타자로 인해 일본어에 대한 욕망이 구성되었다는 점이다. 송빈의 삶이 놓여있는 역사적 조건은 제국 일본의 언어가 식민지 조선의 언어를 배제하여, 조선인을 제국 일본의 국민으로 동화하려는 움직임 속에 놓여 있었다.9) 이러한 이중언어적 상황 속에서 이송빈의 욕망은 일본어를 향해 작동하기 시작했으며, 일본어에 대한 욕망을 통해 라캉이 말하는 욕망의 주체로 위치 지어진다.

그러나 후기의 라캉은 기표와 기의의 환유적 관계가 언어 자체의 원리이듯이, 주체 역시 대타자에 의해 구성되지만 대타자의 결핍 지점인 실재-대상 소타자의 존재로 인해 끊임없는 욕망의 변증법적 주체가 된다고 보았다. 일본어에 대한 이송빈의 욕망이 타자의 욕망이라는 깨달음은, '군사부일체를 모르니? 어느 애비가 자식한테 칼을 차구 대하누?'

---

8) "미지의 것과의 대비를 통해 이미 친숙했던 것이 그려지는 것이다. 나의 언어와 외국어 사이의 차이가 분절됨에 따라 나는 체험하면서도 알지 못했던 자기 언어의 형상에 대해 알게 된다. 여기서 우리는 어떤 의미에서 미지의 것이 친숙한 것에 앞선다는 것에 주의해야 한다. 즉 나는 나의 언어를 체험해왔지만 외국어를 알게 된다는 의미에서 그 언어를 알고 있지 않다는 것이다. 언어들의 배치를 통해서만 나는 내가 체험해온 언어를 알게 될 수 있다." 사카이 나오키,『번역과 주체』, 후지이 다케시 역, 이산, 2005, 93쪽.

9) "1911년의 조선교육령에 의하여 설치된 것은 '조선어 및 한문'이라는 기만적인 과목이었으며, 거기에서는 실제로는 한문만이, 혹은 한문 해석의 단순한 보조 수단으로서 조선어가 가르쳐진 데 지나지 않았다. 게다가 '조선어'는 '국어' 교육을 위한 보조 수단이기도 했다. 이것은 제10조인 "조선어 및 한문을 가르치는 데는 항상 국어와 연락을 유지하며 때로는 국어로 해석하게 하여야 한다"는 규정에서도 알 수 있다.
확실히 1922년의 제2차 조선교육령에서는 '조선어'가 독립한 과목으로 등장하기는 했지만, "조선어를 가르치는 데는 항상 국어와 연락을 유지하고 때로는 국어로 말하게 해야 한다'고 하는 규정에 있듯이, '국어'의 역할은 오히려 강화되기까지 한다. 이 제2차 조선교육령은 일본 식민지 통치에 있어서 이른바 '무단정치'에서 '문화정치'로의 전환을 상징하는 것인데, 반면 그것은 동화 정책의 강화를 꾀하는 것이기도 했다. 왜냐하면 이후 "내지인"은 "국어를 상용하는 자", "조선인"은 "국어를 상용하지 않는 자"로 법적으로 규정되어, 조선인의 독자적인 민족성은 완전히 부정되었기 때문이다." 이연숙,『국어라는 사상-근대 일본의 언어 인식』, 고영진 및 임경화 역, 소명출판, 2006, 295-296쪽.

라고 되묻는 한문 선생님의 물음을 통해 발생한다. 이러한 경험을 통해 송빈은 욕망의 주체에서 욕망의 변증법적 주체로 자리를 바꾸고, 대타자 '일본'에 대해서도 일정한 거리를 갖게 된다. 서울로 유학하지 못하는 아이들에게는 유일한 상급학교인 '간이 농업학교'에 진학한 송빈은 동경하던 일본어에 대한 비판적 인식을 갖게 된다.

입학은 되었으나 문제가 한두 가지가 아니었다. 용담서 십리나 되는 학교라 이른 조밥을 먹고야 했고, 점심도 다니며 먹을 수는 없으니까 '벤또'를 싸야 하게 되었다. 더구나 신발을 당할 수가 없다. 그런 데다 송빈이는 이 농업학교에 이내 정이 떨어졌다.

이 학교에 모인 아이들은 용담서 온 다섯명을 빼놓고는, 전부가 철원읍과 김화 평강의 공립 보통학교 졸업생들이었다. 모두 일어 잘하는 것을 뽐냈고, 선생한테 고자질 잘하여 귀염을 받으려는 아이가 많았고, 하루는 교장선생님 시간인데,

'너이는 장래 어떤 목적을 가졌느냐?'

물음에 면서기, 헌병보조원, 고작 군청 기수가 그들의 소원이었다. 송빈이가 더욱 놀란 것은 이런 제자들의 대답을 매우 만족해하는 교장의 태도였다. 용담서 간 아이들은 전에 오선생에게서처럼 선선히 저희 마음대로 대답하지 못하였다. 우물쭈물 하니까,

'사립학교에서 온 못난이들.'

이라고, 다른 아이들이 도리어 놀리는 것이었다.

'언어'란 한 개인(individual)의 특이한 경험이나 생각을 경험의 표상으로 재현하여 보편화시키는 물리력을 지니고 있다. 일본어는 황국신민의식을 내면화 하고 제국 일본의 국민을 길러내는 물리력을 발휘했다. 대타자 '아버지' 일본이 식민지 조선인들을 일본어를 통해 동일화하려는 움직임 속에서 욕망의 주체로 자리잡은 송빈 역시 이러한 보편화의 힘에 이끌려갈 수밖에 없었다. 그러나 이미 '언어들의 배치'를 통해 조선어의 존재를 인식한 송빈이는 단순히 욕망의 주체로 머물 수 없었다.

조선어와 식민지 조선인으로서의 인식이 그의 욕망에 내재한 결핍, 라 캉의 실재-대상 소타자를 감지하게 만들었던 것이다. 이러한 주체의 분 열을 통해 송빈은 서울행을 결심하는 새로운 욕망을 갖게 된다.

2. '청년 이송빈'의 욕망과 분열

용담에서 친척집을 떠돌며 가난하고 고독하게 '봉명학교'와 '간이 농업학교'에 다니던 송빈은 서울에 가서 공부를 하기 위해 무작정 고향 을 떠난다. 서울에 대한 송빈의 욕망은 학문을 통한 입신과 '은주'에 대 한 연정을 통해 발생한다. 방학이면 용담 외할머니 댁에 놀러오는 '은 주'에게 시골 소년인 송빈은 연정을 갖게 되는데, 학문을 통한 입신의 욕망이 공적 층위에서 발생한 것인 반면 '은주'에 대한 연정은 사적 층 위에서 발생한 것이라는 변별성을 갖는다.

송빈의 두 욕망이 교차하는 공간인 서울로 가기까지 그리고 서울에 서 어렵게 휘문고에 입학하여 공부하던 중에도 송빈은 늘 가난했다. 송 빈에게 끊임없이 결핍, 즉 실재-대상 소타자를 환기시키는 것도 모두 이 가난이었다. 휘문고의 동맹휴학에 가담한 것도 학교에서 지정한 내 의를 입지 못한 결과였고, 은주가 다른 남자와 혼인하여 사랑의 실패를 경험한 것도 가난 때문이었다.

결국 대타자인 제국 일본에 의해 구성되어야 할 식민지 조선의 주 체, 송빈은 그 자신의 끊임없는 결핍과 욕망으로 인해 주체의 분열을 경험한다. 송빈의 분열은 제국 일본의 대타자 내부에 있으면서 그것에 균열을 가하는 주체의 변용으로 나아간다. 즉, 동맹휴학 사건과 은주의 혼인으로 동경행을 결심한 송빈이 스스로를 '청년'으로 위치시켜, '내 자신의 운명을 개척하려 지금 이렇게 달리고 있는 거다!'라고 외치는 모습은 제국 일본의 '청년' 담론을 내면화하였으나 동경행을 운명의 '개척'이라 믿는 한 근대 주체의 내면 풍경을 보여준다.

‘지금은 차서 넘치는 이 서울 장안도 고려 땐 한낱 보잘것없는 산촌에 불과했을 것이다! 사람의 힘이란 얼마나 큰 거냐. 이 무한한 가능성에 찬 것이 사람의 힘이요, 그 중에도 사내의 힘이요, 그 중에도 청년의 힘일 것이다! 한낱 계집애를 원망함으로써 입맛을 잃고 학문을 게을리하고 청운의 뜻을 저버리고, 아! 내 아버지의 망명고혼을 생각해선들!’

송빈이는, 한 폭이 지도처럼 서울을 짓밟는 기세로 종현을 뚜벅뚜벅 내려왔다.

‘지금은 첫째도 공부요, 둘째도, 세째 네째도 공부다!’

위의 인용문은 송빈이 동경행을 결심하면서 ‘청년의 힘’과 ‘공부’를 외치는 부분이다. 그러나 무엇에 관한 ‘공부’인가.

‘저 오막살이들을 보라! 저 길 하나 도랑 하나 제대로 내지 못하고 사는 동네들을 보라! 방엔 벼룩 빈대가 끓고 부엌엔 파리가 끓고 변소 하나 제대로 갖지 못하고 미신만 들어찬 가정들이다. <중략> 어디 조선에 문화가 있는가? 문명국 사람의 눈에 돼지우리로밖에는 보이지 않는 저런 똥과 파리와 헌데와 무지와 미신으로 가득 찬 가정이 조선 전 가정의 반이 무어냐? 수효로 치면 십분지 팔구가 될 것이다! 나는 우리 할머니와 우리 할머니의 친족 한 집을 그 가난한 진멩이에서 끌어낼 수 있기를 바랐다! 왜 진멩이 전체를 구할 생각은 못하였던가? 진멩이 전체에서 돌을 추려내고, 원시적인 양잠을 개량시키고, 산림을 기르고 기와를 구워 좋은 집들을 짓게 하고, 학교를 세우고 과학을 들여오고…… 왜 그런 생각은 못하였던가’

‘청년’ 이송빈이 동경에서 ‘공부’하기로 결심한 것은 ‘과학’이다. 그에게 과학은 단순히 입신을 하여 가족을 가난으로부터 구출할 학문이 아니라, ‘문명국 사람의 눈’에는 한낱 가난하고 미개할 ‘조선 전 가정’을 구출할 수 있는 학문이다.

‘과학’에 대한 송빈의 욕망과 신념은 신문 연재본 『사상의 월야』의 12장 ‘동경의 달밤’(후에 46년 단행본에서는 12장 전체를 삭제하고,

11장 '현해탄' 일부분을 수정하여 개작함)에서 전면적으로 제시된다. 여섯 살 소년 이송빈이 아라사의 해삼위에서 아버지의 장례식날 밤에 바라보았던 즐거움과 슬픔의 달을 이제, 동경의 '청년' 이송빈은 '과학'의 눈으로 바라보게 된다. 송빈의 '사상'이 변화함에 따라 '月夜'에 대한 송빈의 인식도 변화한 것이다.

> '그러타! 과학이다! 사랑의 동공을 현미경에 비기여 너머나 불순햇다! 그러면서도 동공 그 자체는 예술보다는 과학으로만 더 정확한 해석과 진찰이 되는 것이다! 과학이다! 내 완미한 머릿속에서 그러타. 가슴속이란 것도 진부한 관념이다. 이 확실히 두뇌 속에서 은주를 쪼차내일 것도 과학이다!'
> 송빈이는 달을 흘겨보앗다 차라리 개가 되여 지저보고 시펏다. 달을 짓는 개의 눈은 공연한 눈물이 잘 고이는 사람의 눈보다 차라리 과학적이라 생각된 때문이다.
> '이태백이니 소통파니 허는 주정군을 비롯해 우리는 너머나 너를 잘못 보아온 것이다! 달, 아니 태음(太陰) 네 정체는 적벽부에 있는 게 아니라 과학화보에 있는 거다! 그 우박마즌 재터미 가튼!'

'달'을 '우박마즌 재터미'에 비유하는 송빈은 '과학'의 사상을 지닌 근대 주체로 구성된다. 그러나 그 욕망 속에 잠재되어 있는 '은주'와 '할머니'에 대한 그리움과 외로움 때문에 '과학'에 대한 송빈의 욕망이 공허하게 느껴진다. 그럼에도 불구하고 송빈의 내면은 여전히 '과학'과 근대화에 대한 열망, 즉 근대화된 '아버지' 일본을 향한 욕망으로 재구성된다.

송빈이 일본의 한가운데, 동경에서 자신의 내면을 가득 채운 욕망에서 벗어난 것은 '은주'와 '할머니'에 대한 무의식적 그리움이 아닌, 미국인 '뻬닝호프'와의 만남을 통해서이다. '조선청년'에 대한 두 사람의 엇갈린 시선이 동양인이자 식민지 조선인인 송빈을 동일화하려는 '뻬닝호프'와 동일화되지 않으려는 송빈의 의식을 분절시켰던 것이다. 와세다에 입학한 후 미국에서 체육을 연구하고 돌아오면 안정된 자리를 보장해주겠다는 '뻬닝호프'의 제안에도 불구하고, 송빈은 조선인 유학생들에 대해 일방적인 불신만을 표출하는 '뻬닝호프'의 제안을 '무의미'하다고 거절한다.

> '좌우간 스코트 홀로선 우리 사업이 아닌 걸 가지고 관내관청에 폐를 끼쳐선 안되니까…… 그것보다두 난…… ' <중략> '이군이 와세다전문부를 마치면 내 미국에 보내주지.' <중략> '미국 가 체육을 연구허구 와 여기 체육부를 마터 가지구 우리와 함게 스코트 홀 사업을 해 줬스면 조켓는데.'
> '동경서요?'
> '암!'
> '그리구 여기 잇는 동안은 아무런 단체에두 들지 말구 유학생회에두 참가말구 예수만 진실히 밋구?'
> 송빈이는 고개를 떨구엇스나 오래 생각할 것도 업는 일이엿다.
> '감사합니다. 절 그러케까지 유망히 봐 주시는 덴 감사합니다. 그러나 유감입니다만 지금 말슴하신 모든 게 제 자신에겐 무의미합니다.'
> '무의미!'
> 뻬닝호프시는 불근 눈알이 소스며 두 손을 두 바지 포케트에 찔으며 일어섯다.
> '그런 계획으로 절 도와주신 거라면 이미 바든 은혜만 해두 저로선 가풀 길이 업는 부채이올시다. 더 적당한 사람을 골라 이 자리에 쓰시기 바랍니다.'
> 이리하여 송빈은 다시 압길이 막연하나 이날저녁으로 스코트 홀에서 나와 버리고 말앗다.

이처럼 『사상의 월야』는 송빈이 '뻬닝호프'의 제안을 '무의미'하다고 거절하고 '스코트 홀'을 떠나는 것으로 연재가 중단된다. 과학, 입신을 위해 동경에 어렵게 온 송빈은 왜 '뻬닝호프'의 제안을 거절한 것일까. 작가 이태준은 왜 '시대가 대단 복잡햇섯고 이야기가 사실을 존중했던만치 주인공의 이 앞으로의 모든 것은 좀더 신중히 생각할 여유가 필요하게 되엿습니다.'라고 하며 연재를 중단했을까.

이는 신체제기의 '아버지' 일본이라는 대타자와 '청년' 이송빈, 작가 이태준의 관계를 통해 조금이나마 해명할 수 있지 않을까 한다. 신문 연재본 『사상의 월야』는 이송빈을 통해 신체제기의 대타자 일본에 의해 구성되는 주체와 그러한 근대 주체의 욕망과 분열을 담아내고 있다. 그러나 이태준이 연재를 중단한 것은 작가 스스로도 송빈의 분열적 주체의 모습을 소설의 서사 속에서 어느 하나의 시각으로 동일화할 수 없었기 때문일 것이다. 일본의 동경이라는 공간에서 식민지 조선의 '청년' 이송빈이 미국인 '뻬닝호프'의 유학 제안을 거절하는 것은 일견 신체제기 '동양주의'의 내면화를 연상시킨다. 한수영이 지적하고 있듯이, "'신체제론'의 '대동아공영주의'가 표방하는 '동양주의'는 '서구'라는 보편을 벗겨내고, 그 자리에 '일본의 동양', 즉 일본이 또다른 '보편자'로서 기능하는 모순율로 구성'되었지만, 이태준은 '그 '동양'이 '일본주의'라는 '전체성'에 의해 또다른 '보편신화'로 탈바꿈하는 것에는 결코 동의할 수 없었'[10]던 것이다.

Ⅲ. 언어의 재배치와 주체의 봉인

1. 해방과 ' 아버지 ' 조선

1942년 7월 5일까지 총 98회로 '매일신보'에 연재를 중단한 『사상의 월야』는 그로부터 4년 후인 1946년 11월 개작 후 단행본으로 발행

---

10) 한수영, 「이태준과 신체제」,『이태준 문학의 재인식』, 소명출판, 2004, 215쪽.

된다. 앞서 Ⅱ장에서 살펴본 신문 연재본에서는 작가 이태준이 연재를 중단할 만큼, 주인공 이송빈이 대타자 일본에 의해 근대 주체로 동일화 되지 않고 분열을 경험하며 탈근대적 움직임을 담아내고 있다. 그러나 Ⅲ장에서 살펴볼 46년 단행본 『사상의 월야』에서는, 오히려 이송빈의 탈근대적 주체로의 변용 가능성이 해방 후 조선에서 '민족'의 호명에 의해 민족주의로 보편화된 주체의 내면으로 동일화되어 있다.

식민지 조선의 이중언어적 상황에서 모어(母語) 조선어에 대한 인식 을 바탕으로 대타자 일본의 동일화에 포섭되지 않았던 이송빈의 모습 은, 해방 후 모어(母語) 조선어만이 절대적 언어로 표상된 언어의 재배 치 속에서 민족주의자의 모습으로 변모하고 있다. 『매일신보』 연재본 (1)과 1946년 11월 발행된 단행본 (2)의 개작된 부분을 비교하여, 이태준 에 의해 선택 및 배제된 서사의 내용을 확인할 수 있다.

(1) '멀-리 백제때는 왕인(王仁)이 문자(文字)를 가지고 이 바다를 건너갓 다! 오늘 우리들은 비인 머리를 가지고 과학과 사상을 거기로 담으러 가게 되엿다!'
더욱 송빈이가 놀라듯 벌덕 일어난 것은
'오 아버지께서도 이 현해탄을 건느섯드랫다!'
생각을 해낸 것이다. '낭아사끼'에서 양복을 입고 찍으신 사진은 그 천 도연적과 함께 아직도 누이 송옥이가 마터가지고 있는 것이엿다.
'현해탄이란 우리의 모-든 력사의 바다다! 모든 력사의 파도다!'
송빈이는 일어섯다. 바다가, 현해탄이 보고 시퍼젓다 허리가 휘웃둥한 다.

(2) '머얼리 백제때는 왕인(王仁)이 문자(文字)를 가지고 이 바다를 건너 갔다! 문자만이 아니라 의술, 점학, 철공술, 미술, 나중엔 조원사(造園士)까 지 백제로부터 건너갔다 한다. 그런데 일본사람들은 그 답례로 무엇을 들 고 이 현해탄을 건너 조선으로 나온 것인가? 임진란으로 일한합방으로 일 로전쟁과 일청전쟁으로 오직 총과 칼을 들고 내달았을 뿐이다! 이런 악한

이웃 일본에 아니, 지금은 무서운 통치자 일본에 나는 공부를 가고 있다!
오늘 우리들은 비인 머리를 가지고 과학과 사상을 거기로 담으러 가게 되
었다. 슬픈, 너무나 쓰라린 역전(逆轉)이다!'
　더욱 송빈이가 놀라듯 벌떡 일어난 것은,
　'오! 아버지께서도 일찍이 현해탄을 건느셨드랬다!'
　생각을 해낸 것이다. 낭아사끼에서 양복을 입고 찍으신 사진은 그 천도
연적과 함께 아직도 누이 송옥이가 맡아 가지고 있는 것이다.
　'현해탄이란 우리의 모오든 역사의 바다다! 모오든 역사의 파도다!'
　송빈이는 일어섰다. 이 바다, 이 현해탄이 보고 싶다. 허리가 휘우뚱한
다.

　'오늘 우리들'이 일본에 가기 위해 현해탄을 건너는 것은 '비인 머리
를 가지고 과학과 사상을 담'기 위해서이지만, (1)에서는 대타자 제국
일본이, (2)에서는 대타자 조선이 이송빈의 주체를 구성하고 있다. 그러
나 (1)과 (2)의 서사가 지닌 차이점은 (1)의 송빈은 대타자 제국 일본의
내부에서 분열을 통해 주체의 변용으로 나아가고 있다면, (2)의 송빈은
대타자 조선의 내부에서 민족주의적 주체로 수렴되었다는 것이다.
　이처럼 이태준이 해방 후 개작한 단행본 『사상의 월야』에 담긴 서
사는 '아버지' 조선의 귀환과 민족주의의 절대적 보편화의 강력한 움직
임을 감지하게 해준다. 대타자인 '아버지' 조선과의 관계에서, 각각의
주체들은 모든 결핍을 충족할 수 있었던 것일까. 더 이상 그들에게 욕
망의 변증법적 움직임을 추동하는 결핍, 실재-대타자란 존재하지 않았
던 것일까. 만일 그렇지 않다면, 각각의 주체들이 그들의 결핍 지점을
외면할 수밖에 없도록 움직인 것은 무엇이었을까.

2. ' 조선인 이송빈 '이라는 민족의 호명

　(1) 밝는 날 새벽 이 갑판문이 열리자 송빈이는 누구보다도 먼저 뛰여나

왔다. 솔이 새파란섬이 벌서 보혓다. 바다는 행결 잔잔해졋다. 조선쪽으로 돌아서보앗다. 망망한 수평선 뿐이다. 이등실쪽 갑판에도 벌서 여러사람이 나와 잇섯다. 모다 즐거운 얼굴이다. 송빈이는 처음 듯는 무슨 '아이다사 미다사'니 '데루니 데라레누 강오노도리'니 하는 노래를 열심히 부루는 여자들도 있다. 푸른 물결에 다을 듯이 석별에 가지 느러진 소나무들, 차츰 가까워지는 문사(門司), 하관(下關) 일대의 수목울창한 육산들의 부드러운 곡선들. '마루미게'에 당홍 속옷자락을 해풍에 풍기며 쎈치한 노래를 부르는 여자들을 보며 보아 그런지 무슨 유원지역(遊園地域)에 드러서는 것 가튼 다정다감한 풍물이엿다.

　　(2) '오! 아버지? 이 미거한 것이나마 아버지의 뜻을 이으오리다!' 선각자들의 수난에 보답하오리다! 김옥균 선생 같은 이를, 아버지 같은 이를 매국노라, 역적이라 몰아붙이던 그 완매한 보수주의자들, 지금도 민철이 할아버지 따위, 원섭이 할아버지 따위가 조선엔 득실득실 차 있읍니다. 그들은 지금 하나같이 남작이니 후작이니 작위를 받아먹고 민족은 도탄에 들어 있어도 저자들만은 세도를 부리며 호위호식을 하고 있읍니다. 누가 정말 민족의 역적이며 누가 정말 나라를 팔아먹은 자들입니까? 아버지? 이 배에도 지금 조선청년이 많이 탔읍니다. 그 속에는 매국노들의 자식으로 일본 관립학교나 졸업하고 제 할애비 제 애비의 세도나 물려 가지려는 얼빠진 자식들도 있을 겁니다만, 아직도 김옥균 선생이나 아버지께서 일본에 조국을 팔기 위해서가 아니라 일본의 유신을 본받으러 가셨듯이, 일본에 협력하기 위해서가 아니라 이 앞으로 일본과 투쟁하여 조선을 찾을 그런 준비로 학문과 사상을 배우러 가는 진정한 애국청년들이 더러는 있을 겁니다! 영혼이 계시다면 이들의 앞길을 인도해 주옵소서.'
　　싸늘하게 식은 송빈이의 뺨 위에는 뜨거운 눈물이 흘러내렸다. <중략> 송빈은 머얼리 바다 끝에 새벽 하늘이 트이기 시작할 때까지 밝는 날부터의 새 운명을 향해 그냥 서 있었다.

　　인용문 (1)은 매일신보 연재본, (2)는 1946년 11월 발행된 단행본의 11장 '현해탄'의 결말 부분이다. (1)과 (2), '청년 이송빈'과 '조선인 이송빈' 사이의 간극은 욕망의 변증법을 통해 차이 자체로 주체의 변용을 지속하는 것과 대타자의 동일화에 포섭되어 주체의 구성을 완성하는 것으로 설명할 수 있다. 따라서 근대 소설의 서사 속에서 대부분의 근대 주체들이 대타자의 담론을 내면화하고 그에 따라 무수히 많은 타자의 타자성을 선택과 배제를 통해 소거하고 주체의 내면으로 동일화하였던 방식이 '조선인 이송빈'에게서 발견된다.

반면 '청년 이송빈'이 오히려 근대 주체로부터 탈근대적 변용의 움직임으로 나아가는 것은 사실 제국 일본의 신체제론 자체가 안고 있던 '모순율' 때문이다. 신체제기의 서울은 '경성부'란 명칭으로 일본의 한 지방으로 지정되었다. 따라서 한 국가의 지방이라는 특수성, 즉 지방색이라는 이름으로 조선의 특수성을 강조할 수 있는 모순적인 논리가 성립한다. 조관자는 「제국의 국민문학과 '문화=번역'의 좌절」에서 1938년 11월 하순 경성에서 열린 일본과 조선 문인들의 좌담회 내용을 소개하며, 당시 조선 문인들과 일본 문인들의 긴장 관계를 고찰한다. 그 중 『분가쿠카이』(문학계) 1939년 1월호에「조선문화의 장래」라는 좌담회의 기록 일부를 살펴보자.

(1) 이태준 우리의 독자적인 문화를 표현할 경우, 그 맛은 조선어가 아니면 안되는 것이 있습니다. 그것을 내지어로 표현하면 그 내용이 내지 것으로 끝나는 듯한 느낌이 듭니다. 전적으로 그렇게 됩니다. 그렇게 되면 조선의 독자적 문화가 없어진다고 생각합니다.

하야시 그것은 번역하면 됩니다.

(2) 하야시 영국이 아일랜드에서 행한 정책은 어땠는가? 그래도 아일랜드 문학은 있지 않습니까. ...오늘 조선어가 아니면 안된다든가, 내지어에 저항한다든가 말하는 것은...오늘, 내지의 영향으로부터 벗어난 예술은 없을 텐데요.

김문집 자연적인 경향은 그렇게 됩니다.

(중략)

　하야시 그겁니다. 지금부터 여러분이 작품을 내지어로 쓰길 바라는 건. 반드시 그 반항은 반드시 있습니다.

　이태준 그것은 일본문화를 위해서입니까? 조선문화를 위해서입니까?

　하야시 세계문화를 위해서입니다.11)

　이 좌담회 기록을 보면, 이태준은 끊임없이 조선어와 조선 문화에 대해 강조하고 있다. 이 좌담회의 긴장 관계를 조선의 특수성을 제국 일본의 보편화 과정으로 해소하려는 일본 문인들과 조선의 특수성을 고수하려는 조선 문인들의 팽팽한 대결 구도로 읽어낼 수 있다. 그러나 신체제기에 '조선어'와 '조선의 독자적 문화'를 주장했다고 해서 이태준이 제국 일본에 적극적으로 저항했으며12), 이러한 저항 의식이 해방 후 『사상의 월야』 개작으로 자연스럽게 이어졌다는 논리는 다소 설득력이 부족하다. 따라서 '조선인 이송빈'이라는 민족의 호명으로 주체의 구성을 추동했던 대자타인 '아버지' 조선의 동일화의 흐름을 고려하여, 이태준의 개작을 통해 근대 서사에서 주체의 변용을 중단시키고 동일화의 논리로 주체를 봉인하는 작동 기제의 문제들을 지속적으로 고찰해야 할 것이다.

---

11) 조관자, 「제국의 국민문학과 '문화=번역'의 좌절」, 『'일본'의 발명과 근대』, 이산, 2006, 228-230쪽.

12) 예를 들어, 한수영은 「이태준과 신체제」(『이태준 문학의 재인식』, 소명출판, 2004)에서 이러한 이태준에 대한 기존의 평가가 '의사제국주의'와 '저항'이라는 극단적 시각으로 편향되어 왔음을 지적하면서, 신체제론의 내부에서 이를 '전유'하며 저항의 구도를 그려내는 지점을 포착하고자 하였다.

IV. 나오며

1946년 11월에 발간한 『사상의 월야』 단행본은 이태준이 월북하여 '방소문화사절단'의 일원으로 약 2개월간 모스크바, 레닌그라드 등지를 둘러보고 온 직후라고 한다. 이 기행의 여정은 후에 1947년에 『소련기행』으로 발행된다.

『사상의 월야』 개작 전후, 어느 서사에서도 감지되지 않는 사회주의에 대한 이태준의 경도와 월북이라는 행보는 어떻게 이해할 수 있을까. 그것은 식민지 조선에서 사회주의 문학과 대척점에 있던 구인회의 정체성과 신체제기의 내부에서 서양 및 일본과 변별되는 조선의 특수성을 고수하고자 했던 민족의식 그리고 해방 후 사회주의에 경도되어 월북한 이태준의 행보, 이 세 가지 구도 속에서의 고찰이 이루어져야 할 것이다.

다만 분명한 것은 이태준이 『사상의 월야』 개작을 통해 담아낸 두 개의 서사가 보여주고 있는 선택과 배제의 구도가 라캉이 주체와 대타자의 관계 속에서 고민한 지점들과 밀접한 관련을 갖는다는 것이다. 이는 다시 '주체의 자율성' 문제로 간단하게 요약할 수 있다. 인간, 개인, 주체의 욕망은 자율적인 것인가. 이태준의 『사상의 월야』는 근대 주체의 위치와 변용 양상을 통해, 근대 주체의 내면 혹은 욕망을 동일화하는 보편화 기제의 강력한 영향력을 보여준다. 그러나 그 '부정적 드러냄'[13]으로 인해 『사상의 월야』는 근대 주체의 자율성에 대한 절대적 믿음과 대타자에 대한 비판적 인식으로 나아가는 통로가 되고 있다.

---

13) "문학적 실천과 문학의 자율성의 관계에 대해 김현은 문학은 '꿈에 비추어 어떤 것이 어떻게 결핍되어 있는가 하는 것을 부정적으로 드러'(『문학사회학』, 문학과지성사, 1992, 199쪽)내고 있다는 점에서, 현실에 대한 비판적 반성으로 이어진다는 시각을 제시한다." 조영실, 『김현 문학비평 연구』, 이대 박사논문, 2011, 106쪽.

■ 참고문헌

이태준, 『이태준문학전집7-사상의 월야』, 깊은샘, 1988.
강영안, 『주체는 죽었는가』, 문예출판사, 2001.
김택호, 『이태준의 정신적 문화주의』, 월인, 2003.
문학과사상연구회, 『이태준 문학의 재인식』, 소명출판, 2004.
상허학회편, 『이태준과 현대소설사』, 깊은샘, 2004.
이병렬, 『이태준 소설 연구』, 평민사, 1983.
이연숙, 『국어라는 사상-근대 일본의 언어 인식』, 고영진, 임경화 역, 소명출판,
        2006.
조관자, 「제국의 국민문학과 '문화=번역'의 좌절」, 『'일본'의 발명과 근대』, 이
        산, 2006.
조정환, 「삶문학의 관점에서 본 한국문학의 근대성과 탈근대성」, 『상허학회 2006
        년도 심
        포지엄 자료집』, 2006.
자크 라캉, 『자크 라캉 욕망이론』, 권택영 외 역, 문예출판사, 1994.
루이 쟝 칼베, 『언어와 식민주의』, 김병욱 역, 유로서적, 2004.
사카이 나오키, 『번역과 주체』, 후지이 다케시 역, 이산, 2005.

■ **국문초록**

『思想의 月夜』는 1941년 3월부터 1942년 7월까지 총 98회 『매일신보』에 연재된 작가의 자전적 소설이다. 이태준은 42년 7월 5일, 주인공 '이송빈'의 동경 유학 생활을 쓰던 중에 연재를 중단하는데, 『사상의 월야』는 해방 후 개작되어 1946년 단행본으로 발행된다. 본고에서는 라캉의 '대타자'와 '주체'의 관계를 중심으로, 제국 일본의 식민지와 해방이라는 조선의 역사적 상황 속에서 『사상의 월야』 개작을 통해 작가 이태준이 놓인 위치와 주체의 모습을 고찰하고자 한다.

주인공 이송빈은 제국 일본의 언어가 식민지 조선의 언어를 배제하여, 조선인을 제국 일본의 국민으로 동화하려는 움직임 속에 놓여 있었다. 이러한 이중언어적 상황 속에서 이송빈의 욕망은 일본어를 향해 작동하기 시작했으며, 이를 통해 라캉이 말하는 욕망의 주체로 위치 지어진다. 그러나 이미 '언어들의 배치'를 통해 조선어의 존재를 인식한 송빈은 단순히 욕망의 주체로 머물 수 없었다.

식민지 조선의 이중언어적 상황에서 모어(母語) 조선어에 대한 인식을 바탕으로 대타자 일본의 동일화에 포섭되지 않았던 이송빈의 모습은, 해방 후 모어(母語) 조선어만이 절대적 언어로 표상된 언어의 재배치 속에서 민족주의자의 모습으로 변모하고 있다. 따라서 '조선인 이송빈'이라는 민족의 호명으로 주체의 구성을 추동했던 대자타인 '아버지' 조선의 동일화의 흐름을 고려하여, 이태준의 개작을 통해 근대 서사에서 주체의 변용을 중단시키고 동일화의 논리로 주체를 봉인하는 작동 기제의 문제들을 지속적으로 고찰해야 할 것이다.

이태준의 『사상의 월야』는 근대 주체의 위치와 변용 양상을 통해, 근대 주체의 내면 혹은 욕망을 동일화하는 보편화 기제의 강력한 영향력을 보여준다. 그러나 그 '부정적 드러냄'으로 인해 『사상의 월야』는 근대 주체의 자율성에 대한 절대적 믿음과 대타자에 대한 비판적 인식으로 나아가는 통로가 되고 있다.

주제어 : 이태준, 『사상의 월야』, 근대 주체, 대타자

■ Abstract

Aspects of the Modern Subject's Location and Transformation

Jo, Young-Sil

『The Moonlight Night of Thoughts』 is an autobiographical novel of the writer which had been serially published in daily newspaper Maeil Shinbo, total 98 times from March 1941 to July 1942. Lee Tae-jun, the writer, stopped writing this serial story on July 5, 1942 while writing about the protagonist, Lee Song-bin's life in Tokyo as a foreign student. Meanwhile, the novel was adapted after Joseon liberated from Japanese colonial rule and published in 1946. Lee Tae-jun's situation during that time and the appearance of the subject through adaptation of his novel under the Joseon's historical situation were investigated with a focus on the relationship between 'The Other' and 'The Subject' by French psychoanalyst and psychiatrist Jacques Lacan.

The main character of the book, Lee Song-bin was lying in the middle of movements of assimilating Korean people to the citizens of imperial Japan making the language of Joseon ruled out by the language of Japan. Under such a bilingual situation, his desire started rushing through Japanese language. Through this, he was positioned as the subject of desire, as said by Lacan. However, he who had already recognized the existence of Korean language through the 'disposition of languages,' couldn't remain simply as the subject of desire.

Under the bilingual situation of the colonial Joseon, the look of the protagonist who had not been taken into assimilation of Japan, so called, the other, on the ground of the consciousness of his mother tongue, Korean language, was changed into a nationalist amid re-disposition of languages in which only Korean language was symbolized as the mother tongue after freed from Japanese imperialism. Thus, considering the flow of assimilation of Joseon; 'Father,' that is, the other, for which the protagonist had closely involved in the organization of the subject upon being called by the people, dubbed 'Korean, Lee Song-bin,' it shall be required to stop changing the subject in the modern narrative text through Lee Tae-jun's adaptation, and to review the issues of working mechanism to seal off the subject with the logic of assimilation.

Lee Tae-jun's 『The Moonlight Night of Thoughts』 displays a strong impact of generalizing mechanism which assimilates the inner part of the modern subject or its desire through the position of the modern subject and changing pattern. However, due to such 'negative exposure,' the novel has become a passage to advance to critical perception with respect to the absolute belief and the other relative to autonomy of modern subject.

Keyword : Lee Tae-jun, 『The Moonlight Night of Thoughts』, modern subject, The Other

이 논문은 2010년 11월 12일에 접수되어, 2010년 11월 22일부터 2010년 12월 3일 사이에 이루어진 소정의 심사를 거쳐 2010년 12월 10일 편집회의에서 최종적으로 게재가 확정되었음.

1960년대 인권 보장 기제로서의 반공주의

― 이호철 · 김승옥 소설을 중심으로

목 차

1. '국민 만들기'의 기호로서의 반공주의
2. '인권'을 박탈하는 기호로서의 '빨갱이'
3. '인권'을 보장받기 위한 소시민으로서의 삶
4. 소시민의 '인간다운 삶'이라는 모순적 가치로서의 인권

김 경 민*

1. '국민 만들기'의 기호로서의 반공주의

1948년 여순사건의 발생과 이어진 국가보안법의 제정, 그리고 한국전쟁과 휴전으로 이어지는 이승만 정권 시기에 반공주의는 북한을 적으로 규정하고, 사회주의와 자유주의라는 대립적인 체제 구도에서 철저하게 한 쪽을 부정하게 하는 정치 이데올로기의 산물이었다. 그러나 박정희 정권 시기의 반공주의는 이전과는 다른 양상과 의미를 지니게 되는데, 1960년대 반공주의의 형성, 운용 과정에서 일단 주목해야 할 요소는 1961년 반공법의 제정이다. 박정희 정권 또한 이전 정권과 마찬가

---

* 한림대학교.

지로 "반공을 국시의 제일의"로 삼을 것은 공표하였다. 그러나 박정희 정권이 주장하는 '반공'의 의도가 단순히 북한과 그 체제를 견제하고 부정하고자 하는 것이었다면, 그것은 1948년 이미 제정된 국가보안법으로 충분하다. 그러나 굳이 박정희 정권이 집권 직후 반공법을 새롭게 제정한 것은 분명 정치 이데올로기로서 '반공'이 아니라 다른 의미를 지닌 새로운 기호가 필요했기 때문이다.

박정희 정권의 가장 큰 목표는 '조국 근대화'였다. 정부를 중심으로 한 강력한 행정력과 그 정부의 계획과 통제 아래 이루어지는 산업발전과 경제성장이 박정희 정권이 꿈꾸는 국가상이었다. 이 거대한 프로젝트를 실행하기 위해서는 무엇보다 일상생활에서나 산업현장에서 성실하게 국가의 요구와 명령을 이행할 수 있는 국민이 필요하다. 이는 1960년대 우리나라에만 해당되는 것은 아니다. '인간에 대한 통치'를 근대 국가의 특징이라고 했던 푸코의 말에서 알 수 있듯[1], 근대 국가 형성에서 가장 중요한 요소는 바로 근대 국가에 적합한 국민 양성이다. 이른바 '순종하는 인간'이 근대 국가의 효율적 운용에 가장 적합한데, 근대 국가가 '순종하는 인간'을 만들기 위해서 사용하는 방법은 직접적인 강제나 무력이 아니라 개개인으로 하여금 자발적으로 근대 국가의 메커니즘에 포섭되도록 하는 것이다.

1960년대 박정희 정권이 사람들을 포섭하기 위해 꺼내든 카드는 바로 '인권'이었다. 그러나 박정희 정권이 이야기하는 '인권'은 자유와 평등의 가치를 기반으로 하여 인간으로서의 존엄성을 보호하기 위한 권리를 뜻하는 것이 아니었다. 인간이라면 누구나 보장받아야 할 절대적이고 보편적인 가치로서의 권리가 아닌, 박정권이 표방한 인권은 시민(국

---

1) 푸코는 1977년부터 콜레주 드 프랑스에서의 강의를 통해 '영토국가'에서 '인구국가'로의 이행, 그리고 그에 따라 생물학적인 생명과 국민 건강이 주권 권력 특유의 문제로 그 중요성이 급증하는 과정에 주목했다. (푸코, 「안전, 영토 및 인구」, 719쪽; 아감벤, 『호모사케르』, 새물결, 2008, 37쪽 재인용.)

민)권의 다른 이름에 불과한 상대적이고 제한적인 권리였다. 전쟁의 피해가 아직 완전히 회복되지 않았으며, 국가가 국민들의 삶을 보장해줄 만한 여력도 갖추지 못한 상황에서 사람들에게 무엇보다 중요한 것은 일차적인 생존이었다. 이때 국가는 '생존'을 보장해주는 조건으로, 오직 자신들의 계획과 명령에 맞춰 성실하게 움직이는 국민이 될 것을 요구한다. 다른 근대 국가의 국민들처럼, 1960년대 우리나라 민중들 또한 "근대적 인간은 생명 자체가 정치에 의해 문제시되는 동물"이 된 것이다.[2] 이 과정에서 박정희 정권이 새롭게 제정한 반공법이 유용하게 사용된다.

　같은 목적으로 제정된 기존의 국가보안법에 비해 새롭게 제정된 반공법은 "훨씬 더 처벌대상, 범위, 형량 등이 가중"적이었고, 목적범의 경우에만 처벌하는 국가보안법에 비해, 반공법은 외견상 나타나는 결과만 가지고도 처벌할 수 있었다.[3] 즉 "법적 효력을 갖는 기호의 외연이 넓어지는 과정"[4]이 박정희정권이 제정한 반공법에 의해서 이전보다 더 공고해지는 것이다. 이는 다시 말해, 판결과 집행권을 모두 가진 국가가 마음대로 처벌 대상과 범위를 정할 수 있다는 것이다. 반공법이라는 모호한 경계를 가진 포획의 그물망에는 그야말로 '아무나' 걸려들 수 있었고, 대개 그 '아무나'는 모든 권력을 가진 국가의 눈 밖에 난 자들이었다. 가령 이전에는 반공주의에 의해 '빨갱이'로 규정되던 사람들이 간첩이나 빨치산, 혹은 월북자를 가족으로 둔 사람들처럼 이적행위나 반체제행위의 흔적이 조금씩이나마 있는 이들이었다면, 1960년대 반공주의가 '빨갱이'를 지목하는 과정에는 이런 근거들은 전혀 필요하지 않았다. 단지 국가의 요구와 명령에 순응하지 않는다면, 그것만으로 '빨갱이'가

---

2) 푸코, 「앎에의 의지」, 188쪽; 아감벤, 위의 책, 36쪽 재인용.
3) 박원순, 『국가보안법연구1』, 역사비평사, 1989. 197쪽.
4) 김준현, 「반공주의의 내면화와 1960년대 풍자소설의 한 경향」, 『상허학보』21집, 2007.10. 114쪽.

될 이유는 충분했다.5) 즉, '국민 ↔ 빨갱이'의 공식이 탄생하게 되는 것이다.

이처럼 박정희 정권에서의 반공주의는 더 이상 '이념 갈등', '체제 대립'과 같은 가치들과 나란히 놓이지 않고, '근대 국가 건설', '조국 근대화' 등의 가치와 같은 맥락에서 상징적인 기호 역할을 하게 된다.6) 그리고 조국 근대화를 위해 필요한 '순응하는 신체'의 자질을 갖추지 못한 이들을 '반공주의'는 '빨갱이'로 지목하고 인간으로서의 최소한의 삶조차 허락하지 않았다. 즉, 반공주의는 모든 비판적 생각이나 행동을 좌익, 불순, 용공의 영역과 즉각 결합시킴으로써, 지배 구조에 대한 비판과 문제제기 자체를 봉쇄하는 효과를 발휘했다.7)

본고에서는 김승옥과 이호철의 60년대 소설을 대상으로, 그들의 소설에 특히 많이 등장하는 소시민의 모습을 통해, 반공법을 중심으로 한 1960년대의 반공주의가 어떤 방식으로 당시 박정희 정권의 근대 국가 형성 프로젝트에 활용되었는지 살펴볼 것이다. 그리고 이 과정에서 반공주의가 그것과 가장 모순적인 가치인 인권과 어떻게 관계를 맺어 연

---

5) "반공법 제정 이후 북한과의 관계가 더 철저하게 적대적인 대결상태가 된 것은 물론이고, 사회 전반에 걸친 억압과 통제가 이루어지게 되었으며, 정부시책에 대한 사소한 불만, 통일에 대한 건전한 의견표명마저도 이적행위로 매도되고 탄압되었다." (박원순, 앞의 책, 195쪽.)

6) 박정희정권은 반공법 제정의 목적으로 "북한의 침략에 대한 소극적인 자기방어만이 아니고 적극적으로 반공체제의 강화와 반공역량의 배양"(한옥신, 『사상범죄론』, 최신출판사, 1975, 294쪽.)을 내세웠는데, 여기서 말하는 '강화된 반공체제와 반공역량'이 뜻하는 것은 4.19 이후 한껏 고양되어 있는 민주주의와 민족통일에 대한 민중적 요구와 열망의 봉쇄에 있었다.

7) "반공주의의 의미 확장은 반공주의적 세계관의 일상적 내면화를 통해 사회 구성원의 정신 속에 특정한 정치 사회적 사고와 행위를 자발적, 자동적으로 유발하는 일종의 회로판을 형성한다. 그것은 사상적 획일성과 명확성, 군사 동원주의적 심리, 배타적 감시자적 태도, 반정치적 일원주의적 질서, 도덕주의로 요약될 수 있다."(권혁범, 「반공주의 회로판 읽기: 한국 반공주의의 의미체계와 정치사회적 기능」, 『통일연구』, 1998.11, 64-65쪽.)

동되었는지도 함께 살펴보고자 한다.

2. '인권'을 박탈하는 기호로서의 '빨갱이'

이승만 정권 때 만들어진 "빨갱이"라는 단어는 여전히 그 자체로도 엄청난 공포의 대상이 된다. 꽤 오랜 시간에 걸쳐 형성된 "빨갱이"의 이미지는, "빨갱이"의 실체가 없는 상태에서도 충분한 공포효과를 불러 일으킨다.

> "제대까지 한 사람이 있으면서 왜 이 모양이야. 이 이발관은. 좀 빠릿빠 릿하지 못하구. 도대체에 당장 빨갱이들이 나오면 어쩔려구." (중략)
> 그 청년의 말은 과연 천 번 만 번 지당한 말이었다. 요즈음 세월에 모두 이러고 있을 때가 아닐 것이었다. 정신들을 차리고 빠릿빠릿해 있어야 할 것이 있었다. 썩은 동태 눈알을 해 가지고 희멀겋게 뻗어 있어서는 안 될 것이었다. 휴전선을 사이에 두고 빨갱이와 마주 대결하고 있고, 월남에 파 병을 하고, 곳곳에 간첩들이 활개를 치는 판에 도대체 이렇게 멍청하게 있 을 때가 아닐 것이었다. 사람들은 이렇게 저렇게 따져서 그 말에 수긍은 하면서도 무엇인가 써늘하고 무서웠다.[8]

평화롭던 일상의 작은 공간(이발소)에서 "빨갱이"의 출현은 상상만 으로도 가히 위협적이다. 그러나 이 상황에서 이발소 안에 있던 사람들 이 정작 더 두려워하고 있는 대상은 언제 휴전선을 넘어 올지 모르는 북한의 빨갱이도, 저 멀리 베트남의 사회주의자도 아니다. 오히려 '민주 주의'를 운운하고 있는 청년들에게서 "무엇인가 써늘하고 무서"움을 느

---

8) 이호철, 「이발소」, 『이호철문학선집』, 국학자료원, 2006, 290-293쪽. 이후 본문에서 인용되는 이호철 소설은 모두 『이호철문학선집』에서 인용한 것이므로, 소설 제목과 페이지만 밝히도록 한다.

끼는 것이다. 여전히 적과 대치중인 휴전상황에서 정신 차리지 않고 "희멀겋게" 있는 것이 이 청년들의 눈에는 그 자체로도 충분히 이적(利敵) 행위가 되고 여차하면 청년들 말처럼 "논산훈련소 같은 곳에" 끌려가서 "한 두어 달씩 뚜드려" 맞을 지도 모르기 때문이다. 이것이 바로 '반공법' 제정 이후 새롭게 나타난 모습이다. 과거에는 "빨갱이"만 경계하고 색출해내면 되었지만, '반공법' 제정 이후부터는 누구나 "빨갱이"로 지목될 수 있기 때문에, 어느 순간부터 민중들이 더 두려워하는 대상은 "빨갱이"가 아니라 "반공법"이라는 공포 기제를 만들어 놓고 이를 통해 "빨갱이"를 생산해내는 이들이 되었다.

「등기수속」의 현구도 자기 땅의 소유권을 법적으로 분명히 해두려는 등기수속을 하는 과정에서 "빨갱이"가 아닌, "빨갱이"를 생산, 감시하는 이들로부터 공포를 경험한다. 지극히 평범한 일상의 시공간에서 현구가 공포를 느낀 대상은 "완전무장을 한 군인들을 가득 실은 드리쿼터"이다. 현구는 이 군인들을 보면서 "가슴이 철렁하는" 불안과 공포를 느낀다. 문제는 이런 불안함이 계속해서 강박적으로 그를 괴롭히고 있다는 점이다. 이틀에 걸쳐 진행되는 등기수속의 과정에서 그는 이런 불안을 여섯 차례나 경험한다. 결국은 자면서까지 "군인을 가득 실은 드리쿼터가 헤드라이트를 켠 채 자기에게 돌진해 오는 꿈을 꾸며 몇 번이나 깜짝깜짝 놀"라기까지 한다. 이렇듯 조금도 의심이 될 만한 행동은 한 적이 없음에도 불구하고 "완전무장을 한 군인들"의 존재는 누구에게나 불안과 공포의 대상이 된다. 게다가 그 공포의 대상이 "헤드라이트를 켠 채 돌진"한다면 우리는 강한 헤드라이트 불빛에 눈이 부셔 그 대상의 분명한 실체를 파악할 수가 없게 된다. 그렇게 하얀 빛 너머에 있는 공포 대상의 실체는 모른 채 막연한 불안과 공포심을 느낄 수밖에 없는 것이다.

실체도 정확히 드러내지 않은 채, 그저 반공주의라는 막연한 이름으로만 불리는 이 거대한 괴물의 위력은 대단하다. 처벌 대상의 경계가 모호한 반공법의 특성상, 힘을 가진 자나, 다수가 틀렸다고 규정하는 순간 그 대상은 "빨갱이"가 된다. 가령 다수의 사람들과 다른 생각이나 행동을 하는 것만으로도 문제적인 대상으로 간주될 수 있는 것이다. 공무원 조직에서 남는 예산을 거짓 서류를 꾸며 자신들이 슬쩍하던 문제적인 관행에 맞서 소신껏 원칙에 따른 행동을 고집하는 이원영 주사에게 돌아오는 말은 "저 새끼 꼭 빨갱이 새끼군. 하는 투나 하는 소리나 꼭 빨갱이군."이다. 심지어 이원영의 아버지마저도 '근대화 병'이니 '소시민 근성'을 운운하며 자신을 비판하는 아들에게 "빨갱이 같다"는 표현을 한다.9)

> "네 하는 소리나 지껄이는 투는 꼭 빨갱이들 비슷하구나. 얘기 내용도 더러 그런 냄새가 풍기고 너무 근엄하고 진지한 체를 해도 꼭 그놈들 비슷해진다는 말이다. 네 생각도 충분히 옳고 일리가 없지는 않겠다마는 그런 식은 자칫하면 빨갱이로 오해받을 소지도 있다는 말이다. 조심해야지."
>
> 「심천도」, 336쪽

이적행위나 간첩행위를 한 것도 아니다. 단지 자신이 속해 있는 사회의 문제점에 대해 비판을 하고 합리적인 해결방식을 제시했을 뿐이다. 그러나 다수의 생각과 다르다는 이유만으로, 그리고 사회가 제시하는 방법이나 관행에 맞서는 비판적 생각을 했다는 이유만으로, 이원영 주사의 행동은 문제적인 것이 되어 버린다. 모든 비판적 생각은 "불건전혐의 → 불순혐의 → 좌경혐의 → 용공, 친북혐의 → 간첩혐의"로 이어지는 반공주의의 회로판을 타고 순식간의 연상작용을 통하여 마지막 단계의 혐의와 동일시되어 버리기 때문이다.10)

---

9) 이 부분에 관해서는 강진호도 이미 지적한 바 있다. (강진호, 「공복사회의 실상과 원칙주의자의 신념」, 『현대소설사와 근대성의 아포리아』, 소명출판, 2004, 참조.)
10) 권혁범, 앞의 글. 66쪽.

> 어제는 지리 선생이 잡혀갔다. (……) 빨갱이라면 온통 치를 떨면서도
> 정작 교원들의 권익 문제라도 나오면 세계 각국의 통계숫자까지 일일이 들
> 어가며 항상 살기등등하던 영감님이다. (……) 그저께 저녁에는 생물 선생
> 과 고학년 수학을 맡은 권선생이 잡혀갔다.
>
> 「부시장 부임지로 안 가다」, 251쪽

이처럼 심지어 "빨갱이라면 치를 떠는" 사람도 아이러니하게 반공
법의 문제 대상이 된다. 단지 "교원들의 권익 문제"에 관심을 가지고
적극적인 행동을 한 것만으로도 반공법은 충분히 불건전혐의나 불순혐
의를 씌울 수 있는 것이다.

그러나 문제의 본질은 이들이 "빨갱이"로 지목된 것 자체가 아니라,
"빨갱이"로 지목되는 순간 이들이 가지고 있던 모든 생활의 기반이 함
께 빼앗긴다는 사실에 있다. 위 인용문에서 인권을 운운하던 지리 선생
을 비롯해 잡혀간 모든 이들은 "빨갱이"의 혐의를 받고 잡혀가는 순간
정상적인 사회생활의 자격 또한 함께 박탈된다. 앞에서 인용한 「심천
도」에서도 풍요롭고 안정된 삶을 거부하고 조직의 타성과 모순에 문
제제기를 했던 이원영 주사에게 돌아온 것은 '해고' (물론 이원영 주사
가 자발적으로 사표를 낸 것으로 나오지만, 정황상 이는 분명히 강요된
사표이다)이다.

김승옥의 「들놀이」에도 이와 유사한 장면들이 나온다. "연말에 보
너스 대신 정종 한 병씩을 사원들에게 배급하고는 시치미 떼어버리는
노랭이" 사장에게 비꼬는 말을 했던 사원이 결국 "조용조용히 해고"된
것이다. 조직의 규범이나 그 조직의 권력자에게 문제제기를 하는 것과
같은 비판적 사고를 한다는 것은 곧 그 조직으로부터의 배제를 뜻한다.
이 소설에서 주인공 맹상진군이 사내 들놀이 초대장을 받지 못한 뒤로
초조해하고 불안해하는 이유도 이 때문이다. 물론 단순히 집단과 다른
동료들로부터 소외된다는 사실도 불쾌하고 불편한 일이지만, 맹군이 걱

정하는 것은 들놀이에 초대받지 못한 것이 곧 해고를 의미할 수도 있기 때문이다.

> 맹상진군의 불안은 이군의 노력에도 불구하고 계속됐다. 그날밤, 맹군은 이불 속에 누워서 어둠 속을 올려다보며 잠을 이루지 못하고 별의별 귀신이 그 어둠 속에서 날개짓을 하고 있는 것을 보고 있었다. (……) 이군의 경우는 나와 다르지, 그는 어쨌든 사장의 초대를 받은 거야. 들놀이에 가지 않겠다는 건 그의 자발적인 의사지, 말하자면 적어도 오늘까지는 사장이 그를 회사 사원으로 인정하고 있는 거야. 그런데 나는 어떠한가. 나는 나는 나는.... 벌써..... 해고하기로 결정된 사람인지도 몰라. 해고? 아니 그렇진 않겠지. 이군의 말이 맞을지도 모르지. 미스 리의 실수에 불과하다는 게 맞을지도 모른다.[11]

맹군은 특별히 해고를 당할만한 행동을 한 적이 없다. 오히려 해고를 짐작하고부터 자신의 행동을 되짚어보며 자책과 자기검열을 하기 시작한다. 맹군을 위로하기 위해 자신도 함께 들놀이에 가지 않기로 한 이군 또한 결코 마음이 편치 않다. 그 역시 맹군과 바둑을 두고 있으면서도 들놀이에 참석하지 않은 불이익이 생기지 않을까 불안해한다.

이들이 이렇게 불안해하는 이유는, 근대 국가가 규범에서 벗어난 자들을 처벌하는 방식 때문이다. 복잡하고도 교묘한 메커니즘에 의해 움직이는 근대 국가는 문제적인 인물에게 결코 직접적인 폭력이나 잔인한 처벌을 가하지는 않는다. 근대 국가가 형성되고 유지되는 기본 원리는 배제와 포섭이다. 즉, 공동체의 테두리 안에서 그를 벌하기 보다는, 공동체 바깥으로 내쫓는 방식으로 문제를 해결한다. 사회 구성원으로서의 자격 박탈이 의미하는 것은 생존에 필요한 최소한의 조건조차 사회

---

11) 김승옥, 「들놀이」,『김승옥소설전집1』, 문학동네, 2004, 303쪽. 이후 본문에서 인용되는 김승옥 소설은 모두『김승옥소설전집』에서 인용한 것이므로, 소설 제목과 페이지만 밝히도록 한다.

226

로부터 보장받을 수 없다는 뜻이다. 사회로부터 보장받기는커녕 자신이 누리고 있던 모든 삶의 기반마저 국가에게 몰수당하게 되는데, 위 인용문에서는 이것이 '실직'의 형태로 나타난다. 결국 인간으로서의 최소한의 삶조차 영위할 수 없는 상황에까지 이르게 되는 것이다.

60년대 반공주의와 인권이 연동되는 것도 근대 국가의 이런 특성 때문이다. 반공주의의 논리에 따르면 국가의 근간인 체제에 맞선 이들은 더 이상 이 나라의 국민이 아니다. 따라서 그들에게서 국민으로서의 모든 자격과 권리를 박탈하는 것은 당연하다. 반공주의는 결국 국민의 자격을 가늠하는 기준이 되며, 국민의 자격을 얻은 자에 한해서만 인권이 부여되었다. 즉, 인간다운 삶에 대한 권리를 뜻하는 인권은, 우리가 흔히 알고 있는 것처럼 자연법에 기반하여 누구에게나 평등하게 보장되는 것이며, 모든 것에 전제가 되는 당위적 조건이 결코 아니었다. 오히려 인권은 대단히 "정치적"이다. 근대 국가에서 '인권'은 '국민'으로서의 자격을 부여받은 자에 한해서만 주어졌던 제한적인 권리였다.

1960년대 인권담론에 관한 이정은의 논의는 당시 우리 사회가 규정하는 인권의 개념과 그것이 정치기제로 작동되는 방식을 잘 보여준다.12) 이 논의에 따르면, "국민국가의 모듈, 제도적 장치로 도입된 형식적 '인권'"옹호는 역설적이게도 "박정희 정권이 결코 무시하거나 회피할 수 없는 정책 사안 중 하나"였다. 박정희 정권은 '인권의 날' 행사를 더욱 성대하게 치르기 시작했고, 인권상담소 등을 적극적으로 운영해 국민들의 인권상담, 고발 기회를 확장시키기도 했다.13) 그러나 이는 어디까지나 형식적인 정치활동의 일종에 불과했다. 결국 박정희 정권이 만들어낸 인권담론은 재건과 경제개발이야말로 기본적 인권의 보장을

---

12) 이후 1960년대 인권담론에 관한 논의의 상당부분은 이정은, 「제도로서의 인권과 인권의 내면화: 1960년대 인권담론과 정치학」에서 참고, 인용한 것임을 미리 밝혀둔다.

13) 이정은, 「제도로서의 인권과 인권의 내면화: 1960년대 인권담론과 정치학」, 한국사회사학회, 『사회와 역사』제79집, 2008년, 55쪽.

위한 것이라고 주장하는 것이었고, 또한 공산주의의 인권유린과 자유민주주의의 인권옹호라는 대립구도를 통해 반공을 함께 내세우고 있었다.14) 인권옹호사업의 중요한 부분 중 하나가 반공유공자심사와 같이 반공주의를 기반으로 한 원호사업이었고, '준법정신 계도' 또한 인권옹호사업에서 빠지지 않는 부분이었다. 박정희 정권의 주요 정책 중 하나였던 인권이 어떻게 해석되는가를 단적으로 보여주는 대목이다. 한 마디로 박정희 정권의 인권옹호사업은 반공법을 비롯한 국가의 법과 명령을 잘 지키는 것, 즉 규범에 적합한 '국민'이 되는 것이 곧 인권을 보장받는 것이라는 논리를 사람들에게 내면화시키고 있었던 것이다.

'국민되기=인권보장'이라는 공식을 가장 잘 보여주는 대목은, 한국전쟁 이후 급격히 늘어난 부랑아, 거지, 전쟁고아와 같은 이들이 인권을 보장받는 과정에 있다.15) 이들은 호적이 없거나 불분명하여 국가의 등록서류에도 빠져있는 무적자(無籍者)로서, 일종의 비존재 혹은 비국민이라 할 수 있다. 이 상태에서 이들은 사회적 불안/공포의 대상이자 경찰의 감시, 통제의 대상인 잠재적인 우범집단으로 취급된다. 이런 이들이 기본권을 보장받기 위해 한 행동은 "국민의 의무를 다하는 것"이었다. 자신들이 스스로 본적, 연령, 호적관계 등을 기재한 신상카드를 작성해 이를 토대로 입적과정을 거쳤고, 병역 해당자는 자진 입대를 통해, 다른 이들은 교육과 직업활동을 통해 사회를 위해 유용하게 쓰이는 직업인으로서의 모습을 보이면서 자신들을 국민으로 인정해주기를 요구했다. 이처럼 인간다운 삶에 대한 최소한의 권리조차 모든 인간에게 자연적으로 주어지는 것은 아니다. 인간으로서의 기본적인 삶의 형태와 가능성의 결정권마저 국가에게 있다는 사실은 부정할 수 없는 근대 국가로서의 1960년대 우리 사회의 모습이다.

---

14) 이정은, 위의 글, 55쪽.
15) 이정은, 앞의 글, 82-84쪽 참고.

3. '인권'을 보장받기 위한 소시민으로서의 삶

천부 인권이 아니라 "정치적"인 속성을 띤 '인권'은 "인간 자체의 가치보다 그 인간들이 국가와 맺고 있는 관계에서 비롯"[16]된다. 다시 말해, 인권은 한 공동체 안에서 개인과 집단 사이의 관계, 또한 그 개인, 집단이 다른 개인, 집단, 특히 힘과 권위를 지닌 개인, 집단과 맺는 관계를 짚어내는 것이다.[17] 서구의 경우 이러한 인권은 여러 차례에 걸친 투쟁과 합의의 산물로 국가와 개인 간의 계약이라는 형태로 생겨났지만, 우리의 경우는 '인권'이라는 새로운 개념을 이해하고, 이에 대해 충분히 고민할 시간이 없었다. 즉 서구로부터 이식되고 국가로부터 강제된 형태의 '인권'이 지배적일 수밖에 없었던 것이다. 이 경우 국가가 법의 형태로 규정하고 보장해주는 인권을 부여받기 위해서는 권리를 부여하는 자가 제시하는 조건에 부합해야 한다. 위에서 언급한 것처럼 국민의 자격으로 '인권'을 보장받으려 할 때 가장 경계해야 할 점은 "빨갱이"가 되어서는 안 된다는 것이다. 그러나 "법적 효력을 갖는 기호의 외연"이 아주 넓은 반공법의 특성상 누구나 '잠재적 용공주의자'가 될 수 있다. 실제로 박정희 정권이 5.16이후 특수범죄 처벌에 관한 특별법이라는 잠정적 특별법에 따라 구속, 수감한 1천여 명에 이르는 '용공사범'들의 죄목은 정확히 '잠재적 용공주의자'였다.[18] '공산당'과 자신을 구별하기는 어렵지 않으나, '잠재적 용공주의자'로부터 자신을 구별하는 것은 결코 쉬운 일이 아니다.[19]

'잠재적 용공주의자'로 지목돼 끌려가지 않는 방법은 비판이나 부정은 물론이고 아예 어떠한 생각조차 하지 않고 그저 사회가 제시하는 규

---

16) 앤드류 클래펌,『인권은 정치적이다』,한겨레출판, 2010, 49쪽.

17) 앤드류 클래펌, 위의 책, 232쪽.

18) 박원순, 앞의 책, 197-199쪽, 참고.

19) 김준현, 앞의 글, 115쪽.

범과 가치관에 순응하면서 사는 방법과 이런 문제적 사회로부터 도피하는 방법이 있다. 그러나 자살과 같은 극단적인 방법이 아니고서야 사회로부터의 완전한 도피는 사실상 불가능하다.[20] 게다가 사회적 관계나 책임의 측면에서 비교적 자유로운 학생의 신분이 아니라 이미 가정을 꾸려 부양해야 할 가족이 있거나 직업을 갖고 사회생활에 발을 들여놓은 경우라면 도피는 더욱 힘들어진다. 결국 이 사회를 살아가는 방법으로 선택할 수 있는 다른 대안은 없다. 자칫하면 '불건전'하거나 '불순'한 생각이 될지도 모르는 생각 따위는 아예 하지 않는 것이다. 문제의 소지가 될 수 있는 생각을 하지 않기 위한 첫 단계는 세상의 모든 일에 관심을 갖지 않는 것이다.

> 부글부글 끓어오르는 내부를 저런 <u>무관심한 표정으로 가려버리는 법을</u> 지난 몇 년 동안 서울에서 나는 마스터한 것이었다. <u>되도록 무관심한 척하라.</u> 할 수 있으면 쌀쌀하게 웃기까지 하여라. 그제야 적은 당황한다. 제군, 표정을 거두어라. 그리고 <u>오직 하나 무관심한 표정만을 남겨라.</u>
>
> 「환상수첩」, 12쪽, 강조-인용자

---

20) 김승옥, 이청준을 비롯해 60년대 소설에서 현실세계를 도피하거나 자살을 선택하는 인물들을 종종 발견할 수 있다. 가령 「환상수첩」의 주인공 정우은 서울생활에서 강요받는 현실의 논리를 받아들일 수 없어 고향으로의 '도피'를 선택하지만 그곳에서도 부모님으로부터 똑같은 현실의 논리를 기대받고 이미 현실 논리의 세계에 속해 있는 친구의 모습을 보고 결국 자살을 선택한다. 현실세계의 모순적 상황이나 강압적 태도 앞에서 방황하고 고민하다 결국 자살을 선택하는 인물들은 대부분 대학생인 경우가 많다. 이호철의 「심천도」에서 정의롭게 집단의 모순에 맞서는 이원영 주사를 가리켜 "철부지 대학생이 흔히 있는 양심이라는 객기에 휘어들어서 앞뒤도 자세히 가리지 않고 경거망동하는 꼴"(「심천도」, 393쪽.)이라고 하는 대목이 있다. 정의롭고 소신있는 행동의 결과를 뻔히 아는 상황에서 이미 가정을 꾸리고 사회생활을 하는 이들에게 문제에 맞서는 양심 있는 행동은 쉽지 않은 선택일 뿐 아니라 그런 문제들로 인해 자살을 선택하는 것은 더욱 쉽지 않은 선택이다. 동일한 문제적 외부조건이라 하더라도 각자가 처해 있는 상황에 따라서 다른 선택을 하기 마련인데, 가족부양과 같은 사회적 요구와 책임이 비교적 덜 한 대학생들에 비해 가정을 꾸리고 사회생활을 하는 이들이 비겁한 소시민으로 전락할 가능성이 더 많은 것이 사실이다.

230

　「환상수첩」에서 정우가 서울 생활에서 배운 것이라고는 단 하나, "되도록 무관심한 척하라"이다. 세상에 대한 고민과 관심은 그만 두고 "범속한 사람들 틈에 끼어" 사는 삶은, 바로 사회와 그의 부모가 원하는 삶의 모습이다. 그가 사랑했던 여인인 선애 또한 자신의 아이가 그저 "튼튼한 백치"이기를 바란다.

　　"그저 밉상은 아니고 바보 비슷한 아이를 낳았으쪽... 고뇌가 무엇인지도 모르고 그저 영화나 보고 좋아하고 당구나 치고 만족할 수 있고 야구 구경이나 하며 시간을 보내고도 후회하지 않는 아주 속물로 만들고 싶어요."

「환상수첩」, 32쪽

　사회와 주변 인물들이 요구하는 가치관이 이런 상황에서 대부분의 사람들은 그 요구에 부합하는 인간의 모습에 자신을 끼워 맞추게 되고 사회에는 결국 하나의 삶의 방식과 가치관만이 존재하게 된다.[21]

　　해내는 거다. 세상이 당연하다고 내미는 것을 나 역시 당연하다고 생각하며 받아들이도록. <u>평범한 것을 흡족하게 생각하며 받아들이도록.</u> '여보게 <u>딴생각 말고 착실히</u> 공부해서 좋은 데 취직하여 착한 여자 얻어서 아들 딸 낳고....' '네, 저도 그럴 작정입니다'라고 대답하도록. '분수에 넘치도록 욕심이 많은 사람이 자살하는 법이야. 욕심을 줄이면 되지 않나?' '선생님 참 그렇군요'라고 생각하도록. ... 어쩌면 내게는 그럴 가능성이 얼마든지 있을 듯했다.

「환상수첩」, 37쪽(강조-인용자)

---

21) 물론 정우는 세속적 삶을 살아보기로 결심하지만 끝내 스스로 그런 모순을 받아들이지 못하고 자살하고 만다. 친구 윤수 또한 '시'라는 현실과는 다른 이상적 삶을 꿈꾸지만 여행 도중 미아를 만나고서는 시를 그만두고 생활전선으로 뛰어들 것을 결심한다. 그러나 윤수 또한 불의 앞에서 정의롭게 맞서 싸우려다 끝내 "아무런 보상 없는 세상에서의 무의미한 죽음"을 맞게 된다. 현실의 모순에 대해 문제제기를 하고 새로운 삶의 방식을 꿈꾸었던 이들에게 세속적 삶의 거부에 따른 결과는 결국 죽음뿐이었다.

그 하나의 삶이 "평범한 것을 흡족하게 생각하며 받아들이"고, "딴생각 말고 착실히" 사는 삶이다. 그리고 이는 타인에 대한 고민이나 관심은커녕, 자신이 처한 상황에 대한 문제제기나 비판 또한 일체 하지 않은 채 물질적 가치와 세속적 삶에만 집중하는 삶의 다른 표현이다. 이런 모습에서, 지극히 평범하고 성실했지만, 단지 "'사유'나 '판단', '의지'가 없"[22]을 뿐이었던 아이히만을 떠올리게 되는 것이 결코 비약은 아닐 것이다. '사유'나 '판단'의 부재는 곧 '의지'와 '행동'의 부재로 이어진다.

> 정원 미달의 어느 삼류대학 사회학과를 마치고, 입대하여 훈련을 마치자 <u>어쩌다가</u> 떨어진 게 정훈이었고 정훈에서 <u>어쩌다가</u> 맡은 게 군내 신문 편집이었고 그리고 어쩌다가 보니까 거기에서 만화를 그리고 있었고 제대하여 취직할 데를 찾던 중. (……) 그야말로 '<u>어쩌다가</u>'의 연속이었다. 그는 자기가 지난날 <u>우연 속에 자신을 맡겨버린 것</u>이 갑자기 역겨워졌다. '거지 같은 자식이었다'하고 그는 자신을 욕했다. 손톱만큼이라도 좋으니 나의 주장이 있었어야할 게 아닌가. 그러나 다시 한번 자기의 이력을 검토해보면 그 망할 놈의 군대생활이 끼어 있었기 때문에 사실 어쩔 도리가 없었다고 생각하게 되었다. 군대 속에서 어떻게 자기의 희망대로 생활할 수 있단 말인가. '좌향 앞으로 갓!'하면 왼쪽으로 돌아야 되고 '포복!'하면 엎드려서 기어야 했었다. 마치 그의 만화 속의 인물들이 자기들의 표정과 운명을 그의 펜 끝에 맡겨버릴 수밖에 없듯이. <u>우연 속에 자신을 맡겨버리는 습관을 가르쳐준 게 그놈의 군대였었다. 그런데, 하고 그는 생각했다. <u>하긴 그것이 평안했어</u>. 적어도 신경쇠약에 걸릴 염려는 없었거든. 그는 여전히 천장을 올려다보며 생각했다. 이제 와서 대학에서 배운 것을 팔아먹고 싶다고 앙탈하지는 않겠다. 만화 일만이라도 계속할 수 있어야겠다.
>
> 「차나 한잔」, 216-217쪽

김승옥의 「차나 한잔」에서 주인공은 줄곧 "어쩌다가"의 인생을

---

22) 한나 아렌트, 『예루살렘의 아이히만: 악의 평범성에 대한 보고서』, 한길사, 2006, 37쪽.

살아온 사람이다. "어쩌다가" 맡은 군대에서의 보직과 그 이후 이어진 "우연"의 연속들이 그를 지금의 자리로 이끌었고, 그 과정에서 그는 "손톱만큼"도 자기 주장이라고는 없었다. 그런 자신의 모습이 역겨웠던 순간도 있지만, 이내 그는 "우연 속에 자신을 맡겨버린" 채 사는 삶이 "평안"했다고 생각한다. 이런 삶이야말로 '의지' 없는 삶의 전형이라 할 수 있다.

> 그는 영감의 의견과 같이 정부측의 압력 때문에 만화 연재를 중단할 수 있다면 얼마나 행복할까, 하고 생각했다. 그렇게만 된다면 그것을 필화사건이 된다. 그리고 그렇게만 된다면 그는 영웅이 될 수도 있다. 사실 옛날 자유당 시절에는 그런 사례가 있기도 했었다. 그러나 위정자가 바뀌고 보니 그런 경우를 당하기가 힘들어졌다. 만화가를 건드리면 손해보는 건 자기들이라는 걸 알아버린 모양이지. 허긴 어떤 선배 만화가의 얘기에 의하면 지금도 그런 경우가 전연 없지 않다는 것이었다. 방법이 바뀌어져서 간접적인 압력이 있기도 하다는 것이었다. 그러나 그것도 차라리 행복한 편이라고 그는 생각하고 있었다. 자기의 경우는 아마, 아마가 아니라 거의 틀림없이 자기 만화 자체 속의 어떤 결함, 말하자면 '웃기는' 요소가 부족했다든가 하는 결함에서 당하고 있는 일이라는 것을 그는 짐작하고 있었기 때문이다. 정부가 자기 만화 때문에 노해주었으면 얼마나 좋을까. 그런 생각을 하자 그는 자신이 우스꽝스러워져서 눈을 감아버렸다.
>
> 「차나 한잔」, 227쪽

"어쩌다가"의 인생을 살던 그가 어느날 만화를 연재하던 신문사로부터 해고 통보를 받는다. 그러나 그 이유는 그가 속한 조직이나 권력자에 대한 비판을 해서가 아니다. 그가 짐작하고 있는 것처럼 "웃기는 요소가 부족"했다는 이유 때문에 그는 해고를 당했고, 신문사측은 훨씬 더 값이 싸고, 세련된 유머의 미국 만화를 선택한 것이다. 그는 자신의 만화가 '웃기는' 요소가 부족해 해고당했음을 짐작하면서도 한편으로는 정부측의 압력 때문에 연재가 중단된 것이었으면 하는 상상을 한다. 그는 정부의 강제나 압력을 당했으면 하는 상상만을 할 정도로, 실제로는 정부를 노하게 할 만한 용기가 없었기 때문이다. "어쩌다가"에 익숙해진 '의지' 없는 삶은 어느덧 '아무 생각 없는 삶'으로 바뀌어져 있었다. 의지도, 관심도, 사유도 없는 이런 삶의 태도가 반복되면 결국 집단의 문제적 이데올로기나 규범을 긍정하고, 적극적으로 수용하고, 문제적인 자신의 행동까지도 합리화하는 상태에까지 이르게 된다.

「부시장 부임지로 안 가다」에서 아무런 영문도 모른 채 자신을 찾아 집으로 온 군인들을 피해 도망을 다니는 규호에게도 반공주의는 불안과 강박의 대상이다. 「등기수속」의 현구에게 공포의 대상이 "무장한 군인들"이었다면, 규호를 괴롭히는 것은 "반공을 국시의 제일의로 삼고"를 무한 반복하는 라디오이다. 어딜 가나 들려오는 라디오 소리에 현구는 무의식적으로 도망을 치기도 하지만, 한편으로는 자신도 모르는 사이에 그 말에 고개를 끄덕이고 있다.

바로 근처에서는 "반공을 국시의 제일의로 삼고....." 하고 라디오 소리가 터져나오고 있었다. 그러자 규호는 화닥닥 놀라서 또다시 달리기 시작하였다. 달리면서도 옳은 소리지, 옳은 소리구말구 하고 스스로 새삼 확인이나 하듯이 중얼거렸다. … 그러면서 의식은 막연히 일정한 방향으로 농축되어 가고 있었다.
「부시장 부임지로 안 가다」, 252쪽(강조-인용자)

도대체 무엇이 어떻게 됐다는 것인지, 무엇을 어쩐다는 것인지 전혀 요량할 수 없는 대로 이 집 저집 라디오에서는 "반공을 국시의 제일의로 삼고"가 여전히 터져나올 뿐이었고 그럴 때마다 딴은 옳은 소리지, 옳은 소리구 말구 하고 스스로 생각해도 좀 민망해질 만큼 아첨조가 깃들인 소심한 심정으로 혼자 중얼거렸다.
「부시장 부임지로 안 가다」, 258쪽(강조-인용자)

자신을 쫓겨 다니도록 만든 반공주의에 대해 규호는 문제의식을 가지기는커녕 "스스로 생각해도 좀 민망해질 만큼 아첨조"로 강한 긍정을 하고 있는 것이다. 이런 비겁하고 소심한 태도가 집단 전체에 관행처럼 만연되어 있다면 그 속에서 혼자 다른 생각을 하기란 쉽지 않다.

공무원 집단의 문제와 그 속에 있는 다양한 인간 군상을 그리고 있는 「심천도」에서 소심하고 비겁한 모습이 집단 전체에 뿌리내려져 있는 모습을 관찰할 수 있다. 그리고 다양한 인물들의 모습을 통해 정의롭고 건전한 사고를 가진 사람이 비겁하고 소심한 모습으로 변화해 가는 과정도 함께 살필 수 있다.

> (……) 가장 편리하게 활달하게 살고 혈기왕성하게 살이 올라 사는 사람들은, 생각하는 사람들이 아니라, 명실 그대로 이 바닥의 분수를 쫓아 자연스럽게 어울려들어서 정신없이 바쁘게 돌아가며 살아가는 사람들이다. 노상 토론이나 좋아하고 똑똑한 소리나 좋아하는 사람들이 아니다.
>
> 「심천도」, 378쪽(강조-인용자)

사회가 원하는 인물은 바로 그 "바닥의 분수를 쫓아 자연스럽게 어울려들어서 정신없이 바쁘게 돌아가며 살아가는 사람"이다. 그러다보면 자연히 "안일주의, 무사주의, 적당주의"에 빠지게 되는 것이다. 그렇다면 이 집단에 속한 모든 사람들이 처음부터 이런 습성을 띠고 있었는가? 김사무관의 경우 처음에는 그도 이원영 주사 못지않게 소신있고 정의로운 행동을 했었다.

> 그러나 1년, 2년, 3년 지나는 동안 차츰 그도 나름대로 서서히 익숙해졌다. 어차피 세상은 이렇게 생겨먹은 것, 혼자서 잘난 체해 보아야 누구 하나 알아주지 않고 적당적당히 요령껏 남의 눈에 과하게만 띄지 않을 한도 내에서 조금씩 쓱싹이는 것은 무방할 것 같았다. 쥐꼬리만한 공무원 봉급으로써야 생활 뒷감당이 안 된다는 것은 높은 사람들도 다 알고 있는 사실

이어서, 으레 어느 정도의 꿍꿍이속은 있게 마련이 아닌가. 우선 뭐니뭐니 먹고 살고서야 일이고 나라고 있을 것이니까, 이런 방향으로 서서히 생각이 굳어지기 시작하였다.

「심천도」, 316쪽(강조-인용자)

그러나 김사무관 역시 문제적 조직에서 생활해가면서 점차 "어차피 세상은…"과 "적당적당히 요령껏"의 습성에 빠지기 시작했다. 그러나 일단 한번 타협을 하게 되면 그 순간 "하나의 비굴한 레테르가 붙게 되"고, "그 비굴한 레테르를 스스로 비굴하게 여기고는 못 견디기" 때문에 결국 "자기 합리화의 길을 준비"하는 수순을 밟게 된다. 결국 그렇게 "때가 한 꺼풀 더 묻게" 되고 "그 땟국을 땟국으로 여기지 않기 위해서라도 더욱 추잡한 현실 논리를 마련"하게 되는 것이다. 이것이 소신있고 합리적인 사고를 하던 사람이 한 번의 타협이나 묵인을 하게 되면서 문제적인 사람으로 전락하는 과정이다.

김사무관는 또 다른 측면에서 이원영 주사와 맞서는 인물인 양주사는 이원영 주사의 비판적인 생각과 행동에 충분히 공감의 뜻을 내보인다. 그러나 김사무관과는 다른 이유지만 그 또한 결국 타협을 하게 된다.

양주사도 이 원영 주사와 똑같이 … 막연한 무력감에 젖어들지 않을 수가 없었다. 결국 이 바닥에서 살아간다는 실체는 저런 것이고, 의식의 조작이라든지 윤리 의식이라든지 책임감 사명감 같은 것은 치기 덩어리 아이들의 유치한 소아병적 행태거나 군더더기처럼 보이기도 하는 것이다.

「심천도」, 377쪽

양주사의 이런 생각은 결국 모든 문제의 원인을 "개개의 인간에게"서 찾지 않고 "기구 자체의 구조"에서 찾는다. 문제의 일차적인 원인을 개개인으로 보고 "우리 자신의 문제로써 해결해 나가"야 한다고 주장하는 이원영 주사에 반해, 양주사의 이런 생각은 결국 개인이 할 수 있는 일은 아무 것도 없다는 "막연한 무력감"에 빠질 수밖에 없게 된다. 그리고 그 또한 자신의 이런 무력한 태도를 합리화하기 위해 현실 논리를 포장하기 시작한다.

> "그 적당한 선은 항상 어느 정도는 상투적인 것이지요. 일정한 질서, 일정한 울타리는 바로 그 상투적인 적당한 선이 지탱해 주는 거지요. 궁극적으로 진지하기만 한 자세가 반드시 궁극적으로 옳은 것은 아니에요. 그것은 결국 비타협과 끝내는 피의 투쟁으로 필연적으로 옮아가지요. 적당한 선이라는 것이 어째서 나쁜 것입니까. 누이 좋고 매부 좋자는 것이 어째서 나쁜 것입니까. 누이만 좋거나 매부만 좋은 것보다는 어떻든 좋은 것이 좋은 것이 아닙니까"
>
> 「심천도」, 404쪽

일단은 나부터 살아야 사회나 국가도 살릴 수 있다는 김사무관의 이기주의적 생각이나 적당히 타협하는 것이야말로 누이 좋고 매부 좋은 것인데 나쁠 것 없지 않느냐는 양주사의 생각은 그 이유는 다르지만 모두 비굴하고 이해타산적인 자기 행동에 대한 합리화일 뿐이다.

김사무관이나 양주사처럼 약간의 문제의식이라도 가진 이들은 이렇게 자신들의 모순된 행동에 대해 합리화의 포장을 하려고 하는데 비해, 아예 이런 모습조차 보이지 않는 이들도 있다. "자유당 치하부터 공무원 세계에 만연된 일반적인 풍조"인 "안일주의, 무사주의, 적당주의"의 습성을 가장 잘 보여주는 과장과, 어떤 일이든 "전면적으로 자기를 내건다는 것을 극력 피하"는 것을 "현명한 처신 방법"으로 여기며 사는 김주사와 같은 인물이 이 부류에 속한다. 그리고 "시골에서 유지 노릇이나 하면서 달콤한 낙관주의와 안일한 자세에 흠뻑 젖어"있으면서 "현당국이 하는 일은 무작정하고 다 좋고 다 의욕적이고, 매사가 다 훌륭하"다고 생각하는 이원영 주사의 아버지 또한 여기에 속한다. 이원영 주사는 이런 아버지의 모습에 대해 "소시민 근성"이라고 비판한다. "소시민 근성"이란 사회적 문제나 타인에 대해서는 철저히 무비판적이고 무관심한 동시에, 자기가 속한 집단의 지배이데올로기나 관습화된 규범은 적극적으로 따르는 것을 의미한다. 그리고 이런 소시민의 모습이야말로 '순응하는 신체'[23]로서의 근대 국가 국민의 모습이라 할 수 있다. 결국 지금까지 인용한 텍스트의 인물들은 모두 전형적인 소시민들이었다. 이들은 소시민으로서의 삶을 택한 이유로 한결같이 '현실(혹은 생활)'을 꼽는다.

> 나이를 먹고 사회에 나서고 널리 깊이 세상을 알고 세상 속에 젖어갈수록 점점 시계가 좁아지고 생각하는 것이 협량해지는 것이다. 그리곤 향용 누구나가 내세우는 것이 소위 왈 '<u>구체적인 현실</u>'이다. 진흙 수렁에 한

---

23) 강제나 억압의 상황이지만, 어쩔 수 없이 '순종하는 인간'이 되는 모습이 이호철의 「부시장」에서 노인과 주인의 상황을 통해 우회적으로 언급되고 있다. "처음에는 집 문 앞에 같이 앉아 개의 털을 빗질해주듯이 쓰다듬어주더니 어느새 개와 마주 앉아서 장난을 하기 시작했다. 그 장난이라는 것이 매우 희한하였다. 노인은 개의 두 귀를 잡고 개의 눈알이 자기 쪽으로 똑바로 향하도록 강제적으로 요구를 하는 것이었다. 희한하다. 규호는 두 눈이 휘둥그래졌다. 한데 개도 사람의 눈을 한참씩 들여다보는 것은 민망하고 멋쩍은 듯 섬세하게 수줍어하고, 스름스름 눈알을 굴리면서 외면을 하였다. 이러면 노인은 더욱 더 기를 쓰면서 개의 얼굴을 요리조리 돌려가며 개의 시선이 자기 시선에 맞도록 기를 쓰는 것이다. 그 키들키들 웃는 표정은 그로테스크한 열기까지 띠고 있었다. 차라리 개의 표정이 훨씬 담담하게 인간적이고, 그 야수적인 웃음을 흩뜨리는 노인의 표정이 짐승인 듯한 착각이 들었다. "이놈, 제법 이리 수줍어하노" 하고 노인은 어눌한 목소리로 끼들끼들 웃으며 혼자 지껄이고, 계속 개의 눈알에 자기 시선의 앵글을 맞추려 하였다. 그러나 개는 툴툴거리면서 낑낑거리고 잡힌 귀를 빼내려고 몸을 뒤틀었다. 어느새 그러는 개의 눈길은 제대로 둔탁한 개의 표정으로 돌아와 있었다. 드디어 노인은 화를 내고 두 볼을 후려때리며 놓아주었다. 노인은 아직 쓰레기통에 가려 있는 규호를 못 본 모양으로 개 이름을 부르고 있었다. 그러자 개는 금방 그쪽으로 달려갔다. 규호는 오만상을 찡그린 채 쓰레기통 옆에서 살짝 머리를 들고 내다보았다. 개는 주인 곁으로 가서 끙끙거리다가 다시 얌전하게 가라앉으며, 이번에는 주인에게 놓여난 것이 슬퍼진 모양으로, 그리고 조금 전에 볼을 맞은 것이 뒤늦게 서운해진 모양으로 주인의 눈치를 힐끔거리며 아양을 떨더니 그 앞에 번듯이 누웠다. 비로소 노인은 번드르르하게 까진 이마까지가 반듯하게 부드러운 표정으로 돌아가서 개의 등을 또닥또닥 두들겨주었다."(「부시장」, 260-261쪽.)

발 한 발 빠져들어서 끝내는 꼼짝을 못하듯이, 누구나가 생활 현실 자체의 기성 논리에 휘말려들어서 꼼짝을 못하고, 종당에는 그 길로 더께가 앉고 더뎅이가 지며 굳어지게 되는 것이다.

「심천도」, 348쪽

어느 시대를 막론하고 경제적 가치는 삶에서 가장 중요한 것이 될 수밖에 없다. 특히 사회 전체가 경제난에 빠져 있던 이 시절, "공무원 봉급만으로는 도저히 안 된다"는 식의 전제들이 사회 전체에 퍼지기 시작하였고, 이런 상황에서 개개인들은 경제적 가치를 쟁취하기 위해 "모든 악에의 투신을 합리화"하고 "자기 변명의 구실을 동원"하게 된다. 그러나 이들이 소시민적 타성에 젖어들게 된 이유가 단지 당시의 경제난 때문만은 아니다. 경제난은 어느 사회에서나 생길 수 있다. 그러나 국가 전체의 경제적 위기 상황이 곧 구성원들의 소시민으로의 전락으로 이어지는 것은 아니다. 많은 사람들이 이토록 '생계'나 '생활'의 문제에 강한 집착을 보였던 이유는 불안정하게나마 유지하고 있던 생활의 기반 자체가 한순간에 박탈당할 수도 있다는 공포기제가 작동하고 있었기 때문이다. '생활/생계'야말로 인간다운 삶을 위한 최소한의 조건이다. 이것마저 빼앗겨버리는 순간 '인간'의 자격을 박탈당하는 것은 물론이고, '생명'조차 안전하게 보장받을 수 없는 '벌거벗은 존재'로 한순간에 전락하게 된다.

위 인용문에서 '구체적인 현실'이 '진흙 수렁'으로 비유되는 것은 현실 논리의 특성을 단적으로 보여준다. 이 현실 논리란 아주 간명하다. 사회가 제시하는 규범이라는 틀 안에서 그저 묵묵히 자신에게 주어진 임무만 성실히 수행하면, 그에 상응하는 경제적 보상과 안정된 생활이 보장된다. 그러나 만약 사회적 규범에 문제제기를 하거나 자신에게 주어진 임무를 벗어난 생각과 행동을 한다면, 불안정하게나마 자신의 생계를 지탱해주던 기반들을 송두리째 빼앗기게 된다. 이 같은 양자택일의 상황이라면 누구나 '빨갱이'가 되기보다 '소시민'이 되어 '인간으로서의 최소한의 삶'의 권리라도 보장받고자 할 것이다.

1960년대를 상징하는 인물 유형으로 소시민을 먼저 떠올리는 것은 새삼스러울 것이 없다.[24] 그러나 4.19라는 혁명적인 사건을 주도했던 이들이 성숙한 시민이 아닌 소시민으로 전락한 것은 분명 의문스러운 현상이다.[25] 평범한 사람들이, 혹은 정의롭고 비판적인 사고와 행동을 꿈꾸던 이들이 소시민이 된 까닭을 한 마디로 정리하자면 바로 국가가 내세운 '인권' 보장의 조건 때문이라고 할 수 있다. 4.19 이후 성숙한 시민사회와 주체로서의 시민에 대한 민중의 열망은 박정희 정권의 '인권' 앞에서 포기될 수밖에 없었다. 4.19 이후 우리 사회에 소시민적 삶의 방식이 많아진 이유는 바로 이 때문이다.

---

24) 1960년대 소설에서 단연 돋보이는 인물유형은 바로 '소시민'이다. '소시민'이라는 표현은 오늘날까지 사용되고 있지만, 우리 사회에서 '소시민'이라는 개념을 사용하고 그런 인물들이 소설에 등장하게 된 시기는 분명 1960년대이다. 성공이다 실패다 여전히 논란이 많지만, 분명한 것은 4.19를 겪으면서 비로소 우리에게 '시민', '시민사회', '민주주의'와 같은 개념이 조금이나마 형성되었다는 점은 누구도 부인할 수 없을 것이다. 비록 그런 개념들이 실제로 우리 사회에서 구체적인 현상으로 나타나기까지는 그 후로도 꽤 많은 시간이 필요했지만, 적어도 관념과 추상의 차원에서만큼은 이런 개념들이 형성된 것이 분명하다. '소시민'이라는 이전에는 쓰지 않던 표현의 등장이 그 증거이다. '소시민'의 의미는 '시민'이라는 개념을 전제로 하지 않고는 형성될 수 없기 때문이다.

25) 이런 '소시민'의 등장 배경에 4.19도 물론 중요한 비중을 차지하지만, 4.19 이후 많은 이들이 '시민'의 모습이 아닌 '소시민'의 모습으로 전락할 수밖에 없었던 것은 5.16의 영향 때문이다. 4.19와 5.16은 따로 떼놓고 이야기할 수 없는 것이다. "4.19와 5.16은 이인삼각이 아닌가 생각했거든요. 자유민주주의라는 4.19의 정신과 달리 5.16쿠데타는 정치사적으로나 정신사적으로 여러 가지 부정적인 요소가 압도하고 있지만 근대적인 경제체제를 개발하려고 했다는 점에 주목할 수 있을 것 같아요. 민주주의라든가 자유라는 것의 물적 토대는 역시 어떤 경제적인 기반 위에서 가능한 것이지 그것 없이 실재하기 어려우니까요. 그래서 경제적인 근대화와 정신적인 근대화, 이것이 60년대를 이인삼각 형태로 끌고 간 것이 아닌가."(김병익 외, 「좌담:4월혁명과 60년대를 다시 생각하다」, 최원식 편, 『4월 혁명과 한국문학』, 창비, 2002. 39쪽)

4. 소시민의 '인간다운 삶'이라는 모순적
가치로서의 인권

인권을 보장받기 위해 선택한 소시민으로서의 삶은 불가피한 선택이었지만, 한계를 지닌 선택인 것 또한 분명하다. 소시민이 되어 '인간다운 삶'의 권리를 보장받는다는 이 논리는 매우 모순적이다. 인간이라는 용어는 프랑스 혁명 이후 프랑스 국회가 1789년에 헌법 서문으로 채택한 <인간과 시민의 권리 선언>에서 처음으로 등장한다.[26] 이 권리 선언 제11조에 따르면, "사상과 의견의 자유로운 소통은 인간의 가장 귀중한 권리의 하나"이며, 따라서 "모든 시민은 자유롭게 말하고 쓰고 출판할 수 있"[27]는 권리를 가진다. 그러나 박정희 정권이 부여했던 인권에는 그 어디에도 이런 권리를 찾아볼 수가 없다. 오히려 이 권리를 포기해야지만 최소한의 삶의 조건을 보장받을 수 있었다. 사상의 자유나 정치활동의 자유와 같은 것들은 포기할 수 있지만, 생명을 보호하고 유지하는 권리만큼은 결코 쉽게 포기할 수 없는 인간으로서의 최소한의 권리이기 때문에 대부분의 사람들은 후자를 선택할 수밖에 없었다. 이렇게 '사유'와 '판단' 기능을 상실해버려 더 이상 "사상과 의견의 자유로운 소통"이 불가능해진 소시민이 획득한 권리는 결코 진정한 의미의 인권으로 볼 수 없다.

아감벤이 『호모 사케르』에서 언급한 것을 빌리자면, 삶은 두 가지 의미로 구분할 수 있는데, "모든 생명체에 공통된 것으로, 살아 있음이라는 단순한 사실을 가리키는 조에"와 "어떤 개인이나 집단에 특유한 삶의 형태나 방식을 가리키는 비오스"[28]가 그것들이다. 인간에게 있어 조에로서의 삶과 비오스로서의 삶은 결코 양자택일의 문제가 아니다.

---

26) 최현, 『인권』, 책세상, 2008, 15쪽.
27) 최현, 앞의 책, 21쪽.
28) 조르조 아감벤, 『호모 사케르』, 새물결, 2008, 33-34쪽.

조에로서의 삶을 기반으로 하여 그 위에 비오스로서의 삶을 추구해가는 것이 가장 "가치 있는" 삶의 방식이며, 이는 곧 "공동체이든 개인에게든 최종 목표"가 된다. 그러나 60년대 우리 사회에서는 비오스로서의 삶 자체가 아예 허락되지 않았고, 조에로서의 삶 또한 국가의 위협에 노출되어 있는 상태였다. "가치 있는" 비오스로서의 삶을 모색하는 이들에게는 조에로서의 삶이라는 기본적인 것조차 허락되지 않았기 때문에, 사람들은 인간으로서의 최소한의 삶을 영유하기 위한 대가로 인간다운 삶의 다른 중요한 부분을 포기할 수밖에 없었다. 다시 말해 이 시대의 민중들은 조에로서의 삶을 유지하기에 급급해 비오스로서의 삶은 아예 꿈꿀 수도 없었으며, 이 시대의 '인권'은 결국 조에로서의 삶을 위한 권리, 즉 생존권의 의미로 제한되어 있는 한계를 지니고 있었다.

물론 "정치적 사회의 구성원이 되는 순간 자연 상태를 벗어나게 된다"[29]고 로크도 지적했다시피, 근대 국가의 메커니즘 속에서 개인은 더 이상 자연 상태의 자유를 누릴 수는 없으며, 일정 부분의 제약을 받게 되는 것은 다른 사회에서도 마찬가지이다. 이 과정이 서구 사회와 같이 사회계약이라는 양자 간의 합의를 통해 이루어진 것이라면 일정 부분의 제약도 기꺼이 받아들일 수 있다. 그러나 우리의 경우에는 4·19 이후 잇달아 일어난 5·16으로 인해 균형적인 관계가 되었어야 할 시민-국가의 관계가 국가의 일방적인 우위 관계로 형성되는 바람에 사회계약의 절차는 무시되고, 오직 국가의 독단적인 계획만 존재하게 되었다. 그 계획의 첫 단계가 '순응하는 신체'로서의 국민을 양성하는 일이었고, 국가는 국민의 조건에 부합하는 이들에게 최소한의 인간다운 삶의 보장을 명분으로 제시했다. 국가가 내세운 이 '인권'이라는 카드는 늘 반공주의와 함께 2인 3각의 형태로 작동되었는데, 반공법과 같이 국가가 만든 법률과 규범을 잘 따르면 최소한의 인간적 삶의 보장은 물론이고

---

29) 앤드류 클래펌, 앞의 책, 19쪽.

생활의 안정과 물질적 풍요라는 경제개발의 이득까지 챙길 수 있지만, 국가가 요구하는 범주에서 조금이라도 벗어나는 사고나 행동을 할 경우에는 최소한의 삶의 조건마저 박탈해버리는 식으로 진행되는 것이다.30) 이런 상황에서 최소한의 삶의 형태라도 보장받기 위해서는 결국 순응하는 소시민적 삶의 모습을 택할 수밖에 없다.

이상의 논의에서 반공법의 제정을 비롯한 1960년대 반공주의의 목적이 더 이상 휴전선 이북에 있는 자들의 침략이나 남한 사회 어딘가에 숨어 있을 간첩색출이 아니었음을 다시 한 번 확인할 수 있었다. 박정희 정권이 국가보안법이 있음에도 불구하고 새롭게 반공법을 제정한 이유나 이승만 정권 때와는 다른 성격의 반공주의 정책을 실시한 것은, 그것들을 통해 자신들이 계획한 근대 국가의 기반을 마련하기 위함이었다. 강력한 근대 국가 건설을 위해서는 무엇보다 '순응하는 신체' 즉 국민의 형성이 가장 시급했는데, 박정희 정권은 이 문제를 '인권'이라는 카드를 내세워 해결하고자 했다. "끝까지 '민주주의'라는 개념을 포기하지 않았던"31) 박정희 정권은 어쨌든 물리적 힘과 강제력을 전면에 내세우기보다 민주주의 사회에 어울리는 '인권'보장을 내세웠으나, 그들이 말하는 '인권'에는 생명보장과 같은 인간으로서의 최소한의 삶의 권리 이상의 자유와 권리가 포함되어 있지 않았다. 오히려 그 이상의 '가치 있는 삶'을 요구하게 되면 최소한의 삶조차 빼앗는다는 역설적인 공포기제를 통해 자연스럽게 사람들을 최소한의 삶에 만족하고, 순응하는

---

30) 김준현 또한 「반공주의의 내면화와 1960년대 풍자소설의 한 경향」에서 이와 같은 맥락을 지적한 바 있다. "자신을 '공산주의자'로부터 구분하는 것은 반공주의로 규율되는 사회의 성원으로서 기본적인 생존권을 보장받을 수 있는 최소한의 조건이었다." (김준현, 앞의 글, 133쪽.)

31) 박정희 정권은 '행정적 민주주의', '민족적 민주주의', '한국적 민주주의' 등 수식어를 교체해가면서도 끝까지 '민주주의'라는 개념만은 포기하지 않았다. 물론 그 내용은 자신의 의도에 따라 새롭게 구성해 나갔지만, 지배적 담론으로서의 민주주의 박정희 체제의 중요한 부분이었다. (이정은, 앞의 글, 70쪽, 참고)

국민으로 길러냈다. 이렇게 양성된 '아무 생각 없이' 그저 성실하기만 한 소시민들은 한편으로는 6-70년대 경제발전에 한 몫을 하지만, 다른 한편으로는 유신체제라는 전체주의 사회의 형성에도 일조를 한다. 이렇듯 1960년대 우리 사회에서는 인간다운 삶을 위한 권리로서의 '인권'이, 일방적인 국가의 계획과 필요에 의해 반공주의와 연동되어 운용되면서 오히려 가장 배타적이고 문제적인 권리의 형태로 자리 잡고 있었다.

　이처럼 김승옥과 이호철을 비롯한 1960년대 작가들은 근대 국가의 지배이데올로기가 가지는 역설적인 논리와 폭력성을 건강하고 의식있는 시민이 아닌, 수동적이고 소극적인 소시민을 전면에 내세워 교묘하게 비판하였다. 물론 이 또한 당시 반공주의의 무차별적 검열의 시선을 피하는 방법이었을 것이다.

■ 참고문헌

1. 기본자료
김승옥, 『김승옥소설전집1』, 문학동네, 2004.
이호철, 『이호철문학선집』, 국학자료원, 2006.

2. 논문
권혁범, 「반공주의 회로판 읽기: 한국 반공주의의 의미체계와 정치사회적 기능」, 『통일연구』, 1998.11.
김준현, 「반공주의의 내면화와 1960년대 풍자소설의 한 경향」, 『상허학보』21집, 2007.10.
심희기, 「한국법의 상위이념으로서의 안보이데올로기와 그 물질적 기초」, 『창작과 비평』, 1988.3.
윤충로, 강정구, 「분단과 지배이데올로기의 형성, 내면화」, 『사회과학연구』 제6집, 1998.
이정은, 「제도로서의 인권과 인권의 내면화: 1960년대 인권담론과 정치학」, 한국사회사학회, 『사회와 역사』 제79집, 2008.

3. 단행본
강진호, 『현대소설사와 근대성의 아포리아』, 소명출판, 2004,
김득중, 『'빨갱이'의 탄생』, 선인, 2009.
박원순, 『국가보안법연구1』, 역사비평사, 1989.
우찬제 편, 『4.19와 모더니티』, 문학과지성사, 2010.
이병천, 『개발독재와 박정희시대: 우리시대의 정치경제적 기원』, 창비, 2003.
최원식, 『4월혁명과 한국문학』, 창비, 2002.
최 현, 『인권』, 책세상, 2008.
한옥신, 『사상범죄론』, 최신출판사, 1975.
한국정신문화연구원, 『1960년대의 정치사회변동』, 백산서당, 1999.
앤드류 클래펌, 『인권은 정치적이다』, 한겨레출판, 2010.
조르조 아감벤, 『호모 사케르: 주권 권력과 벌거벗은 생명』, 새물결, 2008.
한나 아렌트, 『예루살렘의 아이히만: 악의 평범성에 대한 보고서』, 한길사, 2006.

■ 국문초록

　　이 논문에서는 김승옥과 이호철의 소설을 대상으로, 1960년대 박정희 정권의 반공주의가 '인권'이라는 기호와의 결합을 통해 근대 국가를 형성해나가는 모습을 살펴보고자 한다. 김승옥과 이호철 소설에 특히 많이 등장하는 소시민은 반공법의 제정을 통해 한층 더 강화된 반공주의의 공포가 만들어낸 인물들이다. 1950년대와 달리, 1960년대의 반공주의는 사람들을 순종적이고 무비판적인 국민으로 만들어버림으로써, 근대 국가 건설 과정에서 아주 효과적인 기제로 작용한다. 이 과정에서 박정희 정권은 민주주의와 인권이라는 명분을 내세워 사람들을 국가에 순응하는 국민으로 길러낸다. 전쟁과 이승만 정권의 독재정치로 인한 극도의 경제적 빈곤 상태에서, 박정희 정권은 사람들에게 가장 절박했던 인간으로서의 최소한의 생존을 보장하는 조건으로 정치적 자유와 권리를 박탈한다. 즉, 박정희 정권이 내세운 '인권'은 경제적 빈곤 상태를 면할 수 있는 최소한의 권리만 보장할 뿐, 그 이상의 적극적 자유의 개념은 존재하지 않는 모순적 형태였다. 그러나 인간으로서의 최소한의 삶의 조건조차 보장되지 않았던 당시 상황에서 사람들의 선택은 적극적 자유와 권리를 포기하고서라도 생존을 보장받을 수 있는 '순응하는 국민', 즉 소시민의 삶일 수밖에 없었다. 이렇게 양성된 소시민들은 한편으로는 6-70년대 경제발전에 한 몫을 하지만, 다른 한편으로는 유신체제라는 전체주의 사회의 형성에도 일조를 한다. 이렇듯 1960년대 우리 사회에서는 인간다운 삶을 위한 권리로서의 '인권'이, 반공주의와 연동되어 운용되면서 오히려 가장 배타적이고 문제적인 권리의 형태로 자리 잡고 있었다.

주제어 : 반공주의, 인권, 소시민, 근대국가

■ Abstract

The "anticommunism" of 1960s as a mechanism of guaranteeing human rights

Kim, Kyung-min

The theme of this thesis is to study the building process of modern nation, through the combination anticommunism of Park Chung-hee's administration(1960s) between human rights as a symbol. "Petit Bourgeois", frequently appeared in the novels of Kim Seung Ok and Lee Ho Chul, is the character created by fears of anticommunism which were reinforced through the enactment of the Anticommunist Law. The Anticommunism of 1960s, differently from 1950s, made the people obedient and uncritical, and as a result, it promoted the building of modern nation.

Through the process, Park Chung-hee's administration made the people more biddable and passive, presenting "democracy" and "human rights". For the moment, the nation was faced with absolute poverty because of the Korean War and dictatorship of Lee Seung-man's administration, and Park Chung-hee's administration curtailed a nation of their privileges and freedom in recompense for guarantee of the minimum survival conditions. The "human rights", Park Chung-hee's administration claimed to stand for, was the conflicting idea that guaranteed minimum rights, but didn't permit the active freedom.

However, the people had no choice and they had to accepted compliant life as a "petit bourgeois" to survive. The "petit bourgeois" played a important role to develop nation's economy, but, at the same time, helped to build the Yushin system, a kind of totalitarian state. Like this, The human rights of 1960s, against its real meaning, were operated depending on the anticommunism, and as a result, it appeared as deformed and exclusive type.

Key Words: anticommunism, human rights, petit bourgeois, modern
nation

이 논문은 2010년 11월 12일에 접수되어, 2010년 11월 22일부터 2010년 12월 3일 사이에 이루어진 소정의 심사를 거쳐 2010년 12월 10일 편집회의에서 최종적으로 게재가 확정되었음.

문학 창작 환경의 변화와 수용장의 역학

장르 문학의 현실과 지평

최근 문학비평에 나타난 새로운 징후들

장르 문학의 현실과 지평 *

목 차

1. 장르 문학의 개념에 대해
2. 본격 문학, 혹은 순수 문학이라는 게토
3. 장르 문학에 대한 편견
4. 장르 문학의 위상과 역할
5. 장르 문학의 현실과 전망

최 성 민*

1. 장르 문학의 개념에 대해

우리가 장르 문학의 현실을 말한다는 것은 어떤 의미를 가지는가. 무엇인가의 현실을 말한다는 것은 대개 그 현실이 만족스럽지 못하거나 어떤 문제를 내포하고 있다는 의미로 이해할 수 있을 것이다. 장르 문학의 현실을 말할 때에도 물론 마찬가지다. 우리에게 장르 문학이 처한 현실은 결코 간단치 않은 문제들로 둘러싸여 있기 때문이다.

사실은 장르 문학을 말하기 이전에 '장르'라는 개념에 대해 먼저 짚

---

* 이 글은 2011년 1월 21일 서울대학교 인문대 교수회의실에서 개최된 구보학회 정기 학술대회에서 발표된 「장르 문학을 둘러싼 현실」을 수정 보완한 것이다. 학술대회에서 발표문에 대해 지정 토론을 해주신 백지은, 하재연 선생님을 비롯하여 이날 종합 토론에 임해주신 모든 분들께 감사드린다.

* 연세대학교 문학평론가.

고 넘어갈 필요가 있다. 아리스토텔레스 이후 문학의 형식은 서정, 서사, 극이라는 세 가지 종류로 나뉘어 왔다. 장르는 일련의 작품들에서 발견되는 공통된 특징, 혹은 그러한 특징으로 분류된 작품군을 지칭하는 개념이었다. 헤르나디는 "장르는 규범적이기보다는 기술적(descriptive)이며, 독단적이기보다는 유동적이며, 역사적이기보다는 철학적"이라고 말하며 장르 구분의 개방적 성격을 언급한 바 있다. 현대로 올수록 장르 구분은 복잡해지기 마련이었다. 문학의 발전이 곧 장르의 분화라고 할 만큼 장르는 세분화되었고, 장르 구분의 방식에 따른 논쟁도 빈번했다.[1]

구조주의 이후 현대의 문학 이론에서 '장르'의 개념은 한마디로 '관습(convention)'으로 설명될 수 있다. 롤랑 바르트 이후로, 장르는 작가와 독자가 공유하고 있는, 일련의 구성상의 관례 내지 규약이며 묵계라고 이해된다.[2] 작가는 장르의 규약에 따라 작품을 창작할 수 있게 되고, 독자는 관습과 예상에 의거하여 작품을 이해할 수 있게 된다. 이런 관점에서 장르는 작가와 독자 양쪽의 소통을 수월하게 해주는 수단이 된다.

어떠한 문학이든, 심지어 파격적이고 실험적인 작품일지라도, 창작과 독서 과정에서의 일정한 관습과 관례는 있기 마련이고, 구분의 기준과 범위, 방법이 다르거나 때로 애매할 뿐이지 장르가 존재하지 않는 작품이 있을 수는 없겠지만, 우리는 굳이 '장르 문학'이라는 명명을 종종 활용하곤 한다. 우리가 흔히 '장르 문학'이라고 할 때에는 크게 몇 가지 '관습적' 의미를 담아 적용한다.

첫째로 '장르 문학'이 흔히 대중 문학의 유의어로 활용되어온 경우이다. 가령 "대중문학은 판타지, 과학소설, 무협소설, 연애소설, 역사소설, 탐정소설, 인터넷소설 등 하위 장르를 포괄하는 일종의 장르문학이라 할 수 있다"[3]고 정의되기도 하는데, 범박하게 이 정의를 더 간략히

---

1) 박철희, 『문학개론』, 형설출판사, 1985, 72-77쪽.
2) M.H. Abrams, 최상규 역, 『문학용어사전』, 예림기획, 1997, 146-148쪽.

하면 '대중문학=장르문학'이라는 명제로 표현해도 무리가 없을 것이다. 사실 장르문학을 대중문학과 동의어로 인식하는 경우는 장르문학의 대중적 영향력과 인기를 주목하는 데에서 기인한 것이겠지만, 역설적으로 적지 않은 경우에 대중적 인기는 상업적이고 통속적인 속성에 바탕을 둔 것이라는 부정적 인식과도 자연스럽게 연결되곤 한다. 이는 마치 대중문화를 바라보는 리비스주의자들의 관점4)에서처럼 '대중'에 대한 불신에서 비롯된 것이라 할 수 있으며, 장르문학은 저급하고 선정적이라는 폄하로 결론으로 귀결되기 쉬운 인식이다.

두 번째로는 장르 문학의 정체를 밝히는 대신, 그 반대 개념을 명시하면서 장르 문학을 역규정하는 방법이다. 장르 문학을 본격 문학 혹은 순수 문학에 대한 대립적 개념으로 이해하는 경우이다. 이 경우에 '본격'과 '순수'가 무엇을 의미하는지도 사실 불명확하지만, 어쨌든 장르 문학은 덜 본격적인 문학이고 덜 순수한 문학이라는 의미를 담고 있다. 이 역시 장르 문학은 상업적이고 통속적이며, 저급한 하위 문학이라는 시선이 기저에 존재한 결과이다. 좀 더 선명하게 말하면, 순수 문학, 본격 문학은 '그냥' 문학이며, 그에 속하지 않는 부류들을 싸잡아 지칭하는 표현으로 '장르 문학'이라는 표현을 활용하곤 했던 것이다.5)

세 번째로는 장르 문학의 하위 분류를 통해 장르 문학의 범위와 개념을 인식하는 방법이다. 장르 문학 작품으로 분류되는 작품들을 보면 대개는 전통적 문학 장르로 '소설' 장르에 해당되는 작품들이라는 공통점이 있기는 하지만, 명확한 기준이 있는 것은 아니다. 장르 문학, 혹은 장르 소설에 포함되는 세부적인 하위 장르들은 기준과 관점에 따라 다

---

3) 조성면, 「큰 이야기의 소멸과 장르문학의 폭발」, 『경계를 넘고 간극을 메우며』, 깊은 샘, 2009, 109쪽.

4) 존 스토리, 박모 역, 『문화연구와 문화이론』, 현실문화연구, 1994, 45-53쪽.

5) 정영훈, 「장르문학과 본격문학이라는 시빗거리」, 『창작과비평』 통권140호, 2008.6., 69쪽.

양하게 나열될 수 있겠지만, 서점의 도서 분류 방법이나 언론 보도에서 활용되는 '장르 문학'이란 표현이 감당하는 범위를 살펴볼 때, 주제나 내용의 측면에서는 추리소설, SF 소설, 공포소설, 무협소설, 역사소설, 로맨스소설 등을 포함한다. 관점과 기준을 달리하는 경우에는 독자층에 근거한 아동소설, 청소년소설, 연재나 출판 형식에 따른 인터넷소설, 라이트노벨 등도 장르 문학의 하위 분류로 제시되기도 한다.[6]

장르 문학의 개념조차 불명확한데 장르 문학의 하위 분류를 언급한다는 것부터가 모순이긴 하지만, 다소 귀납적인 접근 방식을 활용하여 추리소설, SF소설, 공포소설, 무협소설 등을 장르문학의 한 영역으로 간주하는 데에는 큰 무리가 없어 보인다. 이러한 하위 장르들도 기준과 개념이 뚜렷한 것은 아니며, 중복 분류를 피하기 힘든 것도 사실이다. 하지만 추리소설, SF소설, 공포소설, 무협소설 등은 각기 독특한 관습과 규약[7]을 가지고 창작된다는 공통점이 있음은 분명하다. 그리고 그런 관

---

6) 우리나라의 대표적인 온라인 서점의 분류 체계는 다음과 같다. 인터넷교보문고 (http://www.kyobobook.co.kr)의 경우 '소설' 항목의 하위 장르 가운데 '라이트노벨', '장르소설', '테마소설', '청소년소설'을 두고 있고, '장르소설'에서는 다시 SF소설, 판타지소설, 추리소설, 전쟁소설, 역사소설, 로맨스소설, 무협소설을, '테마소설'에서는 인터넷소설, 감성소설, 어른을 위한 동화, 드라마/영화소설, 가족/성장소설을 세분하고 있다. 예스24(http://www.yes24.com)는 '문학'의 하위분류에 소설, 역사/장르문학, 테마소설 등을 두고, '역사/장르문학'에는 추리, 공포, 판타지, 무협, SF, 스릴러, 역사를, '테마소설'에는 성장/가족소설, 연애/사랑소설, 로맨스, 인터넷 소설, 보이러브, 어른을 위한 동화/우화, 라이트 노벨, 영화와 드라마 원작을 세분하여 나열하고 있다. 알라딘 (http://www.aladin.co.kr)은 문학의 하위 분류에 라이트노벨, 본격장르소설, 주제가 있는 문학 등을 두고 있으며, '본격장르소설'은 과학소설(SF), 로맨스소설, 무협소설, 추리문학/미스터리, 팬터지/환상문학, 호러/공포소설로 세분하였고, '주제가 있는 문학'은 성장문학, 가족/연애, 역사소설, 기업소설, 전쟁문학 등으로 중복 분류하고 있다. 인터파크도서(http://book.interpark.com)는 소설의 하위 분류에 '한국소설', '외국소설', '장르소설', '주제가 있는 문학' 등을 두고 '장르소설'에는 SF/과학소설, 공포/호러소설, 추리/미스터리소설, 판타지소설, 로맨스소설, 무협소설을, '주제가 있는 문학'에는 역사소설, 라이트노벨소설, 성장문학, 영화/드라마소설 등을 하위 분류하고 있다.
7) 추리 소설, 공포 소설, 무협 소설 등에는 일종의 공통된 서사 문법이 존재한다. 유사한 성격의 인물이 등장하거나 일정한 패턴의 플롯 구성이 존재하기도 하며, 제목이나

습과 규약에 익숙한 독자들에게 특별히 애호된다는 점도 공통점이다.

위에 언급한 '장르 문학'의 개념에 대한 세 가지 접근 방식들이 모두 약간의 문제점을 지니고 있지만, '장르 문학'이라는 개념이 실제로 통용되는 상황을 고려하고 각각의 접근 방식을 절충해보면, 장르 문학은 일정한 장르 관습과 규약에 따라 창작과 독서가 이루어지는 비주류의 문학 작품들을 통칭하는 개념으로 이해할 수 있을 것이다. 특히 '장르'라는 애초의 개념이 '관습'에 기대고 있으며, 관습은 결국 독자의 독서 행위를 통해 발견되고 구현되는 것이라고 봤을 때, '장르 문학'의 개념과 속성은 문학 작품 내면의 본질에서 찾으려 할 필요가 없다. 사실 장르 문학에서 가장 중요한 것은 나름의 관습과 규약이며 이 관습과 규약에 익숙한 독자의 존재라고 할 수 있다. 따라서 장르 문학이 소위 '마니아'적 성격을 띠게 되는 것은 당연한 일이다. 보편적 대중들의 사랑을 받는 작품이 아니라 소수더라도 열광적인 애호가 집단을 확보하고 있는 작품이 바로 장르 문학이라 할 수 있으며, 이것이 장르문학을 그저 대중문학의 동의어로만 이해할 수 없는 이유가 된다.

요컨대 장르 문학은 본격 문학의 변방에 존재하면서 특정한 주제와 내용, 형식에 따른 규약을 갖추고 마니아적 집단에 의해 애호되고 소비되는 비주류 문학 작품이라 할 수 있다.

2. 본격 문학, 혹은 순수 문학이라는 게토

앞서도 언급했듯이 장르 문학은 본격 문학, 혹은 순수 문학과의 대립 지점에서 규정되기도 한다. 금기시되는 반정립적 명제를 활용하고는

출판 형식에도 공통점이 존재하기도 한다. 서양 문학의 플롯 이론이나 서사 이론이 주로 탐정 소설이나 추리 소설을 분석하면서 발전해온 것은 그만큼 뚜렷하게 공통된 문학적 형식과 규약이 존재하기 때문이다.

있지만, 실제로 본격 문학, 혹은 순수 문학이 무엇인지도 명확하지 않기 때문에, 장르 문학과 본격 문학의 대비는 우리에게 아무런 정보를 선명히 전달해주지 못한다.

사실 장르 문학의 대표적 하위 유형으로는 추리 소설, 공포 소설, 역사 소설, 연애 소설 등을 손꼽는데, 이런 소설 유형들은 20세기 초 근대 문학의 형성기에 나타난 소설들 대다수가 이에 속한다고 할 수 있으며, 이인직, 신채호, 이광수, 김동인 등 근대문학사의 정전으로 손꼽히는 작가와 이들의 작품들 역시 이에 해당된다. 이인직의 『귀의 성』에 등장하는 묘사는 웬만한 공포소설 저리가라이며, 이광수의 『무정』 주인공들의 '밀당(남녀 연애 과정에서의 밀고 당기기)'은 흔한 대중적 연애소설과 크게 다르지 않다. 이 소설들의 '장르'를 문학 교과서에서 표기할 때는 공포소설이나 연애소설이라는 말을 쓸 수도 있겠다. 하지만 그럼에도 일반적으로 이 소설들을 '장르문학'이라고는 부르지 않는다.

뿐만 아니라 이들 소설들은 당대의 인기소설이었음이 분명하고 일부 문학사에는 이 작품들의 가치를 언급하면서 당시의 인기를 방증의 증거로 활용하기도 하지만, 역시 이들 소설은 현재 우리가 이야기하는 '장르 문학', 심지어 '대중 문학'과도 별다른 관련이 없게 느껴진다. 무슨 이유 때문일까. 이미 그들, 그리고 그들의 작품이 문학사의 정전이라는 높은 자리에 자리 잡았기 때문일까.

근대 문학의 형성기라는 독특한 상황을 감안하기로 하고, 현재의 관점에서 바라보면 또 어떨까. 신경숙의 『엄마를 부탁해』와 김정현의 『아버지』는 모두 대중들에게 엄청난 호응을 얻어낸 베스트셀러였지만 주류 문학계가 이 작품들을 대하는 온도의 차이는 너무나도 극명했다. 하지만 이 두 소설을 읽는 일반 독자들이 기대하고 예상하는 독서 관습이 과연 크게 다르다고 할 수 있을까.

특정한 내용과 형식의 반복이라는 점이 장르 문학의 속성이라면 주류 문학계에서 다루어지는 내면소설이나 사소설 계통의 일부 소설들도 장르 문학의 범위에 들어가지 못할 이유가 없다. 1980-90년대의 후일담 소설이나 노동 소설들도 일정한 내용의 반복이 있으며, 일정한 묵계 따른 창작과 독서 과정이 있으며, 마니아적 특정 독자층을 확보하고 있었다는 점에서 장르 문학이라 할 만하다.

하지만 일반적으로 우리가 장르 문학이라고 할 때의 범위는 훨씬 더 제한적이기 마련이다. 일반적으로 장르 문학을 본격 문학, 순수 문학에 대한 대립 개념으로서 정의할 때, 본격 문학, 순수 문학은 그냥 '문학'을 의미하고 그로부터 배제된 것을 '장르 문학'으로 인식해왔다. 주류의 문학 연구자, 이론가, 교수들은 자신들이 추천하고 언급하고 연구하는 것만을 배타적으로 문학, 혹은 본격 문학으로 간주했다. 좀 더 구체적이고 선명하게 언급하자면, 중앙일간지 신춘문예나 주류 문학전문지를 통해 정식 등단을 한 작가들은 문학의 장 안에 포함되게 되지만, 대중적 출판사 편집자의 눈에 들어와 출판하게 된 작가의 작품들은 그 장에서 배제된 문학, 즉 '장르 문학'으로 다루어져 왔던 것이다. 물론 두 개의 장을 오가는 작가들이 없었던 것은 아니지만 흔한 일은 아니었다.

결과적으로 장르 문학은 본격 문학, 순수 문학이라는 '게토'로부터 배제된, 'B급 문학', '저급 문학'의 낙인을 피할 수 없게 되었다. 물론 그러한 낙인도 본격 문학의 장 안에 존재하는 이들에 의해 이루어졌던 것이다. 이 낙인의 상처로부터 벗어나는 방법은 본격 문학 운운하는 이들로부터 멀리 벗어나 자신들만의 영역을 별도로 확보하는 것이었다. '장르 문학'은 폐쇄적인 일부 문학가—문학의 순수성을 믿는 낭만주의자이거나 정전의 가치를 과도하게 신뢰하는 근본주의자—들에 의해 타의로 배제되었으나, 자의에 의해 더 높은 벽을 쌓고 스스로 '폐쇄적 대중소설'8)이라는 모순된 존재로 생존하는 방식을 택했다. 더욱 놀라운

---

8) 여기서 '폐쇄적 대중소설'이라는 역설적 표현은 기본적으로 장르 문학이 대중성과 상업성을 염두에 둘지라도, 그 대상이 보편적인 일반 대중이 아니라 소수의 마니아 집단에 집중되어 있다는 점을 지적하고자 한 것이다. 특히 마니아 집단의 특성상, 자신

것은 그러한 생존 방식이 작가가 아니라 독자들에 의해 선택된 방식에 가깝다는 점이다. 장르 소설의 독자들은 강력하고 공고하게 마니아화되고, 독자적인 소통 구조를 갖추어나갔다.9) 본격 문학이 박제가 되어 교과서와 교실을 차지한 대신, 장르 문학은 독자들을 숙주로 삼아 살아남게 된 것이다.

3. 장르 문학에 대한 편견

하지만 앞서도 이야기했듯이, 장르 문학의 경계가 본격 문학으로부터 배제된 데에서 비롯된 것이기 때문에 장르 문학의 영역은 애시당초 폄하와 멸시의 대상 영역에 놓여 있었다. 장르 문학과 본격 문학 사이의 경계는 그 경계를 허물어 달라든지 폄하의 시선을 거두어달라든지 하는 요청으로 사라질 만한 것이 아니다. 장르 문학이라는 개념은 근본적으로 편견의 산물이기 때문이다.

사실 장르 문학에 대한 편견을 바로 잡는 일은 '장르'라는 개념을 재규정함으로써 간단하게 이루어질 수 있다. 장르 문학을 본격 문학으로부터 배제된 영역의 것들로 규정하는 것이 아니라, 규약이자 관습인 '장르'의 속성을 전경화하여 적극적으로 활용한 문학 작품들로 규정하는 것이다.

그런데 우리의 현실에서 장르 문학은 그 장르적 속성을 강화하는 것

들이 애호하는 작품이 주목받기를 바라는 마음과 불특정 다수의 대중에게 지나치게 노출되기를 꺼려하는 마음이 동시에 존재한다는 점에서 때때로 장르 문학 독자 집단은 폐쇄성을 드러내기도 한다.

9) 대표적인 사례는 SF 작가 듀나의 독자들을 보면 알 수 있다. 듀나는 창작 방식도 독특하지만, 하나의 조직화된 커뮤니티를 형성하는 데에 이른 그의 마니아 독자 집단은 특별히 주목할 만한 현상이 아닐 수 없다. 듀나의 영화낙서판 (http://djuna.cine21.com)을 참조.

자체를 부정당하고 억압당하기도 한다. 장르 문학에 대한 진정한 위협은 사실 본격 문학과의 차별이나 멸시가 아니라, 장르 문학으로서의 존재 가치를 뿌리에서부터 부정당하는 현실에서 발견된다.

대표적으로 한 가지 사례를 떠올려보자. 지난 2006년 출간된 『한국 공포 문학 단편선』[10]은 아홉 명의 작가가 쓴 공포 소설들을 묶어 내놓은 것이었다. 공포 문학은 장르 문학 가운데에서도 변방 취급을 받기 마련이었던 장르였다. 공포는 말 그대로, 우리가 떠올리고 싶지 않고 경험하고 싶지 않은 것이다. 공포를 전경화시킨 '공포 문학'은 무의식의 세계가 표출되는 장이 되며, 프로이트가 말하는 "억압된 것의 귀환"이 일어나는 장소가 된다. 로빈 우드는 통속적이고 저급한 것으로만 취급되던 B급 공포 영화가 '주류의 이데올로기를 주입하는 역할'을 하기도 하지만 '가부장적 가족주의와 같이 상투화되고 일상화된 자본주의의 병폐를 폭로하고 뒤엎는 기능'을 하고 있음을 주목한 바 있는데,[11] 공포 문학도 그 기능과 역할에 있어서는 크게 다르지 않을 수 있다. 어쨌든 장르 문학 계통의 단편소설집이 흔치 않은 현실에서 이 소설집의 출간은 그 자체로도 화제를 모았었지만, 더욱 관심을 끌었던 것은 이 책이 출간과 동시에 '청소년 유해도서'이자 '19세 미만 구독불가'로 지정되었다는 점이었다. 청소년 유해도서 지정의 이유는 폭력성과 잔혹성의 문제였다. 19세 미만 구독 금지 조치는 온라인 서점과 포털 사이트에서의 검색에도 제한이 생기며, 일부 대형서점에서는 진열과 판매가 금지되기도 한다는 점에서 현실적으로 작품에 대한 사형 선고나 다름없는 조치이다.

물론 정도의 차이는 있겠지만 공포소설에 있어서 폭력성과 잔혹성은 필수불가결한 요소다. SF 소설은 때로 허무맹랑한 상상력이 필수이고, 로맨스 소설은 유치하고 비현실적인 인물 설정이 특징이다. 그 핵심

---

10) 이종호 외, 『한국 공포 문학 단편선』, 황금가지, 2009.
11) 로빈 우드, 이순진 역, 『베트남에서 레이건까지』, 시각과언어, 1995.

적 속성은 바로 '장르 문학'으로서의 속성이자 본질이다. 춘향전이나 심청전이 음탕하거나 처량해서 유해하다고 비난받았던 일12)은 벌써 100년 전의 일이었다. 그런데 21세기 우리의 현실에서 공포문학이 잔혹하고 공포스럽기 때문에 유해하다는 판단을 한다는 것은 어처구니없는 일이 아닐 수 없었다.

더욱 더 큰 문제는 이와 같은 조치가 자기 검열로서 작동하여, 상상력을 제한하는 결과를 가져올 수 있는 우려이다. 『한국 공포 문학 단편선』은 이후로도 매년 한 권씩 출간되어 현재까지 모두 다섯 권의 책이 출간되었고, 2권 이후로는 '청소년 유해도서' 판정을 피할 수 있었다. 이는 무척 다행스러운 일이지만, 이 단편선 기획과 집필에 참여한 김종일은 1권 이후 자기 검열에 사로잡힌 적이 있음을 토로하기도 했었다.13)

당시의 조치가 더욱 문제될 수밖에 없는 것은 이 『한국 공포 문학 단편선』에 수록된 소설들의 잔혹한 수준이라는 것이 본격 문학으로 분류되는 편혜영이나 백가흠 등의 소설들과 비교해볼 때 그리 심각한 수준이 아니었다는 점이다. 결국 당시 청소년 유해도서 판정 결과의 핵심은 본격 문학 계통의 작품들에 비해 장르 문학 작품이 부당한 억압의 대상이 되었다는 것이다. 그리고 그 배경에는 장르 문학 전반에 대한 불신과 편견이 자리 잡고 있었음을 부인하기 힘들다.

장르 문학에 대해 그 장르적 속성의 과잉을 문제 삼기 시작하면 장르 문학은 살아남을 수가 없다. 그러나 우리 장르 문학에 가해지는 비판과 편견은 대체로 '장르 문학'의 특성 자체에 대한 몰이해에서 비롯된 경우가 많다. 피카소에게 사실적 묘사를 하지 않았다고 비판하고, 인어공주 애니메이션을 보고 물고기가 어떻게 말을 하냐고 따지는 듯한, 어처구니없는 일이 종종 일어나고 있는 것이다.

---

12) 이해조, 『新小說 自由鍾』, 대한황성광학학보, 1910, 10-11쪽.
13) 김종일 작가의 개인블로그 http://jongil.egloos.com 참조

4. 장르 문학의 위상과 역할

장르 문학을 향해 가해지는 편견을 극복하기 위해서는 '장르 문학' 자체의 개념과 위상을 수정할 필요가 있다. 근래 들어 '문학'의 개념이나 정의조차 모호해지고 경계가 사라지고 있는 형국인데, '본격 문학'과 '장르 문학' 사이의 경계만 뚜렷해지는 것은 분명히 비정상적인 상황이다. 장르 문학에 대한 편견은 장르 구분의 완화, 다양한 취향의 존중, 그리고 문학 경계의 해체를 통해 극복되어야 하며, 또한 그렇게 될 수 있을 것이다.

가령 소위 하이틴로맨스로 지칭되던 장르 문학들은 전통적 문학 이론의 관점이나 소설 문법의 잣대로 보자면 폄하할 거리가 넘쳐 나겠지만, 신데렐라나 콩쥐팥쥐와 같은 설화로부터 최근의 TV 트랜디 드라마들로 이어지는 흐름 속에서 놓고 보면, 그 대중적 서사 콘텐츠로서의 위상과 의미가 결코 만만치가 않다고 볼 수 있다.

실제로 장르 문학은 인물이나 플롯이 상투적이라고도 할 수 있지만, 다른 관점에서 보면 전형적이고 보편적이기 때문에 보편적인 대중 독자들도 친근하고 익숙한 독서가 가능하다. 또 전형적이고 선명한 인물 구도와 플롯 전개가 다른 대중 매체 콘텐츠로 전환되어도 유지될 수 있기 때문에 매체 전환에 유리하다. 요즘은 다른 장르 문학과 혼성 교배되어 판타지 로맨스 소설이나 SF 공포 소설의 형태로 나타나는 경우가 흔하다. 특히 『반지의 제왕』와 『해리포터』 시리즈의 인기에 힘입어 기본적인 장르 문학의 속성이 문학이 아닌 다른 대중 매체 콘텐츠에서 복합적으로 구현되는 경우도 쉽게 찾아 볼 수 있다[14].

---

14) 최근 화제를 모았던 SBS TV의 드라마 ≪시크릿가든≫의 경우를 생각해보자. 주원과 라임이라는 두 남녀의 영혼이 서로 뒤바뀐다는 허무맹랑한 설정은 SF적 요소로서도 빈약하고 로맨스 모티프로도 진부하지만, 전형적인 신데렐라 스토리까지 함께 결합되면서 최근 들어 가장 대중적으로 어필한 콘텐츠로 성공을 거둘 수 있었다. 더욱이 이 드라마의 또 다른 한 축인 한류스타 오스카라는 인물을 둘러싼 스토리들은 팬픽 장

최근 이런 측면에서 가장 각광받고 있는 장르 문학은 바로 역사소설, 혹은 '팩션' 장르라고 할 수 있다. 역사소설이 대중문학으로서 주목을 받은 것은 길게는 『삼국지』, 『초한지』로 거슬러 올라가고, 우리 작품으로는 『박씨전』, 『임진록』, 비교적 가까이는 『단종애사』, 『대수양』으로 거슬러 올라가야겠지만, '팩션'이라 지칭되는 표현이 대중화된 것은 주로 2000년대 들어서부터였다. '팩션'은 때로는 역사소설의 유의어로, 때로는 역사추리소설의 동의어로 쓰이기도 하며, 작가의 상상력이 얼마나 개입되었는가의 정도를 따지고 들기도 하지만, '팩션'이라는 용어가 의미를 가질 수 있는 것은 '소설'이나 '문학'이라는 영역에 한정될 필요 없이 활용 가능한 개념이라는 점일 것이다. 『장미의 이름』이나 『영원한 제국』처럼 소설과 영화로 모두 존재하는 콘텐츠를 아울러 지칭할 때는 팩션이라는 용어가 매우 유용하다.

우리에게 있어 대중적으로 가장 큰 성공을 거둔 팩션 문학 작품을 떠올리면 김진명의 『무궁화 꽃이 피었습니다』(1993)를 거론할 수 있을 것이다. 이 소설의 문학적 완성도와는 별개로 아직까지도 이 소설의 내용을 실제 사실로 여기는 독자가 상당수 있다는 점을 볼 때, 분명히 전략적으로 성공한 팩션이라고 할 수 있겠다. 2000년대 이후에는 김영하의 『검은 꽃』, 신경숙의 『리진』, 김탁환의 『불멸의 이순신』, 『방각본 살인사건』, 『리심』, 김별아의 『미실』, 이정명의 『뿌리 깊은 나무』, 『바람의 화원』, 김상현의 『정약용 살인사건』, 이인화의 『하비로』, 김경욱의 『황금사과』, 『천년의 왕국』 등의 작품이 팩션 장르 문학으로 손꼽을 만하다. 그런데 이 가운데 김영하, 신경숙, 김경욱 등은 본격 문학의 범주에서 이정명, 김상현 등은 장르 문학의 범주에서 다루어지곤 한다. 앞서 언급했듯이 이런 범주 구분은 실제 작품에 의거한 것이라기보다는 등단 절차와 소속에 따라 이루어지는 경우가 더 많다.

르에서 반복적으로 등장하는 스토리 요소들—스타와 팬덤 간의 갈등, 동성애 코드의 삽입 등—을 재구성한 것으로 볼 수 있다.

보다 중요한 것은 현재 팩션 장르가 타매체 콘텐츠를 만들어내기 위한 소스로 크게 주목받고 있다는 점이다. 문학 쪽에서는 장편소설 붐이 일어나고 방송 쪽에서는 한류 사극이 큰 인기를 끌게 되었으며, 이 두 가지가 결합되면서 팩션의 활용도가 높아졌고, 결과적으로 팩션이라는 장르 문학의 위상이 크게 높아지기도 했다는 점이다. 원작 소설의 존재 여부와 무관하게, TV 드라마 ≪대장금≫, ≪선덕여왕≫, ≪바람의 화원≫ 등은 팩션 장르 문학의 성과, 그리고 팩션으로서의 기법과 속성이 축적되어 빛을 본 사례로 손꼽을 만하다.

다매체 시대, 원소스 멀티유즈 시대에 장르 문학의 활용도는 매우 높아졌다. 장르 문학의 위상도 자연히 높아졌다. ≪커피 프린스 1호점≫, ≪성균관 스캔들≫과 같은 드라마의 성공은 장르문학이나 대중문학의 활용도와 대중적 흡입력을 선보인 사례로 볼 수 있다. 하지만 완성도 있는 완결된 문학 작품으로서가 아니라 영화나 드라마의 소스화, 부품화되어 평가받고 있다는 점은 부당하고 우려스럽다는 의견도 제기되고 있다.

또 한 가지 장르 문학의 의의를 짚고 넘어가자면, 여타의 본격 문학들보다 현실을 발 빠르게 반영하여 사실주의적 속성을 드러내기도 한다는 점이다. 실제 현실과 거리가 먼 듯하게 느껴지는 SF 문학이 오히려 재현적인 리얼리즘의 가치를 부각시키고 있고, 세계에 대한 통찰과 대안적 현실을 제시하여 주고 있다는 지적15)은 그런 점에서 유의미하다.

공포 문학의 경우도 또한 크게 다르지 않다. 공포 문학이 우리 사회의 밝고 아름다운 면을 드러내기 위한 문학이 아님은 물론이다. 우리가 살아가는 현실이 늘 밝고 아름답다면 모르겠지만, 폭력과 전쟁이 만연한 현실 자체가 이미 공포스러운 이상, 공포문학은 그 현실을 반영하는 또 하나의 '리얼리즘 문학'이다. 또한 누구나 감추고 싶어 하는 본능의

---

15) 박진, 「장르 문학에 대한 오해와 편견」, 『작가세계』 제70호, 2008.11., 346쪽.

밑바닥 심리를 드러내는 '폭로의 문학'이 될 수도 있는 것이다.

5. 장르 문학의 현실과 전망

그동안 장르 문학은 폐쇄적인 문학 연구 환경, 보수적인 문학 저널과 출판-유통 구조 탓에 폄훼되어 온 것은 물론, 출판되고 유통되어 독자들에게 소개될 기회조차 쉽게 얻기 힘들었던 것도 사실이다. 현재 장르 문학이 처한 현실은 여전히 존재하는 편견과 왜곡된 현실에도 불구하고 과거에 비하면 비교적 나아 보이기도 한다.

실제로 해외 문학 작품과 만화 등이 폭넓게 소개되면서 장르 문학의 독자층은 크게 확대되었다. 특히 반지의 제왕, 해리포터 시리즈 등의 판타지 소설들은 폭발적인 인기를 누렸고, 장르 문학은 서점이나 대학 도서관에서 본격 문학보다 우월한 대중성을 뽐내기도 했다.

그러나 정작 우리 장르 문학의 경우 책은 잘 팔리지 않고, 장르 문학의 작가들은 생계를 위협받는 현실에서 살아가고 있는 것이 또 다른 현실이기도 하다. 2007년 첫 선을 보인 월간 ≪판타스틱≫은 장르 문학 전문지를 표방하고 등장하였다. 휴간과 복간, 그리고 다시 휴간, 그리고 웹진[16]으로의 변신의 과정이 보여주듯, 순탄하지만은 않은 발행 과정을 겪었는데 이 과정이 우리 장르 문학의 현실을 반영하고 있는 듯하다.

지금 여전히 장르 문학의 가장 큰 문제는 독자 대중을 만나 소통할 수 있는 안정적인 통로를 찾기 힘들다는 점이다. PC 통신에서 인터넷에 이르는 네트워크는 장르 문학의 고향과도 같은 곳이고 언제든지 작품을 손쉽게 업로드하여 독자들에 다가갈 수는 있는 통로이지만, 안정적인 수익 모델이 제시되지 못한데다가 황석영, 신경숙을 비롯한 본격 문

---

16) http://www.fantastique.co.kr

학 쪽의 작가들까지 작품을 인터넷에 연재하고 있다 보니 차별성이 모호해지는 상황이다.

근래 장르 문학 전문을 표방하는 출판사들이 제법 많이 등장한 것은 반가운 일이지만, 대다수가 해외 작품 번역에 치중하고 있는 현실이고, 듀나처럼 본격 문학의 핵심 근거지인 '문학과지성사'에서 책을 출판하는 일17)도 있었지만 극히 이례적인 일에 불과하였다. 드라마나 영화에 원작이나 시나리오 콘텐츠로 활용되는 경우도 있지만, 절대적인 수가 많다고는 볼 수 없는 형편이다.

결국 문제는 장르 문학들이 그 속성과 특징, 관습, 그리고 독자층—소비층—에 걸맞은 매체를 확보하고 소통하는 형식에 대한 고민이 부족했다는 것이다. 본격 문학과 장르 문학 모두 종이책과 인터넷을 활용하여 소비되고는 있지만, 종이책에 인쇄되던 것을 모니터나 모바일 기기 액정을 통해 본다는 점만 차이가 있을 뿐, 본질적인 콘텐츠의 변화된 적용을 고민하는 데에는 도달하지 못했다. 인터넷 초창기에 시도된 하이퍼픽션은 사실상 실패한 프로젝트로 끝이 났고, 게임 콘텐츠는 문학의 소통 방식과는 전혀 다른 방식으로 전개되므로 논외로 다루는 것이 바람직해 보인다.

첨단 다매체 시대에 걸맞게 장르 문학은 SF 소설, 팬픽, 공포 소설 등 각 세부 장르에 부합하는, 그리고 독자의 상황이나 활용 매체에 부합하는 소통 전략을 필요로 한다. 가령 '만화'가 중앙일간지, 스포츠신문, 잡지, 판매용 단행본, 대여용 단행본, 인터넷 등 소통 매체에 따라 각기 다른 형식과 기법을 활용하고 있음은 상당한 시사점을 제공해준다.

특히 우리나라의 '웹툰'은 전 세계에서도 보기 드문 독특한 방식으로 소통되는 만화 형식으로 자리 잡았다. 웹툰을 종이 지면으로, 지면 만화를 웹툰으로 옮기는 경우도 있었지만, 웹툰은 점차 단지 종이 위의

---

17) 듀나, 『태평양 횡단 특급』, 문학과지성사, 2002.

인쇄물을 화면 위로 옮겨놓는 것에 그치지 않는 방식으로 진화하였다. 페이지를 넘겨가면서 시선이 왼쪽 상단에서 오른쪽 하단으로 흘러가는 종이 인쇄 만화와 달리, 웹툰은 한 시야에 들어오는 컷의 수가 더욱 한정적이며 스크롤을 이용해 상단에서 하단으로 흘러내리는 방식으로 읽게 된다는 점이 고려되면서, 웹툰은 기존의 만화와는 내용 전개나 터치 기법, 주제나 스토리, 캐릭터 표현 등 모든 면에서 새로운 장르의 만화로 자리 잡을 수 있었다.

장르 문학에 요구되는 것도 바로 그러한 변화와 적응이다. 사실 근대 초기 신문이라는 신매체에 적합한 장르로서 소설이라는 문학 장르가 생산되고, 소설이라는 문학 장르에 알맞은 매체로 동인지나 계간지가 탄생했던 것처럼, 매체에 부합하는 장르의 탄생이나 장르에 부합하는 매체의 탄생은 매우 자연스러운 현상이라고 할 수 있다. 다만 인쇄 매체 중심의 문학의 생산과 소통이 워낙 강고했기 때문에 별다른 변화가 없어 보였을 뿐, 요즘의 디지털 환경은 새로운 장르의 문학을, 혹은 새로운 장르적 상상력을 강력히 요구하고 있다. 스마트폰을 비롯하여 이-북(e-book) 위주로 변화해 갈 매체 환경에 알맞은 서사 문법과 독서 관습, 그리고 매체 속성에 부합하는 새로운 장르의 탄생도 충분히 예상할 수 있다. 특별히 장르, 그리고 장르 문학을 주목해야 하는 이유는 시대적 맥락과 사회적 환경의 변화 속에서 작가와 독자 사이에 새롭게 맺어질 관습과 규약이 있다면, 그것이 곧 새로운 장르 문학의 양상이 될 것이기 때문이다. 중요한 것은 시대, 매체, 작가, 독자가 함께 호흡하고 소통할 수 있는 전략의 모색이다.

■ 참고문헌

듀나 외,『오늘의 장르문학』, 황금가지, 2010.
박진, 「장르들과 접속하는 문학의 스펙트럼」,『창작과비평』 제140호, 2008.6.,
　　　31-48쪽.
박진, 「장르 문학에 대한 오해와 편견」,『작가세계』 제70호, 2008.11., 332-346쪽.
박철희,『문학개론』, 형설출판사, 1985.
이종호 외,『한국 공포 문학 단편선』, 황금가지, 2009.
정영훈, 「장르문학과 본격문학이라는 시빗거리」,『창작과비평』 통권140호,
　　　2008.6., 69-83쪽.
조성면,『경계를 넘고 간극을 메우며』, 깊은샘, 2009.
로빈 우드, 이순진 역,『베트남에서 레이건까지』, 시각과언어, 1995.
M.H. Abrams, 최상규 역,『문학용어사전』, 예림기획, 1997.

웹진 판타스틱 http://www.fantastique.co.kr
듀나 영화낙서판 http://djuna.cine21.com

■ 국문초록

　현대 문학 이론에서 장르는 한 마디로 창작과 독서의 '관습'이라 할 수 있다. 장르는 작가와 독자가 공유하고 있는 일종의 규약이자 묵계인 것이다. 하지만 한국의 문학 현실에서 장르 문학이라는 개념은 편견과 억압에 시달려왔다. 장르 문학은 상업성에 사로잡힌 문학으로, 통속적이고 저급한 문학으로, 일부 계층이나 세대만을 겨냥한 문학으로 인식되어 왔다. 때로는 장르의 속성이 두드러졌다는 이유로 억압이나 검열의 대상이 되기도 했다.

　장르 문학에 대한 편견을 바로 잡는 것은 장르에 대한 인식을 새롭게 함으로써 가능해질 수 있다. 장르는 독자의 독서 행위에 의해 발견되는 관습이자 규약이다. 장르 문학은 그러한 관습에 익숙한 마니아 집단에 의해 애호되는 유형의 주제와 형식을 갖춘 문학 작품들을 의미한다.

　보편적인 독자 집단을 대상으로 획일적인 인쇄와 유통을 통해 소통되던 시대에 장르 문학은 상투적이고 통속적이며 소수에게만 어필하는 문학 작품일 뿐이었다. 하지만 디지털 환경에서 장르 문학은 다양한 매체를 활용하여 다양한 독자층에 어필할 수 있는 콘텐츠로 활용될 수 있을 것이다. 새로운 환경에 알맞은 전략과 상상력이 요구되는 시점이다.

국문주제어 : 장르, 장르 문학, 공포 소설, SF 소설, 매체, 팩션, 서사, 관습.

■ Abstract

Truth and Prospect of Genre Literature

Choi, Sung-min

The Genre can be called a 'convention' in creating and reading in modern literature theories. The Genre is a sort of a code or tacit agreement between writers and readers. However the concept of Genre Literature in Korea has been suppressed. Genre Literature has been called commercial, substandard and narrow literature. Sometimes they had suppressed and submitted for censorship for they had too much genre attributes.

It is possible to remedy those prejudices about Genre Literature by renovating our perception for Genre. The Genre is a convention or rule which the readers find by reading. The Genre Literature means texts that have themes and forms the aficionados love. The aficionados are familiar to those conventions.

The literature was communicated by uniform presswork and distribution in past. Genre literature was conventional, vulgar and narrow those days. However in digital environments, Genre literature can be utilized as widely appealing contents by using variety media. We need fresh strategies and imagination for new environment.

Key words : Genre, Genre Literature, Horror novel, SF novel, Media, Faction, Narrative, Convention

이 논문은 2010년 11월 12일에 접수되어, 2010년 11월 22일부터 2010년 12월 3일 사이에 이루어진 소정의 심사를 거쳐 2010년 12월 10일 편집회의에서 최종적으로 게재가 확정되었음.

최근 문학비평에 나타난 새로운 징후들

목 차

1. 비평의 리뷰화, 비평의 키취화
2. 스스로를 비평하지 않는 비평
3. 새로운 비평을 꿈꾸는 글쓰기의 징후들
4. 평론의 진정한 '향유'를 위하여

정 여 울*

1. 비평의 리뷰화, 비평의 키취화

거대담론의 시대가 가버린 지금, 과연 모든 '검열'은 더 이상 존재하지 않는 것일까. 정치적인 검열은 아직 국가 보안법이 상존하는 한, 정치권력의 이합집산에 따라 민주주의의 의미 자체가 달라지는 한, 더욱 세련된 형태로 진화하는 측면이 있다. 또한 우리가 가장 가까이 피부로 느끼는 것은 바로 상품이라는 권력, 자본이라는 권력이다. 문학평론가조차도 베스트셀러로서의 소설이 지닌 위력, 혹은 베스트셀러로 '만들어야 하는' 책이라는 상품에 대한 위력에서 자유롭지 못하게 된 지금, 더욱 문제가 되는 것은 평론가 자신의 내부 검열이다. 문학평론가가 처

---

* 서울대학교 문학평론가.

한 또 하나의 검열 권력은 바로 '문학은 이러이러해야 한다'라는 자기 내부의 규율이다. 그것은 오랜 문학 교육 과정 속에서 무의식적으로 형성되어온 것이기도 하며, 문학평론가로서 스스로의 개성이나 향유와 관련된 아비투스이기도 하다. 그 모든 시선의 권력으로부터 평론은 자유로울 수 있을까.

최근 문학 비평은 작품이나 작가 중심의 기존 평론보다는 '신간에 대한 리뷰' 성격의 글이 양적으로 확산되는 경향을 보인다. 평론가가 직접 주제와 작가를 정하고 자발적으로 평론의 내용과 형식을 기획하는 일은 거의 불가능해졌다. 신간에 대한 리뷰조차도 '작품에 대한, 그리고 작가에 대한 옹호적 성격'을 분명히 해야 한다는 압박감을 느낄 때가 많다. 작품에 대한 정당한 평가라면 작품에 대한 비판조차도 작가와 작품 모두에게 또다른 영감의 매개가 될 수 있다는 의식적 공감대는 거의 사라져가는 것 같다. 작가나 출판사에 모두 매끄럽게 소화될 수 있는 리뷰, 독자에게 '이 책을 읽어달라'라는 메시지로 해석될 수밖에 없는 분명한 호의적 리뷰가 비평 담론을 잠식하기 시작했다. 저널리즘의 리뷰뿐만 아니라 계간지의 문학비평도 평론가의 '자발적 기획'으로서의 성격이 약화되고 출판사의 신간에 대한 '프로모션'의 의도가 직간접적으로 노출되는 경우가 많아졌다.

이로 인해 평론의 키취화가 급격히 진행되기 시작했다. '작품=상품으로서의 문학'이 '문학사의 주체=예술작품으로서의 문학'을 위협하기 시작한 것이다. 작가에게 어필하고 독자에게 어필하는 평론, 저널에게 어필하고 출판사에게 어필하는 평론이 '좋은 평론'으로 인식되기 시작하면서 평론은 점차 평론가 한 사람 한 사람의 '개인기'로 전락하고 있다. 작가는 스타를 지향하고, 출판사는 평론에조차 프로모션의 임무를 맡기고, 독자는 '잘 읽히고 책, 재미있는 책만을 찾는다'고 '규정'됨으로써, 작가/출판사/독자의 시선으로부터 자유로운 평론의 자리는 점점 사라져가고 있다.

작품의 현재적 상품성이 아니라 이 작품이 문학사에서 어떤 위치를 차지할 것인가를 정확하게 감식하는 비평, 단순히 책이라는 상품의 판매지수가 아니라 작품에 대한 독자의 미시적인 반응을 분석하는 비평, 작품의 현재적인 의미 뿐 아니라 이 작품과 다른 작품들의 영향관계나 상호텍스트성을 밝혀낼 수 있는 비평은 점점 찾아보기 어려워진다. 또한 외국문학 번역의 홍수 속에서 한국문학과 외국문학 사이의 깊이 있는 비교문학적 접근, 세계문학과 한국문학 사이의 차이와 동일성 등을 분석하는 비평 등은 거의 찾아보기 어려운 실정이다. 화제작은 곧 베스트셀러와 거의 동일화되어가고 있고, 평론과 리뷰의 본질적인 차이는 점점 희석되어가고 있다. 리뷰화되는 평론, 키치화되는 평론으로 인해 한국문학은 '상품으로서의 문학' 담론이 비대해진 상태에서 문학사적 접근, 이론적 접근, 문화이론적 접근 등 다채로운 '문학의 외부'를 상실해가고 있다. 문학이 지닌 이미지가 책으로서의 상품성에 집중되는 한, 새로운 평론은 물론 새로운 문학의 가능성은 억압될 수밖에 없지 않을까.

이 글은 장편소설 대망론 이후 이렇다 할 평론의 공통 화두를 내놓고 있지 못한 현재 한국문학 평단에서 무엇이 실질적인 화두가 되고 있는지 살펴보고, 나아가 새로운 비평의 흐름을 예고하는 새로운 글쓰기의 징후들을 발굴해보고자 한다. 그럼으로써 외부 상황으로부터 수동적으로 생산되는 비평 담론이 아닌, 비평가 스스로의 문학적 화두를 찾아가는 새로운 평론을 꿈꾸는 평론가들 사이의 암묵적인 연대의 방안이 무엇인지 함께 고민해보고자 한다.

우리가 문학이 무엇이다라고 알고 있다고 생각하지만 그 속에서 우리가 항상 발견하는 것은 문학과는 다른 요소들이다. 그래서 이런 요소들을 다 포괄할 수 있도록 문학의 영역을 확대하게 된다. 따라서 한 권의 시집 속에 나타나는 것 치고 문학적이지 않은 것이 없다. (……) 문학의 본질은 어떠한 본질도 지니지 않고 늘 가변적이라서 규정될 수 없다. 동시에 문학의 '외부'에 존재할 수 있는 모든 것을 다 내포할 수 있는 능력 또한 소유하고 있는 것이 문학의 본질이다.[1]

2. 스스로를 비평하지 않는 비평

문학을 둘러싼 사회 환경이 급변해가는 것에 비해 평론은 기존의 패러다임을 크게 벗어나지 못한 것으로 보인다. 장편 소설 대망론을 통해 급속하게 달아오르던 비평 담론은 이제 하루가 다르게 쌓여가는 엄청난 양의 장편소설과 그에 비해 급격히 위축된 단편 소설 창작의 분위기 속에서 점점 그 다양성을 잃어가고 있다. 평론은 단편 소설집의 해설이나 리뷰, 계간지 문학 코너 특집 원고, 신간 장편 소설을 출간한 중견 작가들의 작가론 등 매우 제한된 원고 청탁 환경 속에서 실질적으로 새로운 형식과 내용을 실험하는 글쓰기를 시도하기 어려운 상황에 있다. 그러나 문학을 둘러싼 창작 및 소비 환경이 어느때보다도 급속히 변화하고 있는 지금이야말로 단지 작품론이나 작가론에 머무르지 않는 새로운 비평적 시선이 필요할 때가 아닐까. 각자 고립된 창작 환경 속에서 오직 '나만의 글쓰기'를 하고 있다고 믿는 작가들에게, 그들이 무의식적으로 근거하고 있는 문학사적 토대를 밝혀주는 일, 나아가 한 작품의 현재적 의미를 넘어 과거와 미래 사이를 횡단하는 문학사적 의미를 부여할 수 있는 매우 근원적이면서도 현실 속에서는 찾아보기 어려운 비평적 접근이 절실히 요청되는 시점이 바로 지금이 아닐까.

---

1) Jonathan Culler, On Descontruction: Theory and Criticism after Structualism(London, 1983), p.30

비평이 리뷰화되고, 혹은 비평가가 '현재의 텍스트를 현재의 욕망으로만 분석한다'는 트렌드에 입각한다면, 텍스트의 역사성은 사라져버리고 만다. 비평이 리뷰화되고 평론가가 프리랜서화되는 현상의 가장 치명적인 결과는 텍스트에서 역사성이 배제되어버린다는 것이다. 더 이상 현재의 텍스트는 과거의 텍스트와 대화하지 않게 되어버리고, 단지 한 작품이 어떤 의미에서 현재의 대중적 취향에 호소하는지만을 분석한다면, 그런 것이 평론의 모범답안이 된다면, 문학 텍스트는 그 어떤 과거와도 미래와도 소통할 수 없는 고립된 무중력의 존재가 되어버리고 만다.

작품이 발산하는 새로운 의미를 속박하고 통제하는 비평이 아니라 비평을 통해 더욱 다양한 읽기 모드를 가능케 하는 창조적인 비평의 설 자리는 점점 더 없어지는 것 같다. 베스트셀러 중심의 리뷰 문화에서 '파워 블로거의 신간 리뷰'와는 차별화되는 독자적인 비평의 담론을 요구 받고 있다. 평론가의 고립감은 '이제 더 이상 사람들이 평론을 읽지 않는다'는 부정적 자의식에서 비롯되지만, 우리는 문제제기의 방식을 거꾸로 돌려볼 필요가 있다. 과연 '더 이상 평론가 스스로가 즐겁지 않은 평론'이 사람들의 눈길을 끌 수 있을까. 평론가 스스로의 향유와 도취가 없는 평론이 타인의 상상력을 촉발할 수 있을까.

모든 거대 담론이 해체된 것으로 '보이는' 2000년대 이후의 문학 환경에서, 평론의 새로운 형식과 내용이란 어떤 것이 되어야 할까. 정말 거대담론은 모두 해체된 것일까. 모든 거대담론의 해체를 주장하는 담론조차 하나의 거대담론이라는 것을 비평가들 스스로가 인식하기 시작했으며, 나아가 어떤 거대담론도 아직 충분히 해체되지 않았다는 것도 우리는 알고 있다.

해체는 인식의 폐쇄에서 벗어날 수 있는 길을 제공해주는 것 같다. 개방적이고 미결정적인 텍스트성을 끌어들임으로써-그래서 그것을 '심연 속에 밀어 넣음으로써' (……) 해체는 자유로서의 심연의 매력을 우리에게 느끼게 해준다. (……) 그리고 결코 심연의 바닥에 닿지 못할 것이라는 데 우리는 도취된다. 여기서 한 걸음 더 나아가 해체는(비평가들은 자신이 텍스트 속에 말한 바를 자신이 의도한 것과 동일한 것처럼 행동함으로써) 근원에 대한 모색과 바닥 없는 심연의 쾌락으로서 해체를 해체한다.[2]

문학평론은 작품에 대한 평론가 개인의 주관적인 의미부여가 아니라 우리가 평소에는 제대로 인식하지 못하는 시대의 무의식을 읽어내는 작업이기도 하고, 작품을 유일무이한 절대적 대상이 아니라 우리 시대의 다양한 문화적 중력이 만들어낸 부산물로 상대화할 수 있는 시선을 가다듬는 일이기도 하다. 비평 또한 비평가의 산물이 아니라 그 시대의 또 다른 집단적 무의식의 발로이기에, '블로거들의 자유로운 비평'과 '비평가들의 엄격한 비평'을 나누는 것도 사실상 무의미하다. 문제는 '어떤 비평적 시선이 작품 읽기에 영향을 주는가, 혹은 어떤 비평이 우리가 인식하지 못하는 이 시대의 무의식을 제대로 포착하는가'이지 '어떤 평론가가 글을 잘 쓰는가'가 아니기 때문이다. 텍스트를 비평하는 글조차 하나의 텍스트(읽히고 분석되어야 할)라는 점을 비평가는 망각하기 쉽다.

의미를 끌어들이는 작업, 이는 즉 아직 의미가 존재하지 않는다는 말이며 그런 작업이 앞으로 이루어져야 할 과제로 남아 있다는 말이다. (……) 목표를 설정하고 그에 맞추어 사실들을 형성하는 것, 즉 단순히 개념적으로 옮기는 것이 아니라 활동적인 해석행위인 이것은 한 차원 더 높은 단계에서 가능하다. 궁극적으로 인간은 사물들 속에서 자신이 사물에 부여했던 것만을 발견할 뿐이다. 그렇게 발견한 것을 과학이라 부르고 그렇게 부여한 것을 예술, 종교, 사랑, 자만이라 부른다. 이것이 유치한 생각일지는 모르지만, 인간은 이 두 가지(의미부여와 의미발견)를 다 지녀야 하고 또한 그것을 향하는 성향을 지니고 있어야 한다. 어떤 사람들은 발견해야 하고,

---

2) Gayatri Spivak, Of Grammatology(Baltimore, Md. and London, 1976)의 역자서문.

우리와 같은 사람들은 부여해야 한다.[3]

3. 새로운 비평을 꿈꾸는 글쓰기의 징후들

텍스트로의 귀환이라는 표어는 그 자체가 이미 문학 연구가 더 이상 뜨거울 수 없는 세계 상태를 지시하고 있다. 어느덧 국문학은 내용적으로는 한국문학으로 전환되었고, 그와 함께 문학은 그 이전의 특권적 지위를 상실하고 문화를 구성하는 소박한 1/n이 되었다. 공동체주의가 점차 위력을 상실해가는 동안, 그와 함께 쇠약해진 것은 유토피아를 향한 열망만은 아니었던 셈이다. 뜨거운 역사는 차가운 사실로 대체되었고, 인문적 가치가 지니고 있던 총체성의 온기도 계량화된 데이터를 통과하는 순간 냉각되어 사라졌다. (……) 게다가 텍스트는 그 자체가 분석적 시선에 의해 포착된 중립적이고 차가운 개념이며, 감염력을 거세당한 건조한 문자들의 덩어리이다. 그런데도 텍스트로 돌아가야 한다는 것인가. 문학도 아닌 텍스트에게로? 지난 시대에 우리가 텍스트와 함께였던 적이 있었던가.[4]

서영채는 최근 「텍스트의 귀환」이라는 논문에서 문학 연구가 더 이상 인문적 가치가 지닌 '총체성의 온기'를 대변할 수 없는 시대에 문학 연구의 윤리적 동력이 어디에서 발원할 수 있는지를 묻고 있다. 그가 제기하는 '텍스트의 무의식'론을 따르면 텍스트가 어떤 윤리적 한계나 예술적 한계에 부딪히는 것은 전적으로 '작가의 책임'이 아니라 텍스트를 둘러싸고 있는 수많은 문화적 중력장 때문이다. 작가의 의도, 장르의 문법, 당대의 현실, 이 세 가지 대표적 중력이 텍스트를 끌어당기고 있는 만유인력이라면, 작가는 텍스트 생산의 '매체'이며 독자는 텍스트의

---

3) 프리드리히 니체, 강수남 옮김, 『권력에의 의지』, 청하출판사, 1997, 327쪽.
4) 서영채, 「텍스트의 귀환」, 『텍스트로의 귀환』(한국현대문학회 2011년 제 1차 전국학술발표대회 자료집), 48쪽.

귀환을 위한 '통로'가 된다는 것이다.

작품이 작가의 자식이라든지 작가가 작품의 모태라는 식의 인과론을 벗어나, 작가는 텍스트 생산의 매체이자 독자는 텍스트의 귀환을 위한 '통로'가 된다면, 연구나 비평이 있어야할 자리는 이 모든 문화적 중력이 통과하는 수많은 '흔적들' 혹은 '경계들' 위가 아닐까. 공동체주의가 힘을 잃어버린 시대에 문학 연구가 자신의 존재 이유를 발견할 수 있는 힘은 '실증을 향한 자기목적적인 열정'이 아니라 어떤 세속에서도 빛나는 계시를 발견해내는 자기 내부의 파토스가 아닐까. 문학이 특권적 지위를 상실하고 전체 문화를 구성하는 소박한 1/n이 된 상황을 한탄할 것이 아니라, 겸허하게 '남들의 트렌드'가 아니라 '자기입법적인' 텍스트의 윤리를 발굴해내는 소박한 열정이 필요한 것이 아닐까. 그러므로 '텍스트의 귀환'은 문학의 용광로에서 모든 온기와 주관성을 제거하고 무미건조한 텍스트에만 집중하자는 것이 아니라 우리가 의식하지 못하는 텍스트의 무의식을 발굴해내는 정직한 비평의 열정과 함께 할 때 가능하지 않을까.

외국문학 연구자나 외국문학 평론가들이 자국문학을 비평하는 방식에서도 많은 것을 배울 수 있다. 니콜라스 코일의 『How to read 셰익스피어』는 연구와 평론의 절묘한 경계 위에서, 평론가도 독자도 모두 즐거울 수 있는 비평을 시도하고 있다. 이 책은 연구자의 진정한 주이상스에 대한 관심을 불러일으킨다. 즉 연구자가 그 텍스트를 연구하며 얼마나 진심어린 신명을 느낄 수 있는지, 혹은 연구자가 텍스트를 분석하고 해석함으로써 어떻게 일종의 예술적 도취와 탐닉 상태에 이르는지, 그 과정에 대한 진지한 관심을 갖게 만든다. 셰익스피어는 명실상부한 세계적 작가이고, 연구 성과가 워낙 방대하게 축적되어 있기 때문에 함부로 도전하기 어려운 대상임에도 불구하고, 니콜라스 코일은 그 모든 문화적 중력에 구애받지 않는다. 그는 오히려 기존 연구들의 갖가지 도움을 기꺼이 받으면서, 연구자 스스로가 향유할 수 있는 비평=연구의 이상향으로 나아가기 위해 '텍스트를 읽는 비평가의 즐거움'을 한껏 증폭시키고 있다. 그것은 비평가의 주관적 열정이 시대의 객관적 요청에 부응하는 행복한 장면이다.

> 이 책에서 나의 주요 목적은 셰익스피어 글의 '이상스러움'을, 놀라움을 불러일으키고 세계에 대한 우리의 생각을 바꿔버리는 능력을 드러내고 탐구하는 것이다. (……) 나의 가장 큰 관심은 셰익스피어의 특정한 단어, 어구, 문장에서 무슨 상황이 펼쳐지고 있는지 명료하게 드러내는 동시에 쉬운 말로 풀어 설명하려는 시도 자체가 일종의 광기라는 것을 인정하는 것이다. (……) 우리가 셰익스피어의 연극을 보는 이유는 유혈이 낭자하고 살인이 많이 나와서가 아니라(많이 나오기는 하지만), 왕이나 왕비 같은 유명한 사람들에 대한 것이라서가 아니라(그들에 대한 것이기는 하지만), 사랑과 낭만이 가득해서가 아니라(가득하기는 하지만) 다른 이유 때문이다. 셰익스피어의 지칠 줄 모르는 힘은 그의 언어가 가지고 있는 놀라운 능력 때문이다. (……) 셰익스피어의 작품에서 받을 수 있는 가장 즉각적이고 강렬한 느낌은 그가 언어를 사랑한다는 느낌이다. 말을 가지고, 그리고 말이 초래할 수 있는 놀랍고도 무시무시한 결과를 가지고 논다는 느낌이다. 셰익스피어의 말은 제 생명이 따로 있거나 기계적인 힘이 있는 듯 느껴진다. 하나하나가 작은 검색 엔진이며, 참견쟁이 꼬마 도깨비이며, 마음 내키는 대로 하는 기이한 생물 같다.
>
> -이콜러스 로일, 이다희 옮김, 『How to read 셰익스피어』, 웅진지식하우스, 2007, 10~12쪽.

연구자의 객관적 태도가 평론가의 주관적 열정을 침해하지 않고, 연구와 평론이 각각 지닌 장점이 이 소박한 '입문서'에 들어 있다는 사실이 흥미롭다. 니콜러스 로일은 어떤 문학사조나 문학연구방법론에 과잉구속되지 않고 우선 자신의 '눈'을 사로잡는 단어들, 자신의 시선을 우연히 사로잡는 문장과 장면들에 주목한다. 그리고 아직은 객관적으로 증명할 수 없지만 자신이 주관적으로 포착한 가설과 자신의 정직한 직관을 연구의 끝까지 치밀하게 밀어붙인다. 자신의 충동을 욕망으로 전이시킨, 평론가 스스로의 향유와 도취로 가득한 이런 연구는 평론과 연구의 이분법도, 비판과 긍정의 이분법도, 즐겁게 해체시킨다. 작품에 대한 이러한 접근 방식은 어떤 명실상부한 '고전'도 고전의 전형적인 독법 속에 갇혀 경화(硬化)되지 않도록 만드는 창조성의 원동력이 된다. 비평가의 새로운 해석이 낡은 고전 자체를 새로운 텍스트로 변모시키기 때문이다.

최근 작품론이나 작가론의 차원을 뛰어넘은 독립적인 테마로 평론을 기획하고 있는 글쓰기들도 눈에 띈다. 손정수의 「진정 물어야 했던 것」(『창작과 비평』통권 143호, 2009년 봄호)은 한국 문단의 굳건한 아성으로 자리잡고 있었던 『창작과 비평』과의 직접적인 논쟁을 불러일으키는 메타 비평을 시도하여 주목 받은 바 있다. 아울러 최근 문학 작품에서 '바틀비적인 것이라고 할 만한 모티프가 자주 등장하는 현상을 분석한 「신종 바틀비들이 생성되는 원인」또한 흥미로운 작업의 사례다. 그는 허먼 멜빌의 「필경사 바틀비」(1853), 김소연의 시 「오, 바틀비」, 신해욱의 에세이 「프롤로그, 바틀바잉)」, 권여선의 소설 「팔도기획」, 박민규의 소설 「루디」 뿐 아니라 아감벤과 들뢰즈와 지젝의 바틀비 관련 논의까지 연관시켜 하나의 거대한 바틀비 왕국의 지형도를 그려내고 있다.

> 어느 순간부터 갑자기 우리 주위에 바틀비들이 몰려와 있다. 그렇다면 왜 바틀비적인 현상이 빈번해지고 있는 것일까?
> 지젝은 포스트 모던 시대의 '외설적 아버지'에 대해 이야기한다. '외설적 아버지'는 주체의 욕망을 억압하던 근대의 그것과 달리 오히려 욕망을 부추기는 포스트모던 상황의 초자아이다. 금욕과 억제 대신 향락을 권유하는 아버지. 하지만 그 향락의 추구 끝에는 결국 억압이 자리를 잡고 있다. (……) 우리의 소설과 담론들에 바틀비적인 현상들이 자주 등장한다는 것은 우리의 경우에도 외설적 초자아에 의한 새로운 형태의 현실의 억압이 그만큼 증가하고, 그에 대한 심리적인 거부와 반발 역시 그에 따라 강화되고 있

음을 의미한다고 볼 수 있다. 그러나 그처럼 텍스트 차원에서 이루어지는 심리적인 반발이 현실 속에서의 실제적인 저항을 의미한다고 할 수 있을까? 오히려 현실 속에서 외설적 초자아의 유혹에 무기력하기 때문에 허구에서는 그와 반대되는 의지와 욕망이 더 강하게 표현되는지도 모른다.[5]

이런 자유로은 비평적 글쓰기는 시와 소설의 경계, 한국문학과 외국문학의 경계, 문학과 철학 사이의 경계 까지를 자유롭게 횡단하는 흥미로운 글쓰기를 보여준다. 이런 식으로 문학의 텍스트를 둘러싼 다채로운 '문학의 컨텍스트'에 주목할 때, 작품론과 작가론의 전형성을 벗어나는 글쓰기, 평론가가 진정으로 자신만의 '주이상스'를 경험할 수 있는 글쓰기 또한 가능하지 않을까.

4. 평론의 진정한 '향유' 를 위하여

유난히 '한국문학'이 아닌 '국문학'의 민족주의적 지평이 강력하게 작용했던 한국문학 비평은 '민족문학'이라는 강력한 문화적 표상의 힘으로 통어되던 시대를 지나자나자 '문학의 위기'담론을 겪어야 했으며 그 위기를 '장편소설 대망론'이라는 급조된 방어적 담론으로 성급하게 봉합해왔던 것이 아닐까. 한국문학은 그 어느 때보다도 수많은 외국문학들의 번역 홍수 속에서 더욱 냉정하게 '상대화'될 필요가 있다. '나는 소설을 매우 좋아한다. 그러나 한국소설은 읽지 않는다.'고 공공연하게 말하는 독자들이 넘쳐나는 상황에서, 한국문학은 '스크린 쿼터제'처럼 방어 장벽을 만들어 사수해야 할 보호대상이 아니라, 엄연히 외국문학

---

5) 손정수, 「신종 바틀비들이 생성되는 원인」, 『자음과 모음』, 2010년 겨울호, 903~904쪽.

과의 그 어떤 보호막도 존재하지 않는 정당한 경쟁 속에서 그 가치를 인정받아야 하지 않을까. 그런 의미에서 지나치게 '한국문학 신간'의 프로모션 활동이나 '한국문학 신간 띄우기'의 일환으로 기획된 리뷰활동에 치우쳐 있는 계간지 문학 비평은 더욱 대담하게 열린 시각으로 문학 비평의 영역을 확대할 필요가 있다.

외국문학의 '리뷰'를 넘어서 외국 문학 텍스트의 무의식까지 밝힐 수 있는 밀도 높은 평론들이 나와야 하며, 비슷한 소재를 다루되 각자 다른 테마로 나아간 한국문학과 외국문학의 비교라든지, 문학적 환경은 전혀 다르지만 매우 공통분모가 많은 한국문학과 외국문학 텍스트 사이의 역동적인 비교 또한 필요하다. 단지 '한국문학은 스토리텔링이 약하다'든지 '한국문학은 세계문학과 어깨를 나란히 할 만한 보편성이 부족하다'는 식의 비판은 전혀 실질적 도움이 되지 않는다. 세계문학의 허구적 보편성을 향해 한국문학을 강제로 끼워맞추는 비평이 아니라 한국문학이 한국문학인 채로 세계문학과 소통할 수 있는 아주 작은 파열구를 조금씩 서서히 만들어가는 평론의 새로운 '관점'을 만들어나가는 것이 지금으로서는 최선이 아닐까.

이 글에서 말하고 있는 '즐거운 비평'이란 글읽기와 쓰기의 고통은 피하고 행복만을 선택하자는 것이 아니라 고통조차 스스로 선택하는 글읽기와 글쓰기의 태도, 말하자면 외부에 존재하는 것으로 '상상되는' 억압에 굴하지 않고 스스로의 열정과 텍스트의 욕망 사이의 접점을 찾아내가는 자발적인 과정을 가리킨다. 이 글에서 꿈꾸는 비평의 즐거움이란, 기표를 억압하고 텍스트의 즐거움을 부정하는 글쓰기가 아니라, 자기 안의 원형적 글쓰기의 욕망, 비평의 코라(cora)를 찾아가는 과정의 기쁨을 뜻한다.

어떤 방법론적 당위나 유행하는 연구사적 트렌드에 구속받지 않고, 연구자가 진정 자신의 열정에 도취되어 쓸 수 있는 글에 대한 목마름, 그런 행복한 광기의 향유자가 되기 위해서는 어떤 문화적 아비투스가,

어떤 윤리적 태도가 필요한 것일까. 우리는 어떻게 즐거운 비평이 곧 즐거운 연구가 될 수 있는 길을 찾을 수 있을까. 우리는 어떻게 연구와 비평이 서로를 밀어내지 않는, 연구와 비평이 서로를 촉발하는 즐거운 글쓰기에 도달할 수 있을까. 이런 질문들을 스스로의 글쓰기를 향해 끊임없이 던질 때, 우리는 '한때 즐거웠던 평론'이 아니라 '지금도 여전히, 미래에도 또다른 즐거움으로 다가올 새로운 평론'을 준비할 수 있지 않을까.

　　코라는 단지 '모든 생성의 저장소'에 불과한 것이 아니라, 이를테면 그것의 '유모'이다. 플라톤은 저장소와 마찬가지로, 코라를 어떤 것을 받아들이고 자라나도록 하는 공간으로서 어머니에 비유한다. 그러나 이 어머니는 그 자신의 고유한 속성이 전혀 없다. 코라는 자기를 가득 채우는 모든 것의 흔적을 받아들인다. 그리고 자기를 가득 채우는 것에서 힘을 얻는다. (……) 크리스테바는 코라의 운동성을 강조한다. (……) 크리스테바는 코라를 단지 수용하기만 하는 것이 아니라 생성하는 에너지, 요컨대 의미화 과정을 활성화하는 에너지로 이해하려 한다.[6]

---

6) 노엘 맥아피 지음, 이부순 옮김, 『경계에 선 크리스테바』, 도서출판 LP, 2007, 49~50쪽.

■ 참고문헌

강유정, 『오이디푸스의 숲』, 문학과 지성사, 2007.
권영민, 『문학사와 문학비평』, 문학동네, 2009.
김예림, 『문학 풍경, 문화 환경』, 문학과 지성사, 2004.
류보선, 『경이로운 차이들』, 문학동네, 2002.
박성창, 『글로컬 시대의 한국문학』, 민음사, 2009.
복도훈, 『눈먼 자의 초상』, 문학동네, 2010.
서영채, 『문학의 윤리』, 문학동네, 2005.
서영채, 「텍스트의 귀환」, 『텍스트로의 귀환』(한국현대문학회 2011년 제 1차 전국
        학술발표대회 자료집
소영현, 『분열하는 감각들』, 문학과 지성사, 2010.
손정수, 『뒤돌아 보지 않는 오르페우스』, 강, 2005.
손정수, 「신종 바틀비들이 생성되는 원인」, 『자음과 모음』, 2010년 겨울호
신범순, 『이상의 무한정원 삼차각 나비』, 현암사, 2007.
신수정, 『푸줏간에 걸린 고기』, 문학동네, 2003.
신형철, 『몰락의 에티카』, 문학동네, 2008.
심진경, 『떠도는 목소리들』, 자음과 모음, 2009.
유성호, 『움직이는 기억의 풍경들』, 문학수첩, 2003.
이경재, 『단독성의 박물관』, 문학동네, 2009.
이광호, 『익명의 사랑』, 문학과 지성사, 2009.
임화, 『문학의 논리』, 서음출판사, 2001.
조강석, 『경험주의자의 시계』, 문학동네, 2010.
함돈균, 『얼굴 없는 노래』, 문학과 지성사, 2009.
허윤진, 『5시 57분』, 문학과 지성사, 2007.
황광수, 『삶과 역사적 진실』, 창비, 1995.
황종연, 『비루한 것의 카니발』, 문학동네, 2001.
고바야시 히데오, 유은경 옮김, 『고바야시 히데오 평론집』, 소화, 2003.
노엘 맥아피 지음, 이부순 옮김, 『경계에 선 줄리아 크리스테바』, 도서출판 엘피,
        2007.
롤랑 바르트, 김희영 옮김, 『텍스트의 즐거움』, 동문선, 1997.

수전 손택, 이민아 옮김, 『해석에 반대한다』, 이후, 2002.
수전 손택, 홍한별 옮김, 『문학은 자유다』, 이후, 2007.
이콜러스 로일, 이다희 옮김, 『How to read 셰익스피어』, 웅진지식하우스, 2007
Jonathan Culler, *On Descontruction: Theory and Criticism after Structualism*, London, 1983

■ 국문초록

　최근 문학 비평은 작품이나 작가 중심의 기존 평론보다는 '신간에 대한 리뷰' 성격의 글이 양적으로 확산되는 경향을 보인다. 평론가가 직접 주제와 작가를 정하고 자발적으로 평론의 내용과 형식을 기획하는 일은 거의 불가능해졌다. 신간에 대한 리뷰조차도 '작품에 대한, 그리고 작가에 대한 옹호적 성격'을 분명히 해야 한다는 압박감을 느낄 때가 많다. 작가는 스타를 지향하고, 출판사는 평론에조차 프로모션의 임무를 맡기고, 독자는 '잘 읽히고 책, 재미있는 책만을 찾는다'고 '규정'됨으로써, 작가/출판사/독자의 시선으로부터 자유로운 평론의 자리는 점점 사라져가고 있다. 이 글은 장편소설 대망론 이후 이렇다 할 평론의 공통 화두를 내놓고 있지 못한 현재 한국문학 평단에서 무엇이 실질적인 화두가 되고 있는지 살펴보고, 나아가 새로운 비평의 흐름을 예고하는 새로운 글쓰기의 징후들을 발굴해보고자 한다. 그럼으로써 외부 상황으로부터 수동적으로 생산되는 비평 담론이 아닌, 비평가 스스로의 문학적 화두를 찾아가는 새로운 평론을 꿈꾸는 평론가들 사이의 암묵적인 연대의 방안이 무엇인지 함께 고민해보고자 한다. 평론은 단편 소설집의 해설이나 리뷰, 계간지 문학 코너 특집 원고, 신간 장편 소설을 출간한 중견 작가들의 작가론 등 매우 제한된 원고 청탁 환경 속에서 실질적으로 새로운 형식과 내용을 실험하는 글쓰기를 시도하기 어려운 상황에 있다. 그러나 문학을 둘러싼 창작 및 소비 환경이 어느때보다도 급속히 변화하고 있는 지금이야말로 단지 작품론이나 작가론에 머무르지 않는 새로운 비평적 시선이 필요할 때가 아닐까. 작품이 작가의 자식이라든지 작가가 작품의 모태라는 식의 인과론을 벗어나, 작가는 텍스트 생산의 매체이자 독자는 텍스트의 귀환을 위한 '통로'가 된다면, 연구나 비평이 있어야할 자리는 이 모든 문화적 중력이 통과하는 수많은 '흔적들' 혹은 '경계들' 위가 아닐까. 공동체주의가 힘을 잃어버린 시대에 문학 연구가 자신의 존재 이유를 발견할 수 있는 힘은 '실증을 향한 자기목적적인 열정'이 아니라 어떤 세속에서도 빛나는 계시를 발견해내는 자기 내부의 파토스가 아닐까. 문학이 특권적 지위를 상실하고 전체 문화를 구성하는 소박한 1/n이 된 상황을 한탄할 것이 아니라, 겸허하게 '남들의 트렌드'가 아니라 '자기입법적인' 텍스트의 윤리를 발굴해내는 소박한 열정이 필요한 것이 아닐까. 그러므로 '텍스트의 귀환'은 문학의 용광로에서 모든 온기와 주관성을 제거하고 무미건조한 텍스트에만 집중하자는 것이 아니라 우리가 의식하지 못하는 텍스트의 무의식을 발굴해내는 정직한 비평의 열정과 함께 할 때 가능하지 않을까. 이 글에서 말하고 있는 '즐거운 비평'이란 글읽기와 쓰기의 고통은 피하고 행복만을 선택하자는 것이 아니라 고통조차 스스로 선택하는 글읽기와 글쓰기의 태도, 말하자면 외부에 존재하는 것으로 '상상되는' 억압에 굴하지 않고 스스로의 열정과 텍스트의 욕망 사이의 접점을 찾아내가는 자발적인 과정을 가리킨다. 이 글에서 꿈꾸는 비평의 즐거움이란, 기표를 억압하고 텍스트의 즐거움을 부정하는 글쓰기가 아니라, 자기 안의 원형적 글쓰기의 욕망, 비평의 코라(cora)를 찾아가는 과정의 기쁨을 뜻한다.

국문 주제어: 문학 평론, 비평가, 리뷰, 컨텍스트(context), 코라(cora), 글쓰기

■ Abstract

New Symptoms of literary criticisms in recent years

Jung, Yeo-ul

This writing treats that literary criticism recently tend to be similar to generous review of new books. Unconditionally kind criticism about books recently published is not a sincere approach to literature. Nowadays, the publishing business is depending too much on blockbusters or best sellers. The point is that even literary criticism of recent years are dominantly affected by the power of publishing business.

This writing focuses on the way how to get independence of literary criticism against all the exterior authority or commercialism. Many people point out that the competitors of existing criticism are powered-bloggers or influential journalists. However, I think that the most threatening obstacles of today's creative criticism are in critics' sceptical unconsciousness about cultural environment. Many critics are overwhelmed by the power of public business or the authorities of successful writers. A lot of literary criticism cannot effectively resist harsh demands for commercial needs of publishing business or the fame of successful writers.

This writing suggests that the plural possibilities of the alternative criticism which can resist the demands for commercial needs of publishing business and critics' unconsciousness of rapidly changing cultural environments. Literary criticism are asked to hear their inner voice of themselves who wants to create voluntary themes of literature.

Key words : literary criticism, critics, review, context, cora, writing

이 논문은 2010년 11월 12일에 접수되어, 2010년 11월 22일부터 2010년 12월 3일 사이에 이루어진 소정의 심사를 거쳐 2010년 12월 10일 편집회의에서 최종적으로 게재가 확정되었음.

박태원 문학과 창작방법론

2011년 4월 1일 인쇄
2011년 4월 10일 발행

저 자   구 보 학 회
펴낸이   박 현 숙
찍은곳   신화인쇄공사

110-320 서울시 종로구 낙원동 58-1 종로오피스텔 606호
TEL : 02-764-3018, 764-3019   FAX : 02-764-3011
E-mail : kpsm80@hanmail.net

펴낸곳 도서출판 깊 은 샘

등록번호/제2-69. 등록년월일/1980년 2월 6일

ISBN   978-89-7416-220-7

※ 잘못된 책은 교환해 드립니다.

값 15,000원